PAIX À ITHAQUE !

Paru dans Le Livre de Poche :

LES BRAISES

LES CONFESSIONS D'UN BOURGEOIS

LA CONVERSATION DE BOLZANO

DIVORCE À BUDA

L'HÉRITAGE D'ESTHER

LES RÉVOLTÉS

UN CHIEN DE CARACTÈRE

SÁNDOR MÁRAI

Paix à Ithaque !

ROMAN TRADUIT DU HONGROIS PAR ÈVE BARRE

Avant-propos de Raymond Barre

ÉDITIONS IN FINE

Titre original :

BÉKE ITHAKÁBAN

AVANT-PROPOS

L'œuvre d'Alexandre Márai, mondialement reconnu comme l'un des plus grands écrivains hongrois de ce siècle, n'est pas ignorée en France. Trois de ses ouvrages ont déjà été traduits dans notre langue : *Les Révoltés*, *Les Confessions d'un bourgeois* et *La Conversation de Bolzano*[1]. *Paix à Ithaque !* offre un nouvel aspect de son talent, de sa culture, de son humour, de son humanisme.

Alexandre Márai est un fils du XXe siècle. Il est né le 11 avril 1900 dans la petite ville hongroise de Kassa, aujourd'hui Kosice en Slovaquie. Il a fidèlement décrit le milieu provincial dans lequel il a grandi et au sein duquel s'étaient effacées les différences sociales entre Hongrois, Slovaques, Allemands et Juifs. Il puise dans les traditions de sa famille l'attachement à la liberté de l'esprit et à la

1. Éditions Albin Michel, Paris.

tolérance. Il montrera dans *Les Révoltés* comment, pendant la Première Guerre mondiale, des adolescents dont les pères sont au front découvrent l'indépendance, ses excès et ses illusions, face aux réalités du monde et aux dangers de la vie.

Après avoir étudié la philosophie à Budapest, Márai vit en Allemagne entre 1919 et 1923, étudie à Francfort, à Berlin, puis termine une licence de journalisme à l'université de Leipzig. Il viendra alors en France où il fréquentera les cercles de Montparnasse, et où il demeurera jusqu'en 1928. Journaliste à Budapest, il connaîtra ses premiers succès littéraires. Il publie en 1934 *Les Confessions d'un bourgeois* qui dépeint la société hongroise de l'entre-deux-guerres ; ce livre lui assure la célébrité. Mais il n'approuve pas l'ordre social qui règne à l'époque dans son pays mutilé par les traités de paix. Il refuse de se laisser assujettir à un groupe littéraire ou à un milieu social, quel qu'il soit. Il observe avec inquiétude l'évolution politique et la montée des extrémistes de droite et de gauche. Son activité littéraire est intense entre 1920 et la fin de la Seconde Guerre mondiale : il écrit des poèmes, des nouvelles, des romans, des récits de voyage, des pièces de théâtre.

La destruction de sa bibliothèque pendant la Seconde Guerre mondiale, puis l'installation du régime communiste en Hongrie l'inciteront en 1948 à quitter son pays natal de sa propre initiative. Il se rend alors en France, puis en Italie. De 1952 à

1967, il vit à New York, reviendra en Italie de 1967 à 1980, puis ira s'établir en 1980 aux États-Unis à San Diego. En 1989 il mettra fin à ses jours. Interdit en Hongrie jusqu'en 1990, il recevra cette année-là, à titre posthume, le prix Kossuth.

L'exil de Márai aura duré quarante et un ans. Ses succès, sa réputation de plus en plus étendue, ne l'empêcheront pas d'être en butte aux attaques de bords divers. On lui reproche de mépriser ses concitoyens et de juger sévèrement les écrivains populaires. Il ne répond pas à ses détracteurs ; pendant ces années passées loin de la Hongrie, il offrira plus de vingt chefs-d'œuvre à la littérature hongroise. La critique évoquera à son propos les noms de Proust, Thomas Mann, Huxley. Il écrira et publiera régulièrement son *Journal* de 1943 à 1983. On peut y lire dès 1957 : « Je suis à l'âge où l'attente qui, dans le passé, au temps de la jeunesse, à l'âge d'homme, puis au tout début de l'âge mûr, était un besoin vital quotidien et permanent, à l'état latent entre l'éveil et le songe – a entièrement cessé pour moi. Je n'attends plus rien. On attendait la félicité ou le succès, ou la surprise. En quelque sorte, tout est arrivé, même la joie. »

Dans un roman paru en 1980 « Judith... et l'épilogue », Márai exprime le désenchantement qui l'incite à ne plus écrire. Dans une chambre d'hôtel à Rome, Judith raconte sa vie à son amant. Elle parle de sa liaison avec un écrivain, qu'elle ne nommera pas. C'est un homme bizarre qui n'écrit plus, pour lequel elle n'éprouve pas de sentiment, mais à l'influence duquel elle ne peut se soustraire. L'écrivain lui confie qu'à la vue du chaos qui règne dans le monde, il n'a plus confiance dans l'avenir.

« On raconte que les Grecs autrefois étaient cultivés, car toute la journée ils se réjouissaient de quelque chose. Les potiers, qui faisaient des statuettes, les marchands d'huile et la population tout entière, les soldats et les sages dialoguaient sur la place du marché au sujet de ce qui est beau ou juste. Imagine un peuple dans la vie duquel il y a de la joie ! Mais ensuite, ce peuple a disparu et a laissé la place à des hommes qui parlaient grec. Ce n'est pas la même chose. »

L'écrivain ne voulait plus écrire, car il y avait tellement de livres qu'il n'y avait plus de vraie place pour la pensée parmi les mots. Il ne voulait plus écrire, car il ne croyait plus que l'écriture puisse changer la nature humaine. Il pensait enfin qu'un monde allait venir où la beauté deviendrait insulte, le talent provocation et le caractère agression : « … car de partout, arriveront les disgracieux, les dépourvus de talent, les hommes sans caractère. Ils aspergeront de vitriol la beauté, ils badigeonneront de suif et de calomnie le talent. Ils poignarderont ceux qui ont du caractère. Ils sont déjà là et ils sont de plus en plus nombreux. »

C'est à un autre monde que se réfère *Paix à Ithaque !* paru en 1952. Márai nous transporte parmi les héros d'Homère, au milieu des dieux, des demi-dieux et des nymphes, dans la vie cossue des Phéaciens, dans la simple atmosphère rurale du royaume d'Ulysse. Qui est Ulysse ? Telle est la question complexe à laquelle vont s'efforcer de répondre Pénélope, Télémaque et Télégonos. Pénélope évoque avec nostalgie son époux voyageur, amoureux et jaloux, brutal, vindicatif, qui avait pour patrie le changement. Télémaque partira sur les traces de son père pour percer le mystère dont une partie de sa vie est entourée. Puis Télégonos, le fils qu'Ulysse a eu de Circé, se livrera à la même enquête sur le père qu'il ne rencontrera que le jour où s'accomplira l'oracle de Delphes et où il tuera Ulysse à son dernier retour à Ithaque. Télémaque découvrira que son père a été la première créature qui fut, sans conteste, homme, qui eut sans équivoque un comportement humain. Calypso lui confiera qu'Ulysse lui refusa d'accéder à l'immortalité : « Il dit qu'il avait décidé et qu'il avait choisi, qu'il préférait rester homme. »

À travers cette quête de la personnalité d'Ulysse, le lecteur, dont l'intérêt ne se relâche à aucun moment, ressentira la simple beauté de Pénélope et la grâce altière de Calypso, appréciera le dialogue subtil et franc entre Hermès et Circé à qui Zeus a décidé de retirer son pouvoir d'envoûtement, découvrira la rencontre inattendue et charmante de Télémaque et de Nausicaa; il partagera la tristesse d'Hélène atteinte par l'outrage des ans et les soucis de Ménélas aux prises avec ses souvenirs et la rédaction de ses Mémoires.

Avant-propos

Paix à Ithaque ! est une grande fresque sur les démêlés des dieux et des hommes, sur les passions humaines, sur l'amour et la jalousie, sur la vie et la mort.

C'est le plus bel hommage qu'un grand écrivain moderne pouvait rendre au génie d'Homère.

Raymond BARRE
Président de l'Association des amis de l'Institut hongrois de Paris

PRÉLUDE

À son bras droit la corde se relâchait. Il s'étira.
Le chant résonnait de près. Il était attentif.
Maintenant il le reconnut : c'étaient les Sirènes.
C'était un chant rauque, lascif, huileux.
Ses compagnons dormaient. La cire collait à leurs oreilles.
Ils rêvaient même.
Ils rêvaient qu'ils allaient rentrer, qu'un jour
Les jeunes ou les vieux se vengeraient.
Il gémit, impuissant. Eh bien !
Où es-tu maintenant Pallas-Athéna ?
Le radeau glissait en claquant.
La mer blanche découvrait sa gorge terrifiante.
Le chant s'éloignait. Les voiles vagissaient.
Soudain il eut peur. Sa main, son pied s'affaissèrent.
Il gémit. Il eut peur de retourner à Ithaque.

CHANT PREMIER

Pénélope

I

Mon défunt mari était un homme de nature inquiète. Le plus volontiers, il voyageait sans cesse. Mais lorsqu'il ne voyageait pas, lorsqu'il vivait parmi nous, à Ithaque, lorsqu'il était couché dans mon lit et qu'il me tenait dans ses bras, j'ai toujours eu l'impression d'être sur un bateau, ou comme si je passais mon temps sur un radeau à mouvement lent. C'est difficile à expliquer. Celui qui vivait avec lui voyageait sans cesse avec un mouvement lent et étudié.

Il était difficile à approcher, car il vivait lui-même dans un perpétuel éloignement. Et sa peau avait l'odeur de la mer.

Sur notre passé, sur l'histoire de notre famille, hélas ! trop d'histoires circulent déjà dans le monde. Ces derniers temps, on me sollicita plusieurs fois de raconter la vérité et d'écrire mes souvenirs. J'ai refusé toutes ces demandes. Non seulement parce que je considérais ce genre d'indiscrétion indigne de mon rang. J'ai repoussé plutôt ces curieux, parce que de notre temps – je pense au temps où j'ai vécu en compagnie de mon mari – l'écriture était une occupation vulgaire et subalterne. Dans ce temps où nous étions encore, mon mari et moi, des êtres humains, ou plus exactement, pour une courte période, nous l'étions redevenus, les gens distingués n'écrivaient pas. S'ils avaient quelque chose à faire savoir au monde, ils prenaient un luth et se mettaient à chanter.

Les poètes et tous ceux qui étaient capables de rédiger méprisaient profondément l'écriture, ce métier d'esclave. Ils se promenaient dans le vent, leur luth au bras, et ils chantaient. Mon mari affectionnait l'instrument à cinq cordes et nous gardions toujours à la maison un homme qui racontait en vers métriques le passé des Achéens. Cet homme était nourri à part et il recevait du vin dans une coupe d'argent, afin qu'il eût envie de chanter. Mon mari patronnait la littérature.

Je me souviens de l'un d'entre eux, qui traîna pendant quelque temps dans notre maison, et qui, plus tard, lorsque tout changea si douloureusement et d'une manière si poignante, se mit en route, son luth sous le bras et se mit à chanter dans les îles.

Cet homme était aveugle. Je vois parfois obscurément son visage. Il était maigre et vieux ; avec ses yeux aveugles, il regardait comme s'il voyait quelque chose. Plus tard je fus très contrariée à son sujet.

L'histoire qu'il racontait était inexacte. Il chantait pêle-mêle, comme peut le faire un aveugle qui devine, mais ignore la vérité. La vérité, je suis seule à la savoir, moi qui étais couchée dans le lit de mon mari et qui l'ai attendu pendant vingt ans.

Mais je ne veux plus apprendre à écrire. Je suis trop âgée pour cela, en même temps qu'immortelle, donc éternellement jeune. Je préfère raconter ce que je sais. Je le raconte lentement, comme il le faisait parfois lui-même, lorsqu'il s'asseyait en hiver près du panier de fer à trois pieds rempli de braises, et qu'il racontait. Parfois j'entends encore sa voix. Il avait la voix de la mer.

II

Je ne sais par où je dois commencer ? Maintenant que les souvenirs m'assaillent, je sens battre mon cœur, comme si tout ce que je dois raconter était de trop, insaisissable comme la mer. Car toujours tout me rappelle la mer lorsque je pense à mon défunt mari. Sur la terre ferme il fut un éternel convive. Mais sur la mer, il était chez lui, et lorsqu'il montait sur son radeau, ses yeux brillaient. À Ithaque, je n'ai jamais vu ses yeux briller comme pendant ces instants où, du bord de son radeau, il nous faisait signe, à nous qui restions à la maison.

C'est peut-être pour cela que Poséidon le haïssait.

Il était jaloux de lui. De cela personne ne connaît la vérité, à part moi. Plus tard, tous les bavardages, tout ce que ce radoteur de Tirésias a raconté aux pèlerins à la porte d'Hadès, étaient imagination et mensonge. Poséidon ne haïssait pas mon mari parce qu'il avait tué son fils Polyphème, cet imbécile bègue et borgne. Dans notre milieu, un assassinat n'est pas une affaire. Dans notre monde, la vie et la mort sont appréciées différemment que dans le monde des humains ; nous, qui sommes à la fois hommes et dieux, nous savons que la mort n'est qu'un malentendu. Non, Poséidon haïssait mon mari parce qu'il était jaloux de lui ; ils furent dieux tous deux et avant que les Grecs – que je n'aime pas – aient envahi la patrie ancestrale de mon mari, l'Arcadie et la Béotie. Il fut un temps où le peuple d'Arcadie vénérait mon mari comme un dieu. Il fut longtemps le dieu de la mer. Plus tard, cette peuplade – les Grecs – l'ont exilé en même temps que les anciens dieux de l'Arcadie ; ils l'ont dégradé, ils en ont fait un simple héros. Héros !… Mon mari !… Je peux parler de cela calmement, car je suis moi-même arcadienne et d'origine divine. Mon père était Icare ; il s'était expatrié d'Arcadie à Sparte. Il eût mieux valu qu'il ne le fît jamais !… Mais il se peut que ceci se soit passé selon la volonté de nos puissants parents, les dieux.

Je dois respecter l'ordre. Lorsque je parle de lui, j'ai l'impression d'être encore une femme terrestre au moment de la ménopause et d'avoir parfois des bouffées de chaleur. Tout était admirable autour de lui, admirable et en même temps suspect. Oui, en Arcadie il était encore dieu, le dieu de la mer. Parmi les dieux la jalousie est grande. Pallas Athéna, qui nous fait une visite de temps en temps, ici, à l'île d'Aïaié, est une vieille amie de notre maison, et pendant des heures, autour d'une ambroisie et d'une tasse de nectar, nous bavardons du temps passé, du temps où il existait encore un vrai Olympe, une vie sociale brillante ainsi qu'une vie de Cour – elle dit que de nos jours les dieux ne se jalousent pas tellement entre eux, mais jalousent plutôt les humains. Mon amie aux yeux de chouette me dit que les humains de nos jours se comportent comme les dieux, qu'ils se promènent – présomptueux – entre le ciel, la terre et l'eau, tel Zeus, « le barricadeur de nuages », naguère ; les humains croient régner sur les éléments et sur le monde… Cette nouvelle m'a rendue pensive. Les humains, plus exactement les Grecs, lorsqu'ils ont exilé les dieux d'antan – ainsi mon mari, dieu arcadien de simple mais excellente famille –, l'ont falsifié en héros grec. Cette perte de rang le chagrina secrètement. Il ne parlait pas volontiers du temps jadis, où il fut dieu. Mais il a toujours méprisé Poséidon, l'usurpateur de titres. Cet individu malpropre n'est devenu dieu que par la volonté des Grecs… Un dieu forgé par les humains ! Je me souviens encore du temps où c'étaient les dieux qui créaient les humains. Il se pourrait que ce fût un acte inconsidéré…

Parfois j'éprouve une mauvaise joie à entendre dire que l'on ne comprend même pas son nom. Les esclaves qui, de nos jours, écrivent les livres se disputent depuis des millénaires dans des pages de tomes volumineux, sur ce qu'était son vrai nom et quel pouvait en être le sens ! Ils se sont évertués à faire croire que mon mari avait pris un nom grec, lorsqu'il fut contraint de prendre la nationalité grecque et s'établit à Ithaque… C'est un mensonge. Jusqu'à la fin de sa vie, il a été Ulysse, notre admirable et redoutable seigneur.

Ce sont les chantres, les spectateurs et les Pythies, qui prononcèrent son nom plus tard en grec. Les esclaves qui ne pouvaient plus chanter – c'est pourquoi ils ont commencé à écrire – attestaient que son nom signifiait : « le haineux ». D'autres disaient : « celui que beaucoup haïssent ». Les Grecs, ce peuple prétentieux, de manière enfantine, maladivement vaniteux et qui a une conscience nationale fanatique, auraient voulu faire croire au monde que mon mari avait volontairement abandonné son ancien nom, car, ce faisant, il voulait prouver sa fidélité envers sa patrie choisie, envers le monde des Grecs. Je dois attendre le temps de quelques Éons pour pouvoir dire toute la vérité. J'ai le temps, et la vérité éclatera un jour. Le souvenir de mon mari est si lumineux que, désormais, même l'accusation des Grecs ne saurait lui nuire. Je ne le nie pas, il fut un fidèle citoyen de sa nouvelle patrie. Mais celui qui croit qu'il fut à tout prix grec se trompe… Sa patrie était Ithaque, oui ! Mais il avait aussi une autre patrie : le Changement. C'est d'elle qu'il fut vraiment citoyen.

C'est la vérité que je veux dire. Ce faisant, je blesserai peut-être son souvenir, car lui-même n'attachait pas grand prix à la vérité. Il était maître dans l'art de mentir. Ce n'est pas étonnant, si nous pensons que son grand-père, Autolycos, fut le voleur des bêtes des dieux, voleur de chevaux et falsificateur de marques de bovins, qui avait appris à mentir au temps d'Hermès en Arcadie.

C'est lui qui nomma son petit-fils Ulysse. Ce nom, je peux le dire maintenant, signifie : « porteur de lumière ». Je l'ai prononcé et je suis soulagée. Il est temps que je mette fin à la dispute des esclaves.

III

« Porteur de lumière », il le fut, l'Unique. Le voleur des dieux avait, avec une vision admirable, rêvé ce nom pour son petit-fils. Lorsque ma belle-mère, Anticlée, la simple d'esprit, fit une excursion dans les monts Neriton alors qu'elle était enceinte, cet être nerveux et inconséquent n'a pu imaginer qu'effrayée par une averse, elle allait accoucher d'un enfant qui, à cause de son origine divine, serait, en tant qu'homme, plus que le commun des mortels.

Je ne veux pas trop parler de la famille. Lui aussi

était particulièrement discret sur la famille. Il se peut que sa nature inquiète en fût la cause, mais peut-être celle-ci était-elle autre. Lorsqu'il est mort, nous avons médité sur ce que nous pourrions bien graver sur la plaque de marbre que nous avons fait mettre sur sa tombe. En définitive, je n'ai pas pu faire graver par les esclaves : « Ici gît le meilleur mari, père, parent et ami » ! Cette formulation ne correspondait pas à la réalité. C'est pourquoi je n'ai fait graver sur la pierre tombale qu'Ulysse. Celui qui lira cela saura que là gît le « porteur de lumière ». Mais, pour la famille ainsi que pour la nation, il n'avait pas de réel attachement. En quelque sorte, il ne tenait pas à la famille, ni à la nation. Il était toujours nerveux lorsque l'on prononçait devant lui ces mots sacrés.

Oui, il avait voulu rentrer chez lui, à Ithaque. Lorsqu'il était en route, il disait qu'il ne voulait pas mourir avant d'avoir vu de nouveau la fumée de son pays natal. Et finalement, il est bel et bien revenu à Ithaque pour mourir. Ceci, ce sont les dieux qui l'ont voulu ainsi. À l'instant où mon actuel mari bien-aimé, Télégonos, a répandu le sang de mon défunt mari, Ulysse fut réellement ici à Ithaque. À l'instant de sa mort, au dernier moment, il était nôtre, il appartenait à sa famille et au peuple d'Ithaque.

Autrement, il n'était que notre Seigneur, que nous attendions éternellement. La devinette : viendra-t-il à la maison et quand ? était devenue une sorte de coutume populaire sur les îles, comme les exercices religieux. Les conjectures pleines d'espoir et d'interrogations résonnent encore dans mes oreilles ; plus tard, au fur et à mesure que le temps passa, elles devinrent des suppositions altérées faites sur un ton qui manquait de sincérité. Euryclée, notre fidèle nourrice, qui, pendant les dix premières années, ne commit que peu de larcins, et qui, chaque matin, lorsque pointait l'aurore aux doigts de rose, frappait à ma salle de repos pour me masser, soupirait dès le seuil : il reviendra encore au cours de cette année.

Cela sonnait comme un salut du matin. Plus tard je ne répondais même plus. Eumée, le vieux gardien des troupeaux de porcs – j'ai entendu dire que le chantre aveugle l'avait ultérieurement appelé dieu, mais ceci est une exagération irrespectueuse ! –, a commencé, quant à lui, à voler immédiatement, dès la première année. Je ne crois pas que ce gardien de troupeaux était d'origine divine. Il est certain qu'il a volé énormément, tout comme les autres gardiens de troupeaux, comme les autres domestiques, comme cette gourgandine de Mélantho, qui se mit au lit nuitamment avec mes prétendants, comme le reste de mon personnel. En vérité il n'y a que les « prétendants » qui n'étaient pas des voleurs. Tout ce qu'ils buvaient ou mangeaient était largement remboursé par les cadeaux d'or ou d'argent qu'ils nous offraient. Deux autres de mes gardiens de troupeaux, Mélanthios et Philoitios, ont fait le compte du nombre de mes prétendants. Ils dirent que, pendant les vingt premières années où nous avons attendu mon défunt mari sur l'île d'Ithaque, cent dix-huit prétendants exactement ont fréquenté notre maison. Je ne suis pas vaniteuse – même Pallas Athéna, qui me fournit confidentiellement les produits pour la beauté et l'entretien du corps, le reconnaît – mais je dois avouer que ce nombre considérable me fait plaisir.

Tout ce que mes cent dix-huit prétendants ont mangé et bu pendant les vingt années où nous attendions le retour de mon mari m'a coûté la somme volée par le personnel de la maison. Ceci est naturel, car c'est humain. Lorsque le maître voyage pendant vingt ans – et ultérieurement encore plus – sur le radeau de l'aventure, l'économie du ménage s'effrite comme l'écume. Parmi mes prétendants, il y en avait un, Amphinomos, un homme mûr, légèrement corpulent, sérieux et réfléchi, qui s'entendait en agriculture. Cet homme me sermonnait, afin que je ne tolère pas le pillage des pies domestiques. Mais une femme seule est toujours impuissante. Mon fils, lorsque mon mari se mit en route pour la première fois, était petit ; plus tard, lorsqu'il devint plus grand, il ne s'intéressa pas à l'économie. Ceci tenait pour une part aux circonstances particulières de la maison, et peut-être les qualités héritées de son illustre père ne l'y incitaient guère. Pour cela, il faut un homme. Non point cent dix-huit, mais un seul. Et celui-ci était sans cesse en voyage.

Lorsque je repense maintenant à Ithaque, je juge

avec plus de compréhension le comportement de mon mari. Nous avons vécu sur l'Île dans des conditions réellement modestes. La mer ionienne qui – avec ses écumes couleur de vin – embrasse notre modeste royaume est venteuse. Les prestes écumeurs des mers d'Éole – les vents du nord et du sud du désert – faisaient, en hiver comme en été, geindre sur notre île le feuillage de nos oliviers efflanqués et, dans notre vaste maison, les tapis voltigeaient devant les portes. Ithaque était petite et rocheuse. Il y avait peu de prés et de terres à blé. Lorsque les gens d'Argos, éleveurs de chevaux, arrivaient en visite dans notre île, ils s'étonnaient de l'étroitesse dans laquelle nous vivions. Nous n'élevions que des chèvres. C'est pourquoi mon fils, Télémaque, a été contraint de refuser le cadeau de Ménélas, de nobles montures. À Ithaque, il n'y a pas de piste large, où l'on puisse faire courir les chevaux. C'est pour cette raison que mon mari se tourna avec son cœur et son esprit vers la mer. Il pensait qu'il allait trouver sur la mer l'espace que la terre ferme lui refusait. Il était le Seigneur d'un petit peuple, et lorsque, plus tard, il a loué, à côté d'Ithaque, Zante et Samè, seuls ses soucis grandirent, non sa propriété. Je dois défendre sa mémoire.

C'est pourquoi il fit bâtir notre maison au sommet de la colline d'Aetos, en bordure de son modeste empire, directement sur le rivage de la mer. Les hôtes, éleveurs de chevaux, avaient trouvé ce choix erroné. Ils étaient des continentaux et ils estimaient qu'un roi, ou n'importe quel seigneur, peut mieux vivre en sécurité, s'il choisit pour résidence un lieu plus central. Lorsque j'ai entendu cela, j'ai compris d'un coup la différence qui séparait mon mari, homme de la mer, des continentaux. Lui considérait le monde avec une autre vision : ce n'était pas la sécurité qu'il voulait, mais le vrombissement du vent, la surprise. C'est pourquoi notre maison fut bâtie sur une colline, au bord de la mer, avec les portes et les fenêtres ouvertes. Il attendait toujours le monde. Et un jour, lorsqu'il eut le sentiment que le monde ne se hâtait pas, il se mit en route vers lui... Plus tard il revint de temps en temps parmi nous, à Ithaque, mais il ne resta pas de façon durable. Il tuait quelques individus, recensait leur fortune, se couchait dans mon lit, m'embrassait ; un fils nous est même né, le noble Ptolipathos... mais tout cela, il le faisait d'une manière distraite, indifférente. Comme s'il n'y faisait pas attention ! Comme s'il pensait en permanence à autre chose ! Plus tard, je me suis demandé si j'avais bien fait de ne pas le retenir par ruse, intrigue, passion et supplication – était-il juste de le laisser repartir à Troie ? Lorsqu'un homme quitte son foyer et se met en route avec toutes les conséquences que cela comporte, il ne peut pas rentrer complètement plus tard. C'est ce que j'ai vécu. L'on apprend tout doucement.

IV

Mais tant qu'on ne l'eût pas appelé, tant que l'infâme femelle – dont je n'aime pas prononcer le nom – ne se fût pas enfuie de son simple d'esprit de mari, ce que je comprends du reste, car comment peut-on vivre avec un homme blond ? – tant que cette péronnelle n'eût pas remué des souvenirs en lui, il fut notre seigneur à Ithaque. Il fut fidèle, maître scrupuleux et roi tolérant. Dans notre pauvreté, il fut grandiose. Toujours juste et amène. Nous, les gens de sa maison, ses serviteurs, ses gardiens de troupeaux, ses pâtres, nous n'avons jamais entendu un mot bruyant, un éclat, une réprimande. Il régnait sur son peuple avec douceur, tel un père qui ne veut rien d'autre que servir et éduquer.

Comment était-il en fait ?... Tout ce qui s'est passé plus tard a terni l'image que j'ai gardée de lui. Comme si j'avais connu deux Ulysse. L'un, qui vécut avec moi à Ithaque. L'autre, qui partit à Troie, et ensuite pendant des années et des dizaines d'années, fut en permanence en route. Lorsqu'il arrivait chez nous à l'improviste, il prenait un bain et aussitôt il se remettait en route. Tout cela à cause de cette péronnelle, qui ne laissait pas son sang se calmer.

Cette femelle !... J'ai entendu dire qu'elle se faisait toujours farder et faisait la coquette. Elle se comporte comme nous, les immortelles ; elle enduit son corps de kallos, la pommade miracle, qui rend le corps couleur d'ivoire. C'est celle qu'utilisait Aphrodite, lorsqu'elle allait danser... C'est avec cette pommade qu'Athéna embellissait – dans mon rêve – mon corps et mon visage, lorsque j'attendais que mon mari fût de retour. Cette infâme a tout volé et imité, y compris le secret des masseuses et des dieux. Cette ombre bruissante croit toujours qu'elle peut faire encore de l'effet sur les mâles impuissants et paralytiques du pays d'Hadès. Lorsque nous étions gamines, à Sparte, nous nous baignâmes souvent ensemble. Je sais qu'elle avait des boutons sur le dos, qu'elle avait une mauvaise digestion et la bouche puante. Elle avait la voix d'une domestique. Elle ricanait sans arrêt et mettait sa main difforme devant sa bouche. Elle croyait ce geste infiniment gracieux !... Elle était toujours stupide. Elle fut toujours perfide. Elle a toujours eu du succès avec les hommes.

J'ai parfois pensé que nous aurions tous fait une bonne affaire si son cupide père, Tyndare, s'était rendu aux supplications de mon défunt mari et l'avait marié à Hélène. Je sais que cette idée est absurde, inconvenante. Les dieux ont fusionné nos deux destinées. Mais je n'ai jamais compris pourquoi les dieux immortels lient le sort d'une femme à celui d'un homme qui aime quelqu'un d'autre. Il quitte son foyer. Il s'en va lutter pour une personne immorale, qui se vautre dans les bras d'autres hommes. Les dieux se taisent singulièrement. Lorsque cette question me torture, une grande inquiétude s'élève dans mon cœur. Se peut-il que l'intention des dieux ne soit pas toujours compréhensible et conséquente ?...

Parfois, ils tranchent et agissent selon leurs caprices, uniquement parce que cela leur est possible !... Je n'ose poser cette question à haute voix.

Une fois – peu de temps après son retour à la maison, et quelques jours avant qu'il se remette en route et qu'il me quitte – j'ai demandé à mon défunt mari :

– Qu'est-ce que tu aimes chez cette oie stupide ?

La question, bien que simpliste, ne l'avait pas surpris. De toute manière rien jamais ne le surprenait chez les humains... Avec ses yeux gris-vert, il regardait au loin, calmement et froidement, comme toujours lorsqu'il réfléchissait aux questions des humains.

– Tu es injuste, dit-il. Elle a quelque chose, cette femme !

C'était après le déjeuner, nous étions seuls à Ithaque. Nous étions vautrés dans la grande salle, là où quelques mois auparavant il avait tué mes prétendants, et où ensuite on avait fait des fumigations de soufre pour chasser l'odeur du sang. L'odeur âpre du sang collait encore aux murs et me faisait parfois éternuer. Dans les paniers de fer fumait la braise des pommes de pin, des thuyas et des branches de cyprès. C'était la fin de l'hiver ; la lumière mordait parfois nos visages de ses griffes d'airain. Télémaque était parti chasser et, depuis plusieurs jours, j'observais sur le visage de mon mari un trait qui me déplaisait. Il me semblait qu'il s'ennuyait. Je commençais à avoir peur.

– Eh quoi ? demandai-je. Je me suis assise sur le sofa, et j'arrangeais les plis de ma tunique sur ma cuisse. Ce mois-ci, je m'habillais avec un soin tout particulier, car j'espérais encore pouvoir retenir le revenant.

– Qu'est-ce, ce quelque chose ? demandai-je. Est-elle plus intelligente ? Plus lascive ? Plus adroite ? Plus licencieuse ?

– Elle est de bonne souche, dit-il évasif. Il ne me regarda pas. Il prit une coupe et y versa du vin.

Cette réponse me blessa jusqu'au sang. Je m'efforçai de me discipliner. Je ne criai pas, car j'ai appris que je devais me souvenir – dans les situations difficiles aussi – de mes origines divines. Mais là, il avait précisément blessé mes origines, lorsqu'il disait de ma nièce, cette péronnelle, qu'elle était de bonne race ! Ma sœur, Laodicée, ma demi-sœur Ipthimée, mes frères, Polymelos et Samasykolos, mon noble père qui descendait d'une vieille famille de Sparte, le glorieux Icare… les membres de ma famille des branches ascendantes et descendantes se sont toujours tus sur le fait que, parmi les moments brillants de la vie de mon père, il y en a eu un plus sombre : l'instant où il descendit chez ma mère, une vulgaire nymphe des bois – même pas une nymphe aquatique – pour me procréer. Je dois la vérité au souvenir de mon mari et je dois confesser qu'il fut suffisamment chevaleresque et tendre pour ne jamais mentionner ce déshonneur. Devant le monde – et devant moi-même – il acceptait sa belle-mère, ma pauvre mère, la nymphe Péribée. Mais la sombre braise du déshonneur brûlait sans cesse dans le cœur de la fière famille.

Je n'ai pas répondu. Et lui ne me regarda pas. Il mélangea du vin de Samos dans la piquette aigrelette de la vigne du pays que nous faisions pousser dans notre jardin et qui grimpait parmi les oliviers sur des fils de laiton. Lorsqu'il leva sa coupe pour sacrifier aux dieux, je sentis la colère monter dans mon cœur. Mon mari avait souvent enseigné à nos fils qu'il ne fallait pas dénigrer l'ennemi. Mais je suis femme, qui plus est déesse, et la colère est dans mon cœur plus forte que le bon sens. Je regardai mon mari et mon cœur commença à bourdonner comme la mer, lorsque les flots voilés l'appellent. Il but et regarda avec satisfaction la lourde coupe d'argent – cadeau d'un de mes prétendants, le pondéré Amphinomos – comme du reste tous les objets d'or ou d'argent que mes prétendants m'avaient offerts. D'un mouvement lent il posa la coupe sur la table de marbre ronde. Il se leva. Dans la lumière cruelle de la fin de l'hiver, je vis les traits de son visage comme jamais auparavant. Autrement que lorsqu'il se mit en route pour se battre pendant neuf ans sous les murs de Troie, et plus tard, lorsqu'il erra pendant des décennies dans des grottes étrangères et qu'il se vautra dans les bras de femmes suspectes, qu'il fit macérer son corps musclé dans les écumes amères de la mer d'automne, pendant que je peinais avec les prétendants, les gardiens de troupeaux voleurs, et l'éducation de notre fils magnifique, mais de caractère un peu indolent… Je le vis différemment, comme jamais auparavant. Le vent, la mer, les baisers des femmes étrangères, puis la lutte, la passion des tueries, le burin des choses endurées, avaient rendu ce visage étranger. Ce n'était plus le visage de mon mari, mais le visage d'un homme. À cet instant, j'ai compris que mon mari, le « porteur de lumière », n'était pas descendu du rang de dieu dans le monde des humains uniquement à cause de l'arrogance des Grecs envahisseurs. C'est le bras de Polype, de l'aventure qui l'avait arraché vers les profondeurs où vivent les humains… l'aventure humaine, la curiosité.

Les dieux importants, les vrais, sont coléreux et jaloux, mais jamais curieux. Il semble que l'être humain commence avec la curiosité. Lui-même est descendu de son propre gré parmi les hommes, car il a bu l'écume souillée de la curiosité, et il voulait devenir homme. C'est un homme qui s'acheminait vers la porte, qui avait lutté pendant vingt ans sous les murs de Troie et dans le monde, car il n'avait pas voulu oublier et il était curieux… Mon visage était en feu. J'avais honte aussi pour lui. C'est pourquoi lorsqu'il atteignit le seuil, je lui ai crié :

– Sais-tu que ton imbécile d'ami, Ménélas, a repris Hélène dans sa maison ?…

Il s'arrêta. Il regarda par-dessus son épaule. Il dit avec gravité :

– Je le sais.

Il haussa les épaules.

– Nous avons vaincu, dit-il.

Et il commença à sourire. Mais avec un tel sourire, froid, cruel et malveillant, comme seul un homme peut sourire ! Après quoi, il est sorti de la salle. Je suis restée longtemps assise sur le sofa. J'ai caché mon visage entre mes deux mains. Mon corps avait la chair de poule, car je grelottais. À cet instant j'ai compris que la guerre de Troie était inutile et que je l'avais en vain attendu pendant vingt ans. J'ai compris que tout était sans espoir, car mon mari vieillissait : les souvenirs avaient plus d'importance pour lui que la réalité présente.

C'est ainsi que cela a commencé.

V

L'orage sentimental des retrouvailles prit fin pour moi à cet instant. J'ai commencé à observer. Avec l'observation comme objectif, j'ai choisi les heures où mon mari était couché à côté de moi, dans ma vaste chambre à coucher, sur la couche couverte de peau de chèvre. Ainsi, dans le noir, je le voyais mieux.

Son odeur m'était familière. Sa peau exhalait

l'odeur de la mer d'une manière peut-être plus crue et plus âpre qu'auparavant. L'écume, le varech, le sel, puis les épices des vents du sud et du nord, et finalement une odeur doucereuse et écœurante, que seule la peau d'une femme étrangère peut communiquer aux pores de la peau d'un homme : même ces odeurs antipathiques, fortes, insolites, n'ont pu falsifier le souvenir familier de sa peau. Dans le noir, je mettais mon visage contre son épaule ; mon nez et ma bouche buvaient l'odeur de son corps. Je sentais que ma bouche était fraîche, car je brûlais de l'intérieur. J'ai compris que quelque chose était terminé : l'attente, ce mythe singulier, avait pris fin. J'ai su que la réalité avait commencé.

J'entendais dans le noir le battement de son cœur. Sous ses os robustes, sous son torse ferme, son cœur battait comme le marteau d'Héphaïstos, lorsque celui-ci s'apprêtait à battre ferme sur son enclume la lance, avec laquelle son fils, mon glorieux mari, Télégonos, l'a tué plus tard. Tout ceci était inscrit dans cet instant. Je ne pouvais pas en savoir les détails d'avance, car je ne suis pas Sibylle. Mais la vérité, je la connaissais. C'est pourquoi j'observais, je buvais d'une oreille assoiffée les battements de son cœur. Des battements fermes et conséquents résonnaient dans la caverne de son torse. Pour qui et pour quoi battait ce cœur ?... – je méditais cela. Je n'en savais rien.

Je savais seulement que ce n'était pas pour moi.

Pendant les vingt ans où je l'attendis, les nouvelles m'ont été apportées à pleins paniers par les prétendants, les domestiques, les messagers, et par un homme que j'engageais et que je payais à cet effet : Medon, l'agile. Mes domestiques, ma vieille nourrice, la bavarde, voleuse, et chère Euryclée, n'ont perdu aucune occasion de me procurer des nouvelles auprès des pèlerins, des navigateurs et de quelques dieux maraudeurs et vagabonds. Dans ces nouvelles, il y eut quelques outrances, mais, finalement, de la hotte des mensonges jaillit, à la longue, la goutte grasse de la vérité. Je sus certaines choses d'Hélène, j'ai vaguement entendu parler de Nausicaa – la détestable demi-vierge – et de Circé, ma chère belle-fille, ou plutôt ma belle-mère... Je suis toujours troublée lorsque je dois définir mes rapports avec cette dernière. J'ai entendu avec satisfaction que, pendant ses aventures, il a su garder sa dignité et sa réserve : chemin faisant, il n'entrait pas dans les maisons pleines de filles où les chanteuses conviaient les voyageurs. Cela m'a fait plaisir. Je me suis toujours réjouie lorsque j'ai entendu dire qu'il prenait garde à sa santé.

Un après-midi – c'était environ dans la quinzième année de son absence – ma chère amie Pallas Athéna vint me voir à pas prestes.

Maintenant je peux le dire, dans notre maison, les dieux se succédaient aux portes. Mon entourage et mes domestiques en avaient si bien pris l'habitude qu'ils n'étaient pas surpris lorsqu'une divinité arrivait en visite. Seuls les chiens aboyaient après nos hôtes, car l'animal, privé de raison, ne reconnaissait pas, derrière le travesti humain, le divin. Le chien de chasse de mon mari, le fidèle Argos, a cette fois encore jappé sur Athéna. Ce fut un temps véritablement heureux ; le monde des dieux et des humains n'était pas encore entièrement séparé. Moi-même, bien que fille d'une nymphe des bois, je me souvenais de mes origines divines. Et, parmi mes invités, il se trouvait parfois des dieux travestis, qui pouvaient, avec aisance, se comporter de manière humaine. Hermès fut l'hôte fréquent de notre maison ; parent de mon mari par une branche latérale, il dormait souvent chez nous. En pareille occasion, Euryclée nettoyait ses sandales ailées avec un soin particulier. Et pour Pallas Athéna, qui était gourmande, elle tenait toujours prêtes sur un plat phénicien des figues douces, ainsi que de l'ambroisie parfumée à l'ambre. Mon amie est arrivée cette fois-là échauffée et de bonne humeur :

– J'ai des nouvelles de lui !... cria-t-elle depuis le seuil, et de sa main elle chassa loin de sa jupe Argos qui jappait.

– Repose-toi dans notre modeste maison, fille de Zeus ! dis-je machinalement, avec politesse. Mais il n'y avait pas de temps pour des politesses. Elle s'assit près de moi sur le sofa – elle haletait, car elle était arrivée par voie aérienne –, elle badigeonna de kallos son nez qui, chemin faisant, devint un peu luisant – et elle se mit à raconter.

– De grandes choses sont arrivées, Pénélope. Dans

l'Olympe, il y a eu une séance secrète concernant l'affaire de ton mari. Poséidon, mon frère jaloux et rancunier, s'est fait tancer par notre auguste père Zeus. Ton mari ne rentre pas encore à la maison, mais dès ce jour, tu peux penser à lui comme à quelqu'un qui est en route pour le retour. Mais tout ceci n'est rien, dit-elle, en remettant le pot rempli de crème précieuse dans le fourreau d'albâtre qu'elle portait toujours à la taille piqué dans sa ceinture.

– Ce n'est rien ? demandai-je et mon cœur battait dans ma gorge. Que peut-il y avoir encore de plus important ?

Je demandai cela d'une voix étranglée. Plus tard j'ai souvent repensé à cet instant. La nouvelle – depuis une décade et demie, la première nouvelle authentique de son retour – me remplit d'une joie sauvage, mais en même temps de peur. Et pendant cette nuit mémorable, où j'étais de nouveau couchée dans le lit et où j'écoutais les battements de son cœur, je me rappelais cette angoisse.

Mais je posais mes questions avec prudence, car je savais que mon amie divine et porteuse de nouvelles était amoureuse de mon mari. J'ai beaucoup médité au sujet de cette attirance. Je ne sais pas exactement s'ils ont eu une liaison ! Pour les déesses, il n'est pas facile de commencer des rapports charnels avec un être humain, même dans le cas où l'homme est d'origine divine. Les difficultés sont de différentes sortes : certaines sont rituelles, d'autres, de nature physiologique. Mais je suis femme, et je sais que les tendres soins dont mon amie divine entourait mon mari à l'étranger comme à la maison n'étaient pas tout à fait désintéressés. Je n'étais pas jalouse – Athéna ces derniers temps avait un peu engraissé, comme les femmes de sa famille en général, en conséquence d'une tendance familiale, telle sa belle-mère Héra et les autres –, mais je veillais. Son rang distingué parmi les Célestes, sa virginité professionnelle – autour de cela il y eut beaucoup de bavardages mais il est indigne de mon rang de propager tout ce que j'ai entendu au sujet de la virginité d'Athéna –, le rôle qui l'obligeait à veiller sur les héros, les savants, les artistes... tout cela aurait pu me convaincre que l'intérêt qu'elle témoignait à mon mari était dénué d'égoïsme. Mais je connaissais mon mari. Et je connaissais les déesses... J'observais prudemment, avec une indifférence feinte. Dans la longue guirlande de ballet des femmes, une déesse de plus ou de moins ne compte guère, pensais-je.

– Nous avons su où il séjourne ! dit mon amie vierge. Elle me regardait profondément dans les yeux avec son œil de chouette au regard strabique. À ce moment, elle ressemblait vraiment à une vieille fille dodue. Elle pleurait facilement... Mon mari, avec un peu d'ingratitude, comme il parlait généralement des femmes et des déesses, l'avait une fois appelée embryon, et il disait que cette vierge attardée avait un fonctionnement glandulaire défectueux.

Maintenant elle avait tout raconté. Ce que j'avais entendu m'avait indignée. Je dois le confesser, de

Calypso j'étais sans nouvelles jusqu'à maintenant. Cette vieille femme dépravée avait bien gardé son secret – et mon mari – pendant sept ans. Le fait que les nymphes attaquaient les jeunes garçons et les cachaient dans les forêts et dans des grottes rocheuses avec un objectif d'utilité amoureuse n'était pas une nouveauté pour moi. Mais je ne comprenais pas comment elle avait pu se saisir de mon mari, de cet homme fort et fier ?... Lorsqu'Athéna arriva dans son récit au point où Hermès a vu mon mari assis sur un rocher, pleurant de désespoir, car la nuit il devait servir avec sa force mâle sa vieille maîtresse de maison aux cheveux à vagues artificielles, mon cœur se tordit. Mon mari, le héros de Troie, entretenu pendant sept ans par une vieille femme, qui l'a nourri, habillé et utilisé comme un fornicateur ! Je sanglotais intérieurement. Mais je m'efforçais de feindre le calme... Ma divine amie ne faisait guère attention à moi : elle parlait avec une joie nerveuse, avec enthousiasme. Elle relatait avec une étrange gaîté, avec une indignation feinte – comme les femmes parlent lorsqu'elles apprennent quelque intimité charnelle d'un homme avec qui elles ont un lien sentimental.

– Depuis sept ans, dit-elle, avec une satisfaction évidente – sept ans –, la vieille nymphe use ton mari, Pénélope. Hermès dit qu'il n'était plus que peau et os. Imagines-tu cela !... J'ai naturellement tout appris sur cette indigne personne. Elle est originaire de la famille des nymphes d'eau. Elle sait tisser et filer de manière professionnelle, comme savent le faire en général les nymphes et leurs descendants, dit-elle en une méchante parenthèse. – J'ai baissé les yeux et j'ai rougi. – Excuse-moi, dit-elle avec une fausse amabilité. Ses parents sont les satyres et les silènes, c'est la classe moyenne des forêts. Ses domestiques et ses gens de maison sont issus de sa famille, des naïades, des dryades, des oréades, une clique de médiocres. Abominable ! dit-elle machinalement et elle me jeta, en clignant ses yeux de chouette, un regard plat ; elle guettait de la sorte le résultat.

– Il est certain que mon mari saura garder son rang, même en captivité, chez cette mégère ! répondis-je évasivement et avec dignité. Mais mon cœur se tordait, car chaque mot de la déesse me faisait mal.

Pallas Athéna continua à bavarder comme si elle n'avait pas entendu mon commentaire :

– Elle se fait appeler : « à la belle chevelure ». En réalité elle porte une perruque car elle est quasiment chauve.

Elle dit encore beaucoup de choses désagréables. Le franc-parler dont les dieux et les déesses font si grand cas n'est rien autre la plupart du temps qu'un manque de tact. Je l'écoutai sans mot dire, avec une grande maîtrise de moi.

Lorsqu'elle fut partie, je fis venir mon glorieux fils Télémaque. Il vint de parmi les prétendants ; ils avaient joué au jeu de balles tout l'après-midi. À cette époque, dans la quinzième année d'absence de mon mari, je dois dire – quelle que soit la douleur que j'éprouve – que mon fils se sentait assez bien dans la compagnie des prétendants. Il y avait parmi eux des jeunes de son âge avec lesquels il s'entendait bien, et ils pouvaient échanger des idées sur les affaires locales et mondiales dans le jargon de la jeune nation achéenne. Parmi les plus âgés, plusieurs dispensaient des conseils pratiques et utilitaires au jeune chef inexpérimenté.

Tout cela découlait naturellement de la situation qu'avait créée l'absence durable de mon mari. Télémaque était un enfant singulier. Emporté, peu réfléchi… Il n'avait rien hérité de la ruse de son glorieux père. Mais il avait, lui aussi, un penchant pour les plaisirs, même si c'était d'une manière différente de mon défunt mari, qui, dans la jouissance, ne cherchait pas à atteindre les rives du vertige, les bords de l'oubli où les nerfs et les sens peuvent se reposer, mais l'infini où l'homme dépasse les limites de sa personnalité. Même dans la jouissance Ulysse ressemblait à la mer. Comme la mer qui n'a pas de fin – mais seulement des rives, ce qui n'est pas la même chose – ainsi mon mari ne touchait jamais aux bords boueux de la jouissance et de l'oubli de soi… Cela, je le comprends mieux maintenant qu'il n'est plus. Mon fils, hélas ! ne se vautrait pas dans la mer, mais plus volontiers dans la boue, tels les porcs d'Eumée. Je le regardais et je soupirais.

Il se tenait devant moi, fier, mais un peu décoiffé,

car il avait eu chaud pendant le jeu. Ses cheveux tombaient sur son front, ses joues étaient rosées, car dès le début de l'après-midi il commençait à boire avec les prétendants les plus jeunes.

– Ton père revient, dis-je brièvement.

Cette manière de parler, je l'avais apprise de Cassandre, ma tante de Troie, qui a toujours annoncé le destin sur un ton de bois. Mon fils s'efforçait de se tenir droit ; mais j'ai vu que la bonne nouvelle le faisait un peu tituber.

– Ce n'est pas vrai, dit-il morose et enroué.

Nous nous regardions face à face. Je me suis levée.

– D'où sais-tu cela, ma brillante mère ? demanda-t-il ensuite, troublé.

– Pallas Athéna m'a apporté la nouvelle, répondis-je solennellement.

– Eh, dit-il de mauvaise humeur, en grinçant des dents, comme un garnement pris sur le fait. Sur son visage, j'ai vu l'effroi et la contrariété. Mais il était si singulier, que même dans mon cœur – tout à l'intérieur, là où seules les sibylles voient tournoyer les émotions humaines – les mêmes sentiments tournoyaient !

– Ton père rentre, répétai-je sévèrement. Comprends-le, Télémaque. Peut-être demain, peut-être dans quelques années.

... Mais un jour il reviendra. C'est maintenant une certitude. Les dieux l'ont décidé.

– C'est un grand dommage, dit-il la tête courbée,

spontanément. Ensuite, sur un ton d'excuse voilé, il ajouta :

– Je veux dire qu'il y a toujours un grand dommage lorsque les dieux puissants décident sans consulter les humains.

Je ne répondis pas. Je plaignais mon fils. Je me plaignais moi-même. J'aurais aimé plaindre aussi mon mari. Mais pour cela, je n'avais plus de force. On ne peut pas attendre impunément pendant vingt ans un homme qui s'en va à la guerre, dont le drapeau est un jupon de femme, qui exécute des actes héroïques qu'un grand nombre qualifient d'actes d'horreur et qui, chaque fois qu'il doit rentrer chez lui, évoque la volonté des dieux. Parmi ses camarades, tous ceux avec qui il était parti naguère et qui n'avaient pas péri dans cette entreprise suspecte étaient rentrés en rangs. Lui tardait toujours. Et moi, j'étais assise avec mon fils et les prétendants à Ithaque et je regardais, impuissante, comment – en l'absence du chef – la fortune familiale glissait entre mes mains. Je tissais, bien que parmi tous les travaux ménagers, c'est celui qui m'est le plus insupportable. Ma mère, la nymphe, s'occupait professionnellement de tissage artisanal et elle m'a fait haïr dès mon plus jeune âge ce métier monotone. Je tissais – mon prétexte railleur ne fut pris au sérieux par aucun des prétendants – et je ne pensais qu'au temps qui passe. Mon mari avait cinquante et un ans, lorsqu'un jour il est enfin arrivé sur notre île, endormi sur un radeau des Phéaciens. Moi, j'avais quarante-deux ans !

VI

C'est pour cela, entre autres, que je ne pouvais pas le plaindre. Mais je ne pouvais pas non plus l'oublier. Pourquoi ? Est-ce parce que je l'aimais ? Entre les remous de la vie humaine et divine, j'ai appris à utiliser ce mot avec beaucoup de précaution. Les hommes prononcent ce verbe trop vite, avec une trop grande légèreté ; les dieux ont brouillé l'image de l'amour convoité d'une fumée d'or superflue. Je ne sais pas si j'aimais Ulysse. Ces mots sont terribles à prononcer, car je sais que mon opinion et mon sentiment ne sont plus une affaire privée : les chantres, le temps, ce propagandiste bavard, les muses, ont tissé une légende autour de ma personne et de mon rôle. Je suis l'épouse fidèle, qui tisse et qui se consume, pendant que son mari lutte sur terre et mer… Mais ceci n'est pas vrai. En réalité mon cœur a été plein de colère contre lui dès le premier instant. Je l'ai haï, car il ne m'a choisie comme épouse que par contrainte, parce qu'il ne pouvait pas obtenir Hélène. Il m'a ramenée de Sparte à Ithaque comme un sportif qui arrive second en gymnastique et qui ramène un prix de consolation. Je ne l'aimais pas, car son esprit fourbe vagabondait toujours ailleurs. J'aurais pu le tuer, car il me quittait sans cesse et il me trompait.

... Mais lorsque finalement mon glorieux mari, le noble Télégonos, a réellement tué Ulysse, à côté du grand soulagement que j'éprouvais à cet instant, j'ai appris en même temps que je resterais désormais solitaire pour l'éternité. Je ne peux l'oublier, car il fut mon mari. Je n'ai réellement vécu que tant qu'il vivait. Maintenant qu'il est mort, je ne suis plus qu'immortelle. Ce n'est pas la même chose.

Un mari est une étrange créature des dieux. Ulysse ne fut jamais un mari pantouflard. Il n'aimait pas bricoler à la maison. Il s'occupait peu de l'éducation de son fils. Mais il était mon mari... par la volonté des dieux, ou bien par la fatalité. Maintenant je comprends cela.

Je n'ai aucune raison de taire que je connaissais la force de ma beauté. Je suis femme, et je n'ai pas de boutons sur le dos, comme certaines vieilles chipies mondialement célèbres, qui ont ensorcelé des hommes naïfs et inexpérimentés. Mon corps est bien proportionné, mes muscles sont rondelets. Lorsque mon mari revint – j'avais quarante-deux ans –, je le reçus encore dans mon lit entre mes bras bien fermes et je mis au monde notre second fils Ptolipathos – un peu attardé – avec une aussi grande facilité que le premier, vingt ans plus tôt. Il est vrai toutefois que ce second fils fut moins réussi. Mais je crois que ce ne fut pas de ma faute. Peut-être fut-ce parce qu'en cet instant, où j'ai de nouveau connu le corps de mon mari et où notre sang s'est mêlé – après vingt ans –, nous pensions tous deux à autre chose. Moi, à ce qu'il était mon mari et que c'était plus une infortune qu'une chance. Lui, à ce qu'il s'en irait bientôt de nouveau d'Ithaque. Mais il faisait nuit dans ma chambre à coucher et nous nous taisions tous deux... Nous nous taisions encore cette fois où, pour la première fois depuis vingt ans, j'ai de nouveau prononcé le nom d'Hélène. Le chantre aveugle que nous avions hébergé quelque temps dans notre maison avait de nouveau illustré mon mari de brillants qualificatifs. Dans le noir, je pensais que j'étais couchée de nouveau aux côtés du « saccageur des forts » – et je souriais amèrement. Je sais que je ne suis pas juste. Lui, le « briseur des forts », était réellement ce que croyait le monde : ingénieux, agité, rusé, courageux, explorateur, roué : en somme le vainqueur des forts... Mais moi, j'aurais aimé savoir mon mari près de moi. Et cette nuit-là j'ai compris qu'il n'y avait aucun espoir.

Pour le reconnaître, il n'y avait nul besoin de voir la cicatrice sur le genou de mon mari. Dès l'instant où il était arrivé sur l'île, je savais qu'il était de nouveau ici, à proximité tangible. Peut-être l'ignorais-je avec mon cerveau... Il est arrivé à la nouvelle lune. Eumée ne croyait pas qu'il pourrait arriver, mais avec mon cœur, mon ventre, ma peau, je le savais. Sa dissimulation, son déguisement ne m'ont pas trompée un seul instant. Je riais, lorsqu'il mimait en gémissant un pauvre mendiant errant, et qu'il racontait qu'il venait de Crète, où lui, le voyageur, avait enchanté Ulysse, qui s'était justement mis en route pour Troie.

Comme c'est naïf, un homme, même rusé et intelligent, lorsqu'il parle à une femme ! Dès l'instant où il est rentré à la maison, notre vie s'est remplie. Il est arrivé à la nouvelle lune. Eumée ne croyait pas qu'il pouvait arriver à la maison, car l'automne était passé, l'hiver était arrivé et la mer n'était plus facilement navigable. Eumée n'osait plus prendre de renseignements sur mon mari auprès des pèlerins depuis qu'il avait été trompé par un Étolien... Mais moi, j'ai su, lorsque nos chiens ont aboyé la nuit de la nouvelle lune, qu'il était de nouveau ici. Tout ce qu'on a chanté et raconté plus tard n'est que du maquillage et de l'invention. Je ne me suis pas dépêchée devant lui, car j'attendais et j'observais : quelle comédie allait-il nous jouer ? Il est arrivé humble et loqueteux... Il était comédien et facétieux. Je l'attendais, et mon cœur était rempli de colère et d'angoisse. Car personne ne doutait à Ithaque que s'il revenait, le « porteur de lumière » allait tuer.

Théoclymène, le devin, que je gardais en ce temps-là à la maison, protégeait en vain mes prétendants. Lorsqu'Eurymaque, ce garnement impertinent, s'est moqué du « porteur de lumière » à cause de la calvitie dont Athéna l'avait frappé, je sus que la comédie que celui qui était de retour allait jouer serait terrible comme un drame grec retentissant. Il ne pardonnait jamais lorsque l'on raillait ses défauts corporels. Il était très vaniteux,

Il est arrivé chauve à la maison. Je ne sais si cette calvitie fut réellement l'œuvre d'Athéna. Je tendis ma main dans le noir et, sous prétexte de le caresser, je tâtai le corps de mon mari. Il le supporta immobile et sans mot dire. Je caressai sa poitrine qui avait trempé dans l'écume amère de la mer, et ensuite, courageusement, je tâtai sa tête chauve...

Il s'assit sur la couche.

– Je vieillis, dit-il froidement, sans me regarder.

– Mais non, mon cher ! dis-je. Tu perds seulement tes cheveux.

Je ne sais quel méchant démon s'est niché dans ma poitrine, lorsque j'ai prononcé ces mots. Peut-être un de ces monstres infernaux à tête de chien d'Hécate ou de Proserpine s'était-il introduit insidieusement dans ma maison ? La nuit du retour d'Ulysse, j'avais oublié de déposer au centre de la croisée des chemins la galette de fromage de l'offrande ; pendant les mois écoulés, je n'avais sacrifié aucun chien à Proserpine. J'étais devenue trop présomptueuse.

Il mit son épais manteau de nuit sur ses épaules et se leva.

– Je sais, dit-il, on ne peut pas se vautrer dans la mer pendant des jours et des nuits impunément, Pénélope ! L'eau amère nuit aux racines des cheveux.

Il se dirigea vers la table où étaient posées la cruche de vin et la coupe. Il buvait maintenant beaucoup plus qu'il y a vingt ans, lorsqu'il s'était mis en route.

Cette fois, je ne pouvais plus me taire. Le démon aboyait dans mon cœur. Je me suis penchée de mon lit et j'ai crié :

– On ne peut pas bourlinguer impunément pendant vingt ans à travers le monde. Cela aussi endommage les racines des cheveux !

Il versa le vin d'un geste calme. Les rayons argentés de la lune enveloppaient ses épaules, telle une chape. Il examina la couleur du vin dans la lumière diffuse et froide. Il dit en passant :

– J'ai lutté. L'honneur m'appelait.

Je savais qu'il mentait de nouveau. Les ombres de la nuit glapirent à travers ma voix :

– La fille de Léda, cette gourgandine, t'appelait. Peut-être bien que sa mère n'était même pas Léda, mais Nemesis en personne. De bonne race, disais-tu ? Oui, d'excellente race de la pègre. Sais-tu qu'elle avait une liaison avec Achille ?…

Il ne bougea pas. Il buvait à gorgées lentes.

– On le dit, répliqua-t-il avec sérieux. Les gens bavardent trop.

Il posa la coupe sur la table de marbre. Il se tenait debout, les bras croisés, dans la porte cernée par le clair de lune ; il contemplait notre jardin et la nuit.

– Lorsque Pâris est mort, dis-je en haletant, cette péronnelle a couché à Ilion avec le fils de Priam. Tu ignores aussi cela ?…

– Avec Deiphobos ?... demanda-t-il sur le ton neutre du souvenir.

– Oui, je l'ai entendu dire. C'était un joli garçon. Plus tard Ménélas l'a assommé. C'était inutile. Et de nouveau il regarda le jardin et le clair de lune. Il siffota doucement un air étrange, sirupeux.

– Tu étais aussi à Aphidra ?... criai-je. – À un certain moment, tu allais souvent en Attique. N'étais-tu pas leur invité ?...

Mais je n'ai pas pu finir la méchante question. Il leva la main et me signifia ainsi de me taire. Il dit tranquillement :

– Thésée m'avait invité. Je n'ai pu y aller. J'avais autre chose à faire.

– Et Korythos ? Je ne pouvais pas me taire. Ces mots s'épaississaient dans ma gorge depuis vingt ans. Te souviens-tu encore ?

– Je me souviens même de son père, Alexandros. Mais c'était un père jaloux. Je lui ai dit qu'il a agi avec précipitation lorsqu'il a assommé son fils, le brave Korythos.

Je me suis étendue de nouveau sur les oreillers de mon lit et j'ai couvert mes yeux de mes mains. Je dis ainsi en murmurant – ma voix tremblait comme si elle avait honte – au nom de toute la population féminine et divine :

– Korythos et Deiphobos. Et Patrocle.

– Et Hector, dit-il froidement. Il hocha sa tête chauve. Et tous les autres. Achille !

Il essayait de parler sans véhémence, sèchement.

Mais il trembla en prononçant le nom d'Achille. Je serrais mes yeux avec mes paumes et je l'observais à travers les fissures de mes doigts.

– Pâris l'a tué… dis-je avec rouerie. Sa voix tonna :

– Ou Apollon, prenant la forme de Pâris, dit-il brutalement. – Laissons les contes de nourrices, Pénélope. Le peuple a besoin de contes, les femmes, de chair d'homme et de famille. Les hommes, de sang et de vin. Les dieux, de sacrifices.

– Et les milliers d'hommes qui ont pourri de la peste devant les murs d'Ilion, pour qui sont-ils morts ?…

– Et tes prétendants, Pénélope, dit-il en haussant le ton, lentement et avec sérieux. Il se tourna vers moi. – Ils étaient assis là et ici… – et il désignait la salle inondée par le clair de lune qui, des fenêtres de la chambre à coucher resplendissait entre les colonnes de l'entrée, comme si les morts l'avaient illuminée d'une lueur fantomatique. – Ils sont tous morts. Même maintenant, tu n'es pas tranquille ?…

Il disait cela poliment, patiemment, comme un compliment. Je n'ai pas pu répondre. Il s'est tourné lentement vers moi. Il rejeta le pan de son manteau de nuit sur son épaule gauche… Il fit un pas près de mon lit, mit sa main d'un mouvement apaisant sur mon front brûlant. Le tremblement nerveux de mon corps cessa immédiatement. Le toucher de sa main avait une force extraordinaire. J'ai retenu ma respiration, car je sentais que c'était la première fois – et peut-être la dernière – que mon mari me donnait personnellement quelque chose. Dans le noir j'entendis sa voix lointaine :

– Calme-toi, dit-il. Et ne cherche pas à comprendre ce que les dieux veulent. Et supporte ce que je veux. Je te l'ordonne.

– De quel droit ?... demandai-je en m'étouffant !

– Je suis ton mari, dit-il calmement, sur le ton de quelqu'un qui proclame un jugement.

Après ce qui s'est passé pendant ces vingt dernières années entre nous et dans le monde, cette réponse semblait étrange. Malgré cela, à cet instant, je me suis admirablement calmée. Je souris, heureuse. J'aurais voulu embrasser sa main, mais il l'avait déjà retirée... Il s'achemina vers la porte. Il empoigna la canne qui l'attendait, appuyée au jambage de la porte, pour l'accompagner dans sa promenade. J'observais ce qu'il préparait !

Cette canne était un cadeau d'Eumée, en remplacement de celle qu'il avait perdue, qui était un cadeau d'Athéna, et qu'il avait jetée par crainte devant les chiens qui glapissaient à son retour. Mon mari était un héros, mais il craignait les chiens. Maintenant il sifflotait pour appeler la chienne qu'il avait choisie comme gardienne de la maison, après la mort d'Argos.

– Où vas-tu ? lui criai-je.

– Il fait jour, dit-il de la porte. Il est temps de m'occuper de l'exploitation.

Je trouvais surprenant qu'il devienne ainsi, tout d'un coup un tel homme d'intérieur et s'occupe de la ferme. Je me suis redressée sur ma couche et je l'ai suivi du regard. Je souriais, heureuse et innocente. J'avais honte de moi et j'espérais.

VII

Mon espoir était déraisonnable et chimérique. Pendant quelques jours, il a fait semblant de recenser l'exploitation. Il a fait venir Eumée et a écouté distraitement le compte rendu du dévoué voleur. Tout le monde dans la maison marchait sur la pointe des pieds autour de lui : les domestiques, le vieux Mentor, à qui il avait confié il y a vingt ans l'exploitation, Mentor qui, pendant ces vingt années, s'était considérablement enrichi, sans que cela fût apparent – y compris mon glorieux fils Télémaque. Tout le monde lorgnait le maître revenu, pour voir s'il remarquerait ce qui s'était passé chez lui pendant son absence... Je savais avec certitude qu'il s'était aperçu de tout. Mais il ne réagit que d'un revers de la main lorsqu'Eumée énuméra le nombre de porcs et de chèvres consommés par les prétendants et il écouta le récit de Mentor avec un haussement d'épaules, lorsque le vieux régisseur et fidèle ami lui expliqua sèchement – avec une argumentation aride – que les fûts de vin s'étaient desséchés et que les granges étaient vides. Mon mari – pendant ses pérégrinations – a appris à connaître les dieux et les hommes.

Ces temps-ci, il ne s'intéressait plus qu'aux objets d'or et d'argent. C'était chez mon mari un nouveau trait de caractère. Il y a vingt ans, nous avions connu un maître passionné. Il nous avait appris toutes les astuces de l'agriculture. Nous n'avions des objets d'or et d'argent dans notre maison qu'en tant qu'objets de décoration et pour la renommée de notre foyer. Maintenant il ne jetait même pas un coup d'œil sur les semailles – le dégel hivernal commençait à se faire sentir – bien qu'à l'aube la gelée collait encore aux champs. Il n'avait même pas regardé la grande fête de la tonte des brebis. Il n'allait même plus à la chasse... Mais il comptait soigneusement, à longueur de journée ; il jaugeait les cadeaux que mes prétendants assassinés avaient envoyés de temps à autre dans ma maison avec une courtoisie attentionnée. Un hanap d'or – présent du jeune et pimpant Ktésippe, qui, entre autres manières aimables, avait l'habitude de jeter des cuisses de bœuf vers ses voisins de table – avait gagné particulièrement ses faveurs. Ce hanap, il l'avait pesé, le regardait joyeusement :

– C'est, disait-il, de l'or fameux de Cyrène !

Tout cela était nouveau. J'ignorais jusque-là que l'or et l'argent l'intéressaient. Il s'est conduit comme un mercenaire phénicien. Il avait appris dans le monde que les objets n'ont pas seulement une affectation, mais ont aussi un prix. Nous, à Ithaque, nous vivions encore comme au début des temps : parmi les moutons, les pâtres et les dieux. La terre, la mer et le soleil nous donnaient tout ce dont nous avions besoin. Mon mari apportait sur notre île un cadeau singulier : l'exigence. Il avait appris parmi les géants, les Cyclopes, les marchands et les dresseurs de chevaux – en un mot dans le monde – que tout ce qui appartient à celui-ci peut aussi s'acheter et se vendre. Au lieu de l'affable propriétaire terrien, du marin ionien circonspect, un homme nouveau était revenu : le marchand. Je n'ai pas compris cela tout de suite.

Il avait achevé avant tout les sacrifices dont Tirésias l'avait chargé. Il sacrifia aux nymphes – c'était une attention aimable et courtoise de sa part –, ensuite à Athéna et aussi à Hermès. Il offrit les sacrifices avec prévenance, selon les usages, mais de manière passablement économique ; pour Hermès il choisit un maigre bouvillon, et pour Athéna deux moutons, qui depuis plusieurs jours déjà avaient refusé de manger normalement. Je savais que les dieux n'aiment pas être lésés. J'ai rappelé en aparté à mon mari, qu'Athéna aurait mérité des brebis bien portantes.

– En fin de compte elle t'a rapatrié, dis-je.

– Oui, répondit-il impassible. Mais je me suis appliqué, moi aussi.

Sa voix était rugueuse. Sa réponse m'a consternée. Il y a vingt ans, je l'avais connu pieux. Il ne courait pas sans cesse dans les temples, mais il respectait les fêtes religieuses. Maintenant il se conduisait comme un parent éloigné, qui, pendant ses pérégrinations, aurait appris quelque chose sur ses parents distingués : les dieux.

Il se prononçait avec réserve à leur sujet. Comme s'il comprenait leurs ruses... Comme s'il avait deviné l'intention divine. Il leur offrait des sacrifices, mais machinalement, cérémonieusement, sans aucun zèle. Lorsque s'est dissipée sur l'autel la fumée des maigres cuisses des brebis sacrifiées à Athéna, il s'est écrié subitement :

– Apportez-moi le mouton le plus gras !

Les bouviers coururent, apeurés, pour obéir à ses ordres. Il jeta de ses mains dans les flammes attisées la cuisse épaisse et grasse.

– Tu sacrifies à Zeus ? demandai-je doucement.

– Non, dit-il morose. Je sacrifie aux morts.

Et il regarda les bras croisés la colonne de fumée noire et tourbillonnante, qui montait droit vers le ciel bleu marine. Jusqu'ici, il n'avait jamais parlé des morts qu'il avait rencontrés pendant ses vagabondages. De Tirésias lui-même, j'ai entendu parler ce jour pour la première fois. Je regardai sans mot dire le pavement de marbre devant l'autel.

– Pénélope, dit-il subitement, il n'est pas bon de mourir.

– L'immortalité existe aussi, mon glorieux époux, dis-je apeurée.

– Cela existe, mais ne vaut pas grand-chose, dit-il sur un ton méprisant. – Sache que la vie seule a un vrai sens. La mort est ennuyeuse. Je le sais d'Achille.

– Tu as parlé avec lui ? demandai-je consternée.

– Avec lui et avec ma mère. Et avec Agamemnon... Il ricana méchamment, avec un ronflement froid. – Tous se plaignent, dit-il avec une mauvaise joie. Agamemnon m'a dit...

Il se tut subitement, comme s'il ne voulait pas parler inutilement. Je retenais mon souffle. Depuis qu'il était revenu, il n'avait pas encore parlé avec nous, ses intimes, de ses aventures de voyage. Il est vrai que, les premiers mois, il avait eu beaucoup à faire. La clique de mes prétendants assassinés – les Achéens menaçaient de procès en indemnisation. Le « saccageur des forts » avait fait poser sur la porte de notre maison d'Ithaque des paumelles de fer pour la nuit et avait ordonné à Eumée de trouver des chiens de garde féroces. Ces temps-ci, il était plutôt distrait, soupçonneux, comme quelqu'un qui ne trouve pas sa place. Il cherchait quelque chose. J'imaginais qu'il cherchait son foyer. Il est certain qu'après les aventures qu'il avait vécues, il était difficile de retrouver son foyer. Il s'agitait, il contemplait... À ce moment j'ignorais qu'il s'apprêtait à repartir de nouveau. Mon mari savait admirablement repartir de la maison. Et il savait toujours admirablement arriver. Il n'y a qu'une seule chose qu'il ne savait pas faire : rester... Pour cela il manquait d'aptitude.

À ce moment-là, j'imaginais que c'était le souvenir des défunts qui l'agitait.

– Que pouvons-nous faire ? demandai-je avec appréhension.

– Pas grand-chose, dit-il. Il se tenait devant moi les bras croisés. Dans ses yeux luisait une sombre lumière que je connaissais bien ; il était semblable, il y a vingt ans, lorsqu'il jouait la comédie devant Palamède. – Il faut vivre, Pénélope ! dit-il tristement et solennellement. – Vivre avec tous nos nerfs, avec toutes les fibres de nos muscles.

– Mais les dieux..., criai-je. Je voulais dire que les dieux exigeaient davantage que la vie. Il me fit signe de me taire.

– Les dieux sont jaloux, dit-il d'une voix rauque, confidentielle. Ils nous envient cette petite mortalité qu'est la vie. Ne parle de cela à personne.

Il acheva le sacrifice avec des mouvements lents, circonstanciés : il creusa un fossé tout autour, il y versa du lait, du miel et du vin, après quoi il demanda de la farine blanche et il en saupoudra le tertre des défunts. Il contempla son œuvre les bras croisés.

– Bien, dit-il soulagé. Maintenant ils sont tranquilles !

» J'ordonnerai une mensualité pour les orphelins des Achéens, dit-il désinvolte.

À cet instant, il était vraiment royal. Mais je pensais à la quantité d'or et d'argent que le revenant avait pris aux assassinés comme butin. La mensualité qu'il attribuait aux orphelins n'équivalait même pas à une infime partie du butin.

– J'ai promis à Tirésias une brebis noire comme la nuit, dit-il enfin. Demande aux pâtres de m'en trouver une.

Il se redressa, il se mit en route vers la maison, soulagé. Il paraissait un homme qui avait fait tout ce que les dieux avaient ordonné, et que lui-même avait envie de faire : il avait tué tout le monde qu'il avait croisé sur son chemin en cours de route, comme tous ceux qui étaient à la maison contre son gré, puis à la fin il avait fait la paix avec les morts. Mais je savais qu'au fond de son cœur les hommes l'intéressaient plus que les dieux et les défunts.

Tirésias dit que la mort viendra vers moi par la mer. – Il s'arrêta au seuil de notre maison et il parla ainsi. – J'aurai une vieillesse tranquille et paisible. Je mourrai entre tes bras, Pénélope, dit-il cordialement, avec un sourire affable.

Maintenant qu'il était si complaisant, je commençai à prendre peur sérieusement.

VIII

Son comportement adouci et affable se révéla en réalité une disposition d'esprit passagère. Le soir même – le soir du jour où il fit la paix avec les morts – il commença à critiquer la qualité du dîner.

Ces mois-là, mon personnel, tout comme moi-même, faisions tout notre possible pour enchanter le revenant avec des mets choisis et savoureux. Euryclée, – malgré son âge avancé – se tenait debout dans la cuisine à longueur de journée pour surveiller notre chef de Samos et les filles de cuisine. Il est vrai que le personnel de cuisine était, en ce temps-là, assez déficient, car mon mari avait tué de ses mains toutes celles dont il s'avérait qu'elles s'étaient laissées aller à coucher avec les prétendants. Il avait entrepris ce nettoyage méthodiquement, sans colère ni animosité, tel un bon jardinier extirpe, le printemps venu, les chenilles des arbres fruitiers.

Lorsqu'un après-midi, il a assommé l'incontestablement immorale sœur cadette de cette gourgandine de femme de chambre – une jeune et attrayante courtisane – c'est parce qu'il s'est révélé qu'elle était enceinte de ce repoussant Antinoos – je m'efforçais de lui faire la morale.

– Il me semble, dis-je – d'un ton aimable mais persuasif – qu'il serait temps de mettre un terme à la vengeance.

Il cria, nerveux et vexé :

– Ce n'est pas la vengeance que je veux, mais la justice.

Il me regardait la tête penchée sur le côté, d'un air mauvais.

– Si tu tues tout le monde, dis-je avec un calme feint, tout le monde qui, pendant tes vingt ans d'absence, a adressé la parole à mes prétendants, la maison se videra peu à peu.

– La vérité ne connaît pas de marchandage, dit-il et ses yeux jetaient des flammes de haine. La trahison ne connaît pas de pardon. Il vaut mieux que la maison reste vide...

Il ne finit pas la phrase. Il me regarda d'un œil brûlant de haine. Je blêmis. Il ne m'avait encore jamais regardée avec haine.

Cheminant pendant vingt ans entre les embûches divines et humaines, son cœur s'était rempli d'inexpiables soupçons. Il ne faisait confiance à personne. Autrefois, lorsqu'il vivait parmi nous, il aimait la paix et la justice. Pendant ses vadrouilles, il avait pris des habitudes nouvelles, surprenantes. Une de ses nouvelles et mauvaises habitudes était de tuer – sans poser de questions – tous ceux qui croisaient son chemin et à qui il ne faisait pas confiance. Il était indiscutable qu'il avait le droit de le faire, car il était le maître et le roi. Mais il utilisait son droit arbitrairement. Je ne voulais pas l'agacer, c'est pourquoi j'ai tu qu'au fond de mon cœur, je trouvais l'assassinat de mes prétendants un acte – bien qu'un peu précipité – légitime selon les lois humaines et divines. Sur cela, je devais me taire. Mais lorsque j'ai vu que l'assassinat devenait chez lui un acte de violence, j'ai élevé le ton. Le fait qu'il ait pendu par les pieds mes garces de servantes – tel l'oiseleur pend les cailles tombées en captivité – était en somme naturel. Mais il assommait aussi d'une main mes meilleures filles de cuisine. Dans ma maison les peurs cachées et secrètes ne cessaient pas. Peu à peu nous avons commencé à comprendre qu'il n'est pas bon d'attendre trop longtemps le retour de celui qui est parti une fois avec tout ce que cela représente ; lorsqu'il revient, il retourne aussi avec tout ce que cela signifie.

Je soupirai. Le mélangeur des vins entra dans la salle et annonça que le dîner était servi.

Nous entrâmes sans mot dire dans notre salle à manger à l'odeur de soufre. Comme d'habitude, deux servantes m'accompagnaient cette fois encore, car je veillais à garder mon rang et mes habitudes d'autrefois. Je m'allongeai du côté gauche de mon mari. Nous étions peu nombreux, allongés autour de la table : Mentor, Dolinos, quelques anciennes connaissances étaient venues. À cause de ses soupçons et de nos habitudes domestiques spécifiquement changées depuis son retour, notre maison, autrefois si hospitalière, ne recevait plus que peu d'invités. En réalité tout le monde avait peur de lui.

On nous servit de la viande de chèvre aux olives avec une sauce aigrelette. Il mangea avec ses doigts, les plongeant dans le plat d'un air maussade.

La conversation démarra en traînant. Comme si l'âme de mes prétendants assassinés errait dans la grande salle obscurément éclairée par les torches !

– Cette chèvre est coriace, dit-il de mauvaise humeur et il fit signe que l'on enlève le plat devant lui. Je me souviens que lorsque je me suis faufilé, travesti, à Troie, Hélène n'avait offert aussi de la viande de chèvre. Mais c'était une jeune chèvre, engraissée au lait, un chevreau.

La bouchée est restée accrochée dans ma gorge ; je n'ai pu l'avaler qu'à grand-peine.

– Il y a aussi du porc, si tu préfères, mon maître, dis-je avec une feinte humilité.

– Je ne peux même pas voir le porc, dit-il sombre. Lorsque je vois du porc, je pense toujours à mes compagnons. Et encore à quelques Achéens restés à la maison.

Ceux qui étaient couchés autour de la table l'écoutaient affolés, avec angoisse. On n'entendait que le mâchonnement du vieux Dolinos, qui était édenté. Les serviteurs apportèrent sur des plats d'argent la fin du repas : du fromage de brebis et des fruits. Des figues, des pommes grenades, des grappes de raisins suspendues et ratatinées dans des séchoirs, des grappes de raisins de table à grains allongés rappelant des mamelles de chèvre, qu'il avait toujours appréciées. Des pommes et des noix formaient des bosses sur le plateau d'argent, dont les rebords étaient égayés de satyres admirablement gravés. Nous vivions à la campagne, mais je veillais à ce que les habitudes des capitales, les traditions mondaines de Sparte, ne se perdent pas dans notre foyer rural. Comme dans ma maison natale, je veillais à ce qu'à Ithaque, des asphodèles embaument dans des vases de marbre au centre de la table de notre salle à manger… Sparte – de mon temps ce n'était pas encore ce nid poussiéreux et aride qu'elle est devenue de nos jours, lorsque ce ne sont plus les seigneurs qui dirigent, tel mon père, le noble Icare, mais la morne populace asservie.

Mon mari regarda longuement le plat copieux. Il souleva une figue, dégusta le fruit pulpeux et vert.

– Il n'y a pas de lotus ?... demanda-t-il sur un ton acerbe.

Autour de la table tout le monde baissa la tête. Mes filles de service se raidirent avec les plats et les cruches, telles les groupes de danseuses antiques barbouillées sur des pichets ; je m'efforçai de garder mon avantage et ma dignité.

– Il n'y a pas de lotus dans notre maison, répondis-je froidement.

– Je le vois, dit-il d'un ton persifleur. Notre horticulture laisse à désirer. À Troie, il y avait même du lotus, dit-il avec morgue et il commença à picorer une grappe de raisin.

– À Sparte aussi, il y avait du lotus, répondis-je, hautaine. On le cultivait dans le jardin potager, mais seuls les domestiques en consommaient.

Il fit comme s'il n'avait pas entendu mon sarcasme.

– Le lotus, dit-il didactique, sur le ton du chef de famille qui, de retour de lointaines contrées, ferait aux gens de sa maison une causerie à visée culturelle sur ce qu'il a vu à l'étranger, le lotus est un mets particulier. Le lotus, qui était cultivé dans le jardin potager de ton père, ressemblait plutôt à une citrouille qu'à un fruit racé, dit-il, et il se tourna vers moi.

– Souviens-toi, Pénélope ! Le vrai lotus n'est pas une nourriture ordinaire, bien qu'il ne soit pas un mets aussi noble que l'aliment au miel des dieux : l'ambroisie. Il existe même un vin de lotus, dit-il avec hauteur.

– Lotus... cria d'une voix stridente du bout de la table le sourd et édenté Dolinos. – Je me rappelle, je l'ai entendu. Ceux qui en mangent dorment sans arrêt.

Le vieil homme avait réellement entendu quelque chose. Mon mari hocha la tête.

– Ils dorment pendant six mois et leur sommeil a le goût du miel, dit-il sur le ton du souvenir. – Sur mon chemin, je me suis mêlé à eux. Parmi les nombreux dangers qui m'encerclaient, ce n'était pas le plus grand. Mais ce n'était pas le plus petit non plus, et ses yeux jetaient de nouveau des éclairs d'un feu sombre. Il disait cela sur un ton étouffé, rauque.

» Vous devez le savoir, le lotus est une nourriture et une boisson magiques. Celui qui en mange oublie sa patrie et son foyer.

Il se leva. Ses invités se ramassèrent sur eux-mêmes, effrayés. Il dit, les bras croisés, sur un ton sifflant :

– Mais moi, je n'en ai pas mangé. Car je n'ai pas voulu oublier.

Ses yeux jetaient des éclairs alors qu'il parlait. À

cet instant, la tenture du ciel fut traversée par un éclair, comme si Zeus voulait donner le signal que le temps de la nuit difficilement attendu, horrible, était arrivé. Du côté de la mer un violent coup de vent balaya notre maison. Les torches s'éteignirent. De nouveaux éclairs illuminèrent la nuit d'une redoutable lumière d'outre-tombe ; la salle s'assombrit et nos formes raidies furent rendues d'une pâleur infernale par le tonnerre et le tremblement de terre qui survinrent subitement.

IX

Les invités partirent apeurés, sans mot dire. Les gens de maison s'envolèrent, morts de frayeur, et allèrent prendre quelque repos. Je restai seule avec Ulysse. Le moment que j'attendais et que je redoutais était arrivé. La nuit, qui était le sens de notre vie – lorsque j'ai appris que la vie avec cet homme n'avait pas de sens –, s'était muée d'une attente redoutable en une réalité brûlante, angoissante. Cette nuit-là, j'ai appris que les hommes ne sont jamais aussi dangereux que lorsqu'ils se vengent des crimes qu'ils ont eux-mêmes commis.

L'après-midi qui précéda cette nuit, Éole avait envoyé de son habitation montagnarde : une grotte enfumée, l'une des vagabondes – Notos, la méchante furie du vent chaud. Mais la pluie ne tombait pas, quelle qu'ait été l'attente de la terre desséchée et des corps assoiffés du bétail. Une tempête sèche s'était déchaînée sur Ithaque avec des éclairs fréquents. Le vent brûlant pourchassait des nuages de poussière au-dessus des champs et de la mer. Le parfum épicé de l'île de Thrinakié flottait dans l'air noir et brûlant ; une odeur lourde et écœurante était charriée au loin par le vent du sud.

Ce soir-là, il avait peu bu. De temps à autre, il versait dans la coupe seulement un peu de vin auquel il mélangeait quelques gouttes de kykéon – cet horrible stupéfiant dont il avait pris l'habitude chez Circé et qui faisait de l'homme un dieu ou un animal.

Maintenant que je repense à cette nuit où je nous vois tous les deux, c'était comme si les Harpies, filles des tempêtes qui soufflent au-dessus de la terre et sous la mer, avaient élu domicile dans nos âmes. Tout s'est ouvert en nous, comme la terre lorsqu'elle crache du feu, parce que les esprits des enfers secouent leurs chaînes. C'était effroyable, et en même temps le sentiment que, depuis que je connaissais Ulysse, j'attendais cette nuit ne quitta pas mon cœur un seul instant. Tout ce qui était arrivé dans un passé proche ou lointain – le souvenir d'Hélène, puis le voyage de mon mari, l'absence, la guerre, l'attente, l'horrible retour, l'instant où Euryclée m'avait annoncé – ce matin merveilleux et effroyable – que mon mari était arrivé et avait tué mes prétendants : tous ces souvenirs redoutables avaient pâli dans la luminosité de mauvais augure de cet instant. Jusqu'à maintenant je ne faisais que vivre avec lui et l'attendre. Maintenant, il me semblait que je le connaissais.

Il faisait les cent pas, rapidement. Cet homme de cinquante ans se mouvait avec rapidité, comme un adolescent. Les souffrances et les aventures n'avaient pas usé son corps. Il pouvait tuer ou embrasser d'un mouvement léger, accessoire. Maintenant, comme s'il était ivre, il tourna avec rapidité sa langue dans sa bouche. Il se mit à parler comme une tête de Gorgone. Le réquisitoire qu'il prononça visait à la fois les vivants et les morts, les dieux et les hommes. Par moments, il poussait des râles, il agitait les bras comme s'il déclamait devant l'assemblée invisible de quelque tribunal céleste.

Que disait-il au juste ?

Chacun de ses mots était une accusation, un déferlement sauvage, comme la mer déferle lorsqu'elle appelle l'eau profonde, lorsque la lune et les vagues burinent les rochers des rives avec un clapotis désespéré. Il faisait ainsi vibrer, corroder ses souvenirs.

– Je ne voulais pas partir, cria-t-il, souviens-toi ! Lorsqu'ils sont venus et m'ont appelé, je voulais rester à la maison – et il serra ses poings contre ses tempes.

C'était vrai. Il y a bien longtemps, au début de notre mariage, il disait souvent qu'au fond de la vie humaine et divine, derrière l'ordre et l'apparence agréable, se dissimule quelque sombre et redoutable dessein : la démence. Et que l'on se protège le mieux contre cela en simulant la folie... Lorsque ces aliénés l'ont fait venir de chez lui pour lutter pour une idée fixe sous les murs de Troie, il se défendit pieds et mains, à cheval, par tous les moyens.

– Mais à la fin, tu es parti, criai-je. Ma parole résonnait comme un cri déchirant. Ma voix était étranglée par le bruit de la foudre, le tonnerre, le vrombissement de la mer agitée par la lune de fin d'hiver, et le grondement inquiétant des paroles de mon mari. Il me regardait avec des yeux incandescents, comme s'il était réellement devenu dément.

– Imbéciles, râlait-il. Comprenez, qu'à la fin il faut partir. C'est la loi. Plus une guerre est imbécile et incompréhensible, plus cette loi est rigoureuse. Penses-tu qu'il y eût jamais une guerre qui fût compréhensible ?... Un drapeau ou un jupon... il y a toujours un chiffon et une idée fixe sur lesquels on prête serment et pour lesquels il faut à la fin mourir.

Subitement il se calma. Il croisa les bras. Il s'appuya contre le jambage de la porte, il regarda la tempête. Sa silhouette s'était singulièrement agrandie dans l'orage et le clair de lune.

– J'ai toujours joué la folie, Pénélope, dit-il confidentiellement. Il n'est pas possible de faire autrement, car chez les dieux et les humains il y a beaucoup de folie. Ils ne savent pas exactement ce qu'ils veulent. Ils veulent l'action, le changement, dit-il tristement.

– Et maintenant, mon brillant époux ? demandai-je. Maintenant tu joues à qui et à quoi ?

Il se retourna lentement et dit d'une voix qui résonnait profondément :

– Maintenant je ne joue pas – il me regarda calmement. Maintenant j'achève quelque chose.

– Tu veux me tuer ? demandai-je et dans ma voix résonnait l'espoir.

– Non, dit-il avec sérieux, maintenant je te juge.

– Tu as tué tout le monde, dis-je plus durement, mais mon cœur insensé battait. Tu es revenu. Tout et tout le monde sont à toi. Juge !

– Tu m'as trompé, dit-il d'une voix rauque.

Je n'avais pas compté avec cela. Dans mon affolement, ma voix se bloqua.

J'aurais voulu crier, mais ma voix resta accrochée dans ma gorge. L'idée qu'Ulysse puisse être jaloux était surprenante. Il se peut – car je l'avais senti ainsi – qu'il soit devenu réellement fou... À cet instant, comme dans un rêve, comme les mourants voient s'écouler les événements passés de la vie évanouie, j'ai vu mon mari dans toutes ses versions. Je l'ai vu, jeune homme, entrant en compétition avec une amusante désinvolture pour Hélène et pour moi à Sparte ; ensuite me conduisant, épouse intimidée, fière et amoureuse, dans sa maison, dans la rocheuse et agréable Ithaque. Je l'ai vu en jeune époux et maître, qui instruisait avec satisfaction notre fils, le jeune Télémaque, à l'âge de la puberté... Je l'ai vu jouer la comédie devant Palamède, et il avait peut-être décidé à ce moment-là – instant où il mimait la folie – qu'il allait trahir, tromper, et faire assassiner cet ami suspect. Je l'ai vu tendre l'arc qu'il avait reçu d'Iphitos, de sorte que la flèche passe sous douze haches afin d'assassiner ensuite mes prétendants. Je l'ai vu dans mon sommeil, tel l'aigle, qui tournoierait au-dessus de vingt oies… Je l'ai vu entre les bras d'étrangères, ceux de Calypso, de Circé, de la demi-vierge Nausicaa qui zézayait, et de la charitable (d'une manière suspecte) Leucothée, et invariablement, éternellement, entre les bras de cette infâme, de cette impudique Hélène de Sparte… Je l'ai vu comme Leucothée lutter pour sa vie et se débattre avec une ceinture de sauvetage autour du ventre contre les vagues furieuses de Poséidon. J'ai entendu sa voix, lorsqu'il mentait et s'enorgueillissait d'être « l'amant des plus belles femmes ». Je l'ai vu tendre la main dans le ventre d[u] cheval de bois pour fermer la bouche de Ménélas e[t] d'Anticlos, qui voulaient répondre à Hélène, car l[a] mégère imitait très bien la voix des femmes loin[-]taines des héros d'Argos… et il trembla lorsqu'Hé[-]lène imita ma voix !

Je l'ai vu comme un maquignon qui soutire des cadeaux d'or et d'argent de ses hôtes et de ses compagnons de route, je l'ai vu comme un héros, qui massacre autour de lui sans appréhension, avec son long sabre… J'ai vu à cet instant tout cela, et encore bien des variantes. J'ai vu toute sa vie, j'ai vu mon mari. Et comme si le brouillard avait obscurci mes yeux, j'ai compris que cet homme n'était en réalité perceptible que comme l'ondoyant monstre aquatique, Protée, qui remonte parfois des eaux de Chalcidique pour désorienter les hommes par ses continuels changements.

Cette fois il était jaloux, cet homme dont l'infidélité fut chantée dans chaque île un peu peuplée par de longs chants !

Mon mari qui, après ses dérobades hypocrites du début, est allé à la guerre pour reconquérir son ancienne maîtresse !... L'homme dont les aventures folâtres, les mensonges gros comme l'Olympe, faisaient pouffer de rire les nymphes des eaux et des forêts, dans la grotte des nymphes !...

C'est cet homme, mon mari, le « saccageur de forteresses » et le « porteur de lumière » qui se tenait devant moi après vingt ans, qui était jaloux, et qui m'accusait d'infidélité !

– Je ne crois pas que tu sois fou et dément, dis-je posément, lorsque j'eus retrouvé l'usage de mes sens et que le brouillard eut disparu de mes yeux. Simplement, tu veux quelque chose !

– Tu m'as trompé et tu m'as été infidèle, dit-il gravement. Tu dois quitter la maison.

Grâce à mon éducation, je n'ai pas commencé à pousser des cris déchirants. Circé, avec qui j'avais parlé de cette scène, disait que les hommes, vers la cinquantaine, ont parfois tendance à faire ce genre de scènes de jalousie nerveuse. À ce moment-là, ils sont épouvantés à l'idée de vieillir et ils commencent subitement à persécuter leur entourage – leurs maîtresses dont ils se sont lassés, leurs femmes vieillissantes – avec une jalousie soudaine. Circé, déesse intelligente, a beaucoup appris dans sa grotte. Mais je crois que mon mari l'a malgré tout dupée. Je crains qu'Ulysse, à cette époque, n'ait que feint la jalousie. Bien que le sang fourmillât sous mon épiderme, je ressentais une crainte, une curiosité et une excitation agréables. L'accusation ridicule et révoltante qu'il me jetait à la figure – il m'accusait d'infidélité, moi, Pénélope, à qui on avait à cette époque érigé, dans plusieurs îles vertueuses, un monument d'épouse fidèle et dont on enseignait le nom dans des vers mesurés ! – l'accusation tournée contre moi maintenant, au moment du « soleil couchant » de notre vie, m'avait à la fois révoltée et ravie !

– Une femme ne peut vivre impunément pendant des années en compagnie d'hommes, dit-il avec sérieux. – Tu es belle, Pénélope, dit-il sur un ton qui laissait présager une catastrophe. Pendant que je luttais pour l'honneur, tu as soigné ta beauté.

– Tu me confonds avec quelqu'un d'autre, répondis-je avec dignité, et je rougis. Je ne suis pas assez vieille pour avoir besoin de produits de beauté !

– Tu n'es pas vieille, mais tu n'es pas jeune non plus, dit-il avec une objectivité désespérante. Ne crois pas que j'ai vécu dans l'ignorance. Je sais tout ce qui s'est passé à la maison. Tu étais coquette. Tu t'es parée. Tu conversais parfois affablement avec des gens qui s'introduisaient de force. Tu as accepté leurs cadeaux ! cria-t-il.

– Non, mon glorieux époux, dis-je désolée. Et partant, tu as regardé ces cadeaux avec satisfaction.

– Toute compensation est insuffisante, dit-il froidement. Vous avez pensé que je ne reviendrais plus, n'est-ce pas ?

– Jamais, criai-je, jamais un seul instant je n'ai cru que tu ne reviendrais pas !...

– Pourquoi ne t'es-tu pas sauvée ? demanda-t-il, soupçonneux.

– Laisser tout ici ? La maison ?... Télémaque ?... Que racontes-tu ? répondis-je fiévreusement.

– Tout laisser et sauver ta réputation. L'honneur de notre nom ! – et ses yeux tournoyaient de nouveau. – C'était ton devoir. Mais tu es restée ! Tu jouais l'épouse fidèle d'une manière étourdissante et entre-temps, tu te pavanais, tu paradais. Une femme qui, pendant des années, offre son corps aux regards dépravés de cent dix-sept hommes !

– Cent dix-huit, dis-je malgré moi.

Je rougis instantanément, mon visage devint écarlate... Je regretterai éternellement d'avoir prononcé ce mot. On est parfois insouciante. Il chancela.

– Cent dix-huit, dit-il tout pâle. C'était donc vrai !

Il vint lentement vers moi. J'ai reculé, je commençais à avoir peur.

– Veux-tu entendre le nom du cent dix-huitième ?…

Mon cœur battait la breloque. Saurait-il quelque chose ?… Se pourrait-il que j'aie parlé dans mon sommeil ? Avec une frayeur terrible, mais prête à tout, je dis d'un ton calme :

– Il me semble que tu es devenu vraiment fou. Prononce-le !…

– Eurymaque ! cria-t-il.

Sa voix, tel le cri d'un oiseau de proie dans la nuit, fit écho dans la salle. Je le regardai bouche bée. Mais je ne pouvais pas rire.

X

Vers le petit matin, lorsque je me suis un peu calmée et que lui-même devint quelque peu tranquille – il ne criaillait plus –, il parla sur un ton professionnel, donna ses ordres, décida du mode et des conditions de mon éloignement. J'ai arrangé mes cheveux et j'ai essayé de lui parler.

– Écoute-moi, lui ai-je demandé. Si tu veux, je m'en vais. Il serait plus honnête que tu dises simplement que tu veux te débarrasser de moi. Mais dans ce cas, pourquoi es-tu revenu ?

– Parce que les dieux l'ont ainsi voulu, dit-il sinistre, les bras croisés. Il haletait un peu. Cette nuit l'avait épuisé, même s'il avait joué la comédie ou s'il avait été sincère. Je suis revenu pour faire justice ! Tu quittes la maison aujourd'hui même, avant qu'Hélios ne mène paître son bétail dans les champs célestes.

– En un mot, dans la matinée, dis-je impatiente. Nous sommes seuls et je n'ai pas beaucoup de temps. Nous pouvons parler avec des mots simples. Tu crois sérieusement que je t'ai trompé avec Eurymaque, ou avec quelqu'un d'autre ?...

– Je sais tout, répéta-t-il, austère.

– Athéna a bavardé, n'est-ce pas ? demandai-je inquiète. Ne crois pas, mon mari, que cette déesse est sincère. Elle veut quelque chose de toi. Je sais qu'elle ment. À notre glorieux fils, Télémaque, elle a dit en mentant que, parmi les prétendants, c'est Eurymaque qui a porté les plus beaux cadeaux. Il craignait que, finalement, je ne quitte la maison et que j'emporte aussi les cadeaux.

Il se taisait. Il me jaugeait d'un regard sombre.

– Contente-toi de ce que je connaisse ton secret, dit-il à la fin.

– Eurymaque, dis-je et je commençais à rire. Mais ma voix – je le sais maintenant – n'était pas sincère. Lorsque ta divine amie, Athéna, t'a couvert du déguisement de la calvitie... Ce n'était pas une idée tendre, je peux te le dire maintenant... Ce type crâneur s'est moqué de toi, c'est pourquoi tu le détestes. Mais je t'avais reconnu, même chauve, dis-je sur un ton suppliant.

– Calvitie ! dit-il vexé, et d'un geste spontané il

se mit à caresser son crâne lisse et brillant. L'infamie a beaucoup de visages. Ton prétendant, dit-il brutalement, a eu aussi une liaison avec une putain de servante. J'espère que tu es au courant ?... demanda-t-il et il se pencha en avant pour scruter mon visage.

Je baissai la tête.

– C'est terrible, dis-je plus tard en silence, comme si je parlais en moi-même. – Je ne crois pas que ce que tu veux s'accorde avec l'intention divine. Les dieux t'ont ramené, Ulysse. Nous t'avons attendu, car tu es le « porteur de lumière ». Nous t'avons attendu de manière humaine, je l'avoue. Moi ta femme, ton fils, que tu avais laissés sans soutien et sans conseils, tes serviteurs, tes amis, nous ne sommes que des hommes. Parfois nous étions fatigués de t'attendre. La tentation était grande.

– Tu l'avoues ? demanda-t-il avec joie.

– J'avoue que je suis femme, répondis-je. Ta femme, dis-je encore promptement. Cela m'a fait de la peine que tu m'aies quitté. Je ne crois pas à l'honneur...

– C'est naturel, dit-il calmement, et il inclina la tête – car tu es femme.

– C'est possible – et je poussai un soupir – mais lorsque tu es rentré, après tant de doutes, de déceptions, de tentations, mon cœur s'est mis à battre. J'ai cru que nous allions pouvoir tout recommencer et terminer notre vie avec un cœur assagi. – Dans la salle il faisait jour. – Sais-tu que j'attends un enfant ?... demandai-je, et je le regardai dans les yeux.

– Je le sais, dit-il rembruni, d'Eurymaque !

Je ne pouvais même plus pleurer. J'étais fatiguée. Je montrais d'un geste impuissant de la main, que je ne pouvais pas répondre à ses accusations insensées.

– Si tu veux, je disparaîtrai comme les filles de Pandrareso, qu'on avait enlevées pour que les Harpies les jettent aux Erinyes.

– Non, dit-il, et il me jeta un regard de travers. Tu iras à Mantinea et là, tu attendras mes ordres.

– Tu es mon mari, et le roi, dis-je avec une feinte soumission. Mais pourquoi à Mantinea ? Si nous devons nous séparer, séparons-nous pour toujours !

L'orage s'était éloigné sur les traces de la nuit. Devant notre porte la lumière explosait déjà. Dans le rayonnement de l'aube, je le voyais de nouveau comme autrefois, il y a vingt ans, aux matins de notre vie conjugale. Il se tenait debout devant moi, droit, avec ses larges épaules. Son crâne chauve luisait d'un miroitement rusé, bizarre. Autour de sa bouche apparaissait ce rire amical et moqueur que je connaissais bien, que je craignais et que j'aimais en même temps chez lui : il souriait toujours de la sorte, lorsqu'il réussissait à duper les gens. Et comme si la tempête s'était également éloignée de son âme, de nouveau il me parla sans animosité. Il disposait, et je ne pouvais pas protester. J'ai senti de nouveau sa puissance, la force avec laquelle il m'avait en fin de compte toujours forcée à obéir à ses intrigues et à ses mensonges. La force, qui émanait de lui et qui pour moi était la destinée !

– Tu iras à Mantinea, répéta-t-il brièvement. – Tes deux servantes t'accompagneront. Mes meilleurs rameurs te conduiront. Je donne des ordres pour que l'on te prépare la barque bleu marine, et que l'on y charge tout le nécessaire.

Et comme si c'était le plus important :

– Ordonne que l'on emballe tes robes. Je veux que, même en exil, tu vives d'une manière digne de ton rang et de ton nom, dit-il magnanime.

À cet instant – et lorsqu'il était aussi cordial, j'aurais pu le tuer – je me mis à sangloter avec la dernière force.

– La mort ! dis-je, et entre mes doigts, les larmes restantes perlaient. – Les Erinyes !...

– Prends aussi des sous-vêtements chauds, car les nuits sont fraîches à Mantinea, dit-il amicalement, sur le ton du voyageur expérimenté. – Veille à ce que tu ne prennes pas froid. Je me charge de tes besoins, dit-il royal.

– Fais soigner ma tombe ! C'est ainsi que je commençai mes paroles d'adieu. Mais il tendit les bras. Il sourit. Une main tendue vers moi – une main qui à la fois ordonnait et bénissait – il refusa sur un ton bizarre, ironique, et malgré tout sérieux :

– C'est toi qui soigneras ma tombe, Pénélope, dit-il d'un ton aimable. Mais d'ici là, il s'écoulera encore un peu de temps. J'ai dit que je voulais mourir entre tes bras.

Ce fut le dernier compliment que je reçus de lui. Il partit sans prononcer un mot. Je ne l'ai pas revu ultérieurement, seulement le jour où il est venu mourir entre mes bras. J'ai quitté ma royale demeure le jour même qui suivit la nuit tragique de notre conversation, à midi. J'ai quitté Ithaque, et ses marins m'ont emmenée sur la mer d'automne, dans la barque bleu marine, à Mantinea. La mer était calme, le soleil brillait. Dans l'eau d'un vert sombre, les dauphins escortèrent mon bateau.

XI

Il ne m'avait pas accompagnée au bateau. L'esprit public était à ce moment-là agité à Ithaque. Eupithès, un vieillard fort en gueule, mais très estimé, père d'un de mes prétendants assassinés, Antinoos, incitait, en secret, mais ouvertement aussi, les Arcadiens à la révolte. Mon mari estimait nécessaire de prendre de nouvelles mesures de sécurité. Nous sommes convenus de garder le secret de mon exil devant le peuple. Je voyageais officiellement, selon mon rang, avec une escorte complète. Peu de personnes savaient que deux membres de mon escorte – Théoklimène le voyant, et Philopator le médecin, qui avait fini ses études en Égypte, et que mon mari avait débauché de la cour d'Agamemnon pour le faire venir sur notre île – m'avaient suivie par la volonté d'Ulysse. Ils étaient chargés de me surveiller : le poète, mon âme, le médecin, mon corps. Mon mari, en ce temps-là, ne faisait plus confiance à personne. Il admettait à la rigueur la parole des poètes, si ceux-ci disposaient du « mantis », c'est-à-dire de la capacité de divination, et s'entendaient aux oracles des oiseaux. Les militaires et les politiciens le remplissaient de suspicion.

Les gens croyaient que je partais à Mantinea pour quelques semaines parce que j'avais besoin de me soigner. Mantinea était la propriété de mon père, au bord de la plaine orientale, au pied de la haute montagne des Armeniades, loin de la ville. Sur ses hauts plateaux, les champs exhalaient leur parfum, et j'avais alors réellement envie de l'air des montagnes et des forêts... Pendant mon enfance, j'avais passé quelques étés heureux dans nos fermes modestes d'Arcadie, sur les pentes de Kapsia et de Simiades. C'était une ambiance rurale, sans confort et sans style royal. Mon père dirigeait depuis Sparte, avec le concours de son régisseur, la gestion de notre lointaine propriété d'Arcadie. Un torrent de montagne traversait la propriété de Mainalon ; cette petite rivière débordait au printemps, et l'eau, qui brillait aux rayons du soleil de montagne, submergeait les prés des champs. Lorsque je suis arrivée à Mantinea – c'était le mois de mars – à l'endroit des vacances de mon enfance aux tendres souvenirs, les ruisseaux coulaient sur les plateaux comme des lacs.

C'est là que m'avait exilée mon mari, le « porteur de lumière ». Sa décision n'était pas tout à fait contre mon gré. Je savais – ce que lui ignorait – qu'Amphinomos n'était pas mortellement blessé, qu'il avait réussi à passer, déguisé, de l'île sur la terre ferme, et que maintenant, il attendait de mes nouvelles près de Mantinea, à Elis. J'espérais que la source, qui jaillit de la terre dans le voisinage de notre ferme à Simiades, avec son eau bouillante sulfureuse, sa vapeur étourdissante, allait rendre la santé à mon ami blessé. Déjà du temps de Chiron, cette source avait la réputation d'être le domicile des démons guérisseurs d'Arcadie. Le spécialiste réputé des maladies internes, Asklépios, qui soigna d'une maladie du foie mon divin bisaïeul, Arkeisios, envoyait ici ses malades aisés. Dans le voisinage des thermes, sur les rives de la tortueuse petite rivière Inachos, les malades avaient en guise de reconnaissance bâti un lieu de culte en l'honneur de Dionysos et d'Aphrodite. J'espérais que mon infortuné ami se remettrait ici des blessures qu'il avait reçues et supportées à cause de moi, et je n'ai pas protesté – même pas d'un mot – lorsque mon glorieux mari m'a exilée à Mantinea, car mon employé, le preste Médon, n'était plus alors inerte et m'avait annoncé à temps qu'Amphinomos s'était enfui et attendait de mes nouvelles à Elis.

Et maintenant, grâce à la volonté de mon mari, je

porta une prophétie, qui lui ordonnait d'éviter ses fils légitimes et illégitimes, car ceux-ci porteraient atteinte à sa vie. Cette prophétie lui tournait le sang, chaque fois qu'il revoyait l'un ou l'autre de ses enfants. Mais je ne veux pas devancer les événements.

Je voyageais en compagnie de mon médecin et de mon chroniqueur, comme c'était l'usage en ce temps-là dans le cercle des dames de position patricienne. Mon médecin était un homme chauve, d'un certain âge, qui supportait mal le voyage en mer et était malade pendant la traversée. C'était moi qui le soignais. Entre deux malaises, il retrouvait ses esprits, et à ce moment-là, il s'intéressait aux vins de Mantinea. Il voulait savoir si les vins d'Arcadie étaient réellement acides – contrairement aux vins d'Argos – et s'il était vrai que Julia Eudia avait aménagé un vignoble à l'usage des prêtres d'Asklepios ?... Je constatais avec tristesse que mon mari avait confié ma santé à un médecin alcoolique. Ce fait – maintenant que mon état nécessitait des soins particuliers – me remplissait d'angoisse. J'étais étendue sous la bâche de la large barquc ; mes esclaves veillaient à ce que le soleil brûlant ne grille pas la peau de mon visage pendant le voyage en mer, et j'écoutais le fracas des avirons des marins.

Une de mes mains trempait dans l'eau le long des flancs de la barque, et je caressais les vagues de la mer d'automne de mes doigts flasques. J'étais fatiguée, et je m'efforçais d'ordonner mes tristes et effrayants souvenirs.

La traversée d'Ithaque à Patras, de l'île à la terre ferme, dura de l'aube au soir. Lorsque Philopator n'avait pas trop de haut-le-cœur, c'est Theoklymène, le poète, qui s'asseyait près de moi et me divertissait de l'histoire de sa vie. Il racontait que son père était devin, et que c'est de lui qu'il avait hérité le goût pour la voyance et le chant. Il disait que son grand-père, Melampous, s'était réfugié de Pylos à Argos, fuyant devant Nélée. Mais lui, l'enfant, était resté à Pylos et c'est là qu'il avait appris les présages. Mon fils Télémaque, lorsqu'il partit sur les traces de son père, emmena avec lui de Pylos à Ithaque cet homme étrange à la voix plaintive.

– Je me réjouis, dit-il, et son œil brillait d'une joie enfantine, que nous allions à Mantinea. Cette province est la patrie des Pythies. Poséidon Hippios a également un temple là. Je n'aime pas la vie des îles, dit-il en confidence. Sur une île, je suis prisonnier, je ne peux aller nulle part selon mon bon vouloir. Maîtresse, nous retournerons dans ta patrie.

Je n'ai pas répondu, car je savais qu'il espionnait aussi pour Ulysse. Je soupçonnais que ces deux hommes, chargés par mon mari de me garder, me seraient plus un embarras qu'une aide. À ce moment, j'ignorais encore qu'ils avaient aussi des intrigues sur leur conscience... Je fermais les yeux et j'abandonnais mon corps aux balancements des bras puissants de Poséidon. Miraculeusement, je ne pouvais pas en vouloir à Ulysse. Tout ce que j'avais vécu dans un passé récent avait curieusement suscité en moi plutôt la suspicion que l'emportement et une curiosité ahurie. Puisque j'étais enceinte, – je n'avais cette certitude que depuis trois semaines – je m'efforçais, dans l'intérêt de l'enfant que je portais sous mon cœur, de rester disciplinée. Les hommes, qui s'occupent à tout propos de l'humanité, de la nation et des dieux, ne comprennent jamais combien il est plus difficile et accablant de s'occuper d'un être qui n'est pas encore un humain, ou qui est tout juste né. Je soupirais ; parfois une larme coulait et se mêlait sur mes lèvres à l'humidité marine embuée de sel... Les larmes et l'eau salée de la mer me rappelaient d'anciens baisers et des sanglots. De tout ce qui s'était passé – alors que les rames avec leur vif claquement creusaient à chaque battement un sillon plus profond entre nous – je n'avais pas compris qu'il voulait de nouveau me berner et qu'il projetait quelque chose. C'est pourquoi je ne lui en voulais pas réellement... Je ressentais plutôt une profonde curiosité qui me chatouillait.

Je n'avais pas cru un seul instant qu'il fut sincèrement jaloux. L'accusation insensée qu'il m'avait assénée m'avait flattée et sidérée à la fois. Il était incompréhensible que ses soupçons se tournassent justement vers Eurymaque ?... Parmi mes prétendants, c'était justement l'homme que je supportais le moins. Sa manière infatuée, sa façon de faire la cour me blessaient plutôt qu'elles me flattaient. Je me suis rappelé les conversations, qui, au cours des ans, s'étaient inévitablement nouées entre nous ;

c'était un homme bavard, donc le type d'homme même que je n'aime pas. Il discourait sur un ton nasillard, et il s'efforçait de me convaincre que je m'étais déjà consolée au fond de mon cœur de la disparition prétendue de mon mari, que j'avais décidé de choisir un nouveau mari parmi mes prétendants, et que je regrettais seulement qu'ils ne m'eussent pas prodigué de plus riches présents. Cette impertinente familiarité m'avait indignée. Mais de toute manière je détestais Eurymaque, car au cours des années, c'était lui qui, parmi mes prétendants, s'était insinué avec perfidie dans l'intimité de mon fils, Télémaque. Entre mon mari éloigné et mon fils, avec lequel il avait noué par-dessus ma tête une sorte de connivence, dieu seul sait quels étranges desseins ils avaient complotés en secret ?...

Mon soupçon n'était pas déraisonnable. Mais de cela il était plus sage de ne pas parler. Maintenant que je me trouvais dans la barque, dans le brouhaha et le balancement pour le temps de la traversée, maintenant que je m'étais éloignée de tout ce qui avait appartenu à ma vie d'autrefois, je voyais tous les gens d'une manière plus aiguë, mon fils aussi. Et comme si j'avais compris maintenant seulement les sombres secrets qui peuvent s'enraciner dans un cœur humain, au sein d'une famille, j'ai compris que Télémaque avait toujours haï son vagabond de père, qu'il le haïssait et le craignait !... Il est vrai qu'Ulysse était revenu et que sa personne héroïque et divine avait aussi subjugué mon fils, qui obéissait aveuglément, craintivement, au père de retour. Je me suis réjouie que ce n'ait pas été mon mari qui ait plongé la lance effilée dans le dos d'Amphinomos, car c'eût été pour moi un sentiment fâcheux et pénible de savoir que les deux hommes qui étaient si proches de mon cœur s'étaient naturellement fait du mal !... Je me suis réjouie qu'Ulysse ait tué l'arrogant Eurymaque. Je déplorais que Télémaque eût de la haine pour son père, et qu'au fond de son cœur – sans s'en rendre compte – il méditât un sombre dessein contre lui... Mon cœur se mit à battre à l'idée que j'allais à Mantinea en avril et que tout était si affreux et si distordu dans ma vie. Mais mon cœur palpitait à l'idée de revoir Amphinomos. Et en même temps mon cœur se tordait d'attente, de colère et de tristesse, car j'étais de nouveau éloignée de mon méchant, affreux et grandiose mari, qui était revenu, m'avait prise dans ses bras et m'avait ensuite repoussée avec un impitoyable mensonge pour m'écarter et pouvoir courir seul vers de nouvelles aventures. Mon cœur était écartelé entre ces nombreux sentiments contraires. La nuit tombait et les lanternes de Patras brillaient déjà sur les quais, lorsque notre bateau arriva au port. J'eus le sentiment qu'il n'y avait pas sur la terre ferme et les îles de femme plus malheureuse que moi, la reine d'Ithaque, l'épouse toujours étreinte et toujours repoussée d'Ulysse, la statue vivante de la fidélité, une martyre de l'ingratitude – moi, la pauvre, pauvre Pénélope !

Dans l'obscurité des quais, une lampe fumante se balançait d'un bateau dans ma direction, et une voix profonde, bien connue, cria mon nom :

– Pénélope !...

XII

Je me suis réveillée. Avec mon escorte, nous descendîmes sur le quai. Amphinomos m'attendait. Le bras en écharpe, appuyé sur sa canne, il guettait depuis l'aube notre arrivée sur le quai. Medon et Euryclée avaient agi promptement et avec exactitude.

Il donna des ordres afin que ma suite fût hébergée sur les quais dans un couvent, où des moines, originaires de Doulichion – sous la protection de Dionysos –, ont installé une espèce d'auberge pour les voyageurs arrivés par la mer. Pour moi et mes deux servantes, il fit ouvrir un appartement dans le couvent des prêtresses d'Aphrodite.

– Ce couvent a une bonne réputation, dit-il, ici tu recevras de bons soins, selon ton rang et ta réputation. Fais ta toilette. Je t'attends après le dîner, dans le parloir du couvent.

Ses tendres attentions m'ont fait du bien. L'éducation que j'ai reçue à Sparte et ma nature pudique font que j'ai toujours affectionné l'ambiance des couvents. Les filles de bonne famille de Sparte ont toujours veillé à rencontrer leurs soupirants dans des églises et dans des cloîtres. Les prêtresses d'Aphrodite m'ont accueillie avec une amabilité empreinte de politesse, et m'ont conduite dans l'appartement choisi à mon intention. Même ici, la fenêtre de ma chambre à coucher s'ouvrait sur la mer. Les étoiles à l'ouest du firmament brillaient au-dessus de la fenêtre. Pendant que mes servantes me préparaient un bain à la hâte, je me mis près de la fenêtre, je regardai le ciel étoilé, et j'essayai de deviner quelle étoile brillait au-dessus d'Ithaque… Je pensais à Ulysse et je soupirais. Mon cœur était lourd. Ensuite je me suis déshabillée à la hâte, je me suis baignée, et je me suis changée, car Amphinomos m'attendait.

Il m'attendait dans le parloir, dans un fauteuil de marbre lisse, dont il eut du mal à se lever à mon arrivée pour me saluer. Il me tendit un bouquet d'asphodèles et sourit tristement. Il avait maigri à la suite de ses souffrances physiques et morales. Ce changement corporel n'était pas à son désavantage. Je pris ses fleurs, je me suis assise en face de lui, j'ai porté le bouquet à mon nez, et j'ai respiré le parfum noble de la fleur à la triste allure.

Amphinomos me regardait posément d'un œil fatigué.

– Sais-tu, dit-il, de mauvaise humeur, que le champ où Minos juge les morts est rempli d'asphodèles ?…

Je le savais, et je hochais la tête. – Cette fleur me rappelle que nous sommes éphémères et que tout ce qui nous arrive est périssable. C'est pourquoi je l'aime.

– Sa couleur m'évoque les lumières pâles d'Hadès. Je suis allé dans son voisinage pour y cueillir ces fleurs pour toi, Pénélope, dit doucement mon ami blessé. – Parle, dit-il ensuite à voix basse. Que s'est-il passé ?

J'ai tout raconté. Il m'écoutait avec une grande attention. Lorsque au cours de la conversation j'ai évoqué le nom d'Eurymaque, il s'est récrié :

– C'est donc vrai !...

– Ce n'est pas vrai, criai-je avec irritation. – Je sais qui répand ces calomnies... Toi aussi, tu les crois ?

Mon cœur était rempli de déception et d'amertume. Je me trouvais ici en avril, et le seul homme que je regardais d'un bon œil me torturait de sa jalousie de la même manière que mon mari, qui m'avait mise dans cette situation peu glorieuse. À cette époque j'avais la larme facile.

– On en a beaucoup parlé, murmura-t-il, tristement. – Je ne l'ai pas cru. Je te fais confiance, Pénélope, dit-il, amer et magnanime. Je ne t'avais pas dit mot de tous ces commérages. Des propos abjects non plus, dit-il la tête baissée, et il regardait le bout de sa sandale. – L'imagination humaine est malpropre. – Hermès a dormi plusieurs fois dans ta maison... et il a avalé le mot.

Ceci était de trop. J'ai enfoui mon visage dans le bouquet d'asphodèles afin qu'il ne voie pas mon indignation. Lorsque nous nous sommes de nouveau regardés, il me sembla découvrir dans son regard l'éclair délirant dont Ulysse m'avait gratifiée la nuit précédente.

– Tu l'as cru ? demandai-je calmement.

– Non, dit-il avec vigueur, mais maintenant, je peux le raconter. Ce n'est pas seulement dans ta maison que les bavards et les forts en gueule en ont parlé. Même à Doulichion j'ai été reçu par cette infâme nouvelle. La terre ferme et les îles sont remplies de potins malveillants. Ils disent que ton mari, à son retour, a appris que, pendant son absence, Hermès avait dormi plusieurs fois dans votre maison. Il semblerait que tu aurais même accouché en secret d'un fils de ce dieu vagabond, protecteur des voleurs et des politiciens, dit-il avec haine. – Son nom est Pan. Tu n'as rien su de cela ?

– Mon pauvre ami, lui dis-je. Tu te tortures avec cela ? L'affreuse situation dont nous souffrons ne te suffit pas ?... Parlons d'autre chose.

– Jure, gémit-il, que tu n'as pas eu de liaison avec Hermès, ni avec Eurymaque !...

J'étais en train de penser qu'Ulysse avait raison : dans chaque homme existe un aliéné, qui se manifeste par moments derrière le déguisement quotidien de respectabilité, qui recouvre les hommes en général. J'avais toujours pensé à Amphinomos comme à l'incarnation de la lucidité et de la probité en général. Sa compétence professionnelle agricole, ses manières amènes et affables le distinguaient avantageusement de la plupart de mes autres prétendants. Et cet homme plein de bon sens souffrait en ce moment de la torture des fureurs de la jalousie, comme Ulysse qui montrait une souffrance identique… Mais je savais qu'Amphinomos souffrait sincèrement. Je savais également qu'Ulysse feignait et mimait la jalousie, car j'espérais qu'il voulait se débarrasser de moi – pour un temps seulement – afin de pouvoir mener à terme une de ses nouvelles et suspectes entreprises. Dès son retour, il avait aussitôt parlé d'une prophétie de Tirésias, selon laquelle il devrait bientôt se remettre en route vers un pays, où on ne connaissait pas le sel. Il disait qu'il voulait vendre du sel en Thesprotie… Rien que ceci m'avait remplie de soupçons. Autrefois, il ne s'était jamais occupé de vendre du sel.

Je plaignais mon infortuné ami, qui se tracassait. Je dis avec dignité et conviction :

– Ce que tu souhaites est indigne. Mais qu'il soit fait selon ta volonté. Je vois que tu souffres.

– Je t'aime, Pénélope, gémit-il, austère. – Tu le sais bien. Je suis l'unique être qui t'aime avec désintéressement, d'un cœur sincère. Tu jures ?…

– Je jure que je méprise Eurymaque, dis-je avec prudence. – Et en ce qui concerne Hermès, je ne peux que te dire qu'il a dormi plusieurs fois dans notre maison. Cela est vrai.

Amphinomos donnait à cet instant un spectacle pitoyable et angoissant. Il serrait ses deux poings contre son front, comme s'il voulait enserrer dans un cercle son crâne qui éclatait.

– Donc c'est vrai !... hurla-t-il. – Achée, Elis, l'Arcadie, tout Sparte, résonnent de la nouvelle. On dit qu'il t'a approchée sous forme d'un bouc lorsque vous avez engendré votre bâtard, Pan !

– Amphinomos, dis-je sévèrement, – et je me suis levée, – tu oublies où tu es et à qui tu parles !

– Je parle, dit-il férocement, à la femme que son mari, Ulysse, a chassée de sa maison pour infidélité !

– Et moi qui croyais sérieusement que je parlais à l'homme qui savait qui je suis ?...

– Excuse-moi, dit-il humblement, et il grinça des dents.

Mon indignation sincère fit effet sur lui. Je sentis mon pouvoir et cette sensation ne fut pas désagréable. Mais je ne voulais pas parler d'Hermès. Maintenant que je n'ai plus le temps devant moi – le temps est une notion humaine ; nous, les immortelles, nous ne pensons qu'avec un haussement d'épaules à cette misérable béquille avec laquelle l'imagination infirme des mortels tâtonne dans l'infini –, je peux raconter qu'il y a eu dans ma vie un instant où Hermès s'est réellement conduit d'une manière surprenante, perfide. Je me souviens, c'était une nuit d'été... À Ithaque les figues étaient mûres et leur lourd parfum remplissait les jardins. C'est une odieuse calomnie de dire qu'il s'était approché de moi sous la forme d'un bouc. Il était plutôt mondain, dans le sens terrestre et supraterrestre. Il parlait beaucoup, doucement, d'une façon colorée… Il est arrivé le soir, et il n'a pas attendu le point du jour, l'aube aux doigts de rose. Il a quitté notre maison avant l'aurore. Ensuite il n'est plus revenu à Ithaque… Mais nous n'étions que deux à savoir cela : lui, le dieu, et moi, la femme, qui pendant une nuit – je ne le nie pas non plus – a écouté volontiers son discours câlin, mélodieux, mensonger. – C'est un dieu bavard. – Est-il possible qu'il ait aussi bavardé ailleurs ?…

Je baissai les yeux, je regardai l'extrémité dorée et pointue de ma sandale. Le regard d'Amphinomos brûlait ma peau bronzée.

– N'insulte pas le passé, ai-je ensuite prié mon ami agité. – Il est rempli d'ombres angoissantes.

– Des ombres de mes camarades tués, oui, dit-il, abattu. – Est-il vrai que ton mari soit allé également dans l'Hadès pendant son vagabondage ?

– La nouvelle s'est-elle déjà répandue ? demandai-je. Il est allé sur la terre des Kimmériens. Il a parlé avec sa mère, avec Agamemnon… Pourquoi demandes-tu cela ?

Amphinomos se leva. Ployé, sifflant, se traînant le dos courbé et le bras blessé, il avança sur le sol de marbre du parloir.

– Pénélope, dit-il, la mort m'a frôlé par la volonté de ton mari. C'est ton fils qui m'a blessé, comme c'est étrange aussi ! dit-il avec un sourire amer. Accepter la mort de la main d'une personne sympathique, sachant que c'est ton sang qui circule dans la main assassine !... Lorsque je me suis traîné hors des cadavres et me suis sauvé pendant un instant d'inattention de la salle où ton mari, ivre de sang, fauchait et massacrait – j'ai eu le sentiment que les dieux voulaient encore faire quelque chose avec nous ! dit-il et il me regarda dans les yeux avec sérieux. Je suis venu à Elis, j'ai soigné mes blessures, je t'ai attendue et j'ai réfléchi. Je crois que j'ai compris quelque chose.

– Tu as compris ce que les dieux voulaient encore faire avec toi et moi ? ai-je demandé, la voix étranglée. Après tout, j'étais en instance de divorce. Maintenant amaigri et blessé, Amphinomos n'était pas un spectacle antipathique à regarder.

– J'ai compris qu'à la fin il faut toujours tuer, dit-il d'un ton voilé. Ton mari ne pouvait pas faire autre chose. À la fin des histoires vraies, dans les légendes et dans la vie, il faut tuer, beaucoup et sans discernement. C'est dans l'ordre des histoires humaines. – Tu as dit : Agamemnon ! – et il soupira. Ton mari l'a rencontré dans l'Hadès avant de se mettre en route pour revenir mettre de l'ordre chez vous à Ithaque ! – Figure-toi, Pénélope ! Même un homme aux nerfs les plus solides devient plus agité en imaginant ce destin ! Notre temps, dans lequel les dieux nous ont ordonné de vivre, est extraordinaire. Il est rempli de destinées, dont l'humanité n'avait jamais entendu parler auparavant. Il faut comprendre Ulysse lorsqu'il commence à massacrer, lorsqu'il revoit l'âme de son frère, Ménélas, lorsqu'il entend les détails de l'horrible récit. Mycène ou Ithaque, le détail est indifférent. Ils étaient camarades après tout, ils ont combattu ensemble. Il est vrai qu'Agamemnon était lâche dans la bataille, qu'il voulait se sauver. Il n'est retourné sur le champ de bataille qu'après l'appel de Diomède. – Ton mari n'a pas parlé de cela ? demanda-t-il incidemment, avec une mauvaise joie.

– Que dis-tu là ? criai-je. En dépit de ma situation angoissante et affligée, j'écoutai avec un intérêt assoiffé les potins d'Argos. – Agamemnon était lâche ?...

– On doit honorer et soigner le souvenir des héros, dit Amphinomos d'une voix sévère, un peu pédant. Il parlait sur un ton solennel, didactique, que je n'avais jamais écouté avec plaisir chez les Grecs. Chaque fils de ce peuple avait tendance à certains moments à discourir comme s'il parlait sur la place publique des affaires publiques. – Les mœurs du peuple se relâchent. – Il n'est pas permis de dépouiller nos héros occasionnels des lauriers de la victoire. – Le sentiment religieux est aussi en veilleuse. Nous parlons entre quatre yeux. Oui, Agamemnon était lâche dans la bataille.

– C'est une nouvelle très intéressante, dis-je avec enthousiasme. – Et Ulysse ?... demandai-je malgré moi, et de ma position assise je me penchai en avant. – Sur lui n'as-tu rien entendu de nouveau ?...

Amphinomos émit un sifflement, comme si une

douleur physique le tourmentait. En réalité, il poussait toujours un gémissement, lorsque je prononçais devant lui le nom de mon glorieux mari.

– Il a une auréole autour de la tête, dit-il sarcastique. Après quoi, il continua avec sérieux. – Pénélope, nous les contemporains, nous ne pouvons pas juger avec impartialité chaque élément d'une grande entreprise nationale et humaine.

– Tu parles d'Hélène ?... demandai-je, irritée.

– Je parle de la guerre de Troie, dit-il avec sérieux. Une grande guerre a parfois un mobile insignifiant. Et ceux qui y luttent, ne sont pas toujours de vrais héros. Mais tout ce que les meilleurs fils de notre peuple ont fait sous les murs d'Ilion... de leur propre gré, ou forcés, lâchement ou héroïquement, a une égale valeur !... C'est une occasion de fortifier chez nos fils les vertus mâles, et elle ne redore pas pour la postérité d'une lumière passagère le souvenir de ceux qui y ont contribué.

Il parlait comme les chantres pendant les jeux dionysiaques d'Éleusis : avec une intonation chantante, prolongée. Cette manière ampoulée de parler était un défaut incorrigible de chaque Argosien.

– Entends-tu par là, demandai-je nerveusement, qu'Hélène avait trompé Ménélas plusieurs fois et que ce fait peut permettre de renforcer les vertus mâles de nos fils et de remplir d'admiration la postérité ?...

– J'entends, dit-il entêté, que tout ce qui s'est passé pendant le siège d'Ilion peut être pitoyable dans les détails, plein de faiblesses humaines. – Mais le fait est héroïque, dit-il avec obstination, avec l'étroitesse d'esprit désespérante des hommes qui parlent de cette sorte de choses.

– C'est possible, dis-je conciliante, en feignant l'acquiescement. Je suis femme, mon entendement et mon imagination sont d'une moindre valeur, continuai-je sournoisement. – En tout cas, je suis surprise, mon ami, que ce soit justement toi qui chantes les louanges des héros de Troie. Tu n'es pas allé à la guerre, dis-je méchamment.

Il gémit de nouveau.

– Quelqu'un devait rester à la maison, dit-il survolté, et il s'efforça de rester hautain. – À Doulichion on avait besoin de moi.

– Tu étais aussi le bienvenu à Ithaque, dis-je avec une méchante politesse. Pendant qu'Ulysse se battait...

Il me coupa la parole :

– Nous, tes prétendants, nous flemmardions dans sa maison et nous dilapidions sa fortune, n'est-ce pas ? Au timbre de sa voix, j'entendais avec plaisir sa blessure d'amour-propre. – Tu sais bien, Pénélope, que la vérité résonne différemment ; moi tout au moins, personnellement, je n'ai pas le sentiment d'avoir une dette envers la maison d'Ulysse, dit-il, blessé à vif.

– Excuse-moi, le priai-je. C'est toi, qui disais que ceux qui ont lutté à Troie étaient des héros. Tandis que les autres...

– De grandes entreprises humaines entraînent parfois des conséquences mesquines, dit-il solennellement, – conséquences que même les héros ne peuvent éviter. Il se peut qu'Ulysse soit réellement un héros, comme la renommée le répand. Il se peut qu'il soit seulement un aventurier. Et les autres, Agamemnon et ses compagnons, qui se sont battus à Troie, parfois lâchement, parfois courageusement, sont devenus réellement des héros, même si ce sont seulement l'esprit d'aventure, la cupidité, ou simplement l'ennui, qui les ont poussés sur le champ de bataille. Beaucoup d'hommes vont volontairement à la guerre, dit-il simplement, car ils sont las de leur femme.

Je le regardai, ahurie. Je n'aurais jamais cru que cet homme candide, modeste, pût connaître de si surprenantes vérités.

– Tu crois qu'Agamemnon et Ulysse s'ennuyaient aussi chez eux ? demandai-je, ulcérée.

Il haussa les épaules.

– Je ne sais pas, dit-il impassible. Il est certain qu'ils sont partis, bien qu'ils n'aient eu aucune raison spéciale pour cela. Et maintenant, ils sont des héros ! Et ils ont tué Agamemnon ! Et Ulysse, lorsqu'il parlait avec Agamemnon, avait compris qu'il ne suffisait pas d'être un héros… Il faut être roué, prévoyant et intransigeant, à la manière des humains, si l'on veut vraiment être victorieux à la fin. Et par-dessus tout, il faut survivre aux ennemis, à l'étranger et chez soi… C'est cela l'unique, la vraie victoire. – Je suis impartial, dit-il tranquillement. Je comprends qu'Ulysse ait terminé avec nous, qui sommes restés à la maison...

– Tu as survécu, dis-je prudemment.

– Comme chef d'une troupe oui, – et il soupira. Je suis resté comme un messager sur les traces de mes camarades morts. Je me trouve devant toi, Pénélope, grâce à la volonté incompréhensible des dieux, pour faire connaître la vérité. Je comprends Ulysse. Je comprends qu'il ne voulait pas subir le sort de son camarade mort, Agamemnon, et qu'il a tué à temps tous les Egisthes, qui campaient dans sa maison pendant que les Achéens se battaient. Il ne voulait pas qu'on le roule dans un filet pour le saigner sur la table de la salle à manger, sur sa terre natale, comme le font les abatteurs avec un porc... Je comprends qu'il n'avait pas envie d'attendre à la porte d'Hadès pendant sept ans, avant qu'il ne se trouve parmi ses fils un Oreste pour le venger. Télémaque n'est pas Oreste... Et Ulysse n'a pas confiance dans ses fils, dit-il promptement.

– Tu es généreux et compréhensif, mon ami, dis-je soupçonneuse ; tu as peut-être entendu dire que le glorieux Agamemnon, pendant son absence, ne raffermissait pas seulement sur le champ de bataille sa vertu virile, mais aussi dans le lit de Cassandre.

– Cassandre était vierge... dit Amphinomos avec véhémence.

– Et voyante, et elle entendait des voix, dis-je en hochant la tête. Lorsqu'elle a dormi avec Hélénos dans le temple d'Apollon, on lui a sucé les oreilles, et c'est à ce moment-là – dans l'exaltation de la luxure – qu'elle commença à entendre des voix divines… Excuse-moi, si je suis un peu vulgaire, – et ma voix tremblait. Mais c'est la vérité.

» Et c'est cette demi-vierge lubrique que l'on a offerte – après l'occupation de Troie – comme cadeau d'apparat pour le lit de camp de l'héroïque Agamemnon ? Clytemnestre a peut-être entendu parler aussi de cela, dis-je, et je m'efforçai de rester hautaine.

Mais Amphinomos haussa les épaules avec obstination.

– C'est possible, dit-il, mais ce n'est pas une raison pour prendre un amant pendant que son mari lutte et pour assassiner ensuite comme du bétail le héros à son retour. Sais-tu qu'elle a abandonné le cadavre de son mari sans même fermer ses yeux et sa bouche ?

– Ce n'était pas un geste tendre, dis-je. – Si on tue ou si on fait assassiner quelqu'un, on se doit de fermer sa bouche et ses yeux. Nous, à Ithaque, nous avons toujours veillé à cela.

– Vous, à Ithaque ! cria Amphinomos. – Tu ne sais pas, Pénélope, comme le monde est méchant, et ce dont sont capables les hommes et les femmes. Mais Ulysse a connu le monde. Et il ne voulait pas subir le sort d'Agamemnon…

– Tu le crois ? dis-je à voix basse. Peux-tu imaginer qu'il aurait eu peur de rentrer ? Tu supposes qu'il ne voulait pas subir le sort d'Agamemnon ?...

Nous parlions à voix basse, nous nous sommes rapprochés. Je retenais mon souffle. Comme si tout ce qui s'était passé dans ma vie avait basculé, à cet instant, dans le gouffre sombre et abominable de la vérité.

– Je crois, murmura Amphinomos, qu'il avait peur de rentrer.

– Est-ce moi qu'il craignait ? demandai-je. – Ma voix était étouffée comme un souffle. Amphinomos me jeta un regard perçant.

– S'il n'avait pas eu peur, il ne t'aurait jamais quittée, souffla-t-il.

– Crois-tu, demandai-je – et notre haleine se mélangea dans un souffle chaud –, qu'il a toujours peur ?...

– De toi et de tes fils, oui, murmura-t-il triste et soucieux. Il a peur de sa famille.

– Je le comprends, dis-je.

Je me suis redressée. En cet instant, je crois que je devais être vraiment jaune et pâle. Je jouais avec les feuilles des asphodèles.

– Et toi, mon ami, dis-je, et je le regardai – tu n'as pas peur ?

– Je viens du seuil de la mort, dit-il d'une voix évasive, et il n'a pas soutenu mon regard. – De qui veux-tu que j'aie peur ? De toi, de lui ? J'étais déjà sur l'autre rive, Pénélope. – Je ne crains que ma conscience, dit-il sans transition, d'une voix rauque.

Je n'ai pas pu faire autrement – même dans cet instant critique – que d'esquisser un sourire. J'avais appris que lorsqu'un homme commence à parler de sa conscience en présence d'une femme, il se casse la tête pour savoir comment prendre la fuite. Je commençais à avoir froid. La nuit était fraîche. Mais j'avais froid aussi autrement… J'ai compris que la blessure d'Amphinomos était plus profonde que je ne l'imaginais. J'ai compris que je ne devais plus compter sur lui. Je me suis levée.

– Dans ce cas, il est temps que nous nous séparions et que toi, mon ami, tu puisses converser tranquillement avec ta conscience.

Il s'était levé lui aussi. Il se tordait les mains. Ses yeux bruns de chien fidèle se voilèrent de larmes.

– Pénélope, dit-il, tu es cruelle. Tu sais que je t'aime.

– Un homme, dis-je, et j'entendis avec surprise ma voix résonner comme le chant des prêtresses, un homme qui préfère la voix de sa conscience à celle de son amour, peut être un héros aux yeux des hommes. Mais il est certain qu'il n'est pas mon homme, dis-je tranquillement.

– Ne crois pas que je sois un lâche – et il grinça des dents. – Il eût mieux valu que je meure avec mes camarades. Mais je suis venu et j'ai compris que j'étais réellement vaincu… et il fit un geste dédaigneux de la main. C'est Ulysse, qui m'a vaincu, car…

– Dis-le carrément, l'encourageai-je. – Il t'a vaincu car il est revenu me chercher.

– Non, dit-il, avec sérieux et solennité.

Le petit homme blessé s'était maintenant redressé, il avait grandi.

– Il m'a vaincu, dit-il, car il est revenu, et ensuite, il t'a de nouveau repoussée.

Ceci me fit mal. Je poussai un cri déchirant :

– Ce n'est pas vrai !...

Il me regarda tristement.

– Tu sais que c'est vrai, dit-il. Que pouvons-nous commencer, Pénélope, toi et moi dans une situation que nous avons reçue de lui en présent ? Tant qu'il était loin, on pouvait le haïr. Lorsqu'il est revenu, on pouvait le craindre et lutter contre lui. Mais maintenant qu'il est de retour, qu'il a triomphé et t'a repoussée d'une main, toi, l'ornement et le sens de sa victoire... que pouvons-nous commencer, toi et moi ?...

Je n'ai pas répondu. C'est le moment où j'ai compris que les dieux abandonnent les hommes à leur destin. J'ai compris ce que pouvaient ressentir à cet instant Achille, Hector et Patrocle, à cet instant où l'homme apprend que son destin est accompli et que l'intention divine n'oriente plus ses pas. J'ai compris que je devais rester seule, car c'est mon mari qui était mon destin, et qu'il l'avait ordonné d'un geste malin, généreux et indifférent.

J'ai fait signe que je voulais rester seule.

XIII

Je suis restée seule. Dans mon utérus battait le cœur d'un enfant : mais cet aimable, ce tendre battement, ne pouvait pas me faire oublier pendant les mois d'attente et de mûrissement que le destin auquel mon mari m'avait condamnée était l'attente et la solitude, et que ce destin ne pouvait être dénoué par un amant, un enfant, des amis ?... Seulement par lui que j'attendais en vain. Des mois mornes se succédaient à Mantinea. Le médecin buvait beaucoup et le poète importunait mes servantes avec son amour et ses poèmes. Je demeurais seule, à longueur de journée, dans les salles arides de la maison paternelle. À ce moment-là je ne pouvais plus supporter la broderie ou le tissage. J'attendais un enfant et je me souvenais.

Le printemps était en avance et les ruisseaux de montagne se gonflaient. La source d'Inachos coulait sous mes fenêtres jour et nuit avec une bruyante rapidité. La rivière Mainalon était sortie de son lit, ses vagues souillées roulaient des rochers comme si des Cyclopes vagabonds s'aventuraient sur les cimes des Arméniades qui s'étiraient jusqu'au firmament. Les nuits commençaient à se raccourcir ; à l'aube un brouillard tiède flottait au-dessus des prairies. Dans ma solitude, je voyais des visages et des apparitions. J'écoutais battre le cœur de l'enfant en compétition avec le mien, et je pensais qu'Ulysse n'avait pas eu de chance avec ses enfants. C'est peut-être pour cela qu'il voulait toujours les tuer.

Il me semblait que maintenant je voyais plus clairement le visage de mon mari et que je comprenais aussi quelque chose de son être. Il est certain qu'il y avait chez lui quelque chose de divin. Dans sa stature terrestre aussi… Il a gardé – comme une extraordinaire capacité héréditaire – son origine divine. Mais il est certain qu'il n'était pas un être habité par les démons comme les poètes, les prêtres et les artistes chez lesquels le peuple subodore quelque chose de supraterrestre…

Ulysse rendait son être à la terre. Il n'avait plus la nostalgie de l'Olympe. Il se sentait plus à l'aise dans une grotte en compagnie d'une femme terrestre. Le butin terrestre l'agitait davantage que la perspective de la joie dans l'au-delà. Il sirotait plus volontiers une coupe de vin de Samos que naguère le nectar. Il semble qu'être un homme est une entreprise extrêmement intéressante. Mon mari avait choisi… Il se souvenait de son origine divine, mais seulement comme un exilé qui, ayant trouvé à l'étranger une nouvelle patrie où il se sentirait bien, corps et âme, se rappellerait son foyer.

Mon état de santé et aussi mon humeur exigeaient que j'aille faire une promenade pendant les heures de fraîcheur sur les routes de montagne sinueuses de Kapsia et de Simiades. C'est le poète qui m'accompagnait le plus souvent pendant mes promenades. Je me souvenais – je l'avais entendu vaguement encore à Ithaque – qu'Agamemnon en son temps avait aussi envoyé un poète garder Clytemnestre... La similitude des situations et des êtres me donna à réfléchir. J'étais arrivée à penser qu'Amphinomos disait vrai : Ulysse avait réellement peur de moi, de sa famille, de ses fils, de tous ceux dont il pensait qu'ils pouvaient l'enfermer dans une situation, un sentiment ou une impulsion irréversibles. J'ai essayé de comprendre mon mari, maintenant que j'avais une raison de lui en vouloir. Mais je n'avais aucun ressentiment à son égard et cela m'inquiétait.

– Ce n'est pas étonnant, disait impassible le poète, à qui, pendant une de mes promenades en montagne, j'avais déversé mon cœur. – Tu ne peux pas en vouloir à ton mari, car tu ne l'aimes plus.

Il disait cela d'un air blasé, comme quelqu'un qui répandrait une vieille et notoire vérité à travers le monde. Je le regardais, effarée. Se pourrait-il que les poètes connaissent réellement des secrets ?... Oui, il y eut un temps où j'en voulais à Ulysse, car je l'aimais encore. Maintenant je ne faisais plus qu'attendre.

L'enfant naquit deux mois après, à la mi-automne. Il était prématuré : nous lui avons tressé un panier avec des feuilles de laîche séchées au soleil, et c'est avec cela que nous réchauffions son petit corps chétif. Je me penchais au-dessus du panier et je regardais longuement le visage du nouveau venu. Ma fierté m'interdisait de faire part de l'événement à mon mari. Mais de toute manière, j'ignorais où il séjournait... Pendant ces mois, je n'ai eu que rarement des nouvelles d'Ithaque. Parfois Eumée apparaissait avec des marins et m'apportait tout ce qui pouvait m'être nécessaire dans mon environnement villageois. C'est par lui que j'appris que notre domaine se décomposait, car peu après mon départ forcé, mon mari avait quitté l'île. Le domaine était de nouveau dirigé par Mentor et Dolinos, qui tâtonnaient. Entre les mains de ces deux vieux voleurs têtus, tout se dispersait comme la glume. Télémaque se dérobait mystérieusement ces temps-ci. Mon beau-père – le glorieux Laërte – eut une attaque peu après le retour d'Ulysse et il tomba inerte dans les salles glacées de son foyer abandonné : le retour de son fils, les événements, et le fait qu'Ulysse avait de nouveau – et d'une manière incompréhensible – abandonné son foyer, avaient irrité d'une façon fatale le pauvre vieux...

J'ai su par Eumée que mon beau-père n'avait pas dit un seul mot pour prendre de mes nouvelles, et qu'il maudissait par moments son fils vagabond, en bégayant parfois, comme le font les paralysés. Ces nouvelles domestiques et familiales m'avaient attristé. J'ai compris que la main des dieux pesait sur Ithaque.

Eumée avait aussi raconté que l'opinion publique s'était calmée à Argos et sur les îles. Les parents avides du sang de mes prétendants s'étaient contentés – après le départ d'Ulysse – de rapines occasionnelles, et ils reprenaient systématiquement les maisons abandonnées et les cadeaux offerts aux défunts. Sous l'effet de toutes ces mauvaises nouvelles, j'ai pensé sérieusement enterrer Ithaque dans ma mémoire et ne plus retourner dans l'île où les débris de mon bonheur de femme et de mon bonheur familial rancissaient, et je pensais à Ulysse, aux Achéens et à tout ce qu'Ithaque avait signifié pour moi, comme aux ombres pâles de l'Hadès, comme aux chers défunts. Je dédiais toute mon attention, tous mes sentiments au nouveau-né. Je songeais à ce que dirait Ulysse du fruit de notre nouveau revoir, de celui à qui nous avions donné hâtivement la vie… Tuerait-il aussi celui-ci selon l'esprit du conseil de Delphes et de Dodone ; ou bien reconnaîtrait-il dans le visage prématurément mûri et désolé d'une façon émouvante, de l'enfant – le souvenir personnel d'un instant brûlant de nos relations singulières et tardives ? Dans la réalité, pendant les nuits d'insomnie, je regardais longuement le visage de l'enfant qui dormait ; Ptolipathos ne ressemblait pas à Ulysse. Il est vrai qu'il ne ressemblait pas non plus à aucun de mes prétendants. Hermès était roux-blond, et cet enfant était châtain… Je jouais avec ses boucles soyeuses, je me souvenais et j'essayais de deviner ce que dirait Ulysse si je mettais l'enfant une fois dans ses bras…

Pendant de telles nuits, alors que le jour commençait à poindre, au moment où l'aube aux doigts de rose venait saluer ma morne chambre à coucher de Mantinea – où je vivais dans un singulier veuvage comme les prêtresses d'Aphrodite qui connaissent tous les secrets de l'amour et qui en même temps sont vierges –, j'avais parfois l'impression que ma personnalité se détachait de moi, de mon être corporel. J'avais le sentiment qu'au-delà des événements quotidiens, il allait m'arriver quelque chose ainsi qu'à mes proches parents... Par la volonté de mon bizarre mari – ou peut-être par la volonté des dieux –, je n'étais même plus la Pénélope que j'étais à Ithaque, mais une sorte de notion. J'avais le sentiment que mon destin s'était séparé de moi, qu'il ne m'appartenait plus. Un de ces matins qui suivaient ces nuits et qui brillaient comme de l'or, j'ai demandé à Théoclymène :

– Vous qui chantez les destinées humaines, je vous en prie, savez-vous comment un homme passe de la vie terrestre au monde des légendes ?

– Maîtresse, dit le poète, c'est réellement un instant mystérieux. Pour qu'un homme dépasse la frontière de son destin personnel et devienne une figure de légende, il faut une aide surhumaine, c'est-à-dire la volonté d'un poète, ou...

Sa parole s'est bloquée. Je lui vins en aide :

– L'intention des dieux ?...

– Les dieux, dit mon poète familier, et il battit des cils, n'aiment pas que les hommes dépassent les limites terrestres et qu'ils s'installent sur les ailes des bêtes ailées des légendes dans une sorte d'éternité. La jalousie avec laquelle ils regardent le travail des poètes est de notoriété publique. Mais il y a des hommes qui ont une capacité singulière de concurrencer les dieux. De tels hommes peuvent contraindre leurs semblables à s'associer avec eux dans cette entreprise hasardeuse.

– Ce sont les artistes, les poètes, dis-je conciliante.

– Non, dit-il nerveusement et il cligna de nouveau des yeux. – Il existe des hommes qui, par l'effet de leur personnalité spécifique, nous font parler, nous artistes et poètes. Ils s'élèvent au-delà d'eux-mêmes, ils franchissent l'ordinaire pour entrer dans la légende…

– Ce sont les héros, dis-je. Crois-tu qu'Ulysse est un tel homme ?…

– Notre maître glorieux, dit le poète et il regarda par terre, est un cas limite. Il est certain que vit en lui la force magique des héros. Ce qu'il touche devient poinçonné et l'homme qu'il aime ou qu'il déteste obtient immédiatement une place dans une action, qui n'est pas une action ordinaire… Sur les tombes de tels hommes beaucoup de pèlerins se rendent plus tard, car il leur semble qu'une force curative émane de la sépulture qui recouvre leur dépouille.

Et comme quelqu'un qui se méfierait de trahir, de confier un secret professionnel à une personne profane, troublé, il grommela encore quelques phrases et s'en alla en se traînant. Je l'ai regardé longuement s'éloigner. Je croyais moi-même que mon mari était une de ces personnalités qui dispose d'une forme qui n'est plus tout à fait humaine, mais pas encore entièrement divine – et qui le rend capable de transformer son entourage en des silhouettes de légende. Cette croyance me pénétrait d'un certain sentiment agréable d'irresponsabilité. Je me suis résignée à ce que – pour le temps qui restait – ce ne soit pas moi qui régisse mon destin, mais un être médian entre les dieux et les hommes : le « porteur de lumière », le « héros », mon époux grandiose et incompréhensible.

L'enfant avait grandi aux rayons compacts du soleil, il était devenu un bébé rondelet et bien en chair. Il gazouillait ses premiers mots en dialecte céphallénien et parfois il me semblait reconnaître sur son visage les traits diffus de mon glorieux époux. Mais ce garçon n'avait qu'une lointaine ressemblance avec lui… Je me souvenais et, parfois, je rougissais. Il me revenait en mémoire que mon mari n'avait pas prêté attention de tout son cœur, lorsque nous avions procréé cet enfant. À cette époque, il avait déjà la tête ailleurs – mais pas pendant les premières années de notre mariage, quand Télémaque est né.

Deux années se sont ainsi écoulées. Mantinea s'est muée pour moi en une sorte de domicile morne, qui n'avait pas remplacé Ithaque, mais dans cette atmosphère d'attente, le lieu où j'attendais mon mari m'était en fin de compte indifférent. L'événement commun, monotone, consiste pour les exilés à ce que la réalité de leur vie n'est pas le cadre où ils vivent, mais le souvenir. Dans cette atmosphère d'attente perpétuelle, j'avais le sentiment de plus en plus fort que ce n'était plus moi qui vivais, mais le rôle que mon mari m'avait distribué.

Durant le deuxième automne – Ptolipathos courait déjà ici et là –, par le matin ensoleillé d'un jour de vendange, Eumée est de nouveau apparu à Mantinea. Je ne l'avais pas vu depuis des mois. Cette fois il était arrivé les mains vides, mais portant une nouvelle importante.

– Maîtresse, dit-il et il se jeta à mes pieds, le maître t'envoie un message.

La nouvelle ne m'a pas émue outre mesure. J'ai fermé les yeux et j'ai regardé vers le dedans ; je faisais une introspection dans les grottes intérieures où siègent les ombres des souvenirs. La grande loi, le changement, s'était accomplie également pour moi. Pendant ces années, et les années à venir, je n'attendais plus le « porteur de lumière », comme naguère lorsque je vivais encore dans une sorte d'éblouissement et que j'étais aveuglée par la luminosité éblouissante et magique de sa personnalité ; pendant ces années-là, j'attendais le retour d'un homme qui mettrait de l'ordre. C'était le temps de la jeunesse et de la rêverie. Mais maintenant le temps est aussi passé au-dessus de moi dans son char ailé, et j'ai connu la vérité. Je savais que l'homme que j'attendais ne mettrait pas de l'ordre, mais du désordre. C'est pourquoi je demandais avec objectivité :

– Où est-il maintenant ?

– En Thesprotie, commença le vieillard, et il respira profondément comme s'il se préparait à faire un long récit enthousiasmant. Je lui signifiais d'un geste de la main que les détails ne m'intéressaient pas.

– Donc sur la terre ferme, dis-je dédaigneuse, comme quelqu'un qui connaissait le secret de l'absent. Veut-il quelque chose ?...

– Il demande du sel, dit le vieillard, niaisement. Il a envoyé des hommes avec des barques profondes, ils portent les ordres de notre maître. Il demande du sel – plusieurs sacs.

Cette nouvelle me surprit. Je ne pensais pas qu'il allait tenir sa promesse et qu'il souhaiterait s'occuper du négoce de sel et de profits à l'étranger. Il est cependant vrai qu'il était apparu évident dès son retour qu'il était devenu pendant ses années d'absence particulièrement matérialiste.

– Alors donnez-lui du sel de nos entrepôts, dis-je magnanime.

– Il m'a donné aussi une autre commission, dit le gardien de troupeaux, et il soupira. – Maîtresse, ton sort est pesant – et il me regardait de bas en haut avec des battements de cils rusés et sournois, les yeux embués.

– Il aimerait, dis-je avec une mauvaise joie, que je mette de l'ordre, n'est-il pas vrai ?

– L'aimerait-il ?... demanda Eumée innocemment. Je ne sais pas.

– Que sais-tu ? demandai-je nerveusement.

– Il ordonne que tu rentres immédiatement, dit-il dans un murmure, avec humilité.

Ce ton de domestique m'avait exaspérée. Mais j'étais encore bien plus surprise du sentiment qui débordait – en entendant cet ordre – de mon cœur tourmenté. À la place de la révolte causée par l'orgueil blessé et de la protestation, j'éprouvais de la satisfaction et du soulagement.

– Je comprends, dis-je froidement.

Le gardien de troupeaux me regarda avec des battements de cils effarés, confus. Je me suis redressée. Je me sentais fière et soulagée. Après un long terme, je me sentais de nouveau une femme.

XIV

C'est la dernière consigne personnelle que j'ai reçue de lui. Mais je ne l'ai pas revu avant le jour où il est revenu de nouveau afin de tenir la dernière promesse qu'il m'avait faite de mourir entre mes bras. C'est en vérité l'unique promesse qu'il ait tenue.

Je sais que des histoires insensées et aventureuses ont circulé dans le monde au sujet de son second et dernier retour et des années ultérieures. Il ne pouvait en être autrement. La personnalité de mon mari, les oracles, l'imaginaire humain, ont tissé la légende dont le sens est en fin de compte toujours le même : « le porteur de lumière » avait tenu parole et était revenu mourir à Ithaque. Pourquoi est-il revenu et comment est-il mort ?...

C'est la question dont – comme je l'ai entendu dire – ont beaucoup débattu les nouveaux esclaves qui ont écrit l'histoire de cette époque. On raconte qu'un faux poète occasionnel de Kyrénée avait bâclé une légende sur des bruits qui circulaient. On dit que cette versification est une pacotille : la forme métrique ainsi que la richesse des adjectifs qualificatifs aussi bien que l'élan du récit sont pleins d'obscurantisme. L'œuvre de ce poète est loin derrière l'œuvre musicalement excellente, mais au contenu plein d'erreurs, de notre poète-maison aveugle, loin derrière aussi nos écrivains-maison de second ordre : Phémios et Théoclymène, qui ont perpétué certains événements de notre maison et de notre famille. Nous à Ithaque – du vivant de mon mari – nous avons toujours veillé à ce que le poète que nous avons admis et nourri dans notre maison chante sur un ton original et dans la mesure du possible dans la forme métrique. Ce Kyrénéen, peu de temps après – quelques centaines d'années plus tard, lorsque l'histoire du deuxième retour et de la mort du « porteur de lumière » n'était pas encore décantée –, j'ai entendu dire qu'il avait fait du travail bâclé. Il n'est pas impossible que, dans les temps à venir – ce qui en réalité n'existe pas pour moi, mais que les humains comptent dans leur impuissance comme une sorte d'espace exigu –, il existe encore des esclaves qui se retournent vers l'histoire du « porteur de lumière » et la racontent encore à leur manière gauche et écervelée, en vers mesurés ou en vers libres...

Je peux dire d'avance que de telles tentatives seront imparfaites. Les esclaves qui ne vivent pas l'histoire, mais seulement l'écrivent, ne savent jamais la vérité. Moi seule je connais la vérité, moi qui ai vécu l'histoire, moi et la divine Circé, ma belle-mère et belle-fille.

Je crois plus convenable que je ne dise que le strict nécessaire des derniers événements. Ma famille et le souvenir du « porteur de lumière » m'y obligent. – Oui, il est revenu encore une fois. Que voulait-il ?

Télémaque disait qu'il venait de nouveau pour tuer. Comme en général les gens qui vieillissent, il avait à ce moment-là des habitudes enracinées et des retournements traditionnels.

Il est certain que la manière et les circonstances de son deuxième retour ont favorisé cette supposition. De nouveau il est arrivé, inattendu, déguisé. De nouveau il approcha des côtes d'Ithaque sous l'aspect d'un vieux mendiant... Il était désormais âgé, son imagination n'était pas tentée par de nouvelles trouvailles, il se répétait. Il voulait de nouveau la vengeance, à cause des crimes, des fautes et des faiblesses humaines qu'il avait lui-même commises au loin. Oui, il se pourrait que Télémaque ait eu raison : qu'il voulût tuer de nouveau.

Mais, cette fois, il ne trouva plus de prétendants

sur l'île. Ce n'était point parce que le démon avide du temps qui passe m'avait dépouillée sans retenue des richesses de ma beauté. Notre race n'est pas de cette sorte... quoi qu'ait raconté le « porteur de lumière » de certaine femme de Sparte dont la mère n'était pas une nymphe des forêts, mais une déesse. Ma taille n'avait pas changé, mes yeux brillaient malgré ma condition de demi-veuvage. J'aurais pu encore trouver des prétendants et j'ai entendu dire qu'Amphinomos, qui après nos reproches douloureux s'était finalement marié, languissait toujours après moi. – Amphinomos !... Les dieux n'ont pas permis que je lie le fil de ma vie à un homme terrestre sensé et honnête. La loi de ma vie commandait qu'au cours de mon existence corporelle terrestre je vive dans l'espace de la légende. C'est un dur destin mais je n'ai pas le droit de me plaindre... Si les dieux accordent à quelqu'un un destin exceptionnel ; il n'a qu'à en payer le prix. *Noblesse oblige*.

Oui, il est revenu déguisé, afin de tuer ses fils. Il semblerait que, pendant ces dernières années, c'était devenu chez lui une idée fixe. Il est revenu pour tuer Télémaque, qui, pressentant son sort, était depuis quelques années sans cesse en voyage.

Il promettait qu'il allait donner des nouvelles de l'absent... Un jour il était revenu avec Euryalos, le bègue, fils d'Euippe, que cette femme étrangère avait mis au monde peu de temps après l'assassinat des prétendants, alors que le « porteur de lumière » errait sur la terre ferme. Jusque-là, je n'avais jamais entendu parler de ce garçon. C'était un jeune homme pâle et inquiet et lorsqu'il est venu tourner autour de Télémaque ici à Ithaque, il vécut sur notre île, triste et caché. Comme je l'ai entendu dire plus tard, il se cassait la tête à échafauder en secret avec Télémaque des projets bizarres... De ces divers projets le but et l'intention étaient toujours restés les mêmes. Les garçons s'ingéniaient à imaginer quelques moyens de se débarrasser du « porteur de lumière » qui, même de loin, faisait peser sur leur vie une ombre menaçante. Hélas ! Même les meilleures familles recèlent de tels secrets. J'ai entendu souvent parler à Argos de tels accords familiaux scellés par le sang. Les hommes sont mystérieux. Parfois même, je me réjouis de n'être pas obligée de vivre parmi eux et d'avoir pu transférer mon sort et mon être dans l'espace des immortels. Cette vie surhumaine, il est vrai, est un peu monotone et ennuyeuse. Être un homme est plus amusant et plus dangereux qu'être un dieu. Mais je ne veux pas philosopher.

Je veux raconter la fin. Je la raconte brièvement car la fin a été surprenante, brève, inattendue et effroyable, comme les tempêtes qui, se lèvent parfois à la mi-été sur la mer ionienne à la couleur vineuse lorsque sur le miroir d'eau d'apparence paisible se dresse subitement vers le ciel une effroyable gerbe d'eau et ce phénomène marin déferle en balayant tout et tous ceux qui se trouvent sur son chemin. C'est ainsi qu'il a, lui aussi, surgi dans notre vie, pour la deuxième et dernière fois.

À cette époque, plusieurs de ses fils vivaient déjà sur l'île. À côté de Télémaque, de Ptolipathos, c'est-à-dire ses descendants légitimes, Euryalos dont j'ai déjà parlé mangeait aussi à notre table. Télédapos, le fils de la nymphe chauve aux faux cheveux, Calypso, était souvent notre invité. Il prétendait être, lui aussi, fils de mon mari, mais nous avons tous écouté ses démonstrations avec méfiance, car nous étions incapables de découvrir un seul trait du visage ou du caractère de mon mari dans ce jeune homme. Ce n'est pas étonnant, si nous pensons que cette femme usée a accouché de ce fils à un âge où la force mâle déjà appauvrie de mon mari ne pouvait plus apporter un aspect plaisant et de la vitalité au nouveau-né. Un des rejetons étourdiment procréé par mon mari, Polypoites le Thesprotien, était venu plusieurs fois en visite sur l'île : il se vantait de ce que sa mère était reine dans une certaine province et que Kallidike était son nom. Mais personne ne prêtait attention à ce garçon. Un jour, un garçon efflanqué arriva sur notre île du pays où mon mari s'occupait d'affaires de sel. Il se présenta sous le nom de Dorykles et il soutint que lui aussi était le fils du « porteur de lumière », le frère cadet d'Euryalos… Ce garçon – bien qu'il ait apporté un signe de reconnaissance de sa mère Euippe – m'était particulièrement antipathique ; j'avais donc décidé de dire au « porteur de lumière » de tuer séance tenante ce gamin d'âge ingrat, antipathique, qui bégayait en traînassant d'un ton nasal, s'il revenait une fois encore.

Ce garçon racontait aussi que, d'après ses informations dignes de foi, mon glorieux époux aurait eu, chemin faisant, une liaison avec une des filles d'Éole. Mais je n'ai jamais entendu dire plus tard qu'un fils lui serait né de sa toquade avec la déesse du vent. Il est possible que dans le tumulte causé par les divers fils de mon mari, qui de temps à autre faisaient leur apparition dans ma maison, ce garçon ne se soit pas fait particulièrement remarquer.

J'ai essayé d'être tendre avec les fils de mon mari – avec les légitimes comme avec les occasionnels. Après tout, ils avaient grandi sans père. Chacun portait en lui quelque chose de l'animosité tempétueuse qui agitait le cœur de sa mère restée à la maison, perfidement abandonnée. Les garçons, qui étaient à la fois invités et autochtones dans ma maison, tournaient parfois autour de moi comme une meute. Ce bourdonnement étrange remplissait l'atmosphère de notre maison du sortilège de la personnalité de l'absent. Nous lui appartenions tous d'une manière ou d'une autre, nous nous sentions tous en communauté avec son sang, et en même temps, lorsque nous attendions sa venue avec désir ou angoisse, nous savions que cette attente était pleine de passions périlleuses et de sentiments de culpabilité. Que pouvions-nous attendre du « porteur de lumière » s'il revenait encore une fois ?...

Nous avions déjà vécu une fois les conséquences de son retour inattendu. J'ai attendu qu'il rentre – selon sa promesse – mourir entre mes bras… C'était tout ce que je pouvais encore attendre de lui…

Les autres l'attendaient, angoissés et grinçant des dents, pour qu'ils puissent enfin se libérer des menaces de cet être redoutable. Il était attendu par ses fils, ses rejetons dispersés, mais parfois réunis en meute… Ils l'attendaient pour le tuer. Mais de cela ils n'avaient parlé qu'en secret, avec lâcheté, dans une éructation étouffée, avec emportement, comme quelqu'un qui ferait un mauvais rêve et parlerait dans son sommeil. Il est certain qu'à cette époque – au temps de la deuxième longue absence de mon mari – notre maison s'était emplie d'un esprit latent de méchanceté et d'une irascible attente.

Un jour enfin, il est revenu. Comme il l'avait promis. Comme les prêtresses de Delphes et de Dodone l'avaient prédit. Comme les Sibylles de Delphes, de Cumes, d'Érythrée et de Libye l'avaient dit. Comme en secret, au fond de notre cœur, nous l'avions tous espéré. Et comme nous craignions que notre espoir devienne réalité !

Je ne veux pas répéter les circonstances de son assassinat. À côté des éléments de police qui sont de notoriété publique, des considérations personnelles m'ont empêchée de parler de tout cela ouvertement. Son assassin – mon bien-aimé mari actuel, le glorieux Télégonos – n'aime pas évoquer ce souvenir et il n'aime pas non plus que sa brillante mère Circé, ou moi, sa fidèle épouse, nous en parlions. Je ne peux dire qu'une chose : Télégonos ignorait qui il tuait lorsqu'il plongea sa lance effilée dans sa poitrine… C'est la vérité. Il a agi aveuglément, il a tué par légitime défense. C'est reconnu par la juridiction humaine et divine à la fois. Toute autre parole à ce sujet est inutile.

Ce que j'ai encore à dire, ce que je dois répéter, ce sont ses dernières paroles. Lorsque je l'ai enlacé de mes bras, lorsque j'ai serré sa tête en sueur, son corps saignant, sur ma poitrine, lorsque j'ai regardé l'éclat terni de ses yeux, il proféra quelques mots avec ses lèvres bleuies, qui se refroidissaient. Avant tout – comme d'habitude lorsqu'il rentrait à la maison –, il donna des ordres. Il montra son assassin, mon glorieux mari Télégonos, en disant :

– Je le reconnais, c'est mon fils.

Le sang perlait de sa bouche et se mêlait aux écheveaux de sa moustache pendante et à sa barbe blanche.

Il dit, la bouche ensanglantée :

– Maintenant je vais mourir. Faites les sacrifices régulièrement et consciencieusement. Après, tu te remarieras – et de nouveau il désigna Télégonos.

Nous sanglotions tous. Mais il ne se préoccupait pas de nous. En quelques mots mêlés de râles, il ordonna à Télémaque d'épouser ma glorieuse bru et belle-mère, la divine Circé, son ancienne maîtresse, noble mère de son assassin, Télégonos. Lorsqu'il en eut terminé avec l'arrangement de la situation domestique et familiale, il s'assit subitement au prix d'un grand effort. À cet instant ni les dieux, ni les hommes ne l'intéressaient visiblement. L'éclat de ses yeux s'était éteint. Un de ses bras enlaçait mon épaule d'un mouvement que je connaissais de longue date, d'un geste confidentiel, et à cet instant particulièrement impuissant. Il jeta un regard circulaire et ténébreux, comme s'il voulait reconnaître Ithaque. Mais son regard indifférent ne s'attarda sur aucune personne, sur aucun détail du paysage. Ses lèvres se refroidissaient, il dit en bégayant :

– À la maison !...

Je m'étranglai de pleurs. Je me penchai sur lui ; mes larmes coulaient sur son visage cireux.

– Tu es revenu, mon glorieux époux ! murmurai-je, à son oreille. Mais il me fit signe qu'il n'entendait pas. Il étendit sa main d'un geste sans force. Entre deux cyprès, l'on voyait le golfe et la mer à la couleur sanguine, là où, pendant les années heureuses, nous nous étions souvent baignés, où ses barques se berçaient, d'où il partait pour ses longs voyages. Il montra le golfe et, dans ses yeux ternis, pour un instant encore l'intelligence scintilla. Il dit à haute voix :

– La mer...

Il prononça ce mot en grec, clairement, de façon compréhensible, sans l'accent céphallénien. À cet instant, nous nous bousculions tous autour de lui : moi son épouse, ses fils légitimes et illégitimes, ses gens de maison, ses serviteurs et ses voleurs, ses concubines, ceux qui avaient cru en lui et ceux qui l'avaient trahi. Mon glorieux époux, Télégonos, son assassin, se pencha lui aussi, accablé, vers le mourant.

Nous attendions ce qu'il allait dire encore de la mer !

Le mot résonna dans le silence profond, tel le cri de l'oiseau de mer. Thalassa, dit-il. Et rien d'autre. Sa tête retomba sur son épaule. Le grand conteur, le divin menteur – c'est ainsi que je le ressentais –, le merveilleux conférencier, s'était tu à jamais. Nous aussi, nous nous sommes tus pendant un long temps.

Ensuite nous avons transporté son corps dans la maison, nous avons allumé les torches et nous avons célébré les sacrifices. Nous l'avons enterré au bord de la baie entre deux cyprès, près de la mer. Nous avons consciencieusement exécuté ses ordres.

J'ai épousé son fils, Télégonos, et Télémaque a épousé Circé. Pour des raisons d'économie, nous avons emménagé tous les quatre sur la propriété de ma glorieuse belle-fille, sur l'île d'Aïaié, où l'aube a ses salles de bal. Nous vivons ici.

J'ai maintenant tout dit de mon bienheureux mari. Tout au moins, tout ce que je sais. Je crois qu'il était ainsi, ou quelque chose de semblable. Mais en réalité je ne pouvais pas savoir comment il était car je n'étais que son épouse.

CHANT II

Télémaque

I

Mon regretté père ne respectait pas la propriété privée. Ceci est naturel, car il était roi.

Lorsqu'au temps des durables absences de mon père, je me suis mis parfois en route pour revoir les lieux où le grand vagabond séjourna plus ou moins longtemps, ses contemporains et les témoins oculaires qui ont eu l'occasion de vivre en sa compagnie ont évoqué avec une répétition monotone – après les politesses initiales d'usage – combien mon père pouvait être dédaigneux et oublieux lorsqu'il s'agissait de partager le butin commun. Cette constatation, je ne l'avais pas entendue seulement de ses camarades de lutte, revenus peu nombreux de la guerre, qui se plaignaient et se lamentaient que mon père les eût spoliés ; mais aussi de ses hôtes, et même de certains personnages féminins qui, par ailleurs, se vantaient, d'abord avec hypocrisie et fausse pudeur, mais en réalité se vantaient, que mon père eût été jadis l'invité de leur maison.

Ces accusations portées dans un chuchotement précautionneux blessaient mon amour-propre de fils. Je décidai d'en finir avec les accusations. C'est pourquoi un jour je me mis en route. J'ai sillonné les îles et la terre ferme partout où mon père avait séjourné un certain temps. J'ai parlé avec les hôtes qui l'ont hébergé ; j'ai parlé avec tous ceux qui furent naguère ses compagnons de lutte et sont restés en vie. J'ai parlé avec les Achéens accusateurs qui, avec leurs conceptions vétilleuses et provinciales, n'ont jamais vraiment saisi le caractère et la personnalité de mon père, sa vraie grandeur. J'ai parlé avec les femmes qui croyaient connaître mon père parce que le « grand galant » avait passé quelques nuits ou quelques demi-heures étendu sur leurs jupons. J'ai parlé avec ses fils, naturels et illégitimes, mes demi-frères, dont la plupart ne connaissaient pas personnellement leur glorieux procréateur et qui racontaient avec enthousiasme, sur le ton de la crainte, de l'ambition et de la curiosité, tout ce qu'ils avaient entendu vaguement au sujet de mon père. L'inhabituelle abondance de naissances qui survenaient au cours des voyages de mon père, partout où le lumineux vagabond séjournait aussi de nuit, m'obligeait à écouter avec circonspection le récit de tous ceux, qui, avec des grincements de dents et sur un ton de revendication, se présentaient comme mes cousins et demi-frères...

Mais mes voyages ne sont pas restés sans résultat. Je n'ose pas prétendre connaître désormais l'absolue vérité concernant les conceptions et les thèses de mon père au sujet de la propriété privée. Mais de nombreuses interrogations et réponses, la connaissance des relations locales, le récit personnel des êtres légendaires, m'ont en fin de compte donné une sorte de connaissance. La vie m'a refusé de passer un plus long temps en la compagnie de mon glorieux père. Je me suis détaché de lui dès mon enfance et ensuite, je ne l'ai rencontré personnellement que deux fois : au moment où, après une absence de vingt ans, il est revenu à Ithaque pour tuer ; et à cet autre moment où, après vingt autres années d'errance, il est retourné à Ithaque pour mourir.

Ces deux moments furent grandioses, dignes de lui ; mais ce fut trop peu pour que je puisse me faire une image plus réelle de lui, telle que le commanderait la piété filiale. Maintenant que les souvenirs corporels et familiaux ont été dissous par cette mystérieuse eau dissolvante qu'est le temps, l'occasion se présente de dire l'entière vérité sur mon père. Dieux, demi-dieux, hommes et femmes, m'ont parlé de lui… Des héros, des aventuriers, des femmes aux mœurs légères, des vierges pudiques, des contrebandiers, des militaires évadés et puis d'autres : des Achéens, des Phéaciens, des gens d'Argos, qui alléguaient qu'ils étaient autrefois des héros. Tous ces gens si divers m'ont tous raconté quelque chose de mon père. J'ai voyagé pendant des années et des années, car il m'était déconseillé de demeurer à Ithaque : je craignais que mon père y revienne encore et me tue ! Mes craintes n'étaient pas sans fondement. C'est pourquoi je m'efforçais de me familiariser avec cet homme redoutable et grandiose. Les femmes susurraient leurs secrets à mes oreilles, les hommes leurs accusations ; les naïades, les nymphes me parlaient de lui. J'ai entendu dire plus tard que sa personnalité fascinait également l'imagination des poètes. Il est certain qu'il y avait peu d'hommes à Argos qui alarmaient autant le cerveau des hommes et le lit des femmes que mon bienheureux père. Il est regrettable qu'il voulût me tuer. Il avait assurément peu d'aptitude pour la vie familiale.

Les femmes qu'il a quittées se plaignaient qu'il était un amant infidèle. Les compagnons de lutte qu'il avait dupés ou qu'il avait plaqués l'incriminaient en disant qu'il était un camarade déloyal. Ma lumineuse mère, Pénélope, accueillait, parfois en silence, parfois en se mutinant, le sort amer que le dévastateur de forteresses lui infligeait. Et moi, son fils… que sais-je de lui ? Peut-être seulement ceci : que maintenant qu'il n'est plus et que la main vengeresse du destin l'a frappé, le monde est extraordinairement vide pour moi… Le soulagement qu'ont éprouvé à la nouvelle de sa mort ses parents menacés dans leur vie s'est changé en déception amère. Le monde devient particulièrement vide lorsque périt le seul homme qui, par la volonté du destin et des dieux, est notre seul adversaire véritable. Il deviendra particulièrement vide si cet homme est d'aventure notre père. C'est lui qui nous enseignait qu'il ne valait pas la peine de vivre sans adversaire.

Je vais donc dire ce que j'ai entendu raconter sur les îles.

II

Il se pourrait qu'il n'ait pas respecté la propriété privée. Mais au fond je me suis demandé parfois s'il avait jamais – sur la terre comme au ciel – respecté quelque chose ! Ses luttes avec les hommes et les dieux l'avaient persuadé que les hommes et les dieux étaient mortels. Cet état particulier que les dieux nomment immortalité est dans la réalité un phénomène tout aussi volatil que le temps de vie si brièvement compté aux humains. Mon père savait qu'à la fin les dieux meurent aussi, tout comme les hommes. Son cœur s'était empli de ce savoir amer. Il est très difficile de respecter quelqu'un dont nous savons avec certitude qu'il est mortel.

Il pouvait confisquer d'une main légère – et accessoirement avec élégance – une réputation, un objet en or, une femme, un cheval, une lance, un bœuf, une brebis. Son geste était vraiment royal. Peut-être a-t-il hérité cela de son grand-père, le célèbre voleur de chevaux ! Mais c'est avec la même attitude hautaine qu'il pouvait tout abandonner d'un seul geste de la main. C'est ainsi qu'il a écarté de lui l'amour des femmes, l'appréciation des hommes, le vain désir des honneurs, le butin ; oui ! un jour, il a même écarté la bienveillance des Dieux ! C'est ce qui était royal en lui. Tout ce que la vie vous offre, il le prenait avec un inflexible dédain, mais il pouvait renoncer à tout avec la même indifférence royale. C'est ce que n'ont pas compris ses compagnons de fortune et ses contemporains qui voulaient posséder et conserver. Mon père aimait le butin et la dilapidation l'amusait. Il n'avait pas le sens de la possession.

C'est ainsi qu'il avait un jour rejeté Hélène, la seule femme qu'il ait peut-être réellement aimée... Je crois en savoir quelque chose. C'est ainsi qu'il a aussi rejeté son trône. Et plus tard aussi, les rôles et les honneurs qui, au cours des vicissitudes de la vie, lui sont revenus. C'est ainsi qu'il pouvait rejeter des habitudes de vie enracinées. Il avait une admirable aptitude à se renouveler. Son corps, que ni les combats, ni les fatigues et les épreuves de la vie militaire, ni les exigences amoureuses des femmes, ni les coups du sort pendant son règne et ses vagabondages n'avaient pu user, avait vaincu avec une force intérieure hors du commun la maladie, les fatigues, et d'autres infirmités plus dangereuses, conséquences innombrables de sa vanité. La nuit qui a suivi son retour à Ithaque, je regardais mon père qui dormait dans la cabane d'Eumée, le porcher. Le soir, c'était un vieux mendiant ridé et crasseux qui s'était adressé à moi. Il dormait profondément, peut-être à cause de l'épuisement ou peut-être bien parce que le système nerveux du revenant était encore sous la magie soporifique de la barque mystérieuse d'Alkinoos... Je contemplais son visage étranger et pourtant connu. Il était vieux, ce visage, éprouvé, avec des pattes-d'oie. Dans sa barbe laineuse se mêlaient des écheveaux gris. J'avais pitié de lui et, en même temps, je le redoutais. Je pensais le couvrir d'une épaisse couverture de poil de chèvre, car nous étions à la fin de l'hiver et il y avait le frimas des nuits. Je pensais le tuer, car je le craignais. Comme si le dormeur avait deviné ma pensée, il s'est subitement dressé sur la couche délabrée. Le jour commençait à poindre. Mon père s'étira, se frotta les yeux... Ensuite il se leva d'un mouvement léger. Et comme s'il avait rejeté pendant son sommeil le déguisement de la vieillesse, du gueux, de l'aspect brisé, dans la lumière de l'aube ce n'était plus un misérable vieux mendiant qui se tenait devant moi, mais l'homme redoutable qui était revenu pour mettre de l'ordre et faire justice, d'une façon effroyable. Il se tenait devant moi, les mains sur les hanches, à demi nu, monumental dans la lumière de l'aube. Subitement il n'avait plus d'âge. Il me regardait de toute sa hauteur, silencieux. Je savais avec certitude que tout ce que je pensais à cet instant, il le comprenait, il le ressentait. Il me dit calmement :

– Va devant, prépare-toi et tais-toi !

Il a bâillé, s'est étiré. Et comme si c'était la chose la plus naturelle du monde, il dit encore :

– Nous allons en finir avec eux !

Il commença à s'habiller. Il ne dit pas quand il allait en finir avec moi. Je regardai, pâle, ses préparatifs. J'ai compris qu'un homme nouveau, mystérieux et profond était arrivé à Ithaque. Il siffla ses chiens, qui avaient aboyé contre lui la veille ; mais maintenant ils avaient reniflé leur maître et ils se dépêchaient en remuant la queue, avec un aboiement soumis, de faire leur cour.... J'ai compris que mon père possédait une aptitude mystérieuse à se renouveler dans son corps et dans son âme, quelque chose de semblable aux artistes, qu'il avait le don de ceux qui conçoivent de grands changements.

C'est pourquoi il était capable de tout quitter d'un cœur léger, tout ce à quoi les gens tiennent en général, d'une façon maniaque. Plus tard j'ai compris que ce n'était pas seulement les biens terrestres et les vanités mondaines qu'il pouvait rejeter ainsi d'un revers de main, mais qu'il connaissait aussi le grand secret ; comment quitter sa jeunesse sans vexation intérieure !

Je lui envie cette aptitude. Maintenant que mes propres cheveux deviennent gris, je pense parfois qu'il eût été profitable d'apprendre à temps ce coup de maître de mon bienheureux père. Malheureusement j'ai manqué cela. Je vieillis offensé. Il est certain que lui, qui a élu maintenant domicile dans l'Hadès, me regarde pour cela avec mépris. Il pouvait être infidèle, il pouvait renaître. Il pouvait être sans pitié, même vis-à-vis de lui-même. Il pouvait être indifférent… Et maintenant, lorsque dans ma vie aussi s'accumulent les nuages de brouillard, je crois voir parfois plus clairement dans les affaires des hommes et je comprends mon père ; il se peut que l'indifférence vis-à-vis des hommes soit la seule vraie variante de la pitié qu'il a exercée à leur égard. Mon père supportait les coups du sort, comme il supportait les plaisanteries de la fortune. Il savait vieillir. Et il ne disait pas, il ne montrait même pas, ce qu'il ressentait entre-temps. Je crois que c'est le secret humain.

Mais je ne veux pas philosopher. De toute façon je n'y connais rien, et ce ne serait pas digne de mon rang, puisque je descends de sang royal. La philosophie, c'est du travail et c'est le devoir de ceux qui sont de naissance inférieure. Mon père était roi, il n'a donc jamais philosophé. Parfois il racontait, souvent il mentait, toujours il agissait…

C'est pourquoi, partout où il allait, on appréciait sa compagnie, mais en même temps on le craignait et on ne l'aimait pas vraiment. Les femmes se passionnaient pour lui ; elles ont écouté ses ronrons, ont accepté ses étreintes, l'ont baigné, l'ont nourri, se sont mises dans son lit… Mais l'aimaient-elles ? Lorsque j'avance ce doute, le respect filial m'oblige de taire le comportement de ma sublime mère, Pénélope. C'est une femme admirable et la postérité honore en elle à juste titre l'idéal conjugal. Mais je crois qu'elle non plus n'aimait pas mon père. Il est vrai qu'elle a eu peu d'occasions de l'aimer vraiment, de tout son cœur. Mais il est tout aussi vrai qu'elle n'a jamais pu tout à fait se détacher de lui. Les femmes – parfois avec des sentiments contradictoires et orageux au fond de leur cœur – se sont toujours souvenues de mon radieux père. En particulier, les femmes qui ont mis au monde un enfant de lui et qu'il a ensuite aussitôt abandonnées. Plusieurs de ces femmes vivaient à Argos.

Je dois à la vérité de constater que, parmi les nombreuses femmes qui se prélassèrent pendant un temps plus ou moins long entre les bras musclés et éprouvés de mon père, il y en eut peut-être une qui l'aima. Cette femme n'était plus jeune. Son nom était Calypso. Elle était nymphe et vivait solitaire sur une île. Lorsque j'errais sur les traces de mon père, j'ai été voir aussi cette vieille dame. Elle m'a accueilli avec réticence, mais elle s'est détendue plus tard et m'a raconté beaucoup de détails intéressants sur le caractère de mon père. Parmi les aptitudes hors du commun de celui-ci, il y en avait une qui lui permettait sans difficulté de capter la confiance des femmes d'un certain âge et des déesses sur le tard… Il estimait que, sans le concours de femmes d'un certain âge et de déesses expérimentées, aucun homme ne peut progresser dans la vie, ni dans l'immortalité. Cet enseignement, je l'ai pris à cœur… Mon admirable femme, Circé, n'est plus un poussin du jour. Parfois ma femme et moi, nous avons discuté de mon père sur l'île d'Aïaié pendant les nuits sans lune. Il faut du temps pour qu'un fils comprenne son père – lorsqu'il a un père comme Ulysse – ensuite les femmes, les hommes, les déesses et les dieux. Mais grâce aux miettes que mon père avait semées au cours de ses vagabondages, et que j'ai ensuite ramassées, ma musette de voyage – pour le temps qui resta – ne fut pas tout à fait vide.

Je savais peu de choses le matin où je me mis en route pour Ithaque aux côtés de mon père déguisé en mendiant, afin de tuer les prétendants. J'ignorais beaucoup de choses que je sais aujourd'hui. Je serais ingrat envers son souvenir si je taisais mes expériences. Nous, gens de sang royal – fidèles au rang et aux nobles traditions de notre famille – avons passé notre vie à tuer et à prendre des butins. Mais maintenant que je vieillis, je songe parfois que les activités humaines ont aussi d'autres variantes. Il se peut que réfléchir soit une entreprise aussi excitante et aventureuse qu'agir… Se pourrait-il – je n'hésite pas à poser cette question bien que je sois conscient que poser cette question est indigne de mon rang – se pourrait-il que la réflexion soit une sorte d'action ? Les poètes que nous entretenions dans notre maison en savaient quelque chose. Il semble que l'aventure ait beaucoup de formes, et pas seulement celles que nous, personnes royales, connaissons !

Au cours d'un de mes fréquents voyages, un matin au parfum de moût, ma barque a de nouveau touché le port de Pylos, où bien des années auparavant – dans les temps agités où je cherchais les traces de mon père dans le monde – le vieux Nestor, champion de Gérénie, m'avait accueilli et m'avait fait don de quelques conseils. Le vieux héros – dans la bataille, sous les murs d'Ilion, il fut davantage savant et conseiller que combattant – m'accueillit avec affabilité. Après le déjeuner, nous étions étendus sur le balcon ombragé de son palais et je devais parler d'Ithaque, des changements de fortune des Achéens qui étaient revenus, des disparitions mystérieuses de mon père, du nouveau veuvage de ma mère. Nestor écoutait ces nouvelles avec la politesse impassible des personnes âgées. Il regardait émerveillé, de ses yeux englués, l'effervescente lumière d'automne. Des palmiers ébouriffés se balançaient dans le vent. Des esclaves étoliens promenaient dans les chemins du jardin des tigres et des panthères attachés par des chaînes d'argent. Mon hôte grisonnant me dit subitement :

– Mon fils – et il leva sa main calleuse déformée par la goutte –, l'aventure est un grand secret. Lorsque j'étais jeune, je courais, moi aussi, après la proie, comme ce tigre. Il étendit sa main et désigna la bête sauvage au corps sinueux. – Mais maintenant je suis vieux et je sais que le palmier aussi peut vivre aussi aventureusement que les tigres et les panthères. De son index crochu, il désigna le tronc cannelé et ligneux d'un palmier-dattier centenaire dont la tête était ornée de grappes de fleurs jaunes et dont les branches avaient des feuilles d'un vert profond. Cette déclaration du sage compagnon de route de mon père me surprit. Mais Nestor ne faisait pas attention à moi.

– Il lutte contre le soleil, la pluie et le vent, dit-il sur un ton bougon, comme s'il se parlait à lui-même. Il ne bouge pas. Mais il vit avec une grande force. Nous ne le savions pas lorsque nous étions jeunes, ton père, moi et les autres, dit-il avec indifférence.

Plus tard, il me dit encore ceci :

– C'est ce qu'ignore aujourd'hui encore ton excellent père !

Il fit signe qu'il voulait se taire. Il n'avait plus envie de parler de mon père.

III

Je me tus, consterné ; puis je pris congé et je me mis en route. Je continuai mon voyage parmi les îles sur la trace des secrets de mon père. Il est certain que le « porteur de lumière » n'avait aucune aptitude à l'aventure sage que Nestor comparait à la vie d'un palmier. Il était plutôt une panthère, un mélange renifleur de tigre et de panthère, une créature de Zeus aisément enivrée par le sang et s'insinuant dans le sillage du butin… C'était ce que je croyais. Mais, plus tard, les femmes qui s'étaient étendues naguère entre ses bras ont confessé que mon père n'était en réalité ni tigre, ni palmier. Qui était-il ?

Il était homme.

Maintenant je comprends cela. Le souvenir de mon père s'est séparé lentement de tout ce qu'il a commis pendant sa vie. Il était plus que les intrigues, les filouteries, les friponneries et les fanfaronnades, dont l'imagination humaine a paré en ces temps son souvenir. On raconta que mon père était autrefois – au début des temps et de la mémoire, c'est-à-dire au début de la conscience humaine – dieu. On dit aussi qu'il était héros, une sorte d'être intermédiaire entre l'homme et dieu. Il y a ceux qui doutent, qui nient son existence corporelle et personnelle, et osent soutenir que mon père n'a jamais existé en tant que réalité incarnée, qu'il était un personnage d'ombre, en tout et pour tout la vision d'une versification poétique. Ces allégations ridicules ne méritent même pas d'être réfutées. Mais ce dont ils n'ont pas parlé – peut-être parce qu'ils l'ignoraient, car cela est difficile à prouver – c'est que mon père fut le premier être vivant dans notre monde en qui les origines, divine et humaine, se sont séparées. Avant lui, dans l'espace obscur et brumeux que l'on nomme le temps, les dieux étaient parfois encore un peu hommes, et dans les humains il y avait quelque chose de divin. Mon père fut la première créature qui, ici, au bord occidental de la Méditerranée – où vivent les Lestrygons, les borgnes, les êtres à queue de poisson et autres infirmes difformes qui peuplent vers l'est les rives de l'empire de Poséidon – il fut sans conteste homme, avec tout ce que cela comporte comme conséquences. Le comportement égoïste, avec lequel il se tournait vers les êtres et vers les dieux, était sans équivoque un comportement humain. Avant son entrée en scène, le monde était différent : à la fois plus bestial et plus divin...

Mais il est difficile de parler de cela. Parmi les qualités humaines de mon père, il y en a plusieurs qui sont moins attrayantes. Il est certain qu'il était curieux, mais aussi cupide, avide, affamé de butin... Comme les humains en général. Il était aussi vaniteux, lubrique, emphatique, sournois. Comme les dieux en général. Mais en dehors de tout cela, il y avait en lui une sorte d'esprit de suite structurel, une détermination à toute épreuve – en somme l'exacte capacité à laquelle sont peu prédisposés à la fois les animaux indolents et les dieux capricieux. Lui qui était infidèle à tout et à tout le monde, malgré ses hypocrisies et ses entreprises trompeuses, il est toujours resté fidèle à lui-même, à l'homme. En Orient, on ne comprend pas cela. Selon mon expérience, les hommes là-bas sont geignards, et ils aiment vivre en foule comme les fourmis ou les termites. Mon père était un occidental, donc il aimait la solitude, dont l'individualité est la manifestation suprême.

Je crois qu'avec mon père prend naissance un phénomène singulier : l'homme anthropomorphe.

Lorsque nous avons tué les prétendants et que

mon père a de nouveau quitté Ithaque – afin, fidèle à sa nature, d'aller duper sur les îles voisines quelques reines crédules pour procréer des enfants avec lesquels il serait ensuite sur un constant pied de guerre, et pour prendre à des hommes vaniteux comme les singes tout ce à quoi ils se cramponnaient : leur réputation, leur rôle social, les armes fabriquées avec des métaux précieux, des objets domestiques, des possibilités industrielles et commerciales lucratives – je me suis moi-même mis en route. De l'assassinat des prétendants, je gardais un mauvais souvenir, une sorte d'écœurement. Je ressentais la nécessité de changer de lieu. L'assassin divin avait été dans cette entreprise exagérément humain. Parmi les prétendants – il ne sert à rien de le nier – j'avais plusieurs amis. Ces hommes âgés – pendant les deux longues décennies où mon père était éloigné d'Ithaque, accomplissant ses prouesses dans le monde – avaient pour moi remplacé mon père. Je déplore encore aujourd'hui que – sur les conseils de mon père et parce que la situation créée par le duel l'imposait – j'ai été forcé de planter une lance dans les côtes d'Amphinomos. J'ai entendu avec plaisir dire plus tard que le coup n'avait pas été mortel et que ce brave propriétaire terrien de la campagne avait échappé au danger de mort que comportait la grande aventure qui l'attira dans le cercle magique de ma divine mère. Je regrette que, parmi ses nombreux prétendants, ma mère ait le moins prisé ce brave homme honnête et placide.

Elle rejeta toujours ses approches avec une froideur manifeste… Il est difficile de connaître le cœur féminin – fût-ce un cœur de mère ou un cœur d'amante. La personnalité de ma redoutable et excellente femme, Circé, et son comportement envers moi m'en persuadent également. Bien que cette excellente créature soit, par la volonté incompréhensible et sublime de mon père, étendue entre mes bras, il me semble que, dans l'intérêt du maintien de l'ordre divin et humain, il eût mieux valu que mon père choisisse pour moi – parmi celles qui avaient jadis fait battre son cœur – une autre femme plus terrestre et d'une nature moins divine.

Mais les intentions du « porteur de lumière » ont toujours été difficiles à comprendre. Nous avons tué les prétendants et mon père, après un séjour bref et agité à Ithaque, s'est mis de nouveau en route. À cette époque, je vivais plus volontiers sur les îles, le plus souvent à Samos, dans des cases. Le retour du « porteur de lumière », ensuite tout ce qui s'est passé et tout ce à quoi j'ai dû participer par son abominable volonté, ont surchauffé mon imagination. J'ai commencé à avoir peur. La crainte est un conseiller sournois. En ce temps-là, la stature de mon père était devenue surhumaine, elle assombrissait les îles. Où que j'allasse, j'entendais parler de lui. On parlait de lui avec haine, jalousie, crainte et envie. Moi, son fils, j'étais accueilli avec suspicion ; l'on s'apitoyait aussi sur moi, mais on me redoutait. Ma position dans le monde était fausse. Finalement, j'avais participé à un assassinat collectif, que mon père nommait un jugement. Mais le monde ne jugeait pas avec autant d'indulgence cette entreprise. Et moi, qui pendant vingt ans fus – contraint et forcé – le voisin de table et l'hôte de nos convives intrus, je ne pouvais répondre parfois qu'en bégayant aux questions pénibles que les survivants des victimes m'adressaient ici et là !…

Les Achéens cherchaient chez moi le butin que mon père aurait accaparé avec ses compagnons pendant la guerre de Troie et qu'il aurait ensuite – c'était l'accusation – caché avec avidité dans les grottes de notre île. Cette supposition me faisait de la peine. Je n'ai jamais su la vérité sur le butin. Mon père s'entendait admirablement à dissimuler au monde l'argent. Il nia à la face des Achéens, lorsque ceux-ci cherchèrent chez lui le contenu des outres remplies de vent offertes par Éole… C'est ainsi qu'a disparu entre ses mains tout ce qu'il avait ramassé sous les murs d'Ilion, ou ensuite tout ce qui, au long de ses pérégrinations – que d'aucuns nommaient de vulgaires aventures de maraudeur –, lui avait été offert comme cadeaux… Le temps passait, les accusations s'épaississaient, et je ressentais avec de plus en plus d'inquiétude que l'homme admirable resterait pour moi, son descendant légal et l'héritier de son trône, un être insondable !

J'ai décidé de percer le secret. Après de plus ou moins longues excursions aux environs, je me suis résolu à aller trouver une par une les personnes dont je pouvais supposer qu'en dépit des racontars, des accusations issues de la jalousie et de la passion, elles seraient susceptibles de dire de mon père quelque chose qui soit digne de foi. J'ai décidé d'aller visiter la terre des Phéaciens, le pays où mon père – avant son tragique retour – avait fait son ultime séjour, et ainsi que je l'ai entendu dire, avait abondamment conté ses aventures. Je me suis résolu à aller à Ogygie et m'y efforçais de gagner les grâces de la mystérieuse pythie, Calypso, qui, pendant sept ans, avait gardé mon père dans une sorte de consignation à demeure amoureuse. Maintenant je peux le confesser : c'est ma glorieuse mère qui m'a encouragé à entamer ce voyage ! Comme quelqu'un qui ne trouve pas de repos et change de domicile, tel le fiévreux ses oreillers, j'ai beaucoup erré parmi les hommes et les dieux, car un sombre feu embrasait mon cœur : le secret de mon père, que je tenais à percer. Beaucoup ont menti, car ils le haïssaient. D'autres ont menti, parce qu'ils l'ont aimé. Mais tout ce que j'ai appris ne valait pas les paroles que Calypso prononça à son sujet.

Je crois que cette déesse savait la vérité sur mon père.

IV

En premier lieu, je suis parti chez Alkinoos. Cette entreprise s'annonçait laborieuse. Il était toujours difficile d'obtenir un permis de séjour à l'île de Schérie. Les Phéaciens – tout le monde le savait à Argos – reçoivent les étrangers avec suspicion ; ils ne donnent pas volontiers des permis de séjour, des permis de travail, des autorisations de longue durée pour les transmigrants apatrides.

La visite de mon père sur l'île, les événements qui avaient suivi son retour – qui étaient d'une grande importance du point de vue de la société des Phéaciens et qui étaient en outre des événements funestes – n'avaient fait qu'augmenter la méfiance et l'antipathie des indigènes vis-à-vis des vagabonds.

J'ai décidé de voyager en cachant mon rang. Je m'imaginais pouvoir approcher plus facilement les autorités locales et mieux gagner la confiance d'Alkinoos en cachant mes origines. Les expériences de mes précédents voyages d'étude m'avaient persuadé qu'il est déconseillé de faire étalage de ses origines sans y être prié. Il est arrivé plusieurs fois qu'après les présentations, mes hôtes occasionnels se tournent vers moi en se récriant sur un ton inattendu de revendication. Certains agitaient une lettre de crédit non remboursée, d'autres s'informaient du lieu de séjour du « porteur de lumière », car ils voulaient, contraints par la nécessité, lui faire parvenir un avis de recherche de paternité !... Je choisis un déguisement et un nom d'emprunt. Je m'habillai en négociant de bestiaux crétois qui serait à la recherche de moutons d'élevage pour les troupeaux de Minos, et un après-midi d'été torride, où Hélios brûlait avec une lumière blanche au-dessus de la mer ionienne, j'ai touché avec ma barque la rive où, il y a de nombreuses années, mon père, après avoir été ballotté par l'eau salée pendant dix-huit jours, était enfin arrivé avec la ceinture de sauvetage de Leukathe autour de sa taille afin que, selon les indications données par une jeune fille aux bras blancs comme neige, Nausicaa, il puisse enfin obtenir une aide des humains et se soustraire ainsi à la vengeance de Poséidon.

À l'office des douanes, je fus accueilli par des fonctionnaires inhospitaliers qui m'examinèrent av méfiance. J'exigeai qu'ils me conduisent, séan tenante, devant Alkinoos.

Le chef de l'office, un Phéacien à la barbe laineuse, d'un certain âge, se mit à criailler grossièrement :

– Enfermez-le dans une niche ! cria-t-il aux employés. Qu'est-ce que tu te crois, étranger ?... La mer ionienne est remplie de barques d'aventuriers suspects, qui importent des maladies et des idées dangereuses sur notre île. Va sur l'île d'Aïaié, oriental pouilleux !... vociférait-il en se tournant vers moi avec un ton plein d'impertinence. Ici, on garde les étrangers en quarantaine dans des étables jusqu'à ce que leur identité soit éclaircie. Tu dis que tu es venu acheter des taureaux chez nous ?... Il se pourrait que tu sois en réalité un porc et que tu apportes le danger sur notre île !

C'est ainsi qu'il m'injuriait. J'eus l'occasion de me convaincre personnellement que ce que l'on colportait n'était pas exagéré : les Phéaciens sont réellement un peuple aux mauvaises manières, cupide et égoïste, qui n'aime pas les étrangers. À cette époque, j'ignorais encore qu'à la suite de la visite de l'éminent et redoutable pèlerin, mon père, l'on avait particulièrement renforcé le contrôle des étrangers sur l'île de Schérie. Plus tard, je fus convaincu qu'il y avait de bonnes raisons pour cela.

Mais mon comportement avait finalement persuadé les habitants de l'île que c'était un homme de bonne naissance qui se tenait devant eux. Deux lanciers m'escortèrent jusqu'au palais d'Alkinoos.

Sur le court chemin qui mène du port à l'intérieur de la ville et de la porte de la ville, à travers un jardin public rempli de plantes exotiques, jusqu'au palais d'Alkinoos à toit haut, ceint de murs d'airain, je m'émerveillai de la pourpre colorée et de la richesse aveuglante que partout j'apercevais. Les Phéaciens, fils orgueilleux et implacables voyageurs des mers, ont, grâce à leur commerce international, rassemblé dans leurs foyers tous les attributs de l'opulence mondaine. De l'île de Drepane, dont ils étaient issus, ils n'ont rien emporté d'autre que leur nature foncière : la suspicion et le calcul. Le long des chemins du jardin luxuriant, regorgeant de fleurs aux parfums suffocants, je reconnus avec un battement de cœur les chiens d'or et d'argent dont j'avais déjà entendu parler – et même l'amateur profane pouvait reconnaître, au premier coup d'œil jeté sur ces chiens de métal, la main de maître d'Héphaïstos. Je me suis souvenu de tout ce que j'avais jadis entendu au sujet des Phéaciens et j'ai compris que ce peuple aimait les métaux nobles, puisqu'ils provenaient du sang d'Uranus le Castré. Mais au fur et à mesure que j'approchais de la demeure de l'ancien hôte de mon père, je compris aussi autre chose. Les maisons d'habitation et, finalement, les dimensions et la splendeur extérieure du palais royal m'ont ébloui. Tout proclamait avec ostentation qu'ici ne vivait pas une espèce de roi-provincial-gardien-de-chèvres, qui, le soir venu, sous le portique de sa maison, rendait avec un bâton, personnellement, la justice pour ses sujets, comme il y en avait un grand nombre à Argos, mais un riche et puissant monarque régnant sur les provinces de dix-sept princes phéaciens. Tout ici était différent de nos contrées, plus séduisant, plus exubérant que dans la misérable Ithaque. Le toit de lapis-lazuli du palais d'Alkinoos, ses colonnes d'argent et ses portes d'or, brillaient comme la nuit fiévreuse d'été, comme la lune et le soleil. Nous, gens d'Ithaque, habitués à l'agriculture et à l'élevage, nous n'avons jamais songé à la pompe, qui s'étalait partout devant le voyageur, dans les foyers des fils des Phéaciens, rompus au commerce et à la navigation. Pendant que les lanciers me guidaient parmi ces visions spectaculaires jusqu'à Alkinoos, pointus et se pavanant, comme ils se conduisent toujours avec les étrangers, je songeais à ce que la vue de tant d'éclat et d'opulence devait dans le cœur de mon père éveiller de compassion envers notre piteuse Ithaque.

Mais j'ai pensé que mon père malgré tout n'était pas resté ici au milieu de cette pompe attirante, bien que je ne doute pas que sa personnalité corrompue en eût trouvé le moyen et que son être ensorceleur eût vaincu la méfiance des Phéaciens. Mais il est revenu. Et ensuite, il est de nouveau reparti. Pendant que je cheminais entre mes gardes, je ne pouvais pas réprimer – à cause de ces mystérieuses inconséquences – un soupir accablé. Peut-être – je l'espérais – que sur cette île riche, j'allais enfin apprendre la vérité sur les intentions de mon père. En fin de compte, c'était la terre où mon père s'était reposé pour la dernière fois dans le monde, avant qu'il ne revienne de son long vagabondage ! Hermès et une autre divinité, fille de Kadmos, la reine de la mer – Leukothia de Béotie – avaient prophétisé ensemble qu'une des étapes de l'errance du « porteur de lumière » s'achèverait ici… C'est pourquoi lorsque je me suis trouvé devant Alkinoos, après avoir marmonné les présentations et les généralités de politesse, je déclarai sans ambages :

– Sacro-saint et glorieux Alkinoos… Je comprends maintenant que tout ce que j'ai entendu partout, pendant mes pérégrinations et dernièrement encore sur l'île d'Ithaque, de la splendeur de ton royaume et de ton palais, pâlit à côté de la réalité.

Alkinoos était un homme replet, d'âge moyen. Il portait autour de son front une couronne tressée de feuilles d'olivier. La peau de son visage luisait d'une brillance huileuse et ses globes oculaires rayonnaient d'intelligence. La dignité naturelle et affable de son être et de ses manières faisait un effet ensorceleur et forçait le respect. Il était visiblement un homme, qui, dans sa vie privée comme dans son royaume, affectionnait l'ordre et la tranquillité. Mais à l'évocation d'Ithaque, il a bondi, a levé ses bras en l'air avec agitation et s'est écrié avec enthousiasme :

– Tu viens d'Ithaque ?...

– Chemin faisant, mon bateau a accosté sur cette île tranquille et modeste, répondis-je prudemment, car je voyais qu'il était très agité.

Dans la grande salle, dont les murs étaient revêtus d'une épaisse couche d'or, mes paroles provoquèrent une étrange agitation. Alkinoos retomba dans sa bergère et frappa deux fois dans ses mains. Des camériers accoururent, les somptueuses portières se balancèrent et des serviteurs se mirent en rang au pied des colonnes, comme si l'évocation du nom d'Ithaque signifiait un danger dans cette demeure seigneuriale et tranquille. Un camérier se jeta à genoux devant Alkinoos.

– Mon épouse et ma fille ?... demanda mon hôte.

– Arété aux bras blancs comme neige, répondit

le camérier dans une position à demi accroupie, et la princesse vierge, Nausicaa, se trouvent dans le jardin où elles écoutent le chant des oiseaux au plumage coloré.

Alkinoos, entre-temps, s'était un peu calmé. Il dit sur un ton de politesse mondaine, sur un ton discipliné :

– Je prie les dames de venir. – Attends, dit-il, alors que le camérier s'apprêtait à partir. – Appelle aussi mes fils, Halios, Laodamos et Klytoneus.

J'écoutai ces instructions avec inquiétude. Lorsque le camérier fut reparti pour exécuter les ordres de son maître et faire envahir la salle par les gens de sa maison, Alkinoos se tourna de nouveau vers moi :

– Je vois que tu es un homme cultivé et qui connaît le monde, dit-il avec politesse, bien que tu sois marchand de bestiaux.

» Attends, étranger, pour dire ton message, que mon épouse et mes enfants, la princesse et les princes, soient arrivés. Sache que tu es le premier homme qui, depuis le départ d'Ulysse, nous porte des nouvelles d'Ithaque à nous, ses hôtes, qui avons subi des dommages !

Il dit cela avec tristesse. Les ombres d'un silence profond enveloppaient la fastueuse salle. C'est ainsi que nous attendîmes, pendant un court instant plein d'une anxiété suffocante, l'arrivée des membres de la famille royale. Les trois garçons avaient l'âge d'homme ; Halios portait la barbe. Arété était facilement reconnaissable : elle marchait avec la majesté de la beauté mûre et prit aussitôt place dans une bergère aux côtés de son glorieux époux. Nausicaa s'arrêta sur le seuil et me dévisagea longuement. Son regard était fureteur et étrange. Je me sentis troublé. De toute manière, la situation n'était pas sans danger. Alkinoos commença à parler.

V

– Tu dois savoir, étranger, dit-il plein de dignité, sur un ton profond qui laissait poindre le tressaillement d'une émotion étouffée, que le séjour et le départ d'Ulysse ont signifié dans la vie de ma maison et de mon peuple le début d'une série de grands malheurs. Mon admirable épouse, Arété – là, il jeta un regard sur la reine, qui courbait la tête d'un air repentant –, avec la bienveillance qui caractérise les nobles cœurs féminins de tout âge, prit le parti de l'étranger. Ma fille, Nausicaa, fit de même – ce fut au tour de la princesse de courber la tête – et en général les femmes de ma cour. Toutes, elles me supplièrent de ne pas considérer les règles strictes de contrôle des étrangers dans notre pays et d'être charitable envers le pèlerin. J'ai cédé à la supplication des femmes – et il poussa un soupir –, Ulysse s'entendait avec ruse à apitoyer les cœurs féminins. Même des cœurs aussi purs et généreux que ceux qui battent dans le sein de mon épouse aux bras couleur de neige et de ma fille à l'âme noble !

Il parlait lentement, par à-coups ; le souvenir d'Ulysse le troublait visiblement. De temps à autre il palpait son cœur avec sa main gauche, puis faisait un signe et un serviteur lui présentait des grains de lotus dans un plat d'or ; il prenait quelques grains de cette friandise du bout des doigts et il suçotait cette manne tranquillisante au cours de notre conversation.

Le prince barbu, Halios, l'interrompit, maussade :

– Le séducteur n'attendrissait pas seulement les cœurs féminins. Il s'entendait aussi à étourdir les hommes.

Alkinoos, abattu, fit un signe de la main.

– C'est exact, dit-il d'un ton sourd. – Il nous a tous subjugués. Je dois dire qu'il sut admirablement parler à notre cœur. Quelle que soit l'importance du prix que nous avons payé pour notre faiblesse, le soir où il nous a raconté son voyage et ses aventures reste inoubliable pour nous.

– Nos chantres t'auraient amusé à moindre frais, mon glorieux père, dit du bout des lèvres l'austère Halios. L'étranger qui s'est imposé a finalement attiré la vengeance des dieux sur notre tête. Sans même dire que notre meilleur bateau a péri – et le jeune homme barbu et de mauvaise foi frappa avec colère sur sa poitrine ceinte d'une cuirasse d'or.

Je les écoutais avec curiosité, les oreilles assoiffées. Tout ce que j'entendais était nouveau. Mon père, après son retour, n'avait qu'effleuré le sujet des Phéaciens et de son escale sur l'île de Schérie. Je me tenais maintenant debout, dans la salle où le pèlerin avait fait naguère son récit... Et aussitôt, à la seule évocation de son nom, les braises d'une dispute familiale et nationale se remettaient à rougir. Laodamos, un maigre garçon d'âge ingrat, au nez crochu, s'écria sur un ton nasillard désagréable :

– Mon glorieux père, n'oublie pas que c'est toi qui as proposé notre majestueuse sœur comme épouse à l'étranger suspect qui s'était imposé !

L'on put entendre dans la salle un discret bruit de fond comme un bourdonnement. Cette remarque avait provoqué un profond effet sur les personnes présentes. Nausicaa se tenait debout, pâle, et dardait sur moi ses yeux noirs et brûlants.

Alkinoos couvrit ses yeux de la paume de sa main. Puis il fit un signe en étendant le bras, afin que les murmures cessent. Alors sur le ton de quelqu'un que les coups du sort ont malmené, il parla ainsi :

– Maintenant tu as entendu la vérité, étranger. Tout s'est passé de cette manière. Il me semble parfois que, pendant le court laps de temps où Ulysse séjourna sur notre île, nous avons tous été, hommes et femmes, victimes d'une malédiction. Il se pourrait qu'il ait appris la sorcellerie dans les grottes des nymphes, de ces gourgandines, où il aurait fait un séjour prolongé. Mais il est inconvenant de parler de tout cela en compagnie des dames, dit-il, et il regarda sa fille.

Avec une sorte de fascination Nausicaa me regardait d'un œil figé, comme si elle n'avait pas entendu les paroles pleines de tact de son glorieux père.

– Tu viens d'Ithaque ! continua Alkinoos. Parle donc, étranger ! Qu'est-il arrivé à notre hôte après son retour, et quel accueil les populations d'Ithaque ont-elles fait au revenant ?...

J'ai raconté tout ce que j'estimais nécessaire à cet instant. J'ai essayé de faire un bref récit de ce que j'avais à dire. Pendant que je parlais, la salle se remplissait lentement de ceux qui venaient m'écouter. Il arrivait des hommes d'un certain âge, de nobles Phéaciens à la barbe blanche, les chefs de district d'Alkinoos, qui laissaient pendre de longs sabres le long de leurs cuisses. La nouvelle était arrivée sur l'île qu'un étranger, qui avait vu Ithaque et avait connu Ulysse, avait excité l'imagination des Phéaciens. Ils écoutèrent mon récit dans un silence profond. Je ne le nie pas, l'attente et l'attention générales m'ont touché. J'ai senti que, grâce à la personnalité magique de mon père, moi, un fils de roi provincial et sans nom, j'étais devenu subitement le centre d'intérêt de gens du grand monde. J'ai parlé dans la même salle où il avait naguère subjugué avec la résonance de sa voix et la succulence savoureuse et poivrée de ses récits les orgueilleux et ostentatoires Phéaciens. Et, comme autrefois, ses paroles, ils écoutaient aujourd'hui les miennes... J'ai senti que je jouais un rôle dans le monde par la volonté de mon père – j'avais un rôle, même si je portais un déguisement. Pendant que je parlais, c'était comme si l'âme d'Ulysse avait pris possession de moi. J'assourdissais mon ton, car je ne voulais pas que mes auditeurs apprennent la vérité sur ma personne. Mais le regard de Nausicaa scintillait cruellement et aveuglait le mien. Je me détournai parfois pour ne plus voir ces yeux rayonnants, singulièrement pressants.

Lorsque j'eus terminé ma communication, qui relatait le sort des prétendants, le départ nouveau et inattendu de mon père et le séjour provincial de ma mère – du tour qu'ont pris les rapports de mes parents, je n'ai dit avec un tact filial que le strict nécessaire –, un vieil homme, un certain Échénéos, dont les paroles étaient écoutées par les autres avec respect, s'écria :

– L'invité, glapit-il sur un ton enroué de vieillard, n'a avoué qu'au moment de prendre congé qu'il était marié !...

Cette interruption souleva une tempête. Plusieurs se mirent à chuchoter avec agitation. Alkinoos, qui jusque-là m'écoutait sans dire un mot et avec une grande attention, signifia à ses sujets d'un geste de la main de se calmer. Il se renvoya en arrière dans sa somptueuse bergère et dit sur un ton pensif :

– Échénéos, tu as dit vrai. Notre hôte, pendant les heures qu'il a passées sous mon toit, a réellement oublié de mentionner à temps qu'il était marié. Sinon, je ne lui aurais pas offert la main de ma fille unique.

À ces mots, le visage blanc de Nausicaa devint pourpre, comme le bouquet de printemps touché par les doigts rosés de l'aurore. Le bourdonnement inquiet ne cessa pas dans la salle. Alkinoos commença à parler d'un ton élevé :

– Ce que tu as raconté, dit-il poliment, mais avec tristesse, semble être la vérité. Il est rentré, il a tué, et il est de nouveau reparti… Ces possibilités s'accordent avec le souvenir de sa personnalité. Mais où est l'or et où est le sel ?… demanda-t-il d'un ton aigu.

À ces mots, le bourdonnement qui, pendant mon récit, s'amplifiait de temps en temps dans la salle et s'arrêtait à d'autres moments se changea en un vigoureux criaillement. Plusieurs Phéaciens se mirent à crier. Dans l'angoissant vacarme, l'on entendit la voix de Laodamos et du vieil Échénéos :

– L'or et le sel ! criaient-ils. Il a pris une avance en or et il l'a emportée avec lui. Nous avons fait un contrat pour qu'il nous fournisse à terme du sel. Et maintenant nous apprenons qu'il a disparu d'Ithaque ! Nous pouvons toujours courir sur ses traces !…

Alkinoos ordonna le silence :

– Le voyageur ne comprend pas vos paroles, dit-il avec dignité.

» Apprends la vérité, étranger. Ici tout le monde est la victime d'Ulysse. Son comportement d'escroc corrompu a anesthésié la capacité de jugement de mon épouse et de ma fille. Mais son discours coloré, son étincelante présentation ont aveuglé aussi les Phéaciens expérimentés dans le commerce. Il n'est pas étonnant qu'un aventurier expérimenté ait pu, avec son comportement mystificateur, influencer un être à l'âme pure, comme ma fille, qui a conduit l'étranger dans mon palais. Il n'est pas incompréhensible non plus qu'avec ses paroles pittoresques il ait réussi à étourdir mon épouse, qui a supplié de donner un abri au magicien vagabond et traînard et de l'expédier dans son foyer, comme il le souhaitait... Ce qui est plus étonnant, c'est que des négociants aussi expérimentés que ceux que tu vois ici dans cette salle aient conclu un contrat avec lui pour une livraison de sel et lui aient versé des arrhes... Je peux te le dire maintenant, j'ai placé moi-même des barres de métaux de grande valeur, avec un emballage de sécurité, dans les cachettes du bateau afin que l'étranger ne subisse pas de dommage en cours de route !...

Alkinoos couvrit de nouveau son visage avec la paume de sa main, comme quelqu'un qui a honte et qui se souvient. Dans la salle le bruit hostile n'avait pas cessé. Après les questions criailleuses d'Échénéos, je fus obligé de reconnaître – honteux et confus – que je n'avais entendu parler sur l'île d'Ithaque d'aucune sorte de disposition prévoyant de faire une livraison importante de sel à Schérie. Je n'ai pas osé dire que mon brillant père avait revendu une deuxième fois le sel qu'il avait déjà vendu aux Phéaciens et qu'il l'avait livré en Thesprotie… Devant la conduite véhémente des Phéaciens, je commençai à regretter que l'intérêt et la piété filiale aient conduit mes pas sur l'île de Schérie. Je présumai qu'ici je n'apprendrais rien de bon sur mon père.

Alkinoos, après un court moment, se mit à parler de nouveau :

– Nous sommes des hommes et des commerçants, dit-il avec une dignité grave. – Veillons à ce que l'étranger, qui s'est aventuré sur notre île, ne colporte pas nos pitoyables nouvelles dans le monde. Du bétail, dit-il sévèrement, et cette fois il se tourna vers moi – après de telles expériences, nous ne le vendons que comptant à des étrangers. Cela ne peut t'étonner, voyageur !… dit-il sur un ton ferme.

Ses paroles furent bruyamment approuvées par quelques éleveurs de bovins – des Phéaciens âgés. Je marmonnai, troublé, que je connaissais les lois de la vie commerciale et que j'avais toujours honoré mes obligations de négociant. En réalité je me cassai la tête pour savoir comment je pourrais disparaître au plus vite de l'île où mon père avait laissé un si dangereux souvenir ! Tout ce que j'avais appris me mettait en garde de ne pas révéler mon identité. Halios, le fils barbu du roi, au regard un peu niais, avait la disgracieuse habitude de ronger l'ongle de son pouce dans un moment de colère, par oubli de soi. Il avait maintenant retiré son pouce d'entre ses dents et il cria :

– Il était assis là – et il désigna le centre de la salle, où était placée une bergère en or poli sur un splendide tapis persan – et il se vantait. Il était également cupide. Je l'ai vu de mes propres yeux attacher avec une épaisse corde et cacheter ensuite la caisse dans laquelle il transportait les métaux précieux qu'il avait obtenus par mensonge et escroquerie. Il l'avait cachetée avec sa bague. Il y avait un signe sur cette bague...

– Un dauphin ! dis-je malgré moi.

– Oui, un dauphin ! hurla Halios – et il cracha. – Comment le sais-tu ?... demanda-t-il ensuite, avec suspicion, en grommelant !

Tout le monde se tourna vers moi avec un regard interrogateur et soupçonneux. Les yeux de Nausicaa se dilatèrent lumineusement. Je sentis que j'avais commis une faute. Ulysse portait sur sa bague et sur son bouclier le signe du dauphin. Pendant mon enfance, j'avais eu une fois un accident. J'étais tombé à la mer dans le golfe d'Ithaque ; je ne savais pas encore nager et ce sont les dauphins qui m'ont sauvé... Mon père, en signe de reconnaissance, choisit le dauphin comme emblème pour son bouclier et pour sa chevalière... Et maintenant, je m'étais trahi.

– Je l'ai entendu dire à Ithaque, murmurai-je.

Alkinoos m'examina avec un regard perçant. Ensuite, comme s'il proclamait un jugement, il se leva de son trône. Dans la salle tout le monde se leva. Le bruit et le vacarme s'arrêtèrent. Le noble seigneur dit poliment, mais avec fermeté :

– Tu viens d'Ithaque, et d'après tout ce que tu as entendu, tu dois comprendre que personne n'est désirable sur notre île, qui vient de cet endroit funeste. Je ne cherche pas à élucider qui tu es, dit-il avec gravité, et je ne te demande pas quel but en réalité t'a conduit jusqu'à nous.

Les paroles du roi furent accueillies avec un murmure approbateur. Alkinoos dit encore ceci :

– Je regrette que, selon le principe écrit et non écrit du commerce international et du tourisme, tu ne puisses rester plus longtemps l'hôte de notre île. – Attends ! dit-il, lorsque je me suis remué, vexé, et il leva la main. – Tu ne sais pas encore tout. Mon glorieux père, Nausithoos, nous mit en garde et nous déconseilla d'admettre un passant, qui avait rendu aveugle le fils de l'agitateur de la terre, Poséidon, et qui avait attiré sur lui la colère du dieu des eaux. Je n'ai pas suivi son conseil. J'ai amèrement regretté ma faiblesse de cœur. Sais-tu que la vengeance de Poséidon fut abominable ? Savent-ils là-bas, à Ithaque, que mon meilleur bateau a été anéanti, changé en pierre et qu'il gît maintenant dans le port, pétrifié, comme un éternel avertissement ?... Sais-tu que Poséidon, lorsque les navigateurs phéaciens ont conduit chez lui – malgré son interdiction – le dangereux vagabond, a pour se venger quasiment anéanti cette ville ?... La terre a tremblé, une montagne est sortie de la mer, et elle se serait peut-être effondrée sur la ville, si je n'avais pas sacrifié à temps une hécatombe à l'agitateur de la terre !...

J'ai marmonné, troublé, que j'ignorais tout des conséquences néfastes du retour d'Ulysse. Klytoneus, qui jusque-là s'était tu, hurla alors avec irritation :

– C'était notre meilleur bateau que la vengeance de Poséidon a détruit à cause de cet individu venu d'Ithaque !... Il allait plus rapidement sur l'eau qu'une pensée ! Il n'avait pas besoin de barreur ! Il pouvait naviguer aussi dans le brouillard !... Il connaissait de lui-même les itinéraires marins et le but !...

Il incriminait de la sorte. Cette préjudiciable vantardise fut accompagnée d'un murmure approbateur des Phéaciens. Mais leurs acquiescements de la tête, leurs battements de cils rusés, ce trait mercantile autour de leur nez charnu qui trahissait leur âpreté, m'ont poussé à écouter leurs plaintes avec une circonspection prudente. Il est vraisemblable qu'ils voulaient augmenter la valeur de leur bateau perdu devant l'étranger venu d'Ithaque, afin d'accroître par ces exagérations mensongères leur prétention au dédommagement qu'ils allaient formuler ultérieurement et qu'ils soumirent effectivement peu de temps après à Mentor, gouverneur des biens à l'île d'Ithaque. Le bateau, sur lequel les Phéaciens ont ramené mon père, était un vulgaire deux-mâts, qui, plus tard, a effectivement disparu dans les remous d'une tempête d'été qui s'était subitement levée. C'est pourquoi j'ai dit prudemment que je n'étais pas qualifié pour faire des promesses, au nom des Ithaquiens, mais que je ne doutais pas de la bonne grâce des Achéens en ce qui concernait le dédommagement. Mes paroles furent accompagnées d'un rire ironique, ronflant, éructé, de plusieurs vieux Phéaciens. J'ai constaté avec regret que les Achéens, peut-être à cause des rapines qu'ils ont commises pendant la guerre de Troie, n'avaient pas dans le monde un crédit commercial excessif. Pour cela, et aussi parce que le comportement d'Alkinoos me démontrait d'une manière sans équivoque que mon audience était terminée, je me suis incliné profondément et j'ai demandé la permission de m'en aller.

Pour les adieux, Alkinoos s'est radouci. Il me regarda d'un air scrutateur, comme s'il avait compris quelque chose... Mon aplomb ne fut pas tout à fait sans résultat. Il me rendit ma révérence d'un signe de la tête, fit ensuite signe à un camérier et, tandis qu'il s'acheminait avec son escorte vers la sortie, il donna ordre à voix basse qu'on m'offre l'hospitalité. Le cortège s'éloigna et je restai dans la salle fastueuse seul avec les lanciers. Je me tenais les bras croisés, face au trône vide. Je sentais que mon visage s'empourprait de honte. Une des mèches de mes cheveux se colla sur mon front en sueur. Chaque goutte de mon sang royal protestait contre l'humiliation que j'avais subie il y a un instant. Il est vrai que j'étais arrivé déguisé, j'avais été hypocrite, je m'étais insinué sur les traces des chemins obscurs de mon père… Je ne pouvais faire grief à personne. Je devais comprendre que tout ce que j'avais entendu – le comportement de mon père, ses manières sur l'île de Schérie, ses promesses non tenues, sa vantardise, son comportement suspect au sujet de la livraison du sel – avait légitimement éveillé la méfiance des Phéaciens envers tous ceux qui arrivaient d'Ithaque. Mais la vexation m'a tout de même fait de la peine. Le camérier est venu près de moi et m'a fait comprendre qu'Alkinoos n'aimerait pas que je quitte son île affamé. Des serviteurs sont arrivés ; ils ont apporté une petite table ronde en or, qu'ils ont couverte d'une nappe pourpre tissée main et de plats d'argent sur lesquels s'alignaient des mets savoureux et des plats de choix. Je dis froidement que je me souhaitais pas profiter de cette aimable attention et je fis signe aux lanciers de m'accompagner sur mon bateau.

Le camérier s'inclina avec gêne et murmura des paroles implorantes. J'eus la satisfaction de voir que mon comportement n'était pas sans effet : le peuple phéacien, inamical et discourtois, a pu apprendre qu'à Ithaque aussi vivaient de vrais seigneurs. Sur la table dressée, les mets sont restés intacts. Je commençai à me mettre en route avec mon escorte lorsqu'une des portières colorées de la grande salle se souleva. Blanche et élancée, la tête penchée sur le côté, dans une robe de soie vert pâle, qui brillait d'un scintillement bleu argenté comme le corps d'écaille des Néréides, Nausicaa se tenait dans la porte.

VI

– Mange de notre pain et bois de notre vin, dit-elle doucement.

Sa voix résonnait tendrement et mélodieusement comme le fifre à sept branches. Nausicaa avait en elle une sorte de noblesse et de distinction garçonnière, comme les déesses forestières. La vision m'enchanta.

De singuliers moments suivirent. Après les antécédents, le langage grossier, la scène enfiévrée de soupçonneuses accusations, une lumière ensorceleuse et un silence mystérieux inondèrent la salle resplendissante. Une colombe blanche s'éleva de l'appui de la fenêtre au rebord d'argent ; elle s'envola à tire-d'aile lentement vers la baie, où le soleil déclinant ceinturait d'une fumée d'or le rocher dont la forme rappelait réellement l'épave d'un bateau avarié, affaissé sur un banc de sable. Tous deux – l'apparition virginale telle une déesse, et moi, le passant blessé à vif – avons regardé la colombe qui s'envolait, et je le sais maintenant, nous avons tous deux pensé la même chose : que c'était Pallas-Athéna, la fidèle amie de mon père et de notre maison, l'auguste protectrice de notre famille, qui survolait ainsi, sous la forme d'une colombe, les contrées de notre vie. L'emportement de la colère cessa dans mon cœur. Il céda la place à l'attente et à un émerveillement ensorcelé.

La main de Nausicaa voltigeait comme l'aile blanche de la colombe. Sur l'ordre de la princesse, tout le monde s'inclina profondément et quitta la salle à reculons. La jeune fille se hâta à pas balancés vers la table richement garnie. D'une cruche d'argent elle versa du vin dans une coupe et elle tendit vers moi sur sa paume nue un gâteau garni de saumon fumé. Le feu de ses yeux brûlait les miens, comme lorsque le miroir de la mer du sud réfléchit, à l'aube, les rayons d'Hélios. Elle se tenait devant moi dans une attitude prévenante, mais elle gardait une allure majestueuse. Je sentais le frais parfum d'orange de sa bouche. Aucun autre être vivant ne l'entendit murmurer : elle dit dans un souffle :

– Mange et bois !

J'ai obéi. Lorsque j'ai avalé la dernière bouchée et bu la boisson brûlante, elle continua doucement :

– Il t'avait promis à moi.

Sur le moment je croyais qu'elle m'avait fait boire quelque chose et que j'étais ivre. Mais le brûlant murmure de Nausicaa n'avait pas cessé. Nous nous tenions debout, très près l'un de l'autre. Le parfum de sa bouche, de ses cheveux, affluait vers moi avec la fragrance balsamique des plantes tropicales. Mon cerveau se voila. Dans cet instant, je ne voyais rien d'autre que les yeux de Nausicaa, qui brûlaient comme les yeux des prêtresses lorsqu'elles se mettent à danser en l'honneur de Dionysos et qu'elles ont le vertige à force de tournoyer, car le moment de l'accomplissement est proche. Elle prononça des paroles rapides, étouffées, tel un soupir, qu'à part les dieux et moi, personne ne pouvait entendre.

– Il t'a promis à moi, répéta-t-elle. Je t'ai immédiatement reconnu. Tes yeux et tes oreilles... – elle tendit les mains vers moi. – Tel il se tenait devant moi lorsqu'il est sorti de la brousse. L'écume et les feuilles collaient à son corps. Mais ses yeux brûlaient comme les tiens maintenant. Plus tard il a dit qu'il ne pouvait pas rester avec moi. Il dit que je ne pouvais pas être à lui, car les dieux avaient ordonné autre chose. Il dit qu'il avait un fils qui est le sang de son sang, qui lui ressemblait, qu'il allait me l'envoyer un jour. Il t'a donné à moi. Il t'a donné à sa place pour que tu accomplisses ce que lui n'avait pas eu le temps de faire. Maintenant tu es là. Je t'attendais.

Son corps tremblait, sa voix était voilée. Cette confession murmurée, au parfum d'oranges, m'étourdit. J'eus le sentiment que des forces plus puissantes que l'intention humaine jouaient avec moi et que tous deux, la magique et aérienne jeune femme qui pourtant se tenait devant moi avec une telle réalité physique, que cette jeune femme et moi, nous n'étions plus maîtres de nous-mêmes. Comme si j'étais la continuation de mon père, selon les consignes d'une loi malicieuse que le « porteur de lumière » aurait rédigée lui-même... Comme si je n'étais pas un individu, un homme, mais un organe du corps de mon père, qui se serait détaché de son être et qui maintenant accomplirait dans le monde la volonté du maître. Je ressentais cela pour la première fois de ma vie. Mais pas pour la dernière. Je balbutiai, troublé :

– Qu'ordonnes-tu, auguste dame ?... Nausicaa me jeta un regard assoiffé, légèrement strabique, comme si elle était sur le point de se trouver mal.

– Je n'ordonne pas, murmura-t-elle d'une bouche gercée et sèche. J'obéis.

Les objets d'argent tombèrent de sa main. Elle titubait comme si elle avait le vertige. Je l'ai attrapée avec mes deux bras pour soutenir son corps défaillant. Plus tard, j'ai dû souvent repenser à cet instant. Il est possible que mon père, au cours de ses vagabondages, ait appris le secret des sorciers et se soit entendu à imposer sa volonté dans le temps et dans l'espace au-delà de sa personnalité. Je n'entends rien à ces sortilèges maléfiques. Ma glorieuse épouse, Circé, qui est une prêtresse initiée à toutes les magies, grogne lorsque je lui demande des éclaircissements sur un mystérieux phénomène. Elle dit qu'il y a des mots de magie dont seules les femmes comprennent le vrai sens. Se pourrait-il qu'au moment où j'ai serré dans mes bras le corps inerte et souple de la pucelle sans connaissance, Nausicaa ait murmuré un mot magique ? Circé, lorsque je lui pose cette question, sourit étrangement et ne répond pas. En pareil cas, je crains un peu ma glorieuse épouse. Du reste, je n'insiste pas volontiers sur cette question.

Une seule chose est certaine : au moment où, d'un mouvement protecteur, mais en même temps carnassier, j'ai enserré la taille tendineuse comme celle d'un garçon, mais également souple et féminine à la fois, de Nausicaa, nous avons tous deux perdu conscience. Le sang s'est fait entendre dans mon corps avec une force violente, comme un message. Le sang de mon père criait dans mes membres. Maintenant j'ai la certitude que c'est Pallas Athéna qui a exercé son pouvoir magique à cet instant sur tout le palais. Il s'est dépeuplé autour de nous, comme sous l'effet d'une baguette magique, et personne n'est revenu dans la salle, où l'étranger de passage a pris un si singulier congé de la majestueuse jeune fille de la maison. La jeune femme m'embrassa à ce moment, mais derrière ses yeux clos le souvenir de mon père se réchauffait. Et moi, j'étais l'itinérant, que les dieux avaient désigné pour voyager sur les traces du « porteur de lumière », pour continuer et achever ce qu'il avait commencé de manière distraite ou mensongère ici et là dans le monde, et qu'il avait accessoirement abandonné, tel un grand artiste, comme une œuvre sans forme !

Était-ce l'instant magique ? Je sais seulement avec certitude que, lorsque j'ai retrouvé mes esprits, Nausicaa était étendue, rose et blanche, sur une couche recouverte d'une tenture pourpre. J'étais assis à ses pieds, devant le sofa, sur le pavement de marbre. Nous restions immobiles. Tout s'était passé de façon si soudaine et si inattendue que, comme les humains ne savent ni décider ni agir, seuls les dieux et les forces de la nature savent donner des ordres aussi directs aux vivants.

– Nausicaa, commençai-je, accablé, ce que mon père a promis…

Les yeux fermés, elle me fit signe de me taire. Sa main se tendit vers moi d'un mouvement de quête, et tapotant aveuglément mon visage avec ses doigts, elle prit congé de moi avec de douces caresses. Mais le sang a afflué à mon visage, car elle ne me caressait pas comme une femme amoureuse caresse l'homme, mais comme une femme assouvie caresse un homme fatigué.

Elle dit doucement :

– Va !

Sa voix était chaude, mais hautaine. J'ai dû obéir. La magie, qui émanait de la lointaine personnalité de mon père, s'était accomplie. Je soupçonnais à cet instant qu'Ulysse croyait que l'aventure est le sens et le contenu essentiel de l'existence ; et pour cette entreprise qui dépassait les limites de sa personnalité, il m'avait utilisé comme suppléant, puisque j'étais un produit de son sang ; mais il faisait appel peut-être aussi à d'autres descendants. Mon corps avait la chair de poule. Je grelottais et la chaleur couvait sous ma peau. Je me suis levé.

– Dis-lui, continua doucement Nausicaa, les yeux fermés et avec un pâle sourire, que je le remercie d'avoir tenu sa parole.

Ce fut la première et l'ultime occasion que j'aie

eue dans ma vie d'entendre que mon glorieux père avait tenu sa parole. J'ai cru que la créature divine se moquait. J'ai reculé.

– Tu penses au sel ? demandai-je en chuchotant, effrayé.

Elle ouvrit ses yeux. Ils étaient purs, d'un vert sombre, comme l'eau des baies de Schérie à l'aube.

– Non, dit-elle calmement.

Elle s'assit. Elle lissa sa robe. Elle était sublime, inviolable, royale. Elle dit avec reconnaissance et détachement :

– C'est à toi que je pensais.

Elle me regardait comme un objet plaisant, que le lointain bien-aimé lui aurait envoyé comme cadeau. Elle était mondaine et lointaine. Le monde tournoyait autour de moi. Je me suis incliné. Nausicaa frappa dans ses tendres mains. Deux serviteurs entrèrent. Ils me conduisirent, muets, vers la sortie. De la porte, je me suis encore retourné. J'attendais un mot d'adieu, j'espérais un signe de la main, une explication quelconque. Mais l'admirable créature, qui quelques instants auparavant était étendue dans mes bras, ne me regarda pas. Au-delà de la consternation, j'éprouvais un profond trouble. J'ai fait maintenant l'expérience que dans le grand monde, il y a réellement quelque chose qui est au-delà des conventions humaines et que ces perceptions et ces mœurs si différentes sont pour nous, pauvres insulaires, éleveurs de bétail provinciaux, inconnues…

Nausicaa éleva un miroir d'argent et arrangea ses

cheveux, impassible comme les reines qui se baignent devant leurs serviteurs. Il me sembla que je n'avais plus rien à faire sur la terre phéacienne : je m'étais acquitté en partie de la dette de mon père et j'étais congédié. Pendant que je descendais les marches et que je cheminais à travers le superbe jardin vers le port, une froide indifférence m'envahit. Il y avait un brûlant coucher de soleil et, malgré cela, je grelottais. Je montais à bord et je donnais ordre à mes marins de hisser les voiles et de diriger le gouvernail du bateau vers l'île d'Ogygie. Je ne pouvais plus attendre rien de bon des hommes. Je décidais de demander l'aide d'une déesse, car c'était le seul moyen d'apprendre la vérité sur mon père. Mais lorsque le bateau se mit en route en glissant légèrement sur la voie marine qui m'emmenait sur ses traces, je soupçonnais que cette route pourrait devenir lourde de conséquences.

C'est pourquoi je décidai de ne plus simuler. Chemin faisant, j'ai fait escale pendant quelques jours sur l'île de Thrinakié et j'ai fait avertir Calypso de mon arrivée par des marins envoyés à l'avance. D'ailleurs, on ne peut de toute manière duper les déesses. Même si elles ne sont pas des déesses de haute naissance et si elles n'ont pas le droit de monter sur l'Olympe, parce qu'elles vivent sur terre parmi les humains, comme Calypso ou les nymphes et leurs parents. La réponse de la créature divine est arrivée par retour du bateau. Elle m'a fait dire qu'elle m'attendait.

Chemin faisant, j'éprouvais de la perplexité. Chez nous, et en général dans le monde des Achéens, l'on se souvient des nymphes avec une crainte empreinte de respect. Je savais qu'elles habitaient dans des grottes, sur des îles où l'eau abonde. J'ai entendu dire qu'elles campaient au fond des forêts, auprès de sources, qu'elles étaient très belles et qu'elles tissaient sans cesse des aventures amoureuses avec des dieux vagabonds, les dieux de la nature libre, ainsi, en premier lieu, avec Apollon, Dionysos, Hermès et Pan. Les mœurs libres des nymphes étaient de notoriété publique. Mais ma mère, la sage Pénélope – qui, pour une raison particulière que seul un cerveau de femme saurait apprécier, détestait en cette vieille nymphe toutes les maîtresses de mon bienheureux père ! –, m'avait aussi enseigné autre chose. J'ai appris d'elle que les nymphes dans leur âpre besoin d'amour jettent parfois également leur dévolu sur des mâles humains et elles ne dérobent pas seulement de jeunes et beaux garçons, mais des hommes en général, sans égard à leur âge ou à leur position sociale.

Pendant la longue route maritime qui conduit de l'île de Thrinakié vers l'ouest à la résidence de la déesse, dans l'île d'Ogygie, riche en sources d'eau douce, Poséidon fut bienveillant avec nous et Éole n'ouvrit pas non plus ses ailes doublées de vent. C'est exactement après un voyage de dix-huit jours que je suis arrivé à proximité de la célèbre et redoutable île de la mort, le nombril de la mer. Lorsque nous avons aperçu la rive bordée de cèdres et de cyprès, mes marins se prosternèrent avec crainte sur les planches du pont et implorèrent ainsi, à plat ventre, la clémence de Zeus, le barricadeur de nuages.

À cet instant, j'éprouvais moi-même de l'anxiété. Mon père fut prisonnier pendant sept ans sur cette île dont les contours sombres émergeaient maintenant, lugubres, de l'eau d'un bleu profond. Je voyais des forêts à perte de vue ; au centre de la forêt dense, un épais nuage de fumée montait vers le ciel. Selon toute vraisemblance, ce nuage montait de l'âtre de la demeure de la redoutable déesse, maîtresse de l'île. Mes marins achéens balbutiaient avec une épouvante superstitieuse que la nymphe faisait brûler des os humains et ils rechignaient à quitter la barque. Nous avons convenu que mon escorte resterait sur le bateau et je suis descendu seul sur le quai. L'on m'y attendait. Je fus accueilli par des laquais barbus, d'apparence un peu triste, mais habillés de vêtements élégants, tissés maison – de simples satyres, comme je l'ai appris plus tard, qui faisaient des travaux ménagers dans la maison de la déesse. Ces êtres à l'aspect hirsute, mais en réalité plutôt enfantin – les satyres et les silènes – et leurs parents féminins de plus basse extraction, les oréades et les naïades, vivaient non en qualité de domestiques, mais en tant que cousins sur l'île de Calypso, comme des parents pauvres qui payeraient en services leur entretien. Ma mère m'avait averti que je ne saurais être suffisamment prudent à l'égard des nymphes et de leur cortège familial inférieur ; c'est par elle que j'ai appris que l'amour des nymphes peut devenir funeste pour les mortels terrestres, car elles anéantissent l'infidèle, comme Daphné, et elles détruisent sans pitié ceux qui refusent leur amour, comme par exemple ce pudique nigaud de Philoctète. Maintenant que je cheminais sur les traces de mon glorieux père vers la demeure de la redoutable déesse, il me revint en mémoire chaque mot, chaque conseil et mise en garde que j'ai jamais entendus au sujet des nymphes. Je décidais que je ne serais pas moins courageux que mon père et que je ne laisserais pas ma dent dans la grotte de la vieille femme anthropophage.

Mais, une fois de plus, j'ai dû apprendre que la réalité est différente de l'imagination. Il semble que c'est l'enseignement en possession duquel l'enfant deviendra un jour un homme, l'homme dans l'enfant au même titre que l'humanité dans l'enfance. Sur le chemin qui menait à la résidence de Calypso, j'ai dû me rendre compte – malgré la disposition d'esprit angoissée où je me trouvais – que la redoutable « île de mort », l'île réputée maussade que l'on nommait le « nombril de la mer », était dans la réalité une agglomération édénique. Les cyprès, les aulnes, et entre les cyprès et les chênes – j'ai regardé ces derniers avec respect, car sur l'île d'Ithaque les chênes ne s'acclimatent pas et j'ai su par Mentor que le genre humain fait remonter ses origines à ces arbres géants, puissants et imposants ! – un abondant feuillage ombrageait le chemin couvert d'herbes odorantes et de pelouses d'un vert profond, qui conduisait à la grotte de la nymphe. Des fougères, des lianes géantes, des branchages s'enroulaient en vrilles, des lierres serpentaient et se mêlaient partout parmi les frondaisons des arbres séculaires, qui jetaient une ombre d'un vert profond et répandaient l'humidité. Et de tous côtés, on entendait le bruissement de l'eau, – l'eau douce, le bruit de sources fraîches qui tintait dans mes oreilles habituées au mutisme accablant d'Ithaque, pauvre en eau, à l'affût de la pluie. On aurait dit que les naïades faisaient de la musique dans la forêt avec des instruments au son cristallin. L'abondance, le sol friable, la luxuriance de la terre fertile abreuvée d'eau douce émanaient de toutes les parties de l'île, et cette exubérance végétale, cette abondance d'eau étaient, bien entendu, d'une autre nature que la richesse artificielle qui vous accueillait sur l'île de Schérie. Parmi les frondaisons, j'ai vu parfois des silhouettes – ni ombres ni corps – qui se faufilaient et je frissonnais respectueusement, car la supposition n'était pas sans fondement qu'il pouvait s'agir des ancêtres de l'esprit de l'humanité, des Hamadryades – les âmes des arbres – qui glissaient comme des fantômes parmi les tonnelles ombragées des forêts. À Schérie, le faste était l'œuvre de la main avide et de la volonté de l'homme. Ici il me semblait que cette splendeur tissée de plantes odorantes, d'ombre, de lumière, de bruissement de sources, était d'une autre essence, sublime, qui n'était pas créée par les mains d'hommes, mais par celles des dieux ou des demi-dieux. Le voyageur itinérant ne pouvait se sentir qu'ému et toléré sur cette île qui n'était pas encore adoucie par la volonté humaine, là où la terre n'a pas encore servi aux mortels. Les forêts, les eaux, les arbres et les oiseaux vivaient ici cette vie différente, encore inaltérée, qui était la condition d'existence naturelle des éléments de la terre, avant l'apparition de l'humanité.

C'était une splendeur divine, sans ornementation humaine. J'ai compris que l'on appelait les nymphes des artistes tisseuses-fileuses parce que leur coup de main se reconnaissait dans le tressage et les formes artistiquement ordonnées des lianes et des fougères. Nous cheminions près de grottes et nous marchions parmi mes accompagnateurs avares de paroles, mais placides. J'eus le temps de jeter un coup d'œil dans les profondeurs des réduits rocheux traversés par les rayons ardents de la lumière australe : je vis des créations admirables faites de pierres étincelantes tissées de fils de pierre tombés goutte à goutte, mais en réalité pétrifiés.

Les nymphes tissaient et filaient des végétaux, mais aussi des pierres, des créations singulières, folâtres, des tapis mystérieux… Et toute cette grande pompe servait uniquement au confort et au bien-être de l'unique être vivant d'origine divine, la célèbre et redoutable Calypso. Au fur et à mesure que j'approchais du domicile de la déesse, je pensais avec un respect empreint d'émotion que c'était la première fois que je serais l'hôte d'un être divin, et que je devais aussi à mon père cette faveur spéciale.

Les quatre sources qui, devant la grotte de Calypso, arrosaient le jardin couvert d'une riche pelouse piquée de fleurs multicolores aux feux profonds étaient trahies de loin par leur clapotis cristallin. J'avançais avec prudence, car ma lumineuse mère, ainsi que ceux qui, parmi les prétendants, se vantaient d'être tombés dans la captivité amoureuse des nymphes m'avaient averti des dangers guettant les passants terrestres qui s'égaraient sans soupçon autour des sources, dans l'intimité des nymphes. Je marchais les yeux baissés, car je savais qu'il était déconseillé de surprendre les ombres se baignant dans les sources : elles mordent et injectent le poison de la rage à ceux qui surprennent leur indolent abandon. Je ne voulais pas me perdre dans l'île de Calypso, et je veillais aussi à traverser à pas prudents les étroits ruisseaux afin que mes pieds ne souillent pas l'eau pure des sources, car il est de notoriété publique que non seulement les filles d'Océan, le dieu des eaux salées, s'irritent contre quiconque trouble sans raison les profondeurs de la mer vineuse, mais aussi les descendantes du côté féminin d'Achéloos, le seigneur des sources d'eau douce, ne tolèrent pas que quelqu'un remue les eaux des sources…

J'avançai vers la grotte de la femme divine les yeux baissés, à pas prudents. Nous étions déjà près de son domicile, d'où tourbillonnait vers le ciel d'un bleu sombre, sortant de l'ouverture du toit, un redoutable rideau de fumée de sinistre présage, lorsqu'une flèche siffla tout près de mes oreilles. J'eus un sursaut affolé, mais mes accompagnateurs à la barbe touffue, peu loquaces, mais au fond braves et bienveillants, m'encouragèrent avec un rire bougon à ne rien craindre : la flèche ne m'était pas destinée...

En réalité, un groupe d'Oréades avançait en gazouillant, à pas rapides, plutôt en planant, enveloppées dans des voiles blancs, flèches en main, en compagnie de chiens de chasse glapissants. Les gracieuses chasseresses, compagnes d'Artémis, ne daignèrent même pas nous jeter un regard ; elles couraient derrière une jeune biche et leur rire printanier se mêlait au son cristallin du bruissement des ruisseaux.

Lorsque la meute de ces êtres magiques eut disparu dans l'épaisseur de la forêt, je me ressaisis et je regardai autour de moi. La porte qui conduisait à l'antichambre de la grotte de Calypso était composée d'austères roches noires. Dans l'ouverture de la grotte se tenait une forme féminine de haute taille, pleine de dignité ; un garçonnet de dix ans, avec des grappes de cheveux sombres et un regard un peu niais, s'agrippait aux plis de sa robe à traîne. Mon cœur battit la chamade, je déglutis sèchement. Je reconnus Calypso.

VII

La déesse me regarda quelques instants sans mot dire. Son regard était sévère, rigoureux.

– C'est donc toi, dit-elle froidement. – Viens plus près, ajouta-t-elle avec plus d'aménité. – Télédopos, salue le Monsieur, dit-elle au garçonnet, qui, à cet encouragement, alla se cacher avec un mouvement de sauvageon dans les plis de la jupe de sa mère, et de là il me tirait la langue de temps à autre.

Sur les pas de la maîtresse de maison, je pénétrai dans la grotte qui fut la prison de mon père pendant sept ans. Lorsque j'en eus franchi le seuil, je suis tombé de surprise contre le mur. Le spectacle de l'aménagement intérieur du domicile de Calypso, l'apparat luxueux qui m'accueillait dans le salon de la célèbre nymphe, ont changé d'un coup l'idée que je me faisais d'une manière générale de Calypso et des nymphes. Je voyais partout une opulence digne de l'Olympe, et en même temps un confort terrestre choisi avec un extrême raffinement. La résidence, masquée en grotte quand on la voyait de l'extérieur, se métamorphosait, dans les salles intérieures en demeure de luxe d'une femme d'un extrême raffinement, dû à ses exigences célestes aussi bien que terrestres. Dans une cheminée en blocs de pierre brute artistiquement taillés, flambait un feu rouge vermillon ; c'était de toute évidence l'âtre d'où s'élevait le morne rideau de fumée que mes marins admiraient avec une répugnance superstitieuse. Parmi les chiens de race en bronze coulé flambaient en crépitant des bûches de thuyas résineuses et odorantes. Des sofas recouverts de peaux de bêtes artistiquement travaillées, une table basse coulée en verre phénicien, des fauteuils bleu pâle et vert pâle couverts d'une housse faite d'une sorte de pellicule à écailles, se trouvaient devant la cheminée. La lumière écarlate et mystérieuse du feu se mêlait à une sorte d'étrange et invisible corps lumineux aux rayons d'or bleuté qui emplissait tout l'espace. Nous étions debout, immobiles. Calypso m'observait : troublé, je regardais ailleurs car je sentais que son regard scrutateur cherchait sur moi la trace de ressemblances avec mon père. Je regardais comme si je cherchais la source de lumière cachée dans la pièce qui semblait remplir l'air de la chambre de granules bleues et or phosphorescentes... L'air sévère de Calypso s'adoucit ; Télédopos cessa également de tirer la langue.

– Tu admires la lumière, dit la créature divine de sa voix un peu masculine, mais qui ne résonnait pas d'une manière désagréable. Tous nos visiteurs sont surpris par cet éclairage – et elle regardait autour d'elle avec satisfaction. Mon père, Atlas, nous envoie pour nos besoins domestiques cette matière éclairante que mes serviteurs mettent dans des réservoirs sur l'île des chèvres sauvages, dans une grotte emplie d'eau salée et de lumière or bleuté. C'est un éclairage utile et agréable, dit-elle en passant, sur le ton pratique de la bonne maîtresse de maison. – Repose-toi, Télémaque, dit-elle en désignant un des fauteuils recouverts de pellicule vert pâle.

Elle-même s'assit sur le sofa, face au feu.

Dans mon trouble, je n'osais pas lever les yeux sur la déesse. Je me comportai, comme si l'aménagement de la salle opulente m'intéressait, et je regardais tout autour dans la pièce. Pendant que j'observais, je sentais sur moi le regard scrutateur, sévèrement intéressé, mais manifestement sans hostilité, de la maîtresse de maison. La situation était étrange. J'avais entendu parler de l'existence de Télédopos par ma lumineuse mère. Comme tout et tous ceux qui appartenaient à Calypso, ma mère dénigrait aussi cet enfant, qu'elle disait niais. Mine de rien, mais avec curiosité, j'examinais le visage du garçonnet. Allais-je découvrir sur cet enfant une quelconque ressemblance familiale ? Le lobe de son oreille était longiligne, comme celui de mon père, comme le mien. Mais sa bouche charnue, son nez crochu et particulièrement ses sourcils adhérents étaient l'héritage de sa divine mère.

La tension du premier tête-à-tête se dénoua difficilement. Calypso se taisait, comme si des souvenirs la dérangeaient et comme si elle ne trouvait pas immédiatement le ton juste qui convenait. J'étais son invité… Mais n'étais-je pas plus et autre chose qu'un invité ? En fin de compte c'était un parent qui, en ma personne, était arrivé dans sa maison. Un vrai parent de la main gauche... Mais le sang qui coulait dans mes veines avait traversé le corps de la nymphe pendant sept années de nuits amoureuses et la preuve de cet échange de vues suivi se tenait devant moi dans sa réalité de chair et de sang : Télédopos, le demi-frère, le parent ! Pendant que nous nous taisions, je m'efforçais de deviner les pensées et les sentiments de Calypso. Tout ce que je savais d'elle – et ensuite des relations de mon père et de la nymphe – me permettait de soupçonner que dans le cœur de la maîtresse de maison – maintenant que le fils de Pénélope et du « porteur de lumière » se trouvait devant ses yeux – s'agitaient des sentiments orageux et contradictoires.

Je m'efforçais de me conduire avec modestie, avec la politesse naturelle qu'exigeait la situation. Je n'ai pas mentionné d'un seul mot le but de ma venue. Je supposais que la nymphe divine connaissait généralement le secret des cœurs humains et leurs pensées cachées. Il était probable qu'elle connaissait encore plus directement les intentions de mon cœur et de mon cerveau de demi-parent. Cette attitude n'était pas déplacée... La nymphe s'accouda avec ses bras de sirène sur ses genoux recouverts d'une traîne de soie verte et elle m'examina ainsi, reposant son visage soigné et intelligent dans la paume de sa main ornée d'ongles d'un rouge sombre. Après une contemplation et une observation prolongées, elle se radoucit. Elle soupira et sourit. Pendant le court laps de temps qui s'était écoulé entre mon arrivée et cet instant, la maîtresse de maison avait visiblement fait la paix avec moi.

– Tu as certainement faim, dit-elle poliment, sur un ton maternel, où résonnait une sincère bienveillance, tu es affamé et las. Le chemin qui conduit dans le royaume de mon auguste père, le sublime Atlas, est fatigant pour les sujets terrestres. Je le sais par ton père, dit-elle avec un peu de coquetterie, et elle battit des cils. Avant tout, rafraîchis-toi, mon fils.

Elle fit tinter une clochette d'or finement ciselée qui se trouvait à portée de sa main sur la table de verre. Des Néréides entrèrent avec un mouvement du corps qui rappelait les êtres aquatiques qui voltigent et se meuvent avec des nageoires comme les poissons plutôt que les mouvements des humains. C'était la première fois que je voyais de près ces êtres aquatiques mystérieux et je les regardais le cœur palpitant. Elles avaient des cheveux bleu verdâtre… Elles étaient étranges et, en dépit de cela, elles pouvaient susciter le désir comme les femmes de la terre. Les cheveux d'une jeune Néréide faisaient apparaître de longues et souples vagues, bleues et vertes comme la mer, lorsque celle-ci est ébouriffée par le vent matinal… Calypso remarqua mon regard scrutateur et sourit.

– Galateïa, dit-elle à celle qui avait la belle chevelure, notre hôte admire tes cheveux. – Glyké et Doso, dit-elle ensuite à deux autres Néréides, veillez à ce que les autres sens du fils du « porteur de lumière » ne restent pas non plus affamés dans notre modeste maison.

Ses paroles furent accueillies par un rire des Néréides ; mais ce rire rappelait plutôt les trilles d'une flûte cristalline que la manière de s'esclaffer des femmes terrestres. Galateïa me regardait d'une manière mystérieuse. Elle disposa un tabouret de verre devant mes pieds pendant que Glyké et Doso apportaient une petite table de service, des plats et des brocs. J'ai vu avec surprise que Calypso était servie sur une petite table à part, et pendant que devant moi se trouvaient placés des plats pleins de toutes sortes de mets savoureux, l'on servait sur un petit plat d'argent quelques cuillerées d'ambroisie à la divine maîtresse de maison.

– Mange, Télémaque, dit la déesse, aie le sentiment d'être chez toi dans la maison où ton père ne souffrit lui non plus d'aucun besoin. Elle soupira ; sa poitrine abondante se secoua. – Excuse-moi de ne pas te tenir compagnie, mais mon rang divin m'interdit de consommer des mets terrestres. Et en dehors de cela, mon médecin aussi me l'interdit, qui veille strictement à ma nourriture. Je ne veux pas maigrir, dit-elle, et elle porta avec ses doigts délicats quelques grains d'ambroisie à ses lèvres pourpres. Mais il n'est pas mauvais de veiller à mon poids. Ton père aussi prenait toujours ses repas à part, dit-elle, et elle soupira de nouveau.

Les Néréides servaient en silence. J'avais faim et

je commençais à manger sans mot dire. La qualité de la cuisine me surprit. La jeune courgette, qui était servie avec la viande de l'agneau de lait, était tendre et d'un goût délicat comme le plus exquis des fruits. Je me suis souvenu que mon père, après son retour, avait critiqué la qualité de notre cuisine familiale et que ces remarques avaient profondément blessé l'amour-propre de maîtresse de maison de ma glorieuse mère. Mais maintenant que je mastiquais les mets savoureux de la cuisine de Calypso, l'aile de requin assaisonnée d'olives et d'une sauce aux œufs, l'alouette à la marjolaine, présentée en brochette et rôtie sur une branchette d'olivier, que me tendait sur un plat d'argent Galateïa à la belle grappe de cheveux, du fromage de buffle agrémenté d'épices orientales, d'anis et de poivre, un gâteau friable, pétri avec du lait doux, du miel, des noix et des fruits secs, je devais reconnaître que la cuisine de Calypso était plus noble, plus recherchée que celle de chez nous. Mon père, de toute évidence, n'a pas souffert en captivité. Et il s'entendait particulièrement en la compagnie des femmes à ne rester affamé en aucun sens. Lorsque Glyké avec ses belles mains, qui rappelaient plutôt des nageoires très fines que des extrémités féminines, posa devant moi la cruche d'or remplie de vin semblable au sang noir qui coule sur l'autel au moment du sacrifice des taureaux, Télédopos, qui jusque-là se tenait debout à proximité de Calypso et soustrayait parfois d'un mouvement leste quelques grains d'ambroisie de la nourriture de son auguste mère, plongea avidement la main dans la boisson précieuse. Calypso tapa sur la main de l'enfant.

– Détale et va te coucher, cria-t-elle sévèrement. Que doit penser de ton comportement le noble hôte et le glorieux parent ?...

Le garnement se mit à hurler. Deux Néréides plus âgées entrèrent et traînèrent l'exécrable garnement hors de la pièce. Calypso leur dit encore :

– Ploto, fais attention – et l'une des Néréides se tourna vers sa maîtresse –, veille à ce que le garçon dîne normalement. Aie soin qu'il mange de la nourriture divine et humaine dans une proportion digne de son rang et conforme à sa nature. Et toi, Kalyka – alors une autre Néréide plus âgée, dont la peau du visage était déjà un peu fripée, se retourna sur le seuil – donne-lui un bain avant de le coucher. Soyez attentives à ce que l'eau de mer soit tiédie, car la matière humaine de mon divin fils prend froid promptement. Versez aussi dans l'eau de la solution d'argent, celle qui a été envoyée récemment de l'île de Kos, de la pharmacie d'Asklepios : cette solution paraît-il, fortifie les nerfs de l'enfant. Nettoyez soigneusement ses oreilles et ses ongles. Lorsqu'il sera endormi, j'irai le voir, dit-elle avec une sonorité vocale adoucie, et elle adressa un sourire maternel peiné au garçon à l'âge ingrat.

Lorsque le garnement qui résistait et se débattait eut été traîné dehors par les êtres aquatiques âgés, Calypso se tourna vers moi avec un sourire d'excuse :

– Excuse-moi, dit-elle avec amabilité, de t'avoir reçu dans une telle intimité familiale. Mais j'ai voulu que tu connaisses ton demi-frère dès l'instant de ton arrivée. Donc il est ainsi, dit-elle, et elle leva la main d'un mouvement un peu flasque, dans la direction du partant... L'enfant est nerveux, ce qui n'est pas étonnant si nous pensons qu'il a à peine connu son père et qu'il est contraint de vivre solitaire, sans camarades, entouré de femmes. Ce qui m'inquiète davantage, continua-t-elle sur un ton soucieux, c'est qu'il a tendance, d'une façon évidente, à prendre plaisir aux vins et aux narcotiques. C'est un héritage paternel, dit-elle avec sévérité. Il faut que tu saches, mon fils, que lorsque ton père est arrivé dans notre maison, mon cœur se soucia infiniment de ce penchant indomptable qu'il montrait pour les vins méridionaux qui se trouvaient dans mes caves. Je me suis efforcée de l'habituer à la boisson divine, le nectar rouge, qui étourdit aussi, mais sans nuire au foie !... et elle soupira. – Mais tout était vain. Ulysse persista à aimer les boissons terrestres. Cette tendance, il l'a transmise à son fils. – Ses yeux qui brillaient sous l'effet des souvenirs semblèrent se ternir. – Ton père boit-il toujours ? demanda-t-elle ensuite à voix basse, confidentiellement, et elle se pencha en avant !

Je répondis, conformément à la vérité, que mon père préférait sans aucun doute encore maintenant les vins ardents, mais qu'il les consommait avec modération et qu'il les buvait à des doses appropriées à sa nature d'homme. Calypso était scrupuleusement attentive à chacun de mes mots.

– La mesure !... dit-elle, avec un sourire peiné. – En la compagnie de ton père, il est difficile de conserver la mesure. Dans la joie comme dans la tristesse, dans le bon sens comme dans l'étourdissement... Il y avait autour de lui, en tout, quelque chose d'illimité.

Sa voix résonnait avec passion et tristesse. Je choisis avec le bout de mes doigts des alouettes rôties, croustillantes, et je ne regardai pas Calypso, car je craignais avec mon regard interrogateur de la déranger dans la transe du souvenir.

– Mon père, l'auguste Atlas, continua Calypso, lorsqu'il ne tient pas sur ses épaules le firmament et qu'il vient parfois se reposer chez moi, comme passe-temps de fin de semaine, dit que l'une des causes de l'infortune d'Ulysse tient à ce qu'il n'est pas capable de vaincre les impulsions et la curiosité, qui l'attachent désespérément à la terre. Ma grand-mère, la lumineuse Klymène, de son poste élevé d'observation, s'était tout de même renseignée sur le sens de nos relations. Et mon oncle, Prométhée...

– Comment ? criai-je avec excitation, tenant à la main une alouette dodue, dégoulinante de graisse. – Le divin hépatique est ton parent ?...

– Mon fils, dit avec indulgence Calypso, je vois que tu n'as pas entendu grand-chose du temps que ton père a passé dans ma maison. S'il avait jugé digne d'informer les membres de sa famille et ses amis d'Ithaque et de leur donner des nouvelles de tout ce qu'il avait appris dans ma maison, tu connaîtrais mieux, toi aussi, l'histoire de ma famille.

La nymphe disait vrai. Mon père était particulièrement silencieux sur les années qu'il avait passées dans la maison de Calypso.

Lui, le grand conteur, le menteur à la parole ailée, a toujours gardé pour lui les souvenirs et les expériences amassées dans l'île du « nombril de la terre », avare de paroles. Il parlait volontiers des Cyclopes et même de Circé… Mais sur Calypso, il se taisait.

– Dans la réalité, tout est autre que ce que les gens croient, dit la nymphe de manière doctorale. Les hommes jugent de façon erronée les parentés et les relations des dieux et les confondent volontiers avec les configurations de la coexistence humaine. Il est vrai que les ressemblances sont nombreuses entre les deux modes de vie… dit-elle sur un ton de rêverie. Nous, déesses, nous pouvons vivre à la manière humaine, si nous le voulons. Mais l'expérience montre qu'il est préférable de conserver entre les hommes et les dieux la différence de condition sociale, dit sérieusement Calypso.

Nous nous taisions. J'ai consommé sans dire un mot le fromage de buffle à l'anis, et j'ai commencé à peler une pomme-grenade que Galateïa me tendait avec un sourire mystérieux qui en disait long. Calypso regardait attentivement comme je me battais avec le fruit à multiples pépins, puis elle me fit signe d'un mouvement menaçant et facétieux du doigt :

– Fais attention !... dit-elle – et les Néréides qui justement se trouvaient dans la salle se mirent à rire d'un son de harpe – Galateïa est une grande devineresse et elle suppose que tu ne connais pas la force stimulante de la pomme-grenade, qui est aphrodisiaque et rend lascif !... Donnez-lui de la pomme ordinaire du jardin des Hespérides que m'a envoyée récemment en cadeau le galant Hermès qui se trouvait par là !...

Troublé, j'ai jeté la pomme-grenade et j'ai pris dans une corbeille d'argent que Glyké avait posée devant moi, une pomme charnue couleur d'or. Je n'ai pas voulu que mon hôtesse me prenne pour un inculte ; c'est pourquoi la pomme savoureuse à la main, j'ai remarqué sur un ton de conversation :

– Je viens de province, tu dois juger avec indulgence ma culture déficiente, dis-je avec modestie et ruse. – Je ne savais pas que dans le jardin des Hespérides, après la gestion d'Héraklès, il restait encore des fruits...

– Tais-toi, dit-elle en confidence et elle regarda tout autour. Ne blasphème pas Héraklès ! murmura-t-elle et, d'un mouvement confidentiel de protestation, elle posa son doigt exquis devant sa bouche charnue peinte en forme de cœur. Notre dernier espoir, c'est lui, et elle regarda aux alentours avec anxiété si quelqu'un n'écoutait pas ses paroles – nous lui faisons une confiance absolue pour libérer enfin mon lumineux oncle Prométhée de l'effroyable captivité dans laquelle Zeus a enfermé le Titan rebelle !

Comme si elle avait regretté ses paroles, elle continua sur un ton mondain et dédaigneux :

– Héraklès n'a emporté que les pommes d'or, dit-elle accessoirement. Les Hespérides et le brave dragon Ladon continuent à cultiver les pommes ordinaires. Cette qualité est, d'après ce que je vois, convenable, dit-elle un peu altière. Consomme-la pour ta santé. La pomme-grenade anime le sang ; c'est pourquoi elle ne doit jamais manquer sur la table des jeunes mariés. Mais après tout, tu n'es pas venu ici en quête de mariage, dit-elle traîtresse, sur un ton un peu enroué, car tu ne pourrais trouver parmi mes servantes une femme apte aux objectifs de la vie terrestre… En conséquence, mange de plus en plus de pommes ordinaires, car leur effet saint et secret est qu'elles te délivrent des portes d'Hadès.

Je mordis un gros morceau de ce fruit saint. Calypso me regarda avec bienveillance :

– Pendant que tu déglutis, dit-elle cordialement, ta pomme d'Adam saute de la même manière que celle de ton père. Malheureusement je ne peux pas manger non plus de la pomme car j'ai de l'acidité gastrique. Ma nourriture, comme tu le vois, est monotone. Je dois me contenter de l'ambroisie que les colombes recueillent pour le ménage olympien de l'auguste Zeus. Nous, déesses, nous recevons pour la consommation domestique une portion fraîche de la réserve céleste à chaque changement de lune.

Elle sonna de nouveau. Je dévorai rapidement les restes de la pomme odorante, et j'observai, les yeux prestes et les oreilles à l'affût, car tout ce que je voyais m'intéressait et je ne voulais perdre aucun mot de la nymphe.

– Iris et Altis, dit Calypso aux deux Néréides qui entraient au son de la clochette dans la salle parfumée et demi-obscure, desservez. Placez le vin et le seau mélangeur à la portée de la main du cher invité. Jetez quelques branches de cyprès dans le feu, dit-elle, avec sollicitude. Et ensuite, veillez à ce que personne n'entre, car j'ai à parler avec mon invité.

Les mystérieuses servantes exécutèrent à pas feutrés les ordres de leur maîtresse. Je terminai le repas et j'attendis que les Néréides emportent les plats et les assiettes. Lorsque nous sommes restés seuls, Calypso, qui était maintenant assise et muette – plutôt allongée avec le corps rejeté en arrière sur le splendide sofa –, me regarda avec un sourire singulier et mystérieux. Elle attendit que les êtres à écailles quittent la pièce. Il faisait agréablement chaud. Dans la pénombre bleu doré, dans le rayonnement du feu parfumé, et peut-être aussi sous l'effet des mets et des boissons nobles que j'avais consommés, tout mon corps était traversé d'une chaleur picotante. J'ai senti que mes joues étaient en feu, et bien que j'eusse peu bu, j'étais un peu grisé. Calypso m'examinait avec un regard indulgent et souriait.

VIII

– Je vois, dit-elle, de sa voix profonde, qui résonnait comme une corde, un peu masculine comme toute sa personnalité, avait à la fois quelque chose de maternellement étoffé et de paternellement hautain !... Je vois que tu es troublé. Ce n'est pas étonnant, cela prouve que tu es encore jeune et que ton cœur est réceptif. Qu'il peut s'émouvoir sous l'effet de nouvelles impressions. Ton père, le héros et l'homme, dès le premier instant où il est entré dans ma maison, fut impartial et impitoyable. Nous avions tous peur de lui et, en même temps, nous l'admirions. Mais lui non plus n'a pas compris pendant un long temps la nature des Néréides.

– Personne ne peut comprendre ces êtres singuliers, répondis-je poliment. Personne qui les voit pour la première fois.

– Ce n'est pas dans ma maison, que le « porteur de lumière » a vu les Néréides pour la première fois, dit la nymphe sur un ton didactique. Lorsqu'Achille mourut, Ulysse s'affaira autour de lui, et il vit Thétis, la mère endeuillée, qui était elle-même une Néréide ; elle est apparue sous les murs de

Troie en compagnie de ses servantes, les Néréides. Dans leur deuil elles chantaient des cantiques.

– J'ai entendu parler de cela ! criai-je involontairement, avec vivacité, Nestor a raconté que lorsque les Achéens ont aperçu Thétis en deuil et les Néréides, ils se sont mis à hurler de crainte. C'est lui qui a calmé les Grecs qui tremblaient.

– Tu connais ce vieil ivrogne ?... demanda incidemment Calypso. Ton père n'avait pas une haute opinion de lui. Lorsqu'Achille a conquis Tenedos, Nestor a reçu aussi un cadeau : une femme nommée Hekadema. Il s'était vanté qu'il pouvait encore user de sa force virile, malgré ses quatre-vingt-dix ans passés...

– Dans l'expédition militaire il a conduit quatre-vingt-dix bateaux..., intervins-je sur un ton conciliant, car j'avais de la peine à entendre parler de la sorte de mon vieil ami.

– Mais il ne s'est pas battu devant Ilion, il n'a fait que donner des conseils, dit la nymphe sur un ton méprisant. Dans sa tente de campagne, il faisait entourer son lit d'armes, pour faire ainsi devant ses captives figure de héros. C'est de ton père que j'ai appris tout cela, dit-elle rapidement. – Mais laissons Nestor. Nous parlions des Néréides. Je veux que tu te sentes chez toi dans ma maison et, dans la mesure où un être humain est apte à cela, que tu comprennes les nombreuses singularités qui t'entourent ici immanquablement. À proprement parler, je t'attendais..., dit-elle, et ses beaux yeux jetèrent un éclair. Elle me regarda un peu de travers. – Ton père…

– … M'avait promis à toi ?… criai-je effrayé. Mon dos avait la chair de poule. Après l'expérience que j'avais acquise en compagnie de la ravissante Nausicaa à l'île de Schérie, l'angoissante possibilité que mon père, partout où il séjournait dans le monde en compagnie de femmes, offrait généreusement au moment de son départ la virilité de son fils en cadeau, me traversa comme un éclair. Je ne me sentais pas faible, ni mou. Mais cette éventualité m'épouvanta.

– Il n'a rien promis, dit généreusement Calypso, mais ses yeux avaient toujours ce regard oblique et fourbe… De toute manière, nous les déesses, nous n'avons jamais pris au mot les promesses de ton père. Son grand cœur et son caractère sans pareil ne pouvaient pas se manifester s'il était ligoté par des promesses inconsidérées. Ton père m'a seulement dit qu'il avait un fils qui lui ressemblait. Je ne nie pas, dit-elle plus doucement, que je pense beaucoup à ton père. Le temps, qui pour nous n'existe pas, est malgré tout un espace pour les sentiments. Si une déesse aime un humain, elle est obligée vaille que vaille de compter avec des mesures et des volumes humains. C'est ainsi que j'ai connu le temps, votre horrible et pitoyable guichetier. C'est par lui que j'ai appris qu'attendre équivalait à donner une forme à un désir. Attendre un retour est encore plus dangereux que cela !

Sa voix, en prononçant ces mots, était devenue brûlante. J'ai attendu qu'elle maîtrisât son émotion subite. J'ai respecté son attendrissement et je ne me suis adressé à elle que lorsque je la vis essuyer, avec la pointe de son fichu de toile douce et aérienne, une larme sous ses yeux, avec une précaution infinie, afin de ne pas étaler le fard subtil qui couvrait ses paupières.

– Je regrette, dis-je avec tact, que ma présence évoque des souvenirs qui t'attristent.

– Ne le regrette pas, dit-elle avec plus de vivacité. – Je le répète, je t'attendais. Tu ressembles à ton père, et cette ressemblance est aujourd'hui encore une sorte de lettre de recommandation dans cette maison. Je sais ce qui t'a conduit à moi : tu crains ton père et, en même temps, tu as le désir d'apprendre la vérité sur cet être redoutable. Est-ce vrai ? demanda-t-elle avec sévérité.

– Être divin, répondis-je, je vois que tu peux lire dans les cœurs humains…

– C'est notre mission, dit Calypso du bout des lèvres, hautaine.

– Je ne nie pas – et je soupirai profondément – que je crains mon père. J'aimerais connaître ses vraies intentions. Maîtresse – j'ai fait une rapide prière et j'ai regardé mon hôtesse au fond des yeux –, juge-moi avec indulgence. Après tout, je suis son fils. Il est vrai qu'il n'y a rien d'extraordinaire dans mon destin. Sinon le fait que je suis le fils d'un homme extraordinaire. Ce n'est pas un destin facile.

– Non, dit la nymphe pleine d'attention, d'une voix apaisante, parle.

– Mon premier souvenir de lui, continuai-je doucement, confidentiellement, est qu'il a voulu me tuer. Il a voulu labourer la terre en traversant mon corps d'enfant avec une charrue attelée d'un cheval et d'un bœuf... Un homme, un étranger, me déposa de force de ses bras musclés devant le cheval, le bœuf et la charrue, et dans cette position redoutable, je vis mon père tourner les yeux à la manière d'un aliéné et tenir en même temps le guidon de la charrue tout en attrapant les brides des bêtes attelées sous le joug – ... Et moi, le marmot, me débattant au sol, j'attendais que l'être redoutable lance l'attelage fatal par-dessus mon petit corps. J'attendais qu'il me tue. C'est mon premier souvenir de mon père, dis-je d'une voix sourde.

– Mais finalement il ne t'a pas tué, dit Calypso.

– Non, continuai-je. – Mais il a disparu de ma vie. Et en même temps, il a toujours été étrangement présent. Imagine, divine dame : une jeunesse sans cesse assombrie par le souvenir redoutable de l'absent. Je sais ce qu'on lui a fait croire à Delphes, où fument des vapeurs de soufre sorties de la terre et où des prêtresses nerveuses font profession de divination ; sous l'effet de ces gaz – et contre rétribution – elles lui ont fait croire que ce sont ses fils qui le tueraient un jour... Ma mère et ma nourrice me distrayaient de ces histoires pendant mon adolescence. Que me conseilles-tu, déesse ? Après tout, il a vécu ici avec toi pendant sept ans. Qui le connaîtrait, sinon toi ? Ici et là !... Dans mon émotion je me suis levé, et je gesticulai des deux bras, je désignai les objets d'ameublement de la splendide salle. – C'est dans ces salles qu'il campait pendant que nous l'attendions ! Pendant que ma glorieuse mère et moi-même, en compagnie de prétendants prodigues, flemmardions et essayions de sauver de la débauche ce que nous pouvions ! – Je m'efforçai de parler d'une manière disciplinée, mais je sentais que l'émotion avait échauffé ma voix. – Il ne s'est pas dépêché de rentrer à la maison ; toi-même, tu le reconnais probablement...

Calypso me regarda satisfaite, et me jeta un regard rayonnant et énigmatique sous ses paupières à demi froncées.

– Il était assis ici avec moi pendant que vous l'attendiez, dit-elle doucement, orgueilleusement.

– C'est vrai, dis-je soumis, en grinçant des dents. Les années ont passé. Sa silhouette a tourbillonné dans notre esprit, comme l'ombre des titans au firmament. Nous l'aimions, et nous tremblions à l'idée qu'il revienne. Et un jour, il est revenu. Tu connais le reste.

– Et tu as toujours peur de lui, dit la nymphe dans un chuchotement confidentiel, consentant.

– Cela t'étonne-t-il ?... demandai-je. J'ai attendu le retour d'un père. Et un juge de la loi du Talion est arrivé. J'attendais une bénédiction, et la suspicion flambait dans ses yeux. Il a tué et ensuite il a disparu. Ma pauvre mère, l'auguste Pénélope, vit de nouveau dans une sorte de veuvage artificiel…

– Comme toute femme, et spécialement toute déesse, qu'Ulysse a jamais serrée entre ses bras, dit froidement Calypso.

Sa voix était sévère, particulièrement grave et triste. Cette voix m'obligeait à me taire. Elle m'avait fait comprendre que j'étais confronté à un chagrin que l'on ne pouvait pas adoucir avec des paroles. Comme si l'ombre de mon redoutable père s'était mise entre nous, dans la pénombre de la salle emplie d'effluves odorants et lumineux !

– Dis-le, dit ensuite brièvement Calypso. Tu as peur qu'il te tue !

Je rejetai la tête en arrière.

– Tu le connais, dis-je sauvagement. Toi, aussi, Ulysse t'a tenue dans ses bras. Tu lui as mis au monde un enfant. Oserais-tu dire que la vie de Télédopos est assurée ?…

Elle leva sa main blanche. Ce geste de la main était comme une alerte, comme un cri déchirant soudainement jailli.

– Oserais-tu prétendre que la vie de Télédopos n'est pas en sécurité ?…

– Tais-toi, ordonna-t-elle.

Sa poitrine opulente haletait. Elle serra ses mains sur son cœur. Mes paroles l'avaient visiblement blessée. Pendant un long moment elle ne trouva pas ses mots. À cet instant – pour la première fois depuis mon arrivée – je l'ai regardée minutieusement.

Pendant que je la regardais, les paroles par lesquelles ma mère, la glorieuse Pénélope, s'était souvenue – pendant l'absence de mon père, et parfois aussi par la suite – de cette nymphe, me sont revenues en mémoire. Ces paroles n'étaient pas flatteuses. Bien que ma lumineuse mère eût – contrainte et forcée – admis l'idée que son sublime mari la trompait partout où il se trouvait dans le monde, elle n'a que rarement parlé de cela avec nous, les membres de sa famille. Mais les faits, sous forme d'enfants adultérins qui se présentaient de temps à autre à Ithaque, en disaient long ! Elle n'a jamais pu supporter d'un cœur allègre la personne divine qu'était Calypso. Ses yeux jetaient des étincelles, chaque fois qu'elle prononçait le nom de la nymphe. Elle l'appelait la chauve à peau ridée. Elle disait qu'elle avait des poches sous les yeux, que les muscles de son ventre étaient ridés comme des boudins, qu'elle portait une perruque et qu'elle se faisait remonter de temps à autre les seins par une intervention chirurgicale, afin qu'ils soient plus tendus. J'écoutais ces dénigrements, ces explosions d'humeur, qui étaient les manifestations naturelles d'un noble cœur féminin blessé ; je les écoutais avec une déférence filiale, mais avec méfiance. Au cours des années que j'ai passées sans père, solitaire, aux côtés de ma mère offensée, j'ai appris qu'il fallait écouter avec réserve l'opinion que les femmes et les déesses se font les unes des autres. En tout cas, à ce moment-là, j'ai pris mon courage et j'ai regardé minutieusement la femme, qui avait reçu mon père dans son lit pendant sept ans, et dont ma mère avait souvent et toujours dénigré les qualités corporelles.

Calypso sentait que je la regardais. Elle se redressa et se renvoya en arrière d'un mouvement majestueux, sur l'étroit sofa qui avait la forme d'une sorte de trône. Elle arrangea des deux mains les grappes de ses beaux et célèbres cheveux enroulés en escargots. Elle resta ainsi assise et elle attendit que mon regard examinateur se rassasie de sa beauté. À cet instant, elle était réellement telle que sa renommée : royale et énigmatique. Après tout, j'étais assis face à la fille d'Atlas… Le potin, selon lequel le « porteur du firmament » aurait eu une liaison avec sa fille, n'était pas vérifiable…

Mais après avoir vu Calypso en face et l'avoir examinée à fond, cette éventualité me sembla invraisemblable. Dans les familles des titans et chez les êtres divins d'origine supérieure, l'inceste est de toute manière d'usage courant ; ceci est connu même par nous, terrestres mortels… Je dois avouer que l'apparition était réellement divine, et, qui plus est : pleine d'envoûtement féminin – quoi que ma lumineuse mère puisse raconter de perruques et de seins remontés. Il était impossible d'établir avec certitude l'âge de Calypso et il était aussi inutile de le demander, car elle en aurait certainement retranché quelques années-lumière. Elle était de haute taille, sa silhouette était majestueuse, et la nourriture thérapeutique à laquelle elle avait adapté son mode de vie ainsi que les cosmétiques d'excellente qualité, visibles à l'œil nu, contribuaient à faire un effet d'intégrale féminité sur les hommes, en dépit de son âge incontrôlable. Il ne paraissait pas invraisemblable qu'il n'ait été nullement nécessaire de retenir mon père avec une corde, pendant sept ans, en la compagnie de la nymphe.

Elle se tenait droite sur son trône, comme Istar, le dissimulateur, auquel la rumeur publique la comparait. Ses cheveux étaient roussâtres, d'une nuance de bronze. Selon toute vraisemblance, elle les teignait, mais avec une perfection que je n'avais jamais vue jusque-là… Le sens de son nom qui circulait avec des nuances légendaires dans le monde des humains – ma mère l'appelait « satrape » et « usée » et l'imagination humaine a revêtu de beaucoup d'autres titres la personne de mon hôtesse ! – maintenant que j'admirais ses yeux, qui jetaient un éclair gris-vert, cela ne me paraissait pas dénué de sens. Il y avait quelque chose d'émouvant et d'attirant dans cette nymphe, la vieille maîtresse de mon père…. L'homme qui séjournait en sa compagnie se sentait particulièrement bien caché et protégé. Je n'eus pas un seul instant le soupçon de me trouver face à une intrigante. Elle était maternelle, mais comme l'étaient les femmes au début des temps où elles ne dorlotaient pas seulement un enfant, mais toute l'humanité. Elle était souveraine, comme les déesses qui savent que seul Éros peut tempérer les impulsions sauvages des dieux, des titans, des géants, de même que celles des hommes… Elle était une femme, qui en avait maintenant assez de mon regard exterminateur, et, avec une sorte de trouble intérieur qu'elle masqua par des mouvements hautains, elle ouvrit son sac brodé de perles, elle en retira ses produits de beauté et elle se mit à arranger, d'un geste mondain, ses mèches de cheveux roux bronzé qui faisaient de l'ombre sur son front et ses sourcils.

Je ne nie pas qu'à mon âge et à cette époque, je n'étais pas tout à fait ignorant des trouvailles professionnelles de la beauté féminine. Le temps était passé où je me contentais des grâces des servantes de notre royaume d'Ithaque aux mœurs relâchées et de leurs baisers ayant l'odeur des olives. Le souvenir de mon père me garde de parler présomptueusement des femmes qui ont été naguère couchées entre mes bras. Je ne mentionne que le nom de celles que la fidélité historique m'interdit de taire.

Nausicaa, Calypso, ensuite mon éclatante épouse Circé ; plus tard d'autres que j'ai eu l'occasion de connaître pendant mes voyages : Kallydike, femme de Thesprotie, ensuite Euippe dont le fils, le noble Euryalos – un de mes demi-frères –, fut tué entre-temps par mon père – sur les instigations de ma glorieuse mère, Pénélope (je ne me rappelle ce garçon qu'obscurément, car cet intermède était une des conséquences de la nervosité de mes parents à l'âge avancé et à vrai dire, personne ne s'en souciait) – toutes ces femmes qui, grâce à la bonne volonté de mon père, prenaient ensuite une forme vivante à l'horizon de ma propre vie, étaient des êtres nobles, beaux et familiarisés avec les secrets des soins corporels. Lorsque je vins pour la première fois à Sparte, chez tante Hélène, je fus frappé de voir la célèbre beauté barbouiller son visage et la base de ses yeux avec un fard noir et vert... Maintenant que Calypso avait sorti de son sac une boîte de fards à quatre compartiments afin de rectifier la ligne de ses sourcils avec une délicate patte de lapin – elle tenait devant sa figure un miroir en cuivre en forme de faucon – je n'ai pu m'empêcher de tendre la main, malgré moi, vers cette petite boîte si artistement exécutée.

Calypso accepta sans protester que je lui prenne la boîte des mains pour l'examiner.

– C'est ravissant, dis-je, c'est à Sparte que j'ai vu une boîte pareille pour la première fois, car je ne pouvais pas m'empêcher de me targuer de mes relations distinguées.

La nymphe était maintenant en train de rectifier avec un bâtonnet rouge l'arc de sa bouche ravissante, qui ressemblait à l'arc d'Achille. Elle se pomponnait sans complexe, habituée à ce que son rang de déesse la dispensât de toute sorte d'hypocrisie et de pudeur en compagnie des humains.

– Je le sais, dit-elle négligemment, et elle leva le miroir de cuivre vers le haut. Elle admirait sa propre beauté, la tête penchée sur le côté. Ta tante Hélène fait venir ses produits de beauté du même marchand égyptien que moi. C'est le cadeau de ton père, dit-elle en montrant la boîte que je tenais entre mes mains. – Il me l'avait envoyée l'automne dernier par un messager de Thesprotie, dit-elle avec orgueil.

Je n'ai pas répondu, car je pensais à ma noble mère, qui pendant ce temps-là languissait sur l'île de Mantinéa et ne recevait aucune nouvelle, ni aucun cadeau, d'Ulysse. Cela me faisait mal d'entendre que mon père comblait de cadeaux ses anciennes maîtresses, pendant que son épouse selon la loi vivait solitaire et modestement. Je n'ai pas pu ne pas faire une remarque :

– Ma mère, la glorieuse Pénélope, n'a jamais fait venir de cosmétiques d'Égypte. Elle n'a jamais pu tolérer sur son corps un fard ni une huile venant d'un pays où les dieux ont une tête d'animal. Son amie, Pallas Athéna, lui procure des produits d'origine divine, qui ont conservé sa beauté, dis-je d'un ton maussade. Mais Calypso, miroir et patte de lapin en main, ne me regardait pas. Elle me fit signe d'une main de me taire.

– Les produits égyptiens sont irremplaçables. Vous à Ithaque, vous êtes restés retardataires et ta glorieuse mère est peut-être une excellente maîtresse de maison, mais elle ne connaît rien aux soins de beauté. Comme tu le vois, la boîte contient quatre compartiments : trois fards sont à l'usage des trois saisons ensoleillées, le quatrième est à utiliser pendant l'hiver, les jours de brouillard… Il se peut que les dieux aient en Égypte une tête d'animal, mais il est certain que personne ne peut nulle part obtenir une mixture aussi sublime de poudre de malachite verte et d'antimoine noir, sauf les marchands de produits de beauté des bords du Nil. Sans parler de l'huile d'encens, dit-elle, et elle retira un petit flacon de verre bleu de son sac, dont elle mit quelques gouttes dans ses narines. Elle avait de larges narines qui se dilataient parfois fougueusement.

– Encens ?… demandai-je malgré moi. Je n'avais pu cacher ma curiosité mal informée. Calypso, pendant qu'elle versait de l'encens dans ses narines, sourit dédaigneusement.

– Vous ne le connaissez pas à Ithaque ? demanda-t-elle orgueilleusement. C'est un produit volatil qui facilite la respiration et enduit d'un parfum agréable les voies respiratoires internes. Je le reçois de Somalie, dit-elle accessoirement, en replaçant le petit flacon bleu dans son sac.

J'ai aperçu encore des ciseaux, des brosses minuscules à manche d'ivoire pour les coins des ongles, qui avaient la forme de girafes, de renards et d'autruches, et encore d'autres instruments de beauté et accessoires, en jetant un coup d'œil de voleur dans son sac.

– Mais l'huile d'encens ne vaut pas le liquide distillé des Égyptiens, le Kyphi, qui est composé de seize produits différents, et dont la recette n'est connue que des prêtres de là-bas… Mes Néréides parfument mes robes avec cela. Mais nous en mélangeons aussi à notre bain de bouche, afin que l'haleine soit agréable.

Elle ferma d'une main, avec un déclic, la serrure d'émeraude de son sac. Maintenant, qu'elle avait terminé avec les cosmétiques, elle me regarda satisfaite et sûre d'elle. Je me sentais gauche, provincial. Nous étions seuls. Elle se pencha légèrement vers moi, elle parla doucement.

IX

– Bois, dit-elle de sa voix profonde, avec intelligence ; sens-toi bien, mon fils. Je sais ce qui agite ton cœur et dans la mesure du possible je veux dissiper tes doutes. J'aimerais que la crainte ne te tourmente pas dans l'avenir, dit-elle sérieusement.

– Mon père t'a-t-il dit qu'il voulait me tuer ? demandai-je. Je disais cela en parlant fort, et m'accoudant sur mes genoux, je regardais dans ses yeux vert de mer ma mystérieuse hôtesse.

– Il n'a jamais dit un mot de cela, dit Calypso prudemment. Ton père sait admirablement mentir, mais il sait aussi se taire d'une façon grandiose. Il est certain que, dans le cœur de l'homme qui a beaucoup enduré, des impulsions bizarres bouillonnent. J'ai entendu tout de même parler de la prophétie que les oracles « timbrés » de Delphes ont murmurée à ses oreilles... Oui, cette prophétie le préoccupe. Mais je ne crois pas qu'il attente à ta vie. Il t'a toujours reconnu comme son fils légitime... Tu es l'héritier de son trône, dit-elle ironique, et elle tordit avec un peu de mépris sa bouche à la ligne parfaite. – Toi et ta glorieuse mère, vous occupez dans le cœur du grand vagabond une place solennelle. S'il veut tuer un de ses fils, ce n'est certainement pas toi !

J'ai compris au son de sa voix qu'elle parlait avec sincérité. Elle me regarda de nouveau d'un œil perçant.

– Tu lis dans mon cœur, commençai-je troublé.

– Je lis dans ton cœur, ce qui n'est pas spécialement difficile, car tu es humain, dit-elle d'une voix basse, enrouée et un peu nerveuse. – Tu es homme, donc tu as peur que l'on te tue. Et tu as aussi peur de le tuer toi-même. Est-ce vrai ? demanda-t-elle durement, sévèrement.

J'étais assis, je me suis redressé. Les paroles de la nymphe m'avaient touché au cœur.

– Le tuer ? Lui ? balbutiai-je. Tuer le « porteur de lumière » ? murmurai-je. Que dis-tu là, divine dame ?

– Ne louvoie pas, dit-elle froidement. Vous, les hommes, vous êtes restés, me semble-t-il, même à l'âge adulte, comme les enfants gâtés qui ne savent pas dissimuler leurs désirs. Vous, là-bas, dans l'île accueillante d'Ithaque, vous faites grand cas de la morale. Je sais que ta glorieuse mère, qui est vertueuse d'office, parle de nous, les nymphes, avec malveillance et dénigre notre réputation. Je ne veux pas blesser tes sentiments filiaux, c'est pourquoi je me tais sur ce que j'ai appris par-ci, par-là, dans ma solitude insulaire, de la célèbre vertu de ta mère..., dit-elle acerbe et volubile.

Mais lorsqu'elle a vu mon regard sombre, vite elle s'est mise à parler d'autre chose.

– Tu es venu parce que tu veux savoir la vérité... Dans ce cas, tu dois savoir la supporter. Oses-tu nier que le sentiment et l'impulsion que tu éprouves vis-à-vis de ton père soient entièrement innocents ?... Je ne dis pas que vous n'avez pas de raisons de vous plaindre, chez vous, à Ithaque, dit-elle, magnanime. D'un point de vue humain, mais peut-être aussi d'un point de vue divin, il y a beaucoup à critiquer dans le mode de vie du « porteur de lumière ». Mais lorsque toi, ou ta mère, voulez porter un jugement sur lui, avouez que de mauvaises pensées vous agitent ! N'en est-il pas ainsi ? demanda-t-elle sévèrement.

Je baissai la tête.

– Ce que tu dis est effroyable, dis-je enroué, ébranlé. – Tu m'accuses d'attenter à la vie de mon père, en secret, au fond de mon cœur, comme l'a déclaré l'oracle malveillant !...

» Ce n'est pas vrai, criai-je irrité. Je le crains, parfois je le hais presque. – Mais jamais je n'oserais lever la main sur lui.

Calypso m'écoutait attentivement et souriait avec commisération.

– Car tu as peur – et elle fit une moue. Tu as peur, donc tu es vertueux. Oh, humains !... dit-elle avec orgueil, et elle s'éventa avec son foulard blanc, comme quelqu'un qui voudrait chasser des souvenirs désagréables.

» Il semblerait vrai que dans les rapports humains, dans les relations entre parents et enfants, il est rare qu'il y ait un écho parfait. L'animosité et la jalousie, puis des sentiments mystérieux et bizarres, tournoient dans le cœur des humains. Serait-il vrai que les fils se révoltent contre les pères, qu'ils voudraient les tuer, car ils voudraient occuper la place de leur père dans le lit de leur mère ? Il y a peu de temps que j'ai entendu de tels racontars tragiques, dit-elle avec curiosité en se penchant vers moi. – Un certain homme, nommé Œdipe, avait entendu dire à Delphes, dans ce refuge de maudits et notoires colporteurs de nouvelles, qu'il allait tuer son père et épouser sa mère, une femme dénommée Jocaste. Je ne connais pas les détails… Tout ce que je sais, c'est qu'il a réellement tué son père, qui était boiteux, puis que le garçon a couché avec sa mère. L'histoire est indécente, mais quotidienne. Plus tard par désespoir Œdipe s'est rendu aveugle… As-tu entendu parler de cela ?…

J'ai confessé que c'était la première fois que j'entendais parler de ce commérage argosien. – Calypso fit un signe méprisant :

– Eh bien ! cet Œdipe était un nerveux, dit-elle en passant. – Mais de toute manière, le bruit court que dans les relations entre père et fils – chez les mortels – la jalousie à l'égard de la mère et de l'épouse joue un rôle. J'espère que chez vous à Ithaque, cela se passe différemment, dit-elle méchamment. Entre toi et ta glorieuse mère, Pénélope, les relations sont excellentes.

Elle parlait avec une intonation de velours, mais ses paroles étaient transpercées de soupçons étouffés. Je m'efforçai de répondre de manière convaincante. Je la regardai dans les yeux et je dis à haute voix :

– Ma lumineuse mère a été, pendant la longue période de son veuvage « forcé », l'exemple auguste de la vertu conjugale et maternelle.

– Oui, dit gaiement Calypso. – Hermès l'a également mentionné, lorsqu'il était par ici récemment. Je ne veux pas entrer en conflit avec une personne absente. Et particulièrement, lorsque cette personne est l'épouse d'Ulysse. Je ne te dis seulement que ta mère, exemple auguste de la vertu, porte un jugement d'une rigueur excessive sur d'autres créatures, qui ne sont peut-être pas officiellement aussi vertueuses qu'elle, mais qui sont à leur manière fidèles et se comportèrent avec grand cœur à l'égard d'Ulysse…

Calypso parlait cette fois sérieusement.

– Créature divine, dis-je radouci, je ne pense pas que ma mère doute de la sincérité des sentiments avec lesquels tu t'es comportée à l'égard de mon père. Après tout, tu lui as offert un toit pendant sept ans…

– J'ai partagé avec lui ce que permettait ma pauvreté, dit orgueilleusement la nymphe. Ta mère m'a dénigrée. Vois clair, mon garçon. Nous, les nymphes, nous ne sommes pas des ennemies de la race humaine. Je sais que des ragots sont répandus selon lesquels nous vivons d'une manière libertine… Mais ceci n'est que médisance humaine. Dans la réalité nous sommes des cœurs généreux. Notre ambition est la libéralité, l'abondance, la fécondité… L'on peut souvent rencontrer en notre compagnie les dieux, particulièrement Hermès, et Pan d'Arcadie… Mais c'est une calomnie de bas étage que de suspecter les visites de nos parents masculins. Dionysos est aussi venu souvent chez moi, car il était amateur de musique. Il est bien connu que les nymphes et les Néréides préfèrent danser et chanter en groupe, et que, parfois, à la suite de Dionysos, l'ardeur sacrée s'empare d'elles et qu'elles dansent avec des mouvements de leurs membres licencieux et exaltés… Mais un homme ne saura jamais comprendre le vrai contenu de ces relations, dit-elle avec sérieux et mystère.

» Après tout Hermès, Pan et Dionysos sont de rang inférieur dans l'Olympe. Apollon, qui est souvent l'hôte de ma maison, a un rang supérieur, dit-elle avec fierté. – J'ai remarqué avec quelle solennité elle prononçait le nom d'Apollon ! – C'est de lui que nous, nymphes, apprenons les secrets de la médecine. Ton père, lorsqu'il est arrivé chez moi, avait beaucoup souffert de troubles digestifs, car les privations de la vie militaire, la déplorable nourriture sous les murs de Troie, les épidémies, ensuite la beuverie démesurée, avaient détérioré son estomac divin. C'est moi qui l'ai guéri, grâce à Apollon, dit Calypso attendrie. – Je lui ai administré des lavements, je lui ai fait boire, pendant trois mois, de la ciguë diluée, une décoction que Galateïa prépare avec une adresse particulière. Il était d'une santé de fer, lorsque je l'ai renvoyé à Ithaque, dit-elle avec fierté.

– C'est vrai, répondis-je avec une reconnaissance feinte. Mon père est arrivé à la maison dans une forme excellente.

– Car il était intelligent, dit la nymphe en sourdine. Pas seulement avec son cerveau plein d'inventions, mais il était aussi intelligent avec son corps, dit-elle avec attendrissement. C'est une vertu rare dans la vie de la gent humaine. Il savait que l'homme n'est pas humain seulement par son cerveau, mais aussi par son estomac et par ses autres organes. Il pouvait bien commettre des excès, mais en même temps il pouvait aussi dominer son corps, dit-elle presque avec piété.

Subitement et sans transition, elle dit d'un ton sourd :

– Il savait et il osait être un homme. Il semblerait que cela doit être très difficile.

La braise des cyprès à demi réduits en cendre luisait dans la cheminée comme le bronze fondu. Je réfléchissais aux paroles de la nymphe et je regardais cette lumière étrange. J'ai pensé que les mots et les phénomènes avaient un sens singulier et primordial dans cet environnement ensorceleur. Il y a peu de temps que l'homme avait découvert que le métal extrait des mines de l'île de Chypre, le cuivre, peut devenir une arme puissante entre ses mains, s'il mélange dans un four à fusion neuf parts de ce métal avec du zinc de cuivre… Et qu'avec cette arme, les héros d'Argos peuvent se mettre tranquillement en route pour la conquête du monde. La proportion du mélange n'était même pas connue d'Héphaïstos ; ceci, comme tant d'autres choses, était le secret de l'homme. Et maintenant, alors que les branches de cyprès réduites en cendre et leurs braises couleur de bronze me rappelaient l'île de Chypre, le cuivre et la ruse humaine – une ruse qui avait non seulement changé les conditions de la stratégie de guerre dans notre grandiose époque, mais aussi les formes de la coopération humaine – ces simples prodiges et ces faits brillaient pour moi d'un sens nouveau en compagnie de Calypso. J'ai compris que depuis l'instant où l'oncle rebelle de mon hôtesse, le titan sauvage, avait dérobé le feu du ciel, nous, les humains, avions parcouru un chemin singulier et que les dieux contemplaient légitimement avec suspicion les chemins parcourus par les ingénieux mortels terrestres… Mon père savait et osait être un homme, disait Calypso. Dans le profond silence, ces paroles eurent longtemps un écho dans mon cœur.

X

La nymphe s'était levée. D'un geste cordial et distingué elle me versa du vin et me tendit la coupe avec magnanimité.

– N'aie crainte, m'encouragea-t-elle. L'on ne mélange pas le vin secrètement avec du pavot dans ma maison, comme dans certaines cours des îles voisines – comme par exemple sur l'île de ma royale parente, la glorieuse Circé. – Et elle fit une moue avec sa bouche ; elle se rassit sur le sofa et regarda, la tête penchée, la façon dont je buvais la noble sève de la coupe. Fais bien attention. D'ici, tu retourneras dans le monde dans les jupons de ta mère, dit-elle avec hauteur. – Et entre les bras d'autres femmes terrestres, dit-elle encore avec une ostensible supériorité, visiblement sous l'impulsion de quelque blessure d'amour-propre. Vous, hommes, finalement, vous agissez tous ainsi. Vous êtes curieux, vous vous mêlez aux mystérieux éléments de la vie divine, mais ensuite vous avez envie de retourner sur la terre. – Je n'ai pas osé la contredire. – Je veux que tu saches la vérité si tu retournes parmi les hommes. Non seulement sur ton père, mais sur les dieux et les hommes en général. Tu es le fils d'Ulysse. Il a disparu de ma vie... Je sais que je ne le reverrai plus. La terre l'a absorbé et cet espace est plus profond. Il est sans issue plus encore que la porte d'Hadès. Car de la porte d'Hadès on peut retourner sur la terre. Mais de la terre il est très difficile de revenir sur l'Olympe. C'est pourquoi sois très attentif !

Elle prit sur elle-même. Elle parla lentement, pesant ses mots. Dans le grand silence et la pénombre, ses paroles résonnèrent comme lorsque dans la grotte de l'oracle, à Cumes, la vieille Sibylle commence à parler.

– Avant tout apprends la vérité sur nous, les nymphes, dit-elle solennellement. Ulysse a vécu hypocritement parmi nous, les dieux et les êtres qui sont des sortes de dieux. Son imagination, son intelligence alerte et inventive jamais au repos, étaient agitées par le monde des humains, mais aussi par le monde divin. Comme s'il avait cherché quelque chose sur l'Olympe et dans son demi-monde ; un secret, l'explication de quelque chose ! Avec son cerveau vif, il a vite compris que l'homme, bien qu'il soit d'essence divine, est séparé par un large fossé spirituel et structurel des créatures de l'Olympe. Le rayon fulgurant de ses yeux de feu nous explorait comme le bistouri d'Asklepios lorsqu'il dissèque la chair pour chercher le phénomène des secrets de la vie... Ton père a beaucoup appris parmi nous, dit-elle satisfaite. Il a beaucoup appris pendant les longues soirées d'hiver lorsqu'Éole fouettait d'un vent glacial l'île du « nombril de la terre ». Les arbres sombres se balançaient, les oiseaux de mer poussaient des cris stridents et rivalisaient avec la mer – je grelotte pendant les nuits de cette sorte et je comprends que les hommes appellent notre île « l'île de la mort » ! Cronos dort ici… Pendant les nuits, lorsque le vent de l'ouest traverse en permanence les forêts d'Ogygie et hérisse les crues des quatre sources, Ulysse était assis ici, face à moi, et observait.

» Pendant sept ans, dit-elle doucement et avec satisfaction, je dus raconter. Naturellement je ne racontais pas toujours. Il arrivait qu'il fût aussi question d'autre chose entre nous, dit-elle avec une coquetterie vieillissante et elle porta son mouchoir devant sa bouche avec un geste espiègle comme si elle voulait effacer les traces d'un sourire mièvre ou d'un ancien baiser. – Mais il voulait savoir tout, tous les secrets relatifs aux origines des dieux et des hommes. Ton père ne s'était pas contenté des ragots que les Achéens appellent vulgairement mythes. Il voulait savoir la vérité, dit-elle avec solennité.

– Déesse, dis-je enroué, chacun de tes mots est un grand cadeau. Si tu estimes que moi, le fils impur du « porteur de lumière », je suis aussi digne d'apprendre la vérité sur les dieux et les hommes…

– Tu es venu, dit Calypso avec grandeur, et parce que tu es son fils, tu mérites que je t'initie à des connaissances de base. Je veux que tu te souviennes dans le monde des humains de cette heure, comme ton père se souviendra éternellement de tout ce qu'il a appris dans ma maison, à ma table et dans mon lit, dit-elle souveraine. – Elle était en ce moment vraiment royale ; elle était assise, altière, sur le sofa, comme si elle était réellement assise sur le trône de la mer. – Vous, les Achéens, vous pensez à nous, nymphes, avec des idées erronées, dit-elle d'un ton rancunier. Les Ioniens seuls nous respectent. Eux savent que nous ne sommes pas seulement immortelles... Toutes, nous avons le droit de donner l'immortalité aux mortels, dit elle magnanime. – Naturellement notre immortalité a aussi des limites, dit-elle mystérieuse. Lorsque le cœur des nymphes est blessé par la passion, elles peuvent en dépérir, comme c'est arrivé à ma nièce, la divine Nymphaia, qui était une excellente tisseuse, douée d'un grand talent artistique, mais elle a péri de sa passion déraisonnable pour le grand Hèraklès. – C'est un grand secret, n'en parle jamais, à personne, dit-elle d'un ton grave et sévère.

Je promis de me taire. Calypso poussa un soupir et continua plus doucement :

– Mais Nymphaia était une créature de montagne, parente des satyres, donc un être effréné, un peu sauvageon, dit-elle en confidence. – Nous, les nymphes des fleuves, des marécages et des lacs, nous pouvons veiller à ce que les grandes passions ne bouleversent pas l'équilibre de notre immortalité. Nous sommes les déesses de la libre nature, nous apportons la vie sur la terre... C'est pourquoi nous sommes présentes à chaque noce. C'est pourquoi nous cherchons partout la proximité de l'eau. L'eau est la douceur, l'humidité, la vie, dit-elle avec sérieux. Autrefois, lorsque les Grecs n'étaient pas encore devenus complètement sourds aux phénomènes de la libre nature, et que leurs orateurs bavards ne les avaient pas encore encouragés à voir la réalité du ciel et de la terre à travers un verre de cristal et à se leurrer de théories fausses et artificielles, les hommes nous approchaient, nous les nymphes, avec une attirance naturelle. Ils savaient que là où nous sommes, la vie est proche. Ils donnaient notre nom aux fiancées, et aux esprits ancestraux. Dans nos îles l'eau jaillit avec abondance… Pas seulement ici, comme tu as pu t'en rendre compte, mais aussi sur l'île de ma voisine, la divine Circé, où ton père n'a que brièvement séjourné ; il n'y a passé qu'un an en tout et pour tout… Ne va pas par là, dit Calypso doucement, d'un ton de supplication, évite l'île de Circé !… Tu m'entends, mon garçon ?… Il est vrai que là se trouve la maison d'Éos et son chœur, et que c'est de là qu'Hélios se met en route pour sa journée… Mais toi, qui es un enfant, ne te hâte pas d'approcher Circé. Ne crois pas que c'est la jalousie qui me fasse dire ces mots. Ton père, lorsque je l'ai admis entre mes bras, ne se souvint même plus de ma divine voisine…

J'ai appris plus tard qu'à cet instant, Calypso ne disait pas la vérité. Elle semblait particulièrement enflammée. J'ai simplement répondu avec retenue que je n'avais pas l'intention de diriger ma barque vers l'île d'Aïaié. Je n'ai pu alors deviner que la nymphe divine et mûre parlait à cet instant avec une force visionnaire !…

– Tu pourras visiter l'île d'Okeanos, dit Calypso avec suspicion, avec un visible émoi. Là, les nuages dansent avec les nymphes en guirlande. Je te donnerai une recommandation…

» Tu dois être vigilant, car c'est à l'île d'Okeanos que commence la descente aux enfers. Galateïa te donnera une carte et une indication exacte. C'est là qu'habitent les rêves, le Sommeil, et leurs cousines : la mort et la nuit. C'est là que campent également les Gorgones… Mais malgré tout, tu courras moins de dangers dans l'île d'Okeanos qu'en compagnie de Circé, dit-elle avec tristesse.

Je me suis efforcé de détourner son attention de cette nymphe, car j'avais remarqué que la mention du nom de Circé mettait mon hôtesse en émoi.

– Je viens de l'île de Schérie, dis-je sur un ton de bavardage. Mais Calypso m'admonesta.

– Je le sais, dit-elle dédaigneuse. – Maintenant on nomme cette île ainsi, alors que dans la réalité son nom est Corfou. Les Phéaciens, dans leur mégalomanie, distordent tout ce qu'ils peuvent amasser : ainsi le nom de cette île qu'ils ont occupée. Ils s'imaginent que parce qu'ils tirent leur origine – comme les géants – des gouttes de sang répandues sur la terre par le membre viril d'Uranus, l'émasculé, ils ont le droit de rebaptiser le monde avec outrecuidance… Ne te glorifie pas d'avoir été sur l'île des Phéaciens, dit-elle avec une sévérité maternelle.

Je promis de me taire. Mes paroles ne l'ont pas rassurée. Elle parlait à voix basse, confidentielle, mais avec passion. On pouvait percevoir que d'anciens souvenirs l'agitaient.

– Les géants et les Phéaciens, marmonna-t-elle. Elle me jeta ensuite un coup d'œil fulgurant et sombre. – Il y a ici beaucoup de secrets, mon garçon, que tu dois apprendre, si tu veux être digne du nom de ton père, dit-elle avec rigueur. Lui, il apprenait vite et facilement... Il est vrai qu'ensuite il oubliait tout aussi facilement et aussi vite – et la voix de la nymphe résonnait amèrement.

– Vous, les humains, qui ne vous souvenez qu'obscurément de vos origines divines, vous parlez des dieux avec légèreté, avec une généralisation superficielle, avec de grands airs. Ce que j'ai aimé chez ton père, c'est que bien qu'il fût homme, il se souvenait, lui, de son origine divine, et lorsque je lui enseignais une chose ou une autre, il y prêtait attention et il ne généralisait pas avant l'heure. Les dieux, dites-vous !.... Sais-tu, enfant, combien de nuances, de variantes, de disparités, d'antinomies généalogiques et de grades séparent même les êtres divins ? Comme s'ils ne descendaient pas tous, dieux et hommes, donc tout être possédant une âme, des étreintes de Gaia et d'Uranus ?...

– Déesse, dis-je, et j'ai retenu ma respiration, car j'ai senti que j'allais apprendre des secrets qu'un mortel avait rarement entendus jusque-là d'un être divin, qu'est-ce que l'âme ?...

Calypso était assise, la tête renversée, ses paupières mi-closes, et elle me regardait, superbe. Elle esquissa un sourire :

– L'âme, dit-elle avec supériorité, est le mélange du sang et de la respiration. L'on n'enseigne même pas cela chez vous, dans la rocheuse Ithaque ?...

– Nous avons appris, dis-je obéissant, que l'homme provenait des pierres.

– Fariboles, dit nerveusement Calypso, ce sont des superstitions orientales. Peut-on croire que les hommes, ces êtres curieux et talentueux, vivent aujourd'hui encore dans l'erreur en ce qui concerne leur propre origine ?... Je vois que ta glorieuse mère a négligé ton éducation. Ces superstitions, selon lesquelles l'humanité tirerait ses origines des pierres que les géants auraient jetées depuis les versants du mont Agdos aux frontières de Phrygie, sont honteuses, tout comme l'autre ragot que l'on colporte sous le manteau selon lequel Zeus aurait formé les êtres humains à partir des fourmis et qu'il les aurait nommés les Aiakides ! Comme le potin qui prétend que Prométhée, le porte-feu, aurait façonné l'homme avec de la terre glaise... Tout ceci n'est que racontars orientaux, bavardages de radoteurs et d'ignorants. La vérité est bien plus simple. Il est vrai que mon oncle le divin Prométhée a engendré avec sa glorieuse épouse, Pandore aux seins de neige, le premier homme, le simple d'esprit, mais le bien intentionné, Deucalion. J'espère que tu as entendu ce nom ?... demanda-t-elle sincèrement.

Je marmonnais, troublé, que la renommée de

Deucalion était arrivée aussi à l'île d'Ithaque. En réalité je savais peu de choses de cet ancêtre. Mon trouble n'échappa pas aux yeux examinateurs de Calypso. Elle secoua la tête, sourit avec réprobation et continua sur un ton amical et pédagogique.

– Les compagnons de ton père, les princes et les nobles grecs, ont inondé Argos de fables confuses, car ils auraient aimé que la légende de leurs origines justifie leur rang et leurs positions exceptionnels, dit-elle avec sévérité. – C'est pour cela qu'ils ont répandu le conte de nourrice selon lequel le peuple commun, c'est-à-dire l'humanité, provient des pierres que les géants faisaient rouler, alors qu'eux, les nobles et les aristocrates, étaient les descendants directs de Zeus. Tout ceci n'est naturellement que gazouillement et fierté de classe, dit-elle avec mépris. Les hommes sont les hommes, d'une manière identique, qu'ils soient nés esclaves ou souverains. Ils ont une âme, qui est le mélange du sang et de la respiration, et rien d'autre. Ils ont un destin qui débouche sur la mort, dit-elle avec calme. Drôle d'engeance, dit-elle tout bas, comme pour elle-même.

Je l'écoutai quelques instants avec dévotion. Lorsque j'eus retrouvé mes esprits et que je sentis le regard explorateur de la nymphe sur moi, je demandai timidement :

– Mais sont-ils aussi d'essence divine ?... Tu as dit que Prométhée et Pandore étaient nos ancêtres. Si cela est vrai...

Elle ne me laissa pas continuer :

– Oui, dit-elle vivement, mais l'homme commet une erreur s'il tire des conclusions excessives de ses origines divines. L'homme a perdu quelque part ce qui était réellement divin en lui. Ne te fais pas d'illusions, mon garçon, dit-elle avec irritation. L'homme n'est qu'homme – rien d'autre.

J'ai répondu avec modestie que je me contentais dans le monde du rang d'être doté d'âme. Calypso haussa les épaules.

– De toute manière, tu ne peux rien faire d'autre. Ton père à l'œil aigu et au cerveau agité a promené son regard sur le monde et en a tiré à temps les conclusions inéluctables. Je lui ai proposé l'immortalité, dit Calypso sur un ton un peu enroué et passionné. J'aurais voulu que l'homme, qui a couché dans mon lit et qui a pendant sept ans partagé mes nuits, franchisse les barrières de la race humaine. J'y ai droit, dit-elle, grandiose.

» Nous, les nymphes, nous ne pouvons pas monter sur l'Olympe – mais nous pouvons déléguer aux mortels l'éminent grade de l'immortalité : c'est une des prérogatives de notre essence divine, avec l'autorisation des autorités supérieures. J'ai voulu que l'homme terrestre qui s'était égaré dans l'espace divin et du sang duquel j'avais mis au monde un demi-dieu… puisque tu as vu tout à l'heure Télédopos…

Elle a de nouveau levé son foulard devant ses yeux. Les souvenirs l'ont assaillie avec force. Mais elle a vite pris sur elle :

– J'aurais voulu que l'homme dont j'étais la maîtresse reçoive un rang plus élevé. Sais-tu ce qu'il m'a répondu ?…

Elle n'a pas attendu ma réponse. Elle continua avec passion :

– Il a refusé ma proposition. Il était assis là où tu es en ce moment… Il regardait le feu et il répondit, avare de mots. Il dit qu'il avait décidé et qu'il avait choisi, qu'il préférait rester homme !

Calypso me jeta un regard perçant :

– T'en a-t-il parlé, lorsqu'il est revenu à Ithaque ?…

– Mon père, répondis-je bouleversé, n'a jamais fait allusion au temps qu'il avait passé dans ta maison.

– Car il avait peur de ta mère, dit la nymphe agitée. – Il est intéressant de voir que même l'homme le plus courageux a peur de sa femme. Il fut un héros pantouflard en même temps qu'il fut le héros de Troie… dit-elle avec mépris – Il était un homme avec tout ce que cela comporte. Je reconnais n'avoir pas compris sa réponse au début. J'ai cru que Circé ou un de ses compagnons de voyage lui avaient fait boire quelque chose et qu'il était devenu un peu dérangé… En souvenir de nos rapports amoureux, je lui avais offert le maximum qu'un mortel puisse obtenir des dieux : l'immortalité… C'est plus que d'élever quelqu'un au rang de prince dans le monde des humains. Et ce n'est pas cette sorte d'immortalité lunatique dont bénéficient certains mortels grâce aux retentissantes paroles des poètes et aux doigts souples des artistes que je lui avais offerte... Non, je lui avais proposé une réelle adoption pour l'immortalité, certifiée par l'Olympe. La manière de se soustraire à l'ordre de l'engeance humaine tourmentée, désespérée, condamnée à l'Hadès. C'était lui donner l'occasion de quitter l'univers humain où il fut tant blessé, humilié, offensé. La possibilité de rompre toute relation avec les descendants de Protogenïa, aïeule de l'humanité soumise à la loi de la mort... J'ai voulu, grâce à la force d'Éros, créateur de l'univers, arracher un homme au sombre royaume de la mort pour le faire passer dans les prairies sublimes et sans douleur de l'éternité, dit Calypso d'un ton sourd et sombre.

J'ai risqué un mot de doute :

– Peut-être mon père a-t-il eu peur de devenir apatride dans le monde entre ciel et terre, s'il quittait les rivages terrestres ?...

Calypso me regarda d'un air dubitatif, la tête penchée sur le côté.

– Peut-être, dit-elle brièvement. Ensuite elle sourit tristement : – Je vois que tu es son fils...

» Je ne sais pas en vérité, pourquoi il a refusé mon offre exceptionnelle, généreuse. Ton père était rusé, il aurait fait bonne figure, même dans le monde des dieux. Mais il a eu plutôt peur de s'ennuyer dans le monde des dieux, dit-elle d'un ton sourd.

– C'est impossible ! criai-je d'un ton de protestation indignée. – S'ennuyer sur l'Olympe !...

– Mon enfant, tais-toi, dit tristement Calypso... C'est là quelque chose dont il n'est pas permis de parler...

Elle se pencha vers moi et mit sa main devant sa bouche. Elle murmura comme si elle craignait que l'on puisse entendre sur l'Olympe ses paroles étouffées :

– L'existence divine est ennuyeuse. L'immortalité est monotone et fatigante. Un peu épouvantable aussi. L'Olympe, quelque lieu de séjour auguste qu'il soit, est rempli de dieux et de déesses blasés, qui contemplent le sort des hommes avec jalousie et envie. La mort dont les dieux ont puni, mais en même temps béni, les hommes, est un grand cadeau : elle donne de la tension à la vie...

Elle leva la main et dit avec sévérité :

– Ton père savait cela. Mais toi, mon garçon, ne parle à personne de ce secret, pas même en rêve !...

Ses yeux brillaient d'étincelles vertes. À cet instant mon hôtesse divine était réellement redoutable. Je la regardais avec une passion muette. Je me sentais comme si l'on m'avait menacé. Mais aussi comme si j'avais reçu un grade singulier. Pour la première fois de ma vie, j'ai senti qu'être un homme était aussi posséder une sorte de rang hiérarchique.

XI

– Ton père savait cela, répéta Calypso. Elle parlait maintenant vite, de manière saccadée. Il veilla à tout pendant sept ans. Comme il veilla aussi avant, parmi les hommes et les dieux. Il est resté là, assis près de mes jupons, et il n'était pas pressé de me quitter. Je ne le nie pas, il régna sur mon cœur… Peu à peu je lui donnais tout : mes sentiments, mon être divin et féminin, ensuite mes souvenirs. Mais tout cela ne suffisait pas… À ses questions insistantes je ne pouvais pas répondre négativement. Notre liaison a peu à peu dépassé les limites des relations humaines. Lorsqu'il était couché entre mes bras, il était comme un enfant qui se repose dans le berceau du temps et du monde au commencement de toute chose. Tu dois savoir, dit-elle confidentiellement que cet homme courageux et inventif était en réalité comme un enfant près de sa mère. Il aimait se faire gâter… Il aimait être craint et admiré par ses maîtresses, mais en même temps il voyait d'un bon œil de se faire dorloter et de se faire combler de cadeaux. Il aimait recevoir toutes sortes de cadeaux, dit Calypso avec un soupir. Je devais lui parler des secrets des familles divines, de la création du monde, de l'origine des dieux et des hommes. Pendant que je racontais, il buvait du vin et me regardait avec des yeux brillants. Mais il aimait aussi être baigné par mes servantes, faire enduire d'huile son corps qui avait tant enduré, et se faire masser. Finalement il m'a tout pris, dit rapidement Calypso d'un ton sourd. – Je lui ai donné les secrets divins et terrestres. Je lui ai donné mon amour. Lorsqu'il s'est mis en route, j'ai garni son radeau de viande grasse et d'outres de vin doux. Je savais que dans le monde où il s'apprêtait à retourner, il aurait besoin d'une camelote clinquante ; c'est pourquoi je n'ai pas hésité un seul instant lorsqu'il a mentionné, en passant, qu'il rentrait sans un sou... Je lui ai donné mes bijoux. Lorsque son radeau glissa au loin sur les vagues de la mer couleur de vin, je le suivis d'un regard voilé. J'avais des démangeaisons sur tout le corps, car j'ai attrapé de ton père une sorte de maladie de peau, dit-elle en confidence. Mais cela n'a pas d'importance. Cette maladie passagère qu'il m'avait laissée en souvenir a disparu grâce à l'Hermapoa, un onguent qui est une médication d'Hermès, dit-elle avec désinvolture. Je lui ai tout donné : c'est cela, la vérité, dit-elle avec un soupir amer ! Elle s'était attendrie. Elle leva son foulard devant sa bouche et ses yeux. Et elle dit sur un ton haletant et profond :

– Il a vécu là, avec moi, pendant sept ans. Il a emporté mes bijoux. Il m'a fait une mauvaise réputation sur la terre et sur l'Olympe. Il m'a donné aussi une maladie. Tout cela est vrai.

J'ai baissé les yeux et j'ai contemplé le sol de marbre. Un soupir s'échappa de la poitrine de

Calypso. Elle dit avec pudeur, en souriant à travers ses larmes :

– Mais, malgré tout cela, c'était sublime !...

La vieille nymphe était à cet instant féminine d'une façon réellement émouvante, avec ses ongles écarlates ; elle mit en ordre de ses doigts agités ses cheveux montés en superbes volutes que, dans l'exaltation de l'évocation du souvenir, elle avait un peu ébouriffés. J'observais ses mouvements à la dérobée, car j'aurais aimé apporter la nouvelle à Ithaque.

Était-il vrai que la maîtresse de mon père portait de faux cheveux, comme le racontait ma glorieuse mère ?... Mais l'admirable chevelure couleur de feu n'a pas livré son secret. Calypso fut plus communicative ; maintenant qu'elle avait dit le plus difficile, ses paroles coulaient avec soulagement, à grands flots.

– C'était extraordinaire ! cria-t-elle avec enthousiasme. – L'amant le plus charmant, le plus amusant. Homme et enfant à la fois. Vagabond et gamin en même temps que sage, tels les Grecs qui dissertent sur les marchés de la vie et de la mort. Il dormait ou il était éveillé... Mais pendant sept ans il emplit la maison en permanence. Depuis l'instant où il mit le pied sur mon île, je ne me suis plus jamais sentie seule. Les Néréides – bien qu'elles aient appris de curieux jeux à l'île de Lesbos et ne s'amusaient le plus agréablement qu'entre elles – chantaient à haute et joyeuse voix pendant leur travail, comme si la maison avait été remplie d'une sorte de bonheur dissimulé. Mes nymphes et mes satyres se dépêchaient prestement et de bonne humeur au travail. Ce n'est peut-être pas tout à fait convenable, mon fils, que je te parle si ouvertement de tout ce qui s'est passé entre ton père et moi... Mais tu es un homme, un mâle et tu es son fils... – avec qui dois-je parler, sinon avec toi ? Mes visiteurs divins, Hermès, Pan, et les autres, croient qu'ils savent la vérité... Mais, moi, je me tais devant eux, car je ne veux pas éveiller leur jalousie. Mon fils, dit-elle plus bas, et sa voix trembla, penche-toi plus près. Je ne veux pas que les dieux jaloux entendent ce que je vais dire maintenant. J'ai été heureuse pendant sept ans, dit-elle mystérieuse. – Naturellement je n'étais pas heureuse comme les femmes terrestres qui confondent la félicité avec une sorte de jeu de société d'un sentimentalisme mièvre de la dimension d'une pièce-cuisine, et qui aimeraient savoir leurs sentiments en sécurité au dernier degré ! Aux côtés d'Ulysse il était exclu de rêver de permanence, ni de sécurité... Telle la mer d'où il était un jour arrivé, il était, lui aussi, capricieux, se renouvelant sans cesse, changeant et permanent. Il contait merveilleusement, cela est vrai. Mais de quelle façon magistrale pouvait-il aussi se taire !... Peut-être ne l'ai-je jamais aimé aussi profondément et avec des sentiments aussi maternels, mais en même temps aussi féminins et fougueux, que pendant les longues nuits où il n'était pas couché dans mon lit, mais où il était assis avec moi ici et me demandait de lui parler des origines du monde, des dieux, et de l'humanité. Ta glorieuse mère, malgré toute sa vertu, n'a pas pu lui offrir autant que moi, dit-elle passionnément et avec jalousie. – Cela est naturel, car tes parents – bien qu'ils soient d'origine divine, ... comme étaient en général les hommes dans les temps lumineux, ont oublié dans l'aveuglement de l'existence terrestre les souvenirs du début des temps lumineux. Ma glorieuse voisine, Circé, est elle-même une nymphe. Mais elle n'a jamais enseigné à ton père le savoir ésotérique, si toutefois on peut appeler science ésotérique le mélange de poisons, de décoctions et de philtres d'amour ce qu'elle sait faire !... murmura-t-elle avec haine. Non, la connaissance des grands secrets, c'est moi qui la lui ai donnée. Ne vous a-t-il rien livré de ces secrets, à ta mère et à toi ? demanda-t-elle avec suspicion.

– Mon père, après son retour, fut avare de paroles, répondis-je timidement. Il s'est contenté d'agir. Il manipulait les mots avec prudence...

– Car il savait quelque chose, dit promptement Calypso avec satisfaction. – Il se taisait, il ne vous a pas initiés – vous, les Achéens, éleveurs de chèvres et de chevaux – à l'ultime secret qu'il avait appris de moi. Je lui avais fait jurer qu'il se tairait, dit-elle triste et fière, et j'entends avec plaisir qu'il a respecté son serment. Il est l'un des rares hommes qui sait que le serment est aussi un acte, oui, le serment est un acte !... Vous autres, sur la terre, vous ne faites plus que jurer, de plus ou moins bonne foi...

mais à l'origine des temps, il y avait une sorte de serment qui était plus que promesse. Il y eut un moment dans les temps infinis, où le serment fut un acte ! Sais-tu te taire ?... demanda-t-elle subitement sur un ton agressif.

– Déesse, dis-je – et je me suis redressé sur mon siège autant que j'ai pu – je ne peux jurer qu'avec des paroles terrestres. Si tu te contentes de cela...

– Je m'en satisferai, dit-elle solennellement, car tu es son fils. Je ne peux pas tout te dire, dit-elle avec plus de prudence, plus réfléchie. Je ne peux pas souhaiter que tu vives dans l'éternelle obscurité et l'ignorance auxquelles te condamne ton éducation d'Ithaque. Nous sommes parents, qu'on le veuille ou non ; cette parenté oblige, dit-elle avec magnanimité. De l'origine des hommes, tu sais maintenant tout. L'origine des dieux, ensuite leurs relations, leurs liens familiaux et de sang, c'est déjà une science plus secrète. Les détails ne sont même pas connus par des dieux de moindre importance.

» ... Tout ce que je peux raconter concerne l'origine du monde – vérité simple. C'est la moindre des choses que tu dois savoir avant de retourner parmi les hommes et t'acheminer vers la voie terrestre, sur les traces de ton père.

J'ai répondu doucement, avec des battements de cils reconnaissants, que j'attendais son enseignement avec dévotion.

– Il n'y a rien à enseigner, dit cordialement la nymphe.

– L'origine du monde est vraiment une histoire simple. Même un enfant peut le comprendre. Au début il y eut la « nuit aux ailes noires », donc le Chaos, création d'Erebos et de Tartaros, raconta-t-elle. La nuit a pondu un œuf, dont est né Éros aux ailes d'or. – J'espère que tu sais cela ? demanda-t-elle négligemment !

– Mon maître, Mentor, balbutiai-je troublé, a oublié de me le raconter pendant l'absence de mon père.

– Le raconter… cria Calypso courroucée. Ce n'est pas une fable, mon enfant !… L'homme, depuis qu'il est si immodérément curieux et qu'il jacasse à tort et à travers, est porté à prendre la réalité divine pour une légende. Mais ce que vous appelez mythe était autrefois réalité et ce que, de nos jours, vous prenez pour de l'histoire, d'après les informations des esclaves qui tracent des lettres en s'essoufflant, n'est autre chose aux yeux des dieux qu'une variante terrestre et humaine d'une légende provinciale de seconde zone. Ton père savait aussi cela. Il fut le premier homme qui se tourna – avec toutes ses conséquences – vers le monde des humains, car il savait que l'homme possédait une arme puissante qui lui permettait de faire face même aux actes de Zeus, le barricadeur de nuages : l'Intelligence… Les dieux sont puissants, dit-elle en chuchotant, mais l'homme est intelligent. Cela dépend duquel ! dit-elle pensive et elle rogna nerveusement l'ongle rouge de son joli pouce.

Ensuite, comme quelqu'un qui se surprendrait à faire un geste indélicat d'abandon, elle retira vivement la main de sa bouche et parla rageusement :

– Des fables ! cria-t-elle. C'est ce que vous dites ! C'est aimable à vous de le dire lorsque vous parlez de choses que vous ne connaissez pas vraiment. Le mythe est le grand jeu, dont jouent volontiers les gens d'Argos et les Achéens… Ton père n'a jamais prononcé ce mot. Son mot chéri était Logos – l'intelligence, qui éclaire la légende. C'est pourquoi il était homme, dit-elle avec déférence et solennité. – Lui savait qu'il y a une frontière entre le mythique et le divin – c'est-à-dire que la légende se transforme en réalité et devient histoire. Mais il savait également qu'un jour, dans l'élément magique du temps, l'histoire humaine s'effiloche tout doucement, s'ennoblit et se décompose et qu'un jour la réalité devient légende. Tout ce qui s'est passé sous les murs de Troie – la peste, les combats, la trahison – étaient des réalités terrestres ! Mais ton père savait que les multiples détails s'épaississent dans l'entendement humain et qu'il n'est pas impossible que l'entreprise humaine devienne un jour légende. Lui, qui était homme avec toutes ses conséquences, suivait attentivement les secrets des dieux et des hommes, comme s'il espérait que la force des deux grands esprits générateurs du monde : le Mythos et le Logos pourraient un jour se mêler et créer quelque chose de propice. C'est pourquoi il n'a jamais cru que ce que je lui ai dit de l'origine du monde, de la provenance des dieux et des hommes, fut une fable. Il savait que tout cela avait été irréel. Oui, la nuit a pondu un œuf, d'où est éclos Éros aux ailes d'or. Les deux morceaux de la coque cassée constituent le ciel et la terre. Le ciel et la terre ont engendré Oceanos et Thetis... mais je suis gênée de parler de cela car ceci est connu même des Silènes !

– Bien sûr, répondis-je vivement, et troublé. Les détails seuls en sont obscurs, dis-je hypocritement, car je n'en savais rien. La naissance des dieux est donc advenue à ce moment...

– Plus tard, dit Calypso, hautaine, les dieux sont nés bien plus tard. Au commencement il n'y avait rien d'autre qu'Éros. Et à la fin, dit-elle doucement, lorsque nous serons tous morts, les hommes mortels, mais aussi les dieux immortels, de nouveau il n'y aura rien d'autre qu'Éros... Car l'immortalité a aussi une sorte de fin. Sur cela aussi il vaut mieux se taire !... dit-elle un peu troublée. – Il te suffit de savoir, qu'à la fin, il n'y aura rien d'autre qu'Éros. Ce qui est entre les deux ne s'est pas passé selon une parfaite logique. Hermès qui est un excellent causeur vient me voir parfois et me dit qu'il existe beaucoup de dieux qui ne connaissent pas eux-mêmes exactement l'histoire de leur origine. Ils sont seulement dieux, sans mémoire... – excellents, mais un peu simples d'esprit ; ils se contentent de la piété des naïfs humains. Naguère, les dieux aussi étaient différents ! Que de luttes faisaient rage entre eux ! Au commencement des temps, quand il n'y avait pas encore de temps !... cria la nymphe enflammée. L'éternité ! disent à Ithaque et dans les îles vos sages bavards et vos prêtres barbus, ajouta-t-elle avec amertume. – Vous n'avez pas pensé qu'une chose que l'on peut enfermer dans le cadre d'une notion n'est plus éternelle puisqu'elle a des limites !... Avec ton père on pouvait magnifiquement parler de cela. Il était assis face à moi, comme toi maintenant ; par moments il portait la coupe à ses lèvres divines, comme toi auparavant. Il m'observait d'un coup d'œil courbe, mais souriant et l'œil brillant, lorsque je parlais de la lutte des dieux... Oui, comme toi maintenant ! Le monde n'est pas né dans l'eau de rose ; ni le monde des humains, ni le monde des dieux ne sont nés dans l'eau de rose. Il y a toujours eu sang, semence et lutte... Éros ne donne pas la vie sans le sang. Les géniteurs ancestraux de l'humanité, mon glorieux père dans le Caucase, où il s'occupe d'un transport de marchandises auguste mais un peu ennuyeux, ensuite Prométhée et Menoetios que « le destin attend », comme son nom le trahit : ils ont tous payé de leur sang les secrets de la vie !... Que de luttes ont fait rage ici au commencement ! dit-elle enrouée, avec passion. – Je ne mentionne même pas les rébellions passagères, lorsque Typhon, le démon des cracheurs de feu et Polybote, celui des tremblements de terre, se sont révoltés contre ceux du ciel !... Ce fut un intermède passager, que le glorieux Zeus a réglé avec les instruments du bon ordre. Mais au début, quand tout tournoyait et était en ébullition, quand tout le monde voulait un rang et un rôle, quand les trois éléments mouvants, l'eau, le feu et l'air ne formaient pas un mélange équilibré, ... dans quel tonnerre est né le monde ! Je me souviens des révolutions, dit-elle mystérieuse, lorsque pendant un court moment il sembla que l'espace intersidéral deviendrait l'empire de Chaos !... Lorsque les titans, ces précurseurs enragés des dieux, et les géants, ces précurseurs sauvages des hommes, se sont ligués pour s'emparer du monde !...

» Tout ce qui s'est passé sous les murs de Troie était négligeable à côté de la révolte des titans ! C'étaient des sauvages ! Ils habitaient au bord de la terre et ils n'avaient pas accès à l'Olympe. Ils croyaient que parce qu'ils descendaient du sang d'Uranus le Castré, ils avaient le droit de régenter la terre ! Ils ont mangé de la chair de Dionysos... C'était effroyable !... dit la nymphe, en se couvrant les yeux d'une main.

– Mais l'auguste Zeus veillait sans cesse... répondis-je avec tact. J'aurais aimé la voir se calmer, car je me rendais compte que les souvenirs l'avaient irritée à l'excès.

L a nymphe retira la main de ses yeux.

– La cinquième génération ! dit-elle avec un geste dédaigneux de la main. Elle continua plus calmement – Zeus et Héra ne sont que la cinquième génération. Il est vrai que c'est avec leur mariage – en l'honneur duquel Gaia a fondé à Oceanos le jardin des Hespérides, dont proviennent nos pommes – que le destin du monde a commencé. L'ordre chronologique en est plus secret. Lorsque l'œuf s'est brisé, les nations nées des noces du ciel et la terre se sont rapidement succédé. Oceanos et Thétis vivaient en assez bonne entente et Thétis mit au monde à la file des fils pour Rhea, mon glorieux aïeul : Phorcys, Cronos, et les autres titans. C'est dommage que Cronos ait dévoré plus tard ses enfants... Cette voracité était une mauvaise habitude généralement répandue dans les anciennes familles. Mais le rôle mondial ne fut distribué par Éros parmi les créatures qu'ultérieurement. La première génération – la famille d'Uranos et de Gaia – fut rapidement suivie par les autres, et lorsque Zeus épousa sa sœur et put ainsi commencer enfin le destin du monde, il accepta le patronage du Feu, Héra, celui de l'air ; Thétis protégea l'eau et Aidoneus, la terre. Pendant un certain temps ces éléments de base vécurent en bonne entente, dit-elle attendrie, du ton du souvenir. – Hélas ! ensuite, Neikes s'en est mêlé...

– Neikes était aussi un élément ?... demandai-je malgré moi, avec curiosité.

Calypso me regarda avec commisération :

– Tu as encore beaucoup à apprendre, mon fils, dit-elle avec attendrissement. Lorsque tu retourneras à Ithaque, demande à ton père qu'il t'instruise des connaissances de base des secrets célestes et terrestres. Lui – grâce à moi – s'est passablement initié, poursuivit la nymphe avec fierté.

» Neikes n'était pas un élément, dit-elle ensuite du bout des dents. Il était l'emportement, le conflit... Un jour le conflit s'est mêlé aux paisibles éléments et les a divisés. La lutte ne veut pas cesser depuis. Le feu lutte contre l'eau, l'air contre le feu, et Hermès l'autre jour me disait, soucieux, que dans les sphères supérieures du glorieux Olympe, là où l'on s'occupe du destin du monde on observe avec inquiétude la révolte de l'élément le plus ordinaire – la terre – et de son produit – l'homme. Mais Zeus ne tolère pas de révolte ! dit-elle en élevant le ton ainsi que son index, avec tristesse. Ses beaux yeux intelligents me jetaient maintenant des éclairs sombres.

Mon dos avait la chair de poule. Dans ses paroles, je devinais une menace. Lorsque je me suis risqué à une timide interjection, j'estimais parler en plus de mon propre nom, au nom de toute l'engeance humaine :

– Si l'auguste Zeus ne tolère pas de révolte, alors il se pourrait que la misérable engeance humaine se ressaisisse, tels les titans en révolte...

– L'auguste seigneur a eu vite fait de régler le compte des titans, dit Calypso, en haussant les épaules. – Lorsqu'il a appris par Hécate la nouvelle de la révolte, il les a tout simplement électrocutés. La plupart ont brûlé et c'est de leurs cendres que l'homme a reçu la matière de son corps. Ces cendres des titans – qui sont la matière organique de toute chair humaine, dit-elle avec un sourire gracieux, et elle étendit sa main pour caresser mon visage – est une matière excitante dans l'organisme de l'homme. Elles rappellent au corps humain ses origines divines – et de nouveau, elle sourit lascive, avec coquetterie. Mon dos était glacé. – Mais tous les titans n'ont pas péri. Zeus les a enfermés dans le Tartare, dit-elle avec indifférence, dans la prison qui se trouve dans les profondeurs de la terre. Cette prison, où l'on enferme même les dieux indociles et turbulents pour un temps plus ou moins long, lorsqu'ils se mutinent et qu'une simple garde à vue sur l'Olympe ne suffit plus à les discipliner… Mais l'homme est plus difficile à manipuler, dit-elle accablée.

– Que dis-tu, glorieuse dame ? répondis-je consterné. – Les dieux n'arrivent pas à venir à bout des hommes ?…

– L'homme n'était pas dangereux pour les dieux, dit avec appréhension Calypso – jusqu'à ce qu'il ait cru dans les mythes et qu'il se soit contenté du mièvre sortilège de la fable relative au monde. Mais à présent, lorsque les hommes du type de ton père se promènent dans le monde avec la lampe du Logos…

Elle me jeta un regard courbe, soupçonneux. Elle attendait ma réponse avec curiosité. Mon cœur tambourinait du grand honneur qu'elle me faisait. Ce que j'avais entendu était effrayant. Mais en même temps passionnément enthousiasmant. La personnalité de mon père, son rôle, le vrai sens de ses voyages inquiétants et de ses aventures fouineuses prenaient un tout autre éclairage à mes yeux. J'entendais pour la première fois, de la bouche même d'une déesse, qu'Ulysse avait non seulement dupé les femmes, les Achéens et les Phéaciens, mais aussi les dieux.

– Tu surestimes nos modestes capacités, déesse, répondis-je avec une fausse modestie. – Nous, misérables humains, nous ne pourrons jamais devenir des concurrents des dieux lumineux. Serait-il pensable que mon père, en possession de ses impayables fourberies et de son intelligence rouée, se dresse jamais contre la volonté des dieux ? Mon père aime une vie aventureuse, mais autrement il est un homme profondément religieux…

– Cronos, fils de dieu, était lui aussi dévot, répondit vivement Calypso – et malgré cela il s'est révolté et il a dévoré ses enfants. Il était vorace, mais religieux, dit-elle avec plus d'indulgence. Non, mon fils, le soupçon et l'inquiétude avec lesquels les dieux observent en général les entreprises des hommes et, dans le cadre de celles-ci, les entreprises de l'excellent Ulysse, qui vagabonde avec un regard d'espion, ne sont pas tout à fait dénués de fondement… L'homme n'est plus l'être innocent qu'il était au début des temps. Car les hommes étaient au commencement bons et nobles, dit-elle doucement. Mais ensuite, se succédèrent avec une rapidité assez considérable quatre générations : l'or, l'argent, le métal et le fer, et le caractère, et aussi la nature, de l'homme changèrent. Le dernier est le plus dangereux, dit la nymphe angoissée. – Ton père et ses combattants sont tous nés sous le signe du fer. Hermès n'est pas venu ici un jour uniquement à cause de la dénonciation de la déesse fanée, la potinière et jalouse Pallas Athéna aux yeux de chouette, pour demander des renseignements sur ton père... dit Calypso, mystérieuse : les dieux craignaient que la personnalité virile et en même temps magique de ton père n'envoûte mon cœur, le cœur d'un être divin, mais néanmoins solitaire, et que peut-être il me soutire des secrets qui peuvent se révéler dangereux s'ils sont en possession d'un mortel. Mais je ne lui ai pas révélé plus que j'en avais le droit, dit-elle d'un ton sourd et incertain.

Nous nous sommes longuement tus. Nous regardions tous deux le feu écarlate. Calypso s'appuyait sur ses genoux et elle regardait devant elle au loin avec un regard scrutateur, les yeux plissés et bigleux.

– Tu sais tout maintenant, mon garçon, dit-elle brièvement, presque avec rudesse. – Lorsque tu retourneras sur la terre, près des jupes de ta mère, ou entre les bras des dames pour commencer la vie à la manière d'un homme... souviens-toi de tout ce que tu as appris. C'était ce que je devais encore à ton père, dit-elle amèrement, et je le dois aussi au lignage des nymphes... Dis à ta mère que je n'ai jamais retenu ton père de force. Ce n'est qu'un mensonge de Pallas Athéna, car les dieux détestent et quittent avec jalousie celles qui se mêlent d'aimer les hommes. Ton père est venu chez moi de son propre gré, après ses horribles et ridicules aventures, lorsqu'il a enfin connu la versatilité des hommes et l'inconstance des dieux... Il ne s'est pas hâté de partir d'ici, dit-elle avec fierté, bien que je ne l'aie pas attaché avec un fil à ma jupe et je n'ai pas non plus mélangé un cheveu à sa nourriture. Il est resté volontairement avec moi, il s'est reposé de l'épuisement de la vie militaire et de ses aventures saugrenues ; il s'est guéri de ses maux d'estomac, il a vécu, il a appris, il a aimé... et Hermès ment, lorsqu'il prétend avoir trouvé ton père pleurnichant, car il en aurait eu assez de mon amour. Regarde-moi, garnement, dit-elle majestueusement. Je ne suis pas aussi célèbre que certaines gourgandines de Sparte aux noms historiques, pour qui les hommes de la terre deviennent belliqueux d'une manière démente. Dans ma hiérarchie divine, je vis seule. C'est vrai que j'ai un faible : j'ai rencontré ton père et, sous son influence, j'ai connu et j'ai appris à apprécier les hommes, dit-elle à voix basse, avec incertitude. – Toi, crois-tu que je sois une femme dont on peut se lasser au bout de sept ans ?

– Lumineuse dame, répondis-je ému, je vois que la réalité est une fois de plus différente de la renommée. Si je peux faire quelque chose dans le monde dans l'intérêt de la bonne réputation des nymphes et de la tienne...

– Tu pourras raconter ce que tu as entendu, vu, expérimenté, dit fièrement Calypso. Dis aux hommes que tu as rencontré une nymphe qui a aimé un homme et qui, par complaisance pour cet être, a renoncé à l'amitié des dieux. Calypso parlait maintenant avec sérieux, majestueusement. Mais même mon amour n'a pas été assez fort pour le détourner du monde des mortels pour l'éternité. Je sais que lui aussi m'aimait, dit-elle avec pudeur. Et malgré cela, il m'a quittée, car la terre l'appelait ! Il est parti pour l'aventure, dont la phase finale est la mort, dit-elle doucement. C'est pourquoi il est homme.

Je balbutiai humblement que mon père avait certainement gardé dans son cœur des sentiments de reconnaissance envers son amie divine. Mais Calypso fit un signe avec son foulard blanc.

– Il ne sait pas ce que signifie la reconnaissance, dit-elle avec naturel – car il est homme. De toute manière, tu pourras raconter aux femmes et aux hommes terrestres que tu as été hôte à demeure d'une nymphe, comme ton père. Tu pourras dire que nous, nymphes, nous ne mangeons pas les hommes... Cela aussi est une prérogative des hommes, comme toutes sortes d'horreurs naguère ! dit-elle doucement, avec indignation. – Nous, les nymphes, nous aurions voulu devenir des bienfaitrices de l'humanité. C'est nous qui faisons mûrir les fruits, et lorsque nous avons enseigné aux hommes que l'on pouvait aussi manger des fruits, nous les avons libérés de la loi détestable du cannibalisme, qu'ils avaient imité de certains fils de dieux à l'appétit cupide… C'est nous qui avons tissé et filé pour la première fois dans le monde. Nous avons inventé l'habillement, nous avons éveillé la pudeur. Ceci était peut-être une erreur, dit-elle rêveuse. Il semble que l'homme n'était pas aussi curieux de découvrir les secrets de la pudeur lorsque l'on était sans vêtements que de nos jours où un voile couvre les corps des sexes différents. Mais nous avons apporté encore beaucoup de biens au monde ingrat. Nous aurions aimé que l'humanité puisse – comme à l'âge d'or – jouir de nouveau sans peine des produits de la terre. C'est pourquoi mes nymphes ont retiré le travail aux esclaves des moulins-broyeurs… Nous avons enseigné aux hommes de mâcher de la myrrhe et aussi d'utiliser du néphron pour se laver. Nous avons élevé des abeilles, afin que la vie ait quelque douceur, et nous avons montré les grands avantages des eaux, des ruisseaux, des sources et des fleuves. Nous avons enseigné aux hommes que tout ce qui est vivant provient de l'humidité. Mais l'homme n'apprend pas, dit sombrement la nymphe. Il a besoin de travail, il a besoin de pudeur. Il lui faut dévorer ses semblables. Et il lui faut la mort, dit-elle avec rigueur.

Il y eut un silence singulier dans la chambre. Comme si la loi du temps avait cessé de régner ! Je ne savais pas s'il faisait encore nuit ou s'il commençait à faire jour ! Calypso, comme si elle avait tout dit, se leva subitement.

– Tu dois être fatigué, dit-elle avec un sourire mystérieux. – Nous avons assez parlé. Je ne devrais pas trahir le secret du destin… Je ne peux que te dire une chose : n'aie pas peur de ton père. Il ne te tuera pas – et de nouveau elle sourit bizarrement, mystérieusement. – Les Parques tissent déjà votre destin. De toute manière tu agiras avec sagesse en suivant ton chemin et en évitant la compagnie du « porteur de lumière ». Et maintenant, viens avec moi.

Elle avança à pas rapides. Je la suivis avec inquiétude. Dans l'arrière-plan grandiose de la grotte, un rideau dissimulait une entrée, qui conduisait à une alcôve. Une large couche recouverte d'une peau d'ours occupait la totalité de la pièce.

– C'est ici qu'habita ton père, dit solennellement la nymphe. – Son corps magnifique se reposa ici pendant sept ans, dit-elle à voix basse, méchamment. – Couche-toi, mon garçon.

Je suis entré dans l'alcôve et je restais immobile, dans un grand embarras, devant la couche. La chambre était simple. L'idée que mon père et la nymphe avaient connu pendant sept ans les secrets de leurs êtres divin et humain sur cette couche exerçait sur moi un effet troublant. Calypso se tenait immobile, les bras croisés, dans l'embrasure de la porte et contemplait avec un sombre sourire.

– Déesse, dis-je, je repars à l'aube. Je te remercie de tout. J'ai le sentiment que je ne suis pas venu ici en vain. Tout ce que tu m'as appris restera vivant dans mon cœur. Mais la crainte que le retour du « porteur de lumière » a ranimée luit avec de sombres braises à Ithaque. Notre sommeil est agité. Moi-même, je rêve souvent de chiens et de serpents.

– Car tu es achéen, dit Calypso avec sérieux. Chaque peuple rêve avec un symbole. Ton père disait dans cette chambre, après ses nuits agitées où il rêvait de son chez-lui, que dans les rêves des Achéens, le chien et le serpent signifient la mort.

– Le souvenir de beaucoup de défunts hante Ithaque depuis le retour de mon père, dis-je. Mes rêves sont alarmants. J'aimerais penser à lui avec apaisement... Mais savoir qu'il est quelque part et qu'il projette et prépare quelque chose n'inquiète pas seulement les dieux, mais aussi nous, les Achéens, les membres de sa famille. Nous l'attendions avec angoisse et, maintenant qu'il est revenu pour rendre justice d'une façon monstrueuse et qu'il nous a quittés de nouveau, beaucoup pensent à lui avec irritation. Ulysse n'a pas apporté la paix, dis-je avec accablement. Il a apporté à Ithaque la colère ; la colère, qui pénètre l'engeance humaine à Ithaque et aussi ailleurs, personne ne pourra l'apaiser...

– Seul Éros ! dit Calypso d'un ton ferme, majestueux. – Ses paroles résonnèrent étrangement. Sa voix était pleine, féminine et enrouée. Dans mon étonnement je me suis assis sur le lit. Calypso, d'un mouvement rapide et juvénile, s'est installée près de moi. Ses yeux couleur de mer tourbillonnaient avec une luminosité d'opale. La respectable nymphe était devenue maintenant comme si elle n'avait pas d'âge. Elle regarda profondément dans mes yeux et dit d'une voix enrouée :

– Éros seul, mon enfant ! Il n'y a pas d'autre paix dans le ciel et sur la terre que celle qu'Éros nous offre. Ton père savait cela !

Elle étendit ses belles mains intelligentes et elle caressa mes boucles. J'ai commencé à avoir peur. La paume de sa main toucha mon front. Ses doigts ont ensuite glissé sur les lobes de mes oreilles. Sous ses paupières mi-closes elle me contempla d'un regard myope et elle murmura doucement :

– Comme tes yeux et tes oreilles me sont familiers !...

XII

Je suis parti à la pointe du jour. Calypso m'avait accompagné pour les adieux jusqu'à la porte de sa maison. Elle se tenait dans la lumière de l'aube, mûrie, pléthorique, enveloppée dans des voiles verts. J'ai franchi la source qui bruissait devant la porte du jardin, et avant de disparaître dans l'épaisseur de la forêt, je me suis retourné vers l'hôtesse de cette nuit singulière :

– Paix aux dieux !...

Calypso a tendu son bras blanc. Elle m'envoya

d'un geste de bénédiction et de pardon son mot d'adieu :

– Paix à Ithaque !...

Je me dirigeai d'un pas rapide à travers la forêt dense vers le port. Les oiseaux d'Ogygie chantaient et l'aurore aux doigts de rose répandait sa lumière sur les clairières exubérantes. Je me sentais un peu fatigué. Mais, en même temps, je me sentais agréablement rafraîchi. J'avais le sentiment d'avoir été détroussé. Mais aussi – en même temps – richement récompensé. De cette nuit, de tout ce que j'avais entendu, et de tout ce qui s'était passé ultérieurement sans paroles, je ne garde pas un mauvais souvenir. Je me suis décidé à garder le secret, mais à rester large d'esprit et à prendre la défense des nymphes partout où j'entendrais de fausses accusations à leur sujet dans le monde humain.

Mes navigateurs m'accueillirent avec un enthousiasme bruyant. J'ai rappelé à l'ordre ces gens simples par quelques mots sévères et je leur ai ordonné de hisser les voiles et de mettre le cap vers le nord-est, en direction du port d'Ithaque.

Aux heures du petit matin – selon les ordres généreux et attentifs de ma divine hôtesse – les Néréides et les Silènes avaient rempli les soutes de mon bateau d'un assortiment abondant de nourritures et de vins de choix. Une outre fabriquée dans une peau de chèvre sélectionnée et une gourde – cadeaux de Calypso – m'attendaient séparément. Le vin doux dans l'outre, qui me rappelait le goût du nectar, évoquait le souvenir de la nuit passée dans la maison de la généreuse donatrice : c'était ardent, et en même temps bizarrement, savamment âpre, comme le baiser de la déesse… Mais Calypso savait que l'homme ne vit pas uniquement de verbe. C'est pourquoi j'ai trouvé dans la mallette une sélection de mets raffinés soigneusement enveloppés dans des feuilles de vigne : des figues pressées, des grains de raisin séchés, des gâteaux édulcorés au miel cuits sur des pierres, des poissons fumés, de la cuisse de mouton à la marjolaine, de la viande froide de chevreuil, du fromage de buffle à l'anis… J'avais soigneusement examiné la mallette et reconnu avec émotion, dans la profusion des mets nobles, l'esprit de sollicitude et le goût de ma divine hôtesse. Ma main exploratrice fouilla dans les flancs de la mallette, car il n'était pas tout à fait exclu que Calypso, fidèle aux traditions de sa maison, ait enfoui dans mon baluchon à l'intention de ses visiteurs terrestres en partance – en dehors de la nourriture et de la boisson qui servaient de viatiques – quelques bijoux et des objets de valeur brillants et précieux, comme c'était généralement l'usage sur les îles lorsque l'on y avait invité quelqu'un. Mais je n'ai pas trouvé de bijoux, ni aucun autre objet brillant. J'ai retiré ma main chercheuse de la mallette et je me sentis un peu désappointé. Mais je me suis souvenu par la suite que mon père, en son temps, avait emporté de l'île tout ce qui avait de la valeur, et ainsi Calypso, en dépit de ses bonnes intentions, ne pouvait donner rien d'autre en souvenir, pas même au fils du grand voyageur, que le souvenir de ses baisers mûris.

Ce souvenir n'était pas désagréable. Pendant le long trajet maritime, qui ramena ma barque à Ithaque, j'ai eu le temps et la possibilité de réfléchir à toute l'expérience acquise sur les traces des itinéraires et des aventures de mon père. Le résultat de mes réflexions fut la décision que j'ai prise d'abandonner mes recherches, car il me semblait maintenant connaître suffisamment la personnalité mystérieuse de mon père. Il était mon père, il était un homme, il était le mari de ma glorieuse mère, Pénélope, il fut l'amant de Nausicaa, de Calypso, de Circé, et encore de quelques autres dames des îles, il était le héros de Troie... Mais en même temps il était encore autre chose – moins qu'un dieu. Et peut-être un peu plus qu'un homme... C'est ce que j'avais compris. Il est certain qu'une telle créature est dangereuse et les dieux ne se faisaient pas de soucis sans raison au sujet du rôle terrestre de mon lumineux père. Il paraissait également certain que nous, les membres de sa famille, ses maîtresses, ses compagnons de lutte, ses camarades de libations, ses compagnons de voyage et d'aventure, ceux à qui il avait fait des cadeaux et ceux qu'il avait dupés – ne pouvaient rechercher qu'avec circonspection la compagnie de cet être hors du commun. Sous l'effet de l'expérience de mes voyages, j'avais également décidé d'éviter dans l'avenir l'approche des dames qui, entre les bras éprouvés mais musclés de mon glorieux père, s'étaient prélassées pendant un temps plus ou moins long quelque part sur les rives du Péloponèse. Sous l'influence de mon expérience de la nuit, j'ai abandonné le projet d'aller voir encore une fois tante Hélène à Sparte. C'est vrai que cette parente était à cette époque déjà très âgée... Mais le comportement de Calypso m'avait appris la méfiance envers l'âge des amies de mon père et envers les conséquences que l'on peut en déduire avec du bon sens. J'ai décidé de ne gaspiller ma force virile désormais, que pour de simples femmes terrestres, qui n'ont aucune parenté avec les dieux et qui se contentent des charmes de ma personne ordinaire, sans qu'elles se souviennent des yeux ou des oreilles de mon père.

Cette décision était simpliste. J'ignorais encore que je ne pouvais rien contre la volonté de mon père et des dieux. Je ne pouvais pas savoir que mon père me destinait à un autre sort... Exactement celui contre lequel mon amour-propre se rebiffait : le devoir de poursuivre ma vie entre les bras d'une déesse, d'une manière intemporelle, et cette femme ne devait pas être autre que Circé, à qui mon père avait fait le présent de sa force virile, comme à tant d'autres déesses, et qu'il avait ensuite lâchement abandonnée !... Le voile, que les dieux tendent devant les yeux des mortels égarés et que nous, les hommes, appelons le destin, ne s'était pas encore soulevé à cette époque devant mes yeux !... Mon père était vivant et j'ai décidé de penser à lui dans l'avenir avec un respect filial, mais d'éviter une rencontre avec lui et avec tous ceux à qui, au cours de son existence aventureuse, il aurait eu affaire. J'étais inquiet. La coque de mon navire labourait avec un balancement agité l'écume tourbillonnante de la mer couleur de vin. J'avais le sentiment que l'âge de la jeunesse était passé. Que dans l'avenir, je devais suivre mon propre chemin. La jeunesse était l'âge de l'attente, donc du mythe... Elle serait suivie désormais par la voie de l'expérience et de l'entendement, par conséquent le temps du Logos : l'âge d'homme. Je me souviens que lorsque j'ai pensé à cela, mon bateau suivait un trajet brumeux et nuageux et il me sembla entendre un rire moqueur et enroué à travers le brouillard. Mes navigateurs superstitieux prétendirent que c'était Éole qui s'était moqué de notre trajet... Mais maintenant je sais que c'était l'esprit de mon père, qui ricanait dans l'obscurité humide.

Je suis rentré à Ithaque et j'ai commencé à vivre sur le sol ancestral, comme je pouvais. Un jour, mon excellente mère est aussi revenue. Mais c'est déjà une autre histoire. Par la suite, tout s'est passé inexorablement selon la volonté des dieux et comme mon père – à l'instant de sa mort – l'avait ordonné – j'ai épousé la femme qu'il avait – lui – repoussée, et lorsque, selon les lois de la vie conjugale, nous tombons par moments dans les bras l'un de l'autre – nous deux, la divine Circé, la maîtresse de mon père, et moi, le fils de mon père condamné à l'immortalité – les souvenirs étranges de la vengeance et de l'exaltation soulèvent des bourrasques dans nos cœurs.

Je vis à l'île d'Aïaié, et ma glorieuse mère, mon noble demi-frère Télégonos, le meurtrier, ainsi que son épouse vivent également là avec nous. Nous nous efforçons de vivre en paix et nous entretenons le souvenir de l'homme à qui, d'une manière ou d'une autre – selon notre sang –, nous sommes liés. Ce devoir n'est pas aisé. Il est quasiment surhumain. Mais le « porteur de lumière » affectionnait les situations surhumaines. Je crois que, par-dessus tout, j'ai réussi à connaître mon père. Calypso m'a révélé le secret : il était homme… Cette fois, j'ai tout dit de lui. Tout au moins tout ce que je sais. Je crois qu'il était ainsi ou quelque chose de ce genre. Mais en réalité, je ne peux pas savoir comment il était car je ne suis que son fils.

CHANT III

Télégonos

I

Ma mère aux beaux cheveux, la lumineuse déesse de la mort, Circé, m'a appris dès mon âge tendre, à garder les porcs dans notre propriété.

Cette occupation n'était pas contradictoire avec mes penchants à cet âge. Mon enfance s'est écoulée en la compagnie des porcs, et je garde beaucoup de charmants souvenirs du temps où je batifolais, à travers prairies et champs, avec mes compagnons grognassons. Je n'ai appris que plus tard que les porcs, dont ma mère avait confié la garde au jeune porcher, étaient en réalité des hommes envoûtés. Le moment où ma mère a éclairé ma raison, et où j'ai compris que l'homme, cet être singulier, dispose à la fois de possibilités divines et animales, reste mémorable dans mon souvenir. Tout comme l'autre moment – plus tard –, lorsque j'ai quitté l'île d'Aïaié, ma mère, ses serviteurs, et les porcs, pour vivre parmi des hommes à dimension d'hommes. Cet instant fut également redoutable. J'appris que mon père était un homme, que par conséquent moi-même je l'étais en partie – malgré mon origine divine, – à la fois animal et divin, en un mot humain. Cette découverte causa une secousse violente dans ma jeune âme. J'avais peur des hommes. J'avais peur de ce qui était animal en eux. Et maintenant que je connais davantage de cette étrange engeance, je redoute plus encore ce qui est humain en eux.

Je me suis facilement débrouillé avec les porcs. La propriété de ma mère, l'île d'Aïaié, en un mot, est une île de l'est, riche en eaux à forte condensation de vapeur, une terre arable bénie, où les forêts ombragées ont abondamment répandu la sanguinelle et le gland. Mes années d'enfance m'ont laissé – grâce à la faveur de mon grand-père maternel, le lumineux Hélios – un souvenir rayonnant de soleil. Ma grand-mère, Persée, et mon arrière-grand-père maternel, Oceanos, qui chérissait l'eau, m'avaient comblé de jeux d'eaux ; dans les baies de notre île ne faisaient jamais défaut ni les gros dauphins qui sautillaient avec vivacité, ni les poissons volants, dont les ailes humides luisaient dans la lumière éblouissante d'Hélios comme les membranes volantes des libellules, ni les crabes aux pinces épaisses que je pêchais avec un harpon. Le petit porcher trouva le temps de jouer avec les merveilles de la mer, sur le sable des plages brûlé par le soleil, pendant que les porcs confiés à ses soins mangeaient tranquillement les glands à la lumière des forêts ombragées. J'avais des préférés parmi eux : je me souviens ainsi d'un mâle de neuf ans, au poil noir bouclé qui, à l'appel du son de mon pipeau, courait vers moi en grognant pour manger des glands dans ma main. J'ai appris plus tard que ce porc était autrefois prince en Thesprotie et que c'est son sang d'aventurier qui l'avait conduit dans le voisinage de ma mère.

Je repense à mon enfance et des images magiques se font vives dans mon esprit. Ma mère – comme je l'ai compris plus tard – m'avait envoyé parmi les porcs dans un but d'éducation. Elle voulait que j'apprenne à temps et par expérience la nature bestiale des humains – de ces hommes avec lesquels j'ai eu si souvent plus tard maille à partir. Les hommes mettaient rarement le pied sur l'île d'Aïaié ; « l'île de la mort », qui n'était qu'à un jour de distance de marche du monde de la mort, avait une réputation redoutable sur les rivages des hommes. Les mortels qui se sont aventurés sur notre île en ont tous fait les frais ; ils se sont retrouvés dans une étable où ils ont continué leur vie comme des ombres dans l'Hadès voisin. Mon père et ses compagnons furent les grandes exceptions. De tout cela, pendant mon enfance, j'ignorais tout. Je jouissais de la vie, de la liberté, des jeux et de la compagnie des porcs. Plus tard, lorsque j'ai connu les hommes uniquement sous leur aspect d'homme, je n'ai jamais pu me sentir entièrement à l'aise en leur compagnie. L'homme, dès qu'il marche sur deux jambes, devient aussitôt vantard. Mais que ces hommes envoûtés, les camarades de jeux de mon enfance, étaient sympathiques, à quatre pattes, avec leur poil gras et bouclé, leurs queues enroulées, leurs crocs musclés avec lesquels ils croustillaient si savoureusement le cornouille et le gland, avec leurs yeux minuscules et leur ventre adipeux, flottant !... Je n'ai jamais constaté ni ambition, ni inégalité entre eux. J'ignore si la nostalgie d'une forme de vie sur deux pattes les avait toutefois tenaillés ! Ils couraient à quatre pattes avec une agilité naturelle, avec rapidité, tels de jeunes enfants qui ne décideraient qu'en rechignant, après avoir surmonté une résistance physique et morale, d'abandonner la possibilité de se mouvoir à quatre pattes pour se mettre définitivement debout ! Je ne me rappelle pas avoir connu de porc triste. Leur vie amoureuse était tout aussi exempte de complications que leur vie en société. Ils ne faisaient pas de guerre, comme à l'époque où leur vie sur deux jambes les entraînait dans des aventures dangereuses et douloureuses. Tout compte fait, je n'ai rien constaté d'autre en leur compagnie qu'un grognement de satisfaction.

Par moments ma mère venait nous voir à la source, pendant les après-midi ensoleillés d'été. Là je me prélassais à l'ombre des feuillages d'un hêtre, parmi mon troupeau. Elle prenait place près de nous et m'ordonnait de prendre ma flûte. Je devais jouer certains airs attendrissants de la triste musique populaire de « l'île de la mort », que j'avais appris, dès mon âge tendre, des serviteurs mélomanes de ma mère. Ma mère prenait un ouvrage, comme la plupart des dames de bonne naissance, et pendant que je jouais de la flûte, les porcs se rassemblaient autour de nous. La lumière d'après-midi, qui perçait à travers les trous du feuillage sombre des hêtres, teignait la chevelure magnifique de ma mère d'une couleur d'or ; elle était assise, la tête penchée, pensive, pendant que ses mains faisaient vivement tourner les aiguilles à tricoter ; elle chantonnait pour accompagner les sons de ma flûte. À ce moment les porcs cessaient de grogner. Dieux, hommes et bêtes étaient sous le charme d'un recueillement religieux. Plus tard, nous entendions le sifflement enroué de Pan ; il devait vagabonder quelque part dans la forêt et c'est ainsi qu'il répondait au chant ensorcelant de ma mère… Les porcs restaient immobiles et émus autour de nous, frottant les uns contre les autres leurs dos laineux, et lorsque j'avais fini de jouer, ma mère laissait tomber son ouvrage sur ses genoux, et la tête penchée, regardait attentivement dans les petits yeux papillotants de ces bêtes placides.

Je me souviens de ces moments avec précision. Il régnait une sorte de tension mystérieuse pendant ces instants d'intimité entre ma mère et les porcs. Avec mon entendement du moment, je ne pouvais pas encore comprendre la raison de cette inquiétude, mais je sentis que c'étaient des secondes grandioses. Pendant ces moments-là, ma mère se souvenait… J'ignore si les porcs aussi se souvenaient, et si oui, de quoi ?

II

Mais sur l'île nous ne gardions pas que les porcs. Dès que j'eus grandi, j'ai compris tout doucement la réalité plus profonde du jardin zoologique mystérieux de ma redoutable et grandiose mère. Sur les prairies d'Aïaié vagabondaient également des lions placides et des loups des champs. Ces fauves mangeaient dans la paume de la main et, à l'appel de ma mère, ils accouraient devant notre maison en frétillant de la queue. Les porcs et les fauves vagabondaient ensemble sur les chemins tortueux de notre île dans une bonne entente arcadienne. C'était une vie exempte d'angoisse. Pendant mon enfance j'ai toujours ignoré que l'on pouvait craindre un être vivant. C'est plus tard que j'ai appris ce qu'était la peur, plus tard lorsque j'ai reconnu aussi l'humain en moi-même. Je n'ai jamais redouté d'être tué ou blessé par quelqu'un... Mais un jour, j'ai commencé à craindre de tuer quelqu'un moi-même. Et ma crainte s'est transformée en horreur, lorsque j'ai compris que celui que je devais tuer, c'était mon père, et que j'étais de son sang !

Ma mère à la magnifique chevelure, n'écoutant que la délicate inspiration de son noble cœur, m'avait longtemps caché le secret de mon origine. Ses serviteurs – quatre nymphes immortelles, mais d'origine subalterne, toutefois bien rompues aux travaux ménagers, qui jouèrent le rôle de nourrice et de bonne d'enfant auprès de moi au temps de mon enfance – obéissaient aveuglément aux ordres de leur divine maîtresse, et m'avaient caché les bruits qui circulaient au sujet de mes origines. Mon enfance s'écoulait dans la compagnie d'êtres féminins, parmi les porcs, les lions et les loups des champs. Ma mère savait que cette méthode d'éducation pouvait se révéler dommageable à ma culture. C'est pourquoi – à défaut d'éducateur masculin – c'est elle-même qui se chargea de m'inculquer les connaissances de base du monde terrestre et céleste. Les livres, ou d'autres vulgaires foutaises, n'existaient évidemment pas à l'île d'Aïaié, mais il n'y en avait nul besoin. Ma mère m'instruisit par des chansons, par lesquelles j'appris tout ce qu'il convient au fils d'une déesse de savoir de la terre et du ciel. J'aimais particulièrement les leçons d'histoire. Ma mère m'enseignait aussi volontiers la géographie ; c'est par elle que j'ai entendu parler pour la première fois de la guerre de Troie. Ces leçons par le chant, dans les clairières de la forêt de hêtres – car ma mère était une adepte de l'enseignement libre – ou bien en hiver, auprès du panier de fer tripode rempli de braises, se révélèrent efficaces. Mon intelligence frêle s'emplissait des connaissances qui m'étaient richement offertes à travers des chansons. J'ai appris comment faire cuire les herbes, pour en faire des remèdes ou des poisons, comment apprivoiser un animal, comment envoûter un homme, comment dompter les femmes, comment il faut tuer, et comment rappeler d'Hadès celui que les dieux y ont envoyé !... Ma mère était une éducatrice sage, excellente. J'apprenais vite et avec empressement. La mélodie de mes poésies d'étude était souvent plus instructive que le texte qui l'accompagnait. Devenu adolescent, je sus – à peu de chose près – tout ce que le fils d'une déesse, si près de ses parents divins, son grand-père Hélios, et son arrière-grand-père Oceanos, devait savoir sur l'île d'Aïaié.

Mais ma mère avait passé sous silence que je n'étais pas seulement d'origine divine, mais aussi de descendance humaine. Et lorsque j'ai appris ce dont l'homme a besoin dans le monde pour suffire à ses besoins, les connaissances acquises se révélèrent insuffisantes. L'être humain dans son indigence est contraint de beaucoup étudier s'il veut pouvoir se retrouver dans le monde que les dieux roués ont façonné pour lui. Les poils commençaient à fleurir sur mon menton, lorsque j'ai su que l'éducation que j'avais reçue de ma mère et de mes gouvernantes était défectueuse.

Le temps de l'enfance, entre le jeu, la garde des porcs et les études, s'est passé malgré tout dans le bonheur et comme dans un rêve. Aïaié était « l'île de la mort »... Mais en dépit de cela, je n'ai jamais senti un seul instant l'ambiance oppressante du lieu. Plus tard, lorsque je dus répondre aux questions épouvantées et curieuses des hommes, j'ai constaté avec étonnement quels sentiments injustes et quelles théories erronées inquiétaient ces êtres imparfaits, au sujet de la mort et de son empire, l'Hadès ! En ce qui concerne l'essentiel du monde de la mort, ils croyaient qu'une obscurité profonde régnait là-bas et que l'on n'y entendait rien d'autre que des grincements de dents. Ces phantasmes candides me faisaient rire. La mort est un monde, seulement elle est un monde lointain – ce qui est aussi son grand avantage ! – et il n'est absolument pas sombre ! Mon enfance sur « l'île de la mort » s'est écoulée dans une lumière phosphorescente, douce et mûre, quasi permanente ! Quelle joie était-ce de sortir furtivement, les matins d'été, dans l'écurie – ma lumineuse mère et ses serviteurs dormaient encore – et de me trouver là, lorsque l'on attelait les coursiers fougueux au char d'Hélios, mon brillant grand-père ! Les chevaux hennissaient amicalement en ma direction, la voiture d'or était rutilante, lavée tous les matins par les palefreniers agiles de mon grand-père, et le vieux monsieur, fidèle à son rôle mondial, apparaissait à chaque lueur du jour avec une exactitude assidue pour prendre sa place et conduire son attelage léger à son bureau, l'espace sidéral. Sur les traces des sabots des chevaux, la poudre d'or faisait jaillir des étincelles, que les Grecs appelaient atomes… La voiture roulait à tombeau ouvert, les roues retentissaient sur le chemin céleste et le monde se remplissait d'une lumière triomphante. Mon glorieux grand-père me faisait signe depuis son char en riant, et lorsque le soir, il rentrait se reposer, il m'apportait souvent de la poudre d'étoiles ou des jouets extravagants pétris de nuages, qui rappelaient des bêtes aquatiques, sur lesquels je m'étendais le lendemain, lorsque j'allais me baigner dans la baie... Il m'autorisait parfois à l'accompagner dans l'espace sidéral. Ce furent des moments inoubliables de mon enfance, ceux que j'ai passés sur la banquette du char fabuleux, près de mon grand-père, sur les chemins célestes, étincelants. La terre était lointaine, minuscule et misérable ; elle ressemblait à une balle de jeu. Les étoiles tournoyaient tout autour, et moi, je tirais sur des météores avec ma petite fronde, dans la direction de la terre. C'est ainsi que je jouais. Parfois ma brillante mère se mettait aussi en route sur le char de mon grand-père ; elle quittait « l'île de la mort » et allait à l'ouest. Je croyais qu'elle voulait dans ces moments-là oublier les soucis du ménage. J'ai appris plus tard que l'excursion avait un but caché : chercher à l'ouest les traces de mon père.

Pendant mon enfance, jamais personne ne prononça devant moi le nom de mon père.

III

C'est pourquoi, quelqu'ensorcelant et insouciant qu'ait été l'environnement dans lequel j'ai été élevé, parmi les porcs, les nymphes, les lions, les demi-dieux et les hommes, mon instinct d'enfant m'avertissait qu'un secret m'entourait. Le secret était le nom et l'origine de mon père. Avec cette insouciance et, cependant, avec cette rouerie et cette curiosité maligne avec lesquelles seuls les enfants peuvent fouiller dans les secrets des adultes, je vivais en flairant, à l'écoute, dans les jupes de ma glorieuse mère et je m'efforçais de deviner pourquoi nous étions seuls. Pourquoi il n'y avait pas d'homme à la maison. Pourquoi ma mère gardait-elle le silence sur mon origine ? Elle refusait avec irritation de répondre aux quelques questions timides et curieuses par lesquelles je tentais de percer le secret de notre solitude. Je décidais d'être sur mes gardes.

Mon enfance s'est passée dans la tension. La lumineuse, l'ensorceleuse « île de la mort » était la propriété légitime du jeune frère de ma mère, mon brillant oncle Aeétès.

Selon la volonté de ma grandiose grand-mère, Perséis après un partage de famille compliqué, cette île d'une réputation redoutable devait être propriété de ma mère. Ma grand-mère estimait que les facultés étranges de ma divine et sombre mère seraient davantage mises en valeur dans l'empire de la mort. Il est certain que la déesse aux beaux cheveux s'était installée d'une façon casanière sur « l'île de la mort ». L'intense lumière dans laquelle nous vivions, la splendeur céleste et le rayonnement qui, grâce à la généreuse sollicitude de mon grand-père, nous rendait la vie dorée puis le silence singulier et la maturité que l'âme retrouve toujours dans la lumière alors qu'elle ne la trouve jamais sur terre, dans le monde inquiet et mystérieux des ombres, tout cela faisait de l'île d'Aïaié un lieu de séjour sublimement attirant en même temps que redoutablement mystérieux. J'ai appris plus tard que mon père n'a supporté que pendant un an le séjour sur ma terre natale, propriété de ma glorieuse mère. Ulysse avait accepté la mort en tant que conséquence humaine, mais ne la souhaitait pas et ne l'aimait pas. Ses rapports avec la mort restaient exagérément humains. Il semblait qu'il n'aimerait pas mourir, tout au moins pas avant l'heure. Mais il est vrai – comme je l'ai entendu dire plus tard – qu'il craignait également l'immortalité, car il la trouvait monotone. Mon père était rempli de préjugés humains.

L'inquiétude fouineuse qui couvait au fond de la période colorée et rayonnante de mon enfance se manifesta avec une agitation plus consciente, lorsque mon intellect commença à s'ouvrir. Les jeux étranges de l'enfance perdirent pour moi leur pouvoir magique. « L'île de la mort » resta cet endroit serein que j'avais connu, inutilement. Ma mère, la meilleure des mères, et la plus attentionnée des éducatrices, m'enseigna en vain les connaissances nobles et instructives. Dès que je fus devenu adolescent, j'eus le sentiment que j'étais entouré de secrets, que mon entourage ne pouvait ou ne voulait lever. Ma mère veillait avec soin à ce qu'aucun étranger ne soit en mesure de répondre à ma curiosité. Je n'ai pas souvenance qu'un mortel ordinaire ait jamais évité le destin que ma brillante mère préparait aux visiteurs terrestres peu nombreux qui s'égarèrent chez nous. Dans la cuisine secrète où elle mijotait ses produits de beauté et les décoctions nécessaires à l'envoûtement, bouillonnait en permanence dans un chaudron de cuivre, au-dessus de la braise du bois, une mixture fraîchement préparée de guimauve fermentée, de laticifère, d'ambre et d'une autre herbe plus secrète ; un poison, que ma mère mêlait à la fameuse boisson grisante de notre île : le kykeon, sous l'effet de laquelle le passant se mettait instantanément à quatre pattes et commençait à grogner.

Mais ma mère ne transformait pas seulement ses hôtes en porcs. Elle ne détestait pas seulement les visiteurs masculins.

Maintenant que je me suis décidé à raconter mes souvenirs concernant les événements passés, je reste décontenancé. Puis-je tout raconter de mon excellente mère ? Le monde sait seulement d'elle qu'elle était la célèbre déesse de la mort. Mais en réalité, les relations de ma mère avec l'enfer et le demi-monde étaient plus sombres et plus mystérieuses encore. Elle exerçait la grande puissance qu'elle avait reçue des dieux, sans limites, avec un caprice féminin. Je ne vais pas me taire, je dois dire la vérité. Je dois parler de Glaukos.

Je sais qu'il y a beaucoup de rumeurs, des ragots, qui ressuscitent dans l'esprit des habitants des îles et à Argos, à l'évocation de ce nom. La vérité est à la fois plus simple et plus mystérieuse que ce que les bavards achéens et phéaciens croient savoir. Moi-même, j'étais encore un garnement à l'âge ingrat, lorsque l'intermède mystérieux s'est produit. Mais après un court laps de temps, au début de mon âge de jeune homme, un hasard extraordinaire m'a fourni la réponse à tout. Je voulais surprendre le secret de ma mère, du côté de Glaukos... Et le hasard m'a mis en possession d'un secret bien plus profond et plus grave. J'ai appris la vérité sur ma mère. Et j'ai appris la vérité sur mes origines.

Que je raconte cela dans l'ordre ! J'avais dix-sept ans. Je devais être à cette époque un gamin sauvage, un blanc-bec à l'âge de la puberté, habitué aux jeux sauvages, licencieux. Au fur et à mesure que les années passaient, l'attitude de ma mère à mon endroit changeait aussi singulièrement. Ma mère était devenue, au cours de ces années, victime de violentes colères passionnelles et subites. Elle cherchait la solitude et, en même temps, la détestait. Parfois, elle partait dans l'espace sidéral, au-delà des rivages du Hadès et, lorsqu'elle revenait, elle était déprimée pendant plusieurs jours ; elle s'enfermait dans sa chambre, harcelait ses servantes et ne m'adressait pas la parole, à moi, son fils unique adoré. Dans ces moments-là, elle me regardait presque avec haine. Elle traînait pendant des semaines dans sa cuisine secrète, au milieu des nuages de vapeur malodorantes provenant de ses décoctions étourdissantes ; ou bien elle venait chez moi et mes porcs à la lisière de la forêt, elle examinait avec un regard qui jetait des éclairs le troupeau qui croquait paisiblement des glands, puis subitement, comme si Zeus savait quel souvenir la tourmentait, elle levait haut son fouet tressé de peaux de serpents et se mettait à frapper les malheureuses bêtes. – Dans ces moments-là je m'enfuyais de son voisinage.

Je me souviens bien de ce matin où Glaukos et ses compagnons sont arrivés de nouveau sur notre île. L'étranger jette rarement l'ancre sur notre île. Mais le roi d'Anthédon n'était pas un nouveau venu inattendu. Il était venu chez nous plusieurs fois déjà, car mon grand-père, le lumineux Hélios, avait acheté à ce roi-maquignon de Béotie le pois de senteur miraculeux qui servait à faire du fourrage pour ses chevaux. Le divin marchand de pois de senteur était un homme d'âge moyen, de belle prestance, un homme plein de dignité. Il s'habillait d'une manière voyante : il portait une cape de pourpre ornée de motifs aux lignes colorées et des sandales frappées d'or. Il enduisait son corps et ses cheveux d'huile odorante et, lorsque cet hôte à demeure avait quitté notre maison, l'on pouvait sentir pendant plusieurs jours dans sa chambre à coucher et même dans la salle à manger, l'odeur doucereuse et écœurante de son huile pour cheveux. De sa barbe noire molle et bouclée jaillissaient des lèvres enflées d'un écarlate sensuel. C'était entièrement une apparition orientale, malgré sa barbe, ou peut-être à cause d'elle ; il était davantage féminin que masculin…

Il est certain qu'il a fait d'excellentes affaires avec

mon grand-père ; la livraison de provendes, le fourrage vendu au profit des troupeaux de chevaux traversant à grande allure l'espace sidéral, ont dû remplir les poches du commerçant oriental à l'esprit rapide, à la chair molle, à la distinction sensuelle, d'abondants profits. C'est pourquoi il reparaissait toujours avec une belle suite sur une galère à mât d'argent peinte en bleu marine et apportait de riches présents pour ma brillante mère, pour les serviteurs de l'île, ainsi que pour moi-même, le sauvageon favori de la maison. Je n'aimais pas cet homme, mais je me suis résigné à voir apparaître chaque année le mât d'argent dans la baie d'Aïaié agitée de vagues à crêtes hautes couleur de vin et à ce que son navigateur apporte des cadeaux. À ce moment-là, j'ignorais encore que mon excellente mère ne voyait pas que le marchand de fourrage en la personne de ce visiteur oriental. Ma mère gardait admirablement ses secrets. Ce matin d'automne où Glaukos est de nouveau arrivé chez nous, il est venu avec une suite imposante et d'innombrables cadeaux. Ma mère avait fait arranger les chambres d'hôte plusieurs jours à l'avance et elle accueillit les arrivants avec la solennité d'usage et tout le confort de l'hospitalité. Glaukos fit un baisemain à ma mère, il arborait un sombre sourire. Ma mère avait, ce matin-là, le visage rosi ; elle était pleine de dignité, en émoi. Après les paroles de salutations, le roi d'Anthédon à l'esprit mercantile présenta sa suite.

Il était arrivé en compagnie de quelques secrétaires, de valets et d'une jeune femme. Celle-ci était belle. Mes yeux commençaient à cette époque à s'éveiller, c'est pourquoi depuis le coin de la salle, j'observais la scène, les yeux étincelants, et je soupesais d'un coup d'œil affamé les formes agréablement proéminentes de la jeune femme pudique et élancée. Ma mère examinait l'hôtesse féminine d'un œil perçant.

– Qui est-ce ? demanda-t-elle d'un ton pointu, la tête rejetée en arrière.

– Skylla, dit d'un ton fausset et sentimental le souriant Glaukos, au timbre lisse – une de mes parentes éloignées. J'ai décidé de lui faire voir le monde et de lui faire apprendre les bonnes manières et un style de vie élégant dans ta compagnie, divine dame. Si toi aussi tu le souhaites, dit-il avec une humilité feinte, en s'inclinant avec politesse.

J'écoutais la nouvelle le cœur battant. L'éventualité que la vierge élancée reste ici, sur « l'île de la mort » me berçait de l'illusion alléchante d'une agréable distraction. À cette époque, j'avais quitté l'âge tendre et je m'ennuyais en la compagnie des porcs et des lions apprivoisés. J'avais envie d'un environnement féminin… Ma mère dit avec une amabilité feinte :

– La gracieuse enfant ! Le voyage l'a sûrement fatiguée. Elle battit dans ses mains et lança pardessus son épaule aux nymphes inférieures qui entraient : conduisez cette aimable jeune fille dans sa chambre et veillez à ce qu'elle ait tout ce dont elle pourrait avoir besoin.

La jeune femme au regard enflammé avait de bonnes manières, mais visiblement une nature récalcitrante, agitée d'impulsions boudeuses. Elle obéit aux ordres de la divine hôtesse, elle quitta la salle sans rechigner. Auparavant, elle prit congé de nous avec une révérence profonde apprise à l'avance et suivit sans un mot la nymphe déléguée à son service, pour gagner la chambre d'hôte. Je la suivis d'un regard de convoitise, désemparé. Ma mère remarqua mon regard avide et son air sévère se radoucit. Elle sourit avec ironie et m'envoya rejoindre l'invitée.

– Va jeter un coup d'œil afin que la belle demoiselle ne manque de rien. – J'espère que tu ne vois pas d'inconvénient, dit-elle énigmatique en se tournant vers Glaukos, à ce que mon adolescent de fils aille distraire cette gracieuse invitée ?

À travers les dents de Glaukos perça un mot incompréhensible. Ma mère prit cette réponse grognée pour un acquiescement et me fit un signe de la main pour que je me hâte sur les pas de la belle invitée.

... Je ne sais ce qui s'est passé entre ma mère et Glaukos, cette nuit-là ! Je ne suis pas retourné dans la salle à manger où l'on dressait la table pour ma mère et pour Glaukos, et la maîtresse de maison est restée seule avec son invité pour la nuit ! Je me suis hâté après Skylla, que j'ai trouvée seule, dans une des chambres d'hôte luxueuses de notre maison.

Elle se tenait debout, devant la fenêtre et contemplait d'un regard sombre et inquiet le jardin luisant entre les cyprès de « l'île de la mort », la baie où se balançaient les barques du roi d'Anthédon. Les nymphes défaisaient les bagages de la belle invitée dans l'alcôve voisine. Je me suis arrêté au seuil de la porte et je regardais troublé, cette créature gracieuse, mais nullement avenante.

– Excuse-moi, dis-je avec crainte…

Skylla s'est tournée vers moi avec la rage d'un chat sauvage :

– Je ne pardonne pas ! souffla-t-elle. Je veux m'en aller d'ici… murmura-t-elle avec passion.

– Partir, noble vierge ?… bégayai-je embarrassé. Je m'efforçai de parler avec des expressions polies, comme ma mère me l'avait enseigné, car c'est la première fois que je me trouvais face à une femme du monde terrestre. Mais je n'ai pu dissimuler mon désir d'homme. Ma bouche était sèche de mon feu intérieur et mes cheveux tombaient en bataille sur mon front. Skylla, bien que d'un état psychologique emporté, ne me regardait pas avec antipathie. J'ai senti cela…

– Tu veux quitter notre maison sans l'autorisation de ton glorieux oncle ?…

– Je ne suis pas vierge, dit-elle avec colère. Et il n'est pas mon oncle. Sache, gamin, que je suis d'origine noble et que ce marchand d'avoine m'a achetée pour de l'or à mes parents cupides à Mycènes. Il m'a faite sienne de force…

– Comment a-t-il fait ? demandai-je malgré moi, avec curiosité.

Skylla me regarda avec mépris. Mais en même temps elle sourit avec amabilité et secoua avec colère sa petite tête bouclée. Ensuite elle se mit à trépigner :

– Si tu n'as pas couru derrière moi, au moins aide-moi ! Cet homme qui conclut de sales affaires de fourrage avec ta mère et ton grand-père s'est fait nommer roi, alors qu'Anthédon n'est autre chose qu'une ville parlementaire misérable en Béotie. C'est là qu'il joue au roi… Il a beaucoup d'argent, c'est vrai ! dit-elle en murmurant, sur le ton de la confidence. Le fourrage, qui a une si grande renommée que même les êtres célestes l'achètent pour leurs fougueuses montures, est fermenté avec des produits secrets et les chevaux qui se nourrissent de ce fourrage deviennent ivres et échauffés. Ce perfide marchand achète de Cronos – en cachette – ces graines magiques de pois de senteur ! murmura Skylla avec passion. Le ciel et la terre sont remplis de telles affaires suspectes de fournitures ! dit la jeune fille en soupirant tristement. Elle serrait sur son cœur ses mains délicates et enfantines, mais néanmoins musclées. – Viens ici…, dit-elle avec grâce et sérieux. Assieds-toi près de moi. Qui es-tu ?

Je me suis présenté. Skylla me regardait avec un air de connivence. Lorsque je me suis assis près d'elle sur le canapé, elle a pris ma main. Ses doigts frais serraient avec passion ma paume rugueuse et ingrate, qui s'est mise à transpirer dans cette situation troublante.

– Tu es encore un enfant, dit-elle avec indulgence, mais plus pour longtemps. Ses yeux d'enfant brillaient avec une intelligence de femme. Elle me regarda ouvertement. Écoute-moi ! dit-elle. Tout est mélange d'intrigue, argent comptant et sortilège sur la terre comme au ciel ! Tu as reçu une excellente éducation. Tu dois le savoir : Glaukos est plus ou moins mon parent. Je suis moi-même d'origine divine bien que de branche latérale... Ma tante est un être divin et une femme fortunée. Elle est passeur dans une des baies de Thrénakié et célèbre pour faire payer la douane sans pitié aux navigateurs qui traversent le détroit de la baie... Je porte également son nom, dit-elle avec solennité.

– Skylla ! – je poussai un cri, car c'est seulement à cet instant que j'ai compris le rapport. Je regardais avec admiration et affolement la belle invitée. Ma mère et une vieille nymphe m'avaient parlé de la célèbre Skylla, dont la cupidité et l'âpreté étaient contées par les navigateurs terrorisés de la mer ionienne.

– Ma tante, acquiesça la petite Skylla avec sérieux. C'est elle qui a assumé mon éducation, car elle est une femme opulente. C'est en son honneur que je porte ce nom. Mais il se pourrait qu'il y ait une autre raison, dit-elle dans un souffle – et elle porta son doigt délicat devant sa bouche de fraise. Glaukos est un homme excessivement lubrique. Âpre au gain et concupiscent, comme tous les orientaux. Il connaît ma tante et il n'est pas exclu que, pendant leur jeunesse, il y ait eu un lien entre eux. Tu ne comprends pas encore tout cela !... dit-elle, et elle rejeta orgueilleusement sa petite tête. J'ai dû rire. Skylla me regarda avec méfiance : – Tu te moques de moi ?

– Skylla, dis-je, pourquoi me railles-tu ? Tu m'as dit que tu n'étais plus vierge...

– Toi, tu l'es encore ? demanda avec suspicion la belle créature.

Je devins cramoisi. J'ai confessé avec embarras que je n'avais pas eu encore affaire à une femme, mais que mes rêves étaient troubles, et qu'ayant grandi dans la nature, je connaissais les secrets amoureux des vivants.

En effet, je pouvais parler de l'amour physique avec l'impartialité d'un enfant élevé à la campagne. Skylla m'écoutait avec sérieux, les yeux brillants, avec confiance.

– Si tu es vierge, tu pourras peut-être m'aider, dit-elle en soupirant. Quel est déjà ton nom ?...

Elle réfléchit au sens de mon nom.

– Bizarre, dit-elle sur un ton traînant. Tu comprends le langage des Achéens ?...

J'ai confessé que j'avais été éduqué uniquement dans le langage régional des habitants de « l'île de la mort ».

– Dans ce cas, tu ne connais même pas le sens de ton nom, dit Skylla d'un ton acéré. Puis, comme si elle m'avait pris en pitié, elle attrapa ma main, s'avança près de moi, et parla en murmurant :

– Prends garde, garçon ! Dans le patois des Achéens ton nom signifie : celui qui est né au loin… Nom bizarre ! dit-elle pensive. – Il a sans doute aussi un sens caché. Qui est ton père ? demanda-t-elle avec brusquerie.

Mon visage devint pourpre :

– Je n'ai pas de père, dis-je en grinçant les dent[illegible] Mais le divin Hélios est mon grand-père.

Skylla m'interrompit :

– Tu n'as pas de père, dit-elle exaltée, m[illegible] une mère, dont la réputation est redoutab[illegible] gonos, les dieux ne t'ont pas conduit sa[illegible] auprès de moi. Il y a un secret aussi autour de toi. Glaukos m'a emmenée ici de force car il a abusé de moi. Plus tard, lorsque j'ai repris mes esprits, je me suis mise à haïr ce luxurieux fournisseur de fourrage et depuis je refuse sans cesse ses avances, je me défends bec et ongles… Sais-tu que le pois de senteur magique avec lequel on nourrit les chevaux de ton grand-père chaque petit matin ne fait faire de trot rapide qu'aux étalons ? Les juments deviennent grisées de ce fourrage et s'épuisent dans la course. C'est ce qui est arrivé aux célèbres juments d'Aphrodite, que Glaukos a fait boire et elles se sont laissé dépasser dans le concours hippique divin. Ta mère ignore cela ?…

Je bafouillais quelque chose, mais Skylla, emportée, fit un geste de la main :

– Je vois que vous ne savez rien de Glaukos, dit-elle avec colère. – Il est le plus grand tricheur et ton lumineux grand-père et peut-être aussi ta mère sont les victimes de ce colporteur aventurier aux paroles mielleuses, déguisé en roi, qui leur vend de l'avoine charançonnée et du pois de senteur fermenté.

– Ne crains rien pour ma mère, dis-je avec fierté. – Je n'ai pas de père, il est vrai, mais tu dis que la signification de mon nom dans une quelconque langue étrangère est que je suis né au loin... Mais ma mère est ici et elle est plus puissante que tous ! dis-je et je rejetai ma tête, obstiné. Elle viendra à bout de Glaukos aussi !...

– Oh, gros bêta ! soupira Skylla les larmes aux yeux. Elle se rapprocha tout près de moi. Sa main brûlante de jeune fille serra fort ma main osseuse et rugueuse de gamin. Elle me regarda dans les yeux. L'haleine chaude et épicée de sa bouche brûla mon visage. Elle parla ainsi :

– Il veut briser mon insoumission et il veut conclure une affaire secrète avec ta mère afin de susciter l'amour en moi ! murmura-t-elle mystérieuse. – Télégonos, aide-moi ! Si tu ne peux pas me libérer des griffes de mon geôlier, reste dans mon voisinage et fais-moi signe si tu vois que ta lumineuse et redoutable mère veut me faire manger de ses herbes secrètes. Me le promets-tu ?...

Les larmes de la ravissante jeune femme m'ont profondément touché.

– Tu vois des cauchemars, Skylla ! dis-je ému.

– Dans notre maison l'on fait cuire des mets simples, mais sains. Si tu le souhaites, je goûterai chaque bouchée devant toi...

– Je le veux bien, dit Skylla avec appréhension. Elle me regarda avec reconnaissance – Tu me plais. Tu es un enfant, mais il y a en toi quelque chose de viril. Peut-être ressembles-tu plutôt à ton père inconnu qu'à ta glorieuse mère, mélangeuse de poisons ! dit-elle en soupirant amèrement.

– N'offense pas la réputation de ma mère ! dis-je avec incertitude.

– On raconte, confia Skylla de sa bouche brûlante et elle jetait entre-temps un regard à la ronde avec anxiété, comme si elle craignait que les nymphes qui s'affairaient dans la chambre voisine puissent entendre ses paroles chuchotées, on raconte qu'elle envoûte tout le monde. Les hommes qui s'égarent dans son voisinage prennent une conformation animale, se retrouvent à quatre pattes ou deviennent poissons et oiseaux et ta mère règne sur eux sans pitié. Est-ce vrai, garçon ? demanda-t-elle et elle me regarda de ses yeux brûlants.

Je l'écoutai bouche bée. Tout ce que j'avais entendu était nouveau, redoutable... Mais je ne nie pas que les paroles inquiètes de la belle invitée résonnaient avec une étrange familiarité dans mon subconscient de gamin. J'ignorais la vérité, mais maintenant que l'hôte avait articulé l'accusation, j'avais le sentiment que la supposition selon laquelle ma mère était en possession de forces magiques n'était pas entièrement sans fondement.

– Exagération, marmonnai-je. Skylla soupira :

– Je comprends que tu dois te taire, me dit-elle tristement. Tu es son fils, tu dois veiller à la bonne réputation de ta redoutable mère. Mais à Mycènes on sait tout. Oui, ta mère connaît les secrets de l'envoûtement. Glaukos ne m'a pas emmenée avec lui sans raison. Il veut décider ta mère, avec de l'or, des flatteries et peut-être aussi par d'autres sortes de cajoleries, à me faire boire de sa décoction magique, afin qu'après cela je devienne une poupée érotique et obéissante entre les mains de ce marchand paillard. C'est pourquoi je suis ici ! dit-elle révoltée. – Je ne dis pas, continua-t-elle ensuite plus bas, avec un regard banal, quasiment virginal, mais en même temps elle battait des cils avec un regard en coulisse mystérieux – je ne suis pas une ennemie absolue de l'amour physique. – Elle baissa les yeux, mais j'ai vu qu'elle guettait à la dérobée, au-dessous de ses cils étoffés, l'effet de ses paroles. Un cher camarade, qui éprouverait un attachement sincère à ma personne, ne serait pas contre mon gré, murmura-t-elle. Mais je ne me laisserai pas envoûter, cria-t-elle avec effroi ! – Visiblement, c'était son idée fixe.

Je la regardai avec compassion, mais en même temps avec un regard passionné et affamé qui n'était pas dissimulé. Elle comprit mon regard, et elle parla d'un ton qui sollicitait du secours, avec supplication :

– Télégonos, promets-moi que tu ne me quitteras

pas un seul instant ! Que tu mangeras avec moi et que tu goûteras chaque bouchée que l'on me servira de la cuisine de ta mère. Je ne veux pas devenir une bête ni un oiseau, murmura-t-elle en suppliant. Je ne veux pas non plus retourner à Anthédon où, avec le poison secret dans mon corps, Glaukos pourrait m'utiliser sans résistance selon son bon vouloir ! Oh, mon petit ami, que de dangers ! Tu ne connais vraiment pas les pratiques et les décoctions de ta mère ? demanda-t-elle avec méfiance.

Je répétais avec indignation – bien que sur un ton mal assuré – que je ne connaissais aucune sorte de décoction secrète, que l'on servait des mets savoureux et sains dans notre maison aussi bien pour les invités que pour les habitués. Je lui promis, pour sa tranquillité d'esprit, de partager avec elle chaque bouchée qu'elle consommerait dans notre maison… Mais Skylla était méfiante. Elle dit avec passion :

– Il est presque impossible de faire attention. Il est probable que maintenant, où ils sont seuls, ta lumineuse mère achète des cheveux, des ongles, et éventuellement des ongles de pied du malfaisant Glaukos et qu'ils les mélangent ensuite dans ma nourriture. Le démon que ta mère peut faire venir en usant de mots barbares et qui exécute ensuite ses ordres secrets obéit à celui qui connaît le langage des démons et les mots magiques. Un tel démon peut même se coller dans des vêtements et aussi dans les empreintes des pas… Toi seul, tu peux m'aider, dit-elle, d'un ton suppliant.

– Comment, chère Skylla ? demandai-je avec émotion. Des larmes brillaient dans nos yeux à tous deux. Nous devions ressembler à cet instant à deux enfants apeurés qui, dans le noir de l'existence, sont épouvantés par les battements d'ailes des ombres de la nuit et de l'enfer. – Je ferai tout ce que tu voudras.

– Ne me quitte pas ! dit-elle et son corps à la chair noble tremblait comme si elle grelottait. – Ne me quitte pas un seul instant pendant que nous séjournerons sur l'île ! Reste avec moi jour et nuit...

Je l'assurai d'un vif mouvement de la tête qu'elle pouvait compter sur moi. Dans la possibilité que je reste la nuit avec Skylla passait l'insidieux courant d'une agréable effervescence. Mais avant que je puisse m'exprimer par des paroles, les nymphes franchissaient la porte ; elles portaient dans leurs bras un plateau d'albâtre, des plats d'or chargés de mets savoureux et des cruches d'argent remplies de vin. Les serviteurs à demi divins entourèrent le sofa sur lequel j'étais assis près de mon hôtesse, arrangèrent sur de petites tables basses les mets et les boissons et attendirent, muets, les ordres de l'invité. Skylla, avec un geste mondain et fascinant et en quelques mots, fit comprendre aux serviteurs qu'elle n'avait pas besoin d'être servie et qu'elle souhaitait prendre son dîner en ma compagnie. Les nymphes s'éloignèrent à pas mesurés, en file indienne, comme ma mère le leur avait enseigné. Skylla sourit et m'obligea par un tendre serrement de main à me mettre près d'elle.

– J'ai peur, dit-elle, mais ses larmes furent séchées par la chaleur de son sourire. – J'ai peur et j'ai faim. Télégonos, souviens-toi de ta promesse et offre-moi à manger !...

Le repas que nous avons entamé restera un des beaux et mémorables souvenirs de ma vie. Du bout de ses doigts fins Skylla retirait des plats des bouchées savoureuses et me tendait, un par un, les morceaux de pain, de viande, de poisson et de gâteaux doux. Je mordais la moitié de chaque morceau et le petit bout qui restait était avalé par la gracieuse invitée. Cette manière de se nourrir ne mettait pas en émoi seulement nos palais, mais aussi nos sens. Par ce mordillement et ces coups de dents conjugués, nos salives s'étaient mêlées. Les petites dents de Skylla, d'une blancheur de neige, et plus brillantes que des perles, qui me rappelaient les crocs d'une blancheur de craie d'un de mes rares et jolis cochonnets, faisaient craquer gaiement la noble nourriture. Nous étions en train de rire, nous nous fourrions dans la bouche, l'un à l'autre, les quartiers de pommes-grenades, nous buvions du vin, et il devenait inévitable que nous nous mettions à jouer : je remplissais à ras bord ma cavité buccale d'un noble vin d'un brun foncé, produit sur les coteaux voisins, qui entourent l'entrée de « l'île de la mort » aux environs du lac d'Averne, aux portes de l'Hadès, et qu'envoyait comme présent à chaque vendange dans des outres la vieille amie de ma mère, la Sibylle de Cume ; celle-ci dans sa vieillesse s'occupait d'élevage, de vigne, de prophéties et d'envoûtements rustiques… Skylla se pencha sur moi et aspira de ma bouche le vin capiteux. Nos lèvres se joignirent et je constatai, bouleversé, que les lèvres humaines peuvent être utilisées à bien d'autres choses qu'à parler et à manger.

– C'était quoi, cela ? demandai-je en respirant profondément lorsque les lèvres altérées de Skylla se sont enfin détachées de ma bouche et que j'ai pu prendre la parole.

Skylla rit. Elle arrangea ses cheveux des deux mains, car le repas et les autres mouvements qui s'y associèrent les avaient quelque peu ébouriffés. Son visage était rouge, enflammé, comme la lune derrière les moutons des nuits d'été.

– C'est le baiser, dit-elle la bouche molle.

Je n'ai pas saisi exactement le sens de ses paroles, mais malgré cela, j'eus le sentiment que, pendant ces instants, j'étais entré en possession de connaissances d'une signification considérable. De nouveau j'emplis ma bouche de vin, consciencieusement, comme je l'avais promis à Skylla. L'hôtesse était assoiffée et ne rechigna pas à étancher sa soif sur mes lèvres brûlantes. Nous avons bu et nous nous sommes embrassés.

La nuit, la situation singulière, la crainte, les règles de prudence que nous avons respectées pendant le repas – tout cela nous mettait, non seulement moi, mais aussi ma gracieuse invitée, dans un état corporel et spirituel magique, exceptionnel.

Mais cet ensorcellement – la chaude extase de nos corps, de nos palais, de nos lèvres et de nos nerfs –, aucun de nous deux ne l'a ressenti comme mauvais, ni dangereux. Le baiser qui, selon l'enseignement de Skylla, est une des méthodes de contact parmi les humains me sembla une expérience nouvelle et en même temps familière de longue date.

Sur « l'île de la mort », dans le monde des animaux et des êtres divins, parmi lesquels j'avais été élevé, je n'avais jamais rencontré l'expérience du baiser. Mais j'ai connu maintenant ce bizarre mouvement humain de la bouche, qui était comme une caresse et une morsure à la fois.

– C'est ce qu'ont découvert les hommes ? demandai-je à Skylla, un peu niais, haletant, entre deux baisers.

La belle et intelligente bouche de mon invitée brillait, embuée de la moiteur des baisers et du vin. Cette bouche se détacha maintenant de mes lèvres assoiffées et scrutatrices. Elle rejeta sa tête rosie, couronnée de boucles ébouriffées ; ses yeux brûlaient d'un vertigineux scintillement. Elle dit, légèrement étourdie, échauffée comme l'enfant qui éprouve une étrange émotion par un jeu secret :

– Ceci, et encore quelques autres semblables possibilités. Elle riait brièvement, voluptueusement, comme si on l'avait chatouillée. Ensuite ses beaux yeux se sont embués et elle dit presque avec recueillement : Télégonos, ton père était un homme, je sens cela avec certitude.

– Tu sais cela à cause de mes baisers ? demandai-je avec excitation.

Skylla hocha la tête solennellement :

– Oui, dit-elle avec sérieux. Seul un homme peut embrasser vraiment, avec toutes ses conséquences.

J'écoutais cette nouvelle importante avec émotion. Skylla entoura mon cou de ses bras de jeune fille, musclés et pourtant doux et parfumés. Elle s'assit sur mes genoux et nos corps s'enlacèrent étrangement. Elle murmura les yeux fermés, dans l'étourdissement de l'enlacement et des baisers, d'une bouche brûlante.

– Oui, tu es un homme – et elle poussa un cri, doucement. – Je le sens.

Et comme si c'était la nuit des transmutations, j'ai senti moi-même que cette nuit-là il se produisait un sortilège. Je ne suis pas devenu un animal, ni un porc, ni un lion. D'enfant, je suis devenu homme.

IV

Des cris stridents me réveillèrent. D'un sommeil lourd et heureux le cri de Skylla m'avait ramené dans le monde redoutable. Je me suis assis sur le sofa où nous avions passé la nuit dans un demi-sommeil, dans un état d'agréable enivrement et où nous nous étions tous deux assoupis vers le petit matin. En premier lieu j'ai aperçu ma divine et redoutable mère. Elle se tenait devant le sofa, les mains sur les hanches. Elle tenait dans une main son fouet tressé de peau de serpent. Elle s'inclinait vers nous et ses yeux étaient embrasés d'une colère trouble, comme les jeux de la Méduse.

– Je vois, dit-elle d'un ton sifflant, que tu es un garçon obéissant. Tu as pris soin que la belle demoiselle ne manque de rien.

Skylla était assise près de moi, parmi les coussins défaits du sofa, et dans son trouble pudique, elle couvrait ses yeux de la paume de sa main. Ma mère a fait cingler son fouet dans ma direction.

– Est-ce cela le devoir, garnement ?... siffla-t-elle. – Ton grand-père court déjà au loin sur les chemins célestes et le monde brille de lumière. Le troupeau grogne avec impatience dans l'étable et les mâles que j'ai achetés hier afin de renouveler notre cheptel attendent leur nourriture depuis l'aube...

Le sommeil s'est envolé de mes yeux. Hier je n'avais encore rien su de ce que ma mère avait acheté de nouveaux mâles pour notre élevage de porcs... Je me ramassai, affolé. Skylla me regarda, les yeux largement ouverts et épouvantés.

– Télégonos ! – Elle poussa un cri strident et elle tendit vers moi ses bras chauds. – Tu m'avais promis que tu ne me laisserais pas seule...

– N'aie pas peur, mon enfant, dit ma mère avec une politesse glaciale. Tu as constaté que dans ma maison, les hôtes sont bien traités et que les gens de la maison exaucent tous leurs désirs, dit-elle avec une méchante flamme dans les yeux. Elle s'est ensuite de nouveau tournée vers moi et elle fit claquer son fouet. – Tu ne comprends pas les bonnes paroles, Télégonos ? Les porcs t'attendent ! Détale !...

Je filais de la chambre, humilié et impuissant, de cette chambre où, la nuit précédente, j'avais acquis la première expérience humaine de mon existence.

Depuis le seuil j'entendis encore ma mère, qui, avec des paroles apaisantes, poussait Skylla en sanglots à se lever du lit :

– Je me réjouis de ce que la nuit ait passé vite en compagnie de mon fils et que tu aies eu un temps agréable dans ma maison. Ton oncle et sa suite sont déjà partis, dit ma mère sur un étrange et redoutable ton... Ils sont partis à l'aube et je n'ai pas voulu te réveiller – Skylla a poussé de nouveau un cri strident et un sanglot violent et convulsif secoua son jeune et beau corps drapé de voiles flottantes. – Ne beugle pas, ma fille, dit d'un ton ferme ma lumineuse mère. Tu aurais peut-être souhaité que ton généreux bienfaiteur, Glaukos, entre dans ta chambre, lorsque l'aube aux doigts de rose dévoile ici les secrets de la nuit ?...

Skylla sanglotait et, seuls, les violents sursauts de son corps trahissaient que cette éventualité la remplissait d'horreur. Ma mère continua l'entretien matinal sur un ton d'étrange et mauvaise satisfaction :

– Eh bien, vois-tu ! dit-elle dédaigneuse et ironique – Glaukos t'a confiée à moi. Il reviendra au printemps et il m'a demandé de t'enseigner certaines choses indispensables à l'éducation d'une dame bien née. Lève-toi, ma fille, dit-elle magnanime. Après le voyage et la nuit que tu as passés, tes membres auront du plaisir à avoir un bain bien chaud, dit-elle d'un ton mystérieux. Je préparerai moi-même ton bain…

Elle se retourna brutalement car elle sentit que je me tenais toujours sur le seuil et que j'écoutais avec inquiétude et angoisse au cœur ses paroles d'amitié feinte et ses mots à la résonance bizarre et de sinistre augure.

– Tu es encore là !… cria-t-elle et ses yeux dardaient une lueur verdâtre. Je m'esquivai, effrayé, en direction des étables. J'ai encore entendu le clapotis de l'eau que les nymphes faisaient couler pour Skylla dans la baignoire d'albâtre de l'alcôve. J'ai décidé de me tenir sur mes gardes et de protéger ma charmante amie Skylla de tout le monde, y compris de ma glorieuse et redoutable mère. À ce moment-là, je ne connaissais pas encore la portée de mauvais augure de la puissance de ma mère. Je me dépêchais vers les étables, comme chaque matin. L'inquiétude que j'éprouvais au sujet de Skylla étouffait le souvenir des mots étranges avec lesquels ma mère avait évoqué tantôt l'accroissement inattendu et imminent de notre cheptel de porcs. Le char ardent de mon grand-père était déjà haut dans le ciel et le troupeau de porcs accueillit mon arrivée avec un grognement d'impatience. J'ai poussé la targette de la porte à palissade de l'engraissoir couvert. Les porcs coururent avec fracas, se piétinant l'un l'autre, vers le bord de la forêt fraîche et vers les mangeoires à glands et les abreuvoirs. Je les suivais du regard et c'est à ce moment seulement que j'ai réalisé sous l'effet de l'émoi, comme si mon jeune cœur avait cessé de battre pendant quelques secondes.

Sur les pas du troupeau trottinaient six porcs de petite taille, de poids moyen et à poils noirs, brinquebalant avec gaucherie. Et comme si pour ces animaux il était encore inhabituel de marcher à quatre pattes, ils suivaient avec une démarche pesante et titubante le troupeau qui grognait de faim et de soif. Les nouveaux venus ne s'étaient visiblement pas encore mêlés dans une communauté confiante à leurs compagnons, aux vieux porcs engraissés de l'élevage de ma mère ; le troupeau laissa derrière lui ces êtres désemparés. Je suis tombé contre la palissade de l'engraissoir, mon gourdin de porcher qui me servait à conduire le troupeau à la main ; mon cœur battait sauvagement comme le marteau d'Héphaïstos. Je n'avais pas de preuves... mais un pressentiment qui était plus fort que tout et qui me soufflait que les mâles nouveaux venus ne pouvaient être autres que Glaukos et sa suite.

Un sentiment d'horreur, de crainte et de colère impuissante agita mon cœur et mon esprit. Je n'ai pas compris ce qui s'était passé et j'ai couru vers la baie. La barque à mâts d'argent avait déjà disparu des eaux sombres à crêtes d'Aïaié. Les six porcs se pressaient sur mes pas et avec un grognement plaintif et poignant, poussant mes jambes avec leurs museaux à crocs, ils essayaient de me faire comprendre quelque chose, qu'ils n'étaient plus en mesure de dire autrement. J'étais debout sur les bords de la baie, au milieu des porcs couinants. Le vent du petit matin tortillait et lacérait mes cheveux de ses doigts nerveux. Je scrutai le lointain ; j'ai ensuite examiné les porcs. C'était un matin singulier. Je n'étais plus un enfant... et je n'étais plus le fils obéissant et ignorant de ma mère, la nymphe.

Ce matin-là j'ai reçu un nouveau destin, un destin rempli à ras bord de sombres et épais secrets. Un porc de grosseur moyenne, dont la soie laineuse, brillante et bouclée me paraissait en quelque sorte connue, s'est mis debout sur ses pattes arrière, comme le chien qui est heureux de revoir son maître ; il jetait ses jambonneaux de devant sur mes genoux et ses petits yeux noirs et brillants qui cillaient me regardaient d'un air suppliant. Ce regard déjà animal, mais encore quasiment humain, fit l'effet d'une lueur d'éclair dans ma conscience.

– Glaukos !... criai-je horrifié.

Le porc émit un grognement et ses petits yeux brillants et cillants se remplirent d'une sorte de buée et d'une humidité singulière. Je ne voulais pas croire mes yeux médusés. Je me suis penché plus près, j'empoignai la soie dure de son double menton, et je regardai, ahuri, dans les yeux du mâle couinant, qui se frottait à moi. Mon dos s'est glacé car ce que j'ai vu était réellement effroyable. Le porc pleurait.

Il pleurait impuissant, avec le triste couinement des êtres vivants qui ont subi le changement et les lois dures et malveillantes de l'enfer. Ce couinement ne ressemblait qu'à peine au grognement. Ses compagnons, les jeunes mis à l'engraissement, se tenaient autour de nous en demi-cercle et, comme s'ils avaient commencé à chanter un chœur funèbre monstrueux et infernal, leurs grognements plaintifs et leurs glapissements cadencés et pitoyables emplissaient de sons hallucinants le silence de la baie et de la clairière littorale. J'écoutais, effrayé, le cœur battant cette funeste cacophonie animale, aux sinistres accents familiers. Ces porcs se souvenaient encore de quelque chose et avec un grognement de détresse ils faisaient part au monde de leur frayeur. Je me tenais, impuissant, parmi eux. L'angoisse et une animosité farouche agitaient mon cœur. Et à cet instant, j'ai de nouveau entendu le claquement d'un fouet. Le troupeau de porcs s'est enfui, effrayé. Je me suis retourné et j'ai aperçu ma lumineuse mère qui faisait claquer son fouet sur un des rochers de la baie… La mer renvoyait les rayons du soleil et les cheveux de ma mère flottaient avec une lumière verte… Ses yeux jetaient des flammes comme le sabot du cheval-fée de grand-père Hélios, lorsque les voyageurs du ciel trébuchent sur un météore. À l'un de ses bras pendait un panier tressé d'écorces de bois, vide, semblable à ceux dans lesquels les pêcheurs alignent, entre des couches d'orties, les poissons fraîchement pêchés. Je ne l'avais encore jamais vue aussi effrayante, aussi magnifique, si amèrement et fougueusement majestueuse. Comme si une de ses aïeules, celles qui avaient enfanté les titans, était revenue à la vie !

Elle se tenait debout dans le vent de l'aube, puissante et altière dans la lumière étincelante. Sa main blanche souleva le fouet et montra la trace des nouveaux venus qui trottinaient derrière le troupeau de porcs :

– Veille, cria-t-elle, et le vent de l'est au goût salé, âcre et piquant fit flotter ses ordres au-dessus de la baie, veille à ce qu'ils mangent vite et qu'ils s'habituent à leurs compagnons.

Je mis la paume de ma main devant ma bouche, car le vent qui voltigeait happait mes paroles, et je criai avec une amère agitation :

– Où est Skylla ?...

Ma mère me regarda d'un air victorieux du haut de la falaise.

– Elle se baigne, dit-elle, et sa voix siffla comme le serpent lorsqu'il aperçoit un homme dans la broussaille.

Elle se tenait debout, les bras croisés, elle regardait l'eau de la baie qui faisait des vagues, comme si elle cherchait quelque chose dans la profondeur du miroir d'eau vert pâle et transparent. Elle haussa ensuite ses belles épaules et elle lança à l'eau le panier de pêcheurs vide. Elle ne me regarda pas et elle repartit vers la maison en faisant claquer son fouet. Je la regardais passer, effrayé. Je n'osais pas la déranger par des questions. Je me sentais horrifié de m'être trouvé au point focal des secrets célestes et terrestres, ce point du jour ensorcelant et mystérieux de mauvais augure. Ma mère avait disparu parmi les feuillages des lianes pendantes. Le soleil torride brûlait au-dessus de la baie d'Aïaié. Mon visage était en feu, mon cerveau brûlait comme si la braise des questions délirantes et insolubles l'avait fait flamber. Je jetai mes vêtements par terre et je plongeai parmi les vagues couleur de vin pour rafraîchir mon corps et la chaleur de mon cerveau. Mais, après quelques mouvements de nage, je me suis agrippé, horrifié, aux feuilles de laîches mousseuses d'un rocher du littoral. Je voulais crier et appeler au secours, mais le son ne sortait pas d'entre mes dents. Ce que je voyais, c'était plus que redoutable.

Un monstre marin était étendu sur un rocher près de la surface de l'eau. Je n'avais encore jamais vu un tel monstre dans la baie d'Aïaié. Son corps n'était pas plus grand que celui d'un enfant, ou celui d'une jeune fille. Il avait une queue de poisson comme un cheval marin sur lequel montent les Néréides et un corps d'araignée avec plusieurs douzaines de tentacules et de pinces. Ses yeux minuscules de crabe clignotaient et il avançait ses tentacules d'un geste nerveux vers les coquillages et les escargots accrochés sur le rocher. Le monstre était effrayant, mais en même temps étonnamment impuissant et sans défense. Ses yeux de crabe brillaient dans la lumière comme des émeraudes et dans le regard de l'être aquatique difforme qui me dévisageait, il y avait quelque chose comme une demande de secours, comme tantôt dans le regard des porcs mâles. L'effroyable pressentiment qui déchirait mon cœur me poussa à surmonter ma crainte et mon épouvante et à m'approcher de la falaise par quelques mouvements de nage courageux. Le monstre bougea avec un coup de queue violent. Il sauta dans l'eau et, avant que je puisse l'approcher, disparut dans les vagues profondes de la baie.

Je remontai sur la rive et je me dépêchai tel que j'étais – nu et tout mouillé – vers notre maison. Je devais offrir ainsi un curieux spectacle. Nu, le corps brillant d'eau de mer, les cheveux en bataille, je courais sur le sable brûlant dans un état extatique, fouetté par le doute et le désir : je cherchais mon amour et je craignais pour elle… La chambre de Skylla était vide. Je criai le nom de mon amour, j'errai à demi fou de douleur et de doute atroce dans la chambre où le lit défait montrait encore les traces imprimées dans les coussins en désordre de ma première nuit d'amour. Il me semblait reconnaître dans les plis d'un petit oreiller la trace imprimée de la petite tête bouclée et noble de Skylla. Je me prosternai devant le canapé et j'enfouis dans l'oreiller mon visage baigné de larmes. Je reconnus sur le lin fin le parfum des cheveux de Skylla et je pleurai mon amour d'un sanglot violent, avec un désespoir jamais ressenti jusque-là. Je me lamentai longtemps ainsi. Lorsqu'enfin j'ai regardé autour de moi, j'ai aperçu vaguement, à travers mes larmes, la redoutable figure de ma glorieuse mère. Elle se tenait debout, au seuil de la porte, les bras croisés, immobile. Je demandai d'un ton étranglé par les sanglots :

– Où est-elle ?...

Ma mère me regarda avec morosité. Elle fronça ses sourcils épais. Elle rejeta en arrière sa tête divine. L'orgueil, la passion, l'amère et triste vengeance étaient imprimés sur son beau et sévère visage. Elle ne répondit pas à ma question. J'ai compris à travers son silence que mon horrible soupçon était légitime et que le monstre que j'avais vu tantôt disparaître dans la mer, qui s'était sauvé comme s'il voulait cacher sa honte devant moi, était Skylla. J'étais secoué de frissons.

Ma mère dit ceci :

– Ne pleure pas !

Ses paroles sifflaient comme le vent printanier.

– Apprends, dit-elle lentement, en martelant ses mots, qu'il ne vaut pas la peine de pleurer pour les humains.

Je me suis levé. Je me tenais devant ma mère, nu et troublé. J'ai compris que l'enfance était vraiment terminée et que j'étais devenu adulte. Mais il y avait quelque chose dans l'intonation de ma mère, qui, même en ce moment redoutable, me donnait à réfléchir. J'ai compris que ma mère savait combien il était douloureux de pleurer sur des humains ! À cet instant, j'ai compris quelque chose de l'être secret de ma mère, du mystère de mon origine et de mon ascendance. Je n'osais pas parler. Le temps des fables était terminé. J'étais nu et j'étais un homme. Ce matin-là, la vie a commencé aussi pour moi.

V

J'ai décidé que je deviendrais rusé comme les serpents que l'on trouve parmi les falaises de l'île d'Aïaié, que j'aurais le regard perçant comme les aigles qui tournoient au-dessus de nos rochers et que je serais agile comme les poissons au corps bleu dans l'eau argentée de nos baies. J'ai décidé que je me tiendrais sur mes gardes et que j'apprendrais la vérité sur ma mère, Skylla, Glaukos, les porcs, mes origines et les secrets du monde. Skylla disait que j'étais un homme. Je ne savais pas encore si c'était un avancement dans le monde des vivants ou une sorte de perte de rang. Mais, de toute façon, j'ai décidé de me conduire d'une manière digne d'un homme ; donc je serais curieux.

Un heureux hasard me mit rapidement en possession de secrets effroyables et funestement sérieux. Quelques jours après l'arrivée mouvementée et de mauvais augure de Glaukos et Skylla, puis leur disparition angoissante et mystérieuse, ma mère annonça l'arrivée d'un nouvel invité à la domesticité de sa maison. La nouvelle qu'Hermès, le dieu aux pas agiles, arrivait en visite, n'était pas excessivement surprenante, car pendant mon enfance j'ai vu plusieurs fois à la maison ce dieu à la conversation douce, aux belles manières mondaines, à l'attitude posée, qui appartenait au cercle d'amis de ma mère. Il faisait toujours avec des cadeaux singuliers son entrée sur « l'île de la mort ». Malgré cela, l'arrivée d'Hermès avait cette fois-ci particulièrement irrité ma mère. Je me trouvais dans sa chambre à coucher et j'écoutais avec une morosité obstinée – comme toujours à cette époque, car depuis la perte de Skylla je vivais dans un état de mélancolie permanente – ma mère donner aux gens de sa maison ses ordres concernant la réception de l'invité.

– Le majestueux seigneur, dit ma glorieuse mère, ce jour-là particulièrement agitée, arrivera demain et ne passera qu'une nuit ici. Veillez à ce que l'invité de haut rang trouve tout le confort nécessaire sous mon toit… Ilythia, dit-elle à l'aînée des nymphes, qui avait à charge de surveiller la cuisine, tu sais qu'Hermès est très gourmand. Que veux-tu servir à dîner ?

Ilythia, la grosse cuisinière divine, haletant placidement, répondit avec un sourire béat :

– Les Silènes ont promis un sanglier gras pour ce soir. Si j'ai le temps de le passer à la saumure…

– Hermès est rassasié de toutes les viandes, y compris de la viande de sanglier, dit ma mère avec impatience. Tu devrais savoir qu'un dieu à qui l'on sacrifie sans discontinuer du sanglier et des chèvres en a, à la fin, assez de ces nourritures. Mais si tu pouvais te procurer d'ici demain une belle langue de bœuf bien épaisse…

– Rien n'est plus facile !… cria Ilythia. Les satyres se préparent justement à l'abattage. Il est arrivé tout récemment une cargaison de bœufs à abattre de l'île de Thrinakié, où paissent les bœufs de ton divin père, Hélios. Mais ne penses-tu pas, maîtresse, que ce plat ordinaire est inférieur au rang de ton invité et n'est pas digne de ta table à l'occasion d'une aussi brillante festivité ? De la langue de bœuf pour un dieu ?…

Ma mère fit un signe nerveux de la main :

– Tais-toi, dit-elle avec véhémence. Les bœufs d'Hélios n'ont porté chance à personne sur l'île de Thrinakié… marmonna-t-elle sur un ton singulier comme si elle se souvenait…

Nous nous taisions tous, bouche bée. Nous ne pouvions pas savoir de qui pouvait se souvenir ma mère. Ensuite, comme si elle chassait de pénibles souvenirs, elle se tourna de nouveau vers nous.

– Hermès est un dieu, dit-elle plus calmement ; il peut donc manger sans problème de la viande des troupeaux de mon divin père. Cela ne lui fera pas de mal comme à un autre voyageur ordinaire… Elle avala le mot. – Tu dois savoir, Ilythia, que parmi les activités et devoirs divins, innombrables et variés, du lumineux Hermès, celui que lui a confié le souverain Zeus : rester auprès des femmes en couches et donner leur langue aux nouveau-nés – n'est pas le moindre. C'est lui qui apprend à mentir aux nourrissons et aux politiciens. C'est pourquoi les humains le vénèrent et, parmi les sacrifices sanglants et non sanglants, on lui sacrifie aussi des langues animales. Ce serait une aimable et courtoise attention si tu servais en plat d'entrée une épaisse langue de bœuf préparée aux olives et aux jeunes oignons. D'autant plus qu'il passera la soirée, la veille de son anniversaire, avec nous, dit ma mère avec un sombre sourire.

– Son anniversaire ! cria avec enthousiasme la divine, mais néanmoins un peu niaise, Ilythia. Ceci est un grand honneur pour notre maison. Maîtresse, ne serait-il pas mieux de servir à l'invité la langue de bœuf comme plat principal et de servir comme plat d'entrée un rare et savoureux crabe de mer ? Du crabe avec de la mayonnaise !... Nos pêcheurs disent que le temps de l'accouplement est arrivé et qu'ils ont aperçu près des rives une sorte de crabe extraordinaire bien gras...

– Excellente idée !... dit ma mère et ses yeux jetèrent des flammes. Mes genoux se mirent à trembler, de méchants pressentiments me torturèrent. – Dis à mes pêcheurs d'immerger les filets avec précaution cette nuit. Si mon oncle Poséidon au harpon d'or envoyait près de nos rives une sorte de bête marine rare, fais-la griller dans de l'huile fraîche. Mais prends garde, car Hermès est aussi un divin cuisinier. C'est lui qui est le sommelier sur l'Olympe, mais il est aussi le cuisinier en chef dans la cuisine divine. Il rivalise avec Apollon Magistos dans la connaissance des secrets de l'art culinaire.

– Je le sais, dit-elle avec recueillement et gaucherie. Ulysse a appris aussi avec lui à jouer au chef…

C'est la première fois que j'entendais ce nom. Bien que toute mon attention fût focalisée sur les sombres desseins de ma mère – car je redoutais qu'elle fasse prendre par ses pêcheurs dans leurs filets mon amour au malheureux souvenir, la ravissante Skylla, et qu'elle la fasse rôtir à l'huile pour la table d'Hermès –, le nom prononcé par la grosse nymphe écervelée fit un indescriptible effet sur les personnes présentes. « Ulysse », dit la cuisinière divine, et la voix de ma mère claqua comme le fouet dans sa main. Les nymphes poussèrent un cri à l'énoncé de ce nom, et Ilythia, comme si elle reprenait ses esprits, porta sa main potelée devant sa bouche. Tout le monde me regardait.

– Tais-toi, imbécile ! siffla ma mère. Elle aussi m'observait. Tu radotes à tort et à travers !… Et lorsqu'elle a vu que je n'étais pas curieux – je me suis comporté avec hypocrisie comme si je n'avais pas remarqué la consternation que le nom étranger avait produite sur les personnes présentes – elle continua vivement :

– Exécute mes ordres. Vous mélangerez le vin et l'eau en égale quantité, car c'est la coutume sur l'Olympe, dit-elle à une autre nymphe, et si vous pouvez trouver une bête marine savoureuse, je vous autorise à la servir en plat d'entrée. Hermès ne mange pas de sanglier, dit-elle un peu radoucie, sur le ton soucieux de la bonne maîtresse de maison, car les sacrifices que lui portent matin et soir, le jour de la nouvelle lune, les humains reconnaissants, l'ont un peu rassasié... Mais une côtelette de porc ordinaire avec une salade ne serait peut-être pas une mauvaise idée pour le troisième service – bien entendu de la viande d'un jeune porc bien tendre... Qu'en penses-tu, Télégonos ? demanda, avec une affabilité qui me fit frémir, ma lumineuse mère en se tournant vers moi. Quel cochonnet devons-nous égorger demain en l'honneur du glorieux invité ?... Peut-être l'un des nouveaux mis à l'engraissement, dit-elle en mordant sa lèvre inférieure. – Elle guettait sous ses paupières mi-closes l'effet produit par ses paroles. – Ce jeune mâle à la soie sombre que j'ai vu il y a peu de temps grogner dans le troupeau conviendrait : il n'est pas gras et pas trop maigre non plus...

Les nymphes écoutaient avec une attention tendue. J'étais horrifié. Il était évident que ma mère voulait préparer le dîner pour le l'hôte divin avec les corps envoûtés de Glaukos et de Skylla. Je veillais à cacher mon émotion, mais mes lèvres tremblaient et je savais qu'aucun morceau de ces mets honteux ne pourrait passer à travers ma gorge. Ma mère, comme si elle voulait en finir avec ses devoirs de maîtresse de maison, se tourna de nouveau vers les nymphes. Elle parla sévèrement sur un ton pédagogique :

– Le glorieux Hermès, ami de notre maison, dit-elle hautaine, mais sa voix tremblait et j'ai perçu une secrète incertitude à travers ses propos, arrivera de nouveau sur notre île par délégation de l'auguste Zeus. Il arrive aussi en qualité d'envoyé officiel, dit-elle avec nervosité. – Vous veillerez donc doublement à deviner les désirs de notre hôte éminent. Hermès aime les sucreries et les gâteaux. Les hommes font aussi en son honneur des gâteaux fourrés de sucreries, qui ont la forme de la baguette de messager avec laquelle le courrier ailé se met chaque fois en route… Ilythia, dis à notre pâtissier de faire cuire sur une pierre brûlante quelques-unes de ces baguettes emblématiques. Et de surcroît, sortez des casseroles nos plus beaux fruits confits, et servez ces fruits doux sur un plateau d'argent. Je veux que tout soit comme dans les temps anciens, où il séjournait parfois ici, dit ma mère, et elle soupira.

Les nymphes s'empressèrent d'exécuter ses ordres avec un chuchotement soumis et des mouvements froufroutants. Notre maison se remplit bientôt des crissements des balais, de bruits de mortiers, des grésillements des plats à gratin huileux. Ma mère me parla avec sérieux :

– Télégonos, dit-elle, sois attentif, mon glorieux fils. Tu n'es plus un enfant, dit-elle sévèrement, et j'ai rougi car je me suis souvenu du moment où elle m'avait trouvé au lit avec mon amour infortunée.

Mais tu n'es pas encore adulte, ni dans le sens divin, ni dans le sens humain du terme. En tout cas, le moment est venu où nous devons nous occuper de ton avenir. Ce que tu as appris jusqu'ici est une belle et intelligente leçon, mais ce n'est pas suffisant. Tu iras dans le monde, pour remplir ton esprit de nouvelles connaissances, dit-elle gravement. L'instant est proche où je devrai me séparer de toi.

– Dis-moi la vérité, priai-je. Qu'est le monde ? Qui suis-je ?... Que veux-tu de moi ?...

Ma mère se taisait et m'examinait d'un regard perçant.

Je commençai à trépigner.

– Qui était Ulysse ?... criai-je.

Le mot fut prononcé, je ne sais quel démon m'obligea à le faire... Ma mère était assise, figée. Elle me regardait avec des yeux brûlants. Sa gorge de neige se balançait comme la montagne enneigée près de l'île de Thrinakié, où Typhaios actionne les tertres chauffés à blanc.

– Le temps viendra, dit-elle avec sévérité, où tu apprendras qui est Ulysse ! Mon garçon, ne souhaite pas hâter ce moment !...

Dans sa voix sonnait une menace mais en même temps aussi une profonde tristesse. Je l'écoutai, ébranlé. Je n'ai pas osé à cet instant l'importuner par d'autres questions. Mais j'ai senti que le temps était proche où la voile du grand secret de mon enfance se soulèverait et où l'image du monde changerait pour moi. Un nom étranger – qui sonnait malgré tout avec une singulière et redoutable attirance et avec familiarité ! – avait retenti, et l'émotion qui emplit mon être à la perception de ce nom m'avertit que j'étais dans les sillons du secret. Pour l'instant je n'avais aucune certitude, mais j'éprouvais le sentiment que depuis que ce nom avait retenti, j'étais devenu moi aussi une personnalité. Ce pressentiment me mettait en émoi. Je présumais qu'être une personnalité était le maximum qu'un homme pouvait atteindre.

VI

Nous attendions Hermès dans l'après-midi. C'était le quatrième jour du mois, donc – comme je l'avais appris de ma lumineuse mère et des nymphes initiées – le jour qui évoque le souvenir de la naissance du dieu vagabond et que les humains honorent toujours avec des sacrifices. Le ciel était déjà assombri par des nuages mauves et bleu sombre, lorsque nous avons entendu du côté du portillon du jardin sonner les éperons d'or de l'hôte divin.

Le soir d'été était suffocant et sans le moindre souffle. Ma mère avait mis la table dans l'entrée à colonnes. Un jet d'eau de bronze représentant un garçon qui attrapait un poisson – cadeau que Glaukos avait envoyé à ma mère il y a quelques années – faisait gazouiller l'eau aux frisettes d'argent au milieu de l'espace planté de gazon et de fleurs au parfum balsamique, entouré de cyprès et ceint d'une clôture de marbre. La table basse de marbre et le sofa parsemé de coussins écarlates étaient installés entre deux hauts cyprès, avec vue sur la baie à couleur d'argent. Ces cyprès – qui étaient les plantations de mon lumineux grand-père Hélios – avaient une certaine renommée sur les îles : l'on racontait que l'un était mâle et l'autre femelle. Les nymphes croyaient savoir que, pendant que les troncs sveltes du cyprès mâle et du cyprès femelle jaillissent droits et immobiles vers le ciel, leurs racines s'enroulent passionnément dans les profondeurs, s'enlaçant dans le fin fond de la terre moelleuse, dans une sorte d'hymen souterrain, invisible, matériel et tendre... Ma mère se taisait avec un sourire mystérieux, lorsque les nymphes ou les silènes jardiniers faisaient l'apologie de la vie amoureuse de la paire de cyprès aux deux sexes et ne niait pas la possibilité de ce rapport singulier.

– Vous allez savoir la vérité, répondit-elle à nos questions, grave et mystérieuse, lorsqu'une maladie mortelle atteindra l'un d'eux : la foudre, le tremblement de terre, ou la tempête qui brise les reins...

– Que se passera-t-il alors ? demanda bouche bée la divinement niaise Ilythia.

– Si l'autre meurt aussi, dit ma mère brièvement et d'un ton amer, c'est qu'ils étaient réellement amoureux.

– Maîtresse, demanda, la bouche tremblante,

la niaise mais généreuse et sentimentale Ilythia, la nymphe de la cuisine, l'amour n'a pas d'autre preuve ?

– La mort seule, dit durement ma mère, et elle fit une grimace amère avec sa belle bouche. Tout le reste n'est que luxure ou jeu. L'amour, s'il est vrai, est toujours mortel… Oie blanche, apprends-le ! dit-elle d'un ton méprisant.

Il m'était impossible de ne pas me remémorer ces mots lorsque le soir je rôdais dans le voisinage de ma mère et que j'observais la manière dont elle contrôlait la préparation du dressage de la table installée entre les deux cyprès à la réputation magique ainsi que les préparatifs du service. À sa taille pendait le fouet tressé de peau de serpent, qu'elle utilisait à la place de la baguette magique… Ma mère avait revêtu pour la soirée une somptueuse robe cousue de peaux de poissons à écailles, ultrafine ; sa robe scintillait au clair de lune sur son corps plein, mais aux contours agréables, comme le corps phosphorescent des poissons d'eau profonde. Ses célèbres et beaux cheveux avaient été, l'après-midi, coiffés en grappes et en volutes, avec un soin particulier, par une de ses servantes habiles, la replète Doro. Elle fit porter de sa chambre à coucher une cage à oiseaux tressée de grilles d'or, dans laquelle elle gardait un pivert, et elle le fit poser sur la table. Ma mère était visiblement émue et impatiente. J'admirais, figé, cet être redoutable et mystérieux. J'ai compris que ma mère n'était pas seulement une déesse au pouvoir d'envoûtement, mais aussi une femme… Lorsqu'elle m'a aperçu au pied d'une des colonnes, elle m'a crié avec énervement :

– Déguerpis et va dans ta chambre, garnement divin ! – Et sa voix résonnait comme une menace. – Je veux passer la soirée seule avec l'auguste invité.

Je pris congé avec une obéissance feinte. Ma mère ne fit plus attention à moi, car les cailloux du chemin du jardin se mirent à crisser tout doucement sous les sandales ailées de l'invité qui s'approchait. Je fis semblant de partir en direction de la maison d'habitation, mais à peine ma mère eut-elle tourné le dos que je me cachais dans un des bosquets verts taillés en boule, qui avaient la taille d'une petite meule de foin, et qui entouraient l'esplanade à colonnes. De là, dans le silence du soir d'été, j'ai pu entendre très clairement chacun des mots que ma mère et son invité échangèrent autour de la table et j'ai pu aussi, grâce à un guet prudent, apercevoir les protagonistes. J'avais repéré cet endroit dans la journée, car j'étais fermement décidé à désobéir pour une fois aux ordres de ma mère et de ne pas me laisser exclure des secrets actuels du ciel et de la terre.

Hermès monta lentement le chemin du jardin, sa baguette de messager à la main. Il était de haute taille, il grisonnait déjà un peu. C'était un dieu d'élégante prestance. Il portait un mantelet court, une sorte de cape doublée de vent à soutaches d'or, une jupe de drap blanc comme neige tissée de motifs rouges qui ne couvrait ses jambes musclées qu'au-dessus du genou. Il avait ôté sa toque garnie de deux minuscules ailes d'or qui symbolisait sa qualité et son rang divin, et il la portait à la main, car la soirée était humide et le dieu transpirait en marchant. Ma mère l'attendait près d'une colonne, les bras ouverts.

– Ma chère amie !... dit le dieu avec un charmant sourire, sur un ton mondain. Lui aussi ouvrit ses bras.

– Voleur divin !... cria ma mère, d'un ton sensuel et réjoui.

Ils se serrèrent dans les bras l'un de l'autre, comme il se doit entre vieux amis. Hermès fit ensuite un baisemain poli. Il tira de sa splendide ceinture à boucle, qu'il portait à sa taille – plus exactement sur sa bedaine –, car j'ai pu apercevoir de ma cachette que le lumineux hôte, dont la dernière visite remontait à plusieurs années, avait pris entre-temps un embonpoint sensible – une fleur à pétales rouges particulièrement belle et il la tendit à ma mère :

– Accepte-la, dame divine, dit l'assassin d'Argos, avec un compliment facétieux, c'est l'une des plus belles fleurs de l'Olympe. Je l'ai cueillie pour toi ce matin, lorsque l'aube aux doigts de rose enveloppait de rayons d'or les jardins d'Hera...

Ma mère prit la fleur, la sentit, et la contempla avec suspicion :

– Sa racine est noire, dit-elle souriante, mais d'un ton ombrageux, comme la racine de la fleur de mites dont tu as usé naguère pour te mêler de force de ma vie.

– Le regrettes-tu ?... demanda, la tête penchée, l'indiscret Hermès.

Ma mère soupira en sentant la fleur.

– Je ne le regrette pas, mais je me souviens, dit-elle, en serrant les pétales rouges sur son cœur. Elle soupira ainsi sur un ton mystérieux, se souvenant : une fois un voyageur s'était égaré sur mon île... Comme beaucoup avant et après lui, il méritait aussi que, grâce à mon pouvoir magique, je débarrasse de son déguisement humain la réalité de son être et qu'il soit transformé en porc... Mais toi, mon ami divin, tu t'en es mêlé. Tu lui as donné des flocons cotonneux et la plante magique, qui a la racine noire mais la fleur blanche, l'a préservé de subir le sort des autres...

Hermès souriait et acquiesçait de la tête :

– Il est resté homme et tu l'as serré dans tes bras. L'as-tu regretté ? demanda-t-il une seconde fois, avec le sourire bizarre, plein d'expérience, d'un vieux monsieur.

– Je ne l'ai pas regretté, répéta brièvement ma mère, mais je n'aime pas que l'on se mêle des affaires de l'un et l'autre. Moi non plus, je ne te demande pas pourquoi tu mêles de l'hermesias dans la boisson des amoureux...

Hermès rit. Il enlaça d'un bras la taille auguste de ma mère et posa par terre sa baguette de messager avec un bruit sec. C'est ainsi qu'il dit en faisant un clin d'œil à ma mère, avec une intonation ironique, complice et amicale.

– Je le mélange avec du lait et du miel, j'y ajoute ensuite de l'huile des grains du pin parasol, dit-il gaiement, afin qu'ils s'enivrent et qu'ils mettent au monde de beaux enfants... Le monde commence à se remplir d'êtres vivants ingrats et d'une suspecte ressemblance. Il faut habituer les hommes à engendrer quelque chose de beau par la force de leur amour. Et si cela ne peut pas se faire autrement, alors je les incite à la beauté par des moyens artificiels. Sinon le monde se remplirait bientôt d'esclaves. Bras dessus, bras dessous, ils arrivèrent près de la table et s'arrêtèrent. La mite, ma chère, peut être malfaisante, mais elle peut aussi guérir. Elle a protégé ton hôte du changement provoqué par l'envoûtement. Mais vous avez goûté tous les deux d'un nectar bien plus dangereux.

– Tais-toi, dit doucement ma mère, les yeux clos. J'ai reçu beaucoup de choses de lui : des souvenirs et aussi un enfant...

– Je le sais, dit amicalement Hermès, et il regarda le visage éloquent, à l'expression grave et douloureuse, de ma divine mère qui se reposait le corps renversé en arrière, les yeux clos, entre ses bras. Les hommes donnent toujours cela.

La lune d'argent fit son apparition dans le ciel mauve et dans le sortilège de sa froide lumière, les objets, les colonnes, les arbres, et eux deux – ma mère et son hôte – avaient bizarrement changé. Je retins mon souffle dans le buisson. Je sentis que l'instant était proche où j'allais apprendre la vérité. Ma mère paraissait particulièrement décomposée. Ils se détachèrent l'un de l'autre et ils s'assirent. Ma mère mit de l'ordre dans les plis de sa robe transparente, un peu gênée, comme quelqu'un qui sourit et verse des larmes à la fois. Elle versa du nectar dans une coupe et la tendit à son hôte. Hermès fit un signe de la tête :

– Mets-la dans un récipient rempli d'eau – il désigna la fleur rouge que ma mère avait épinglée entre-temps sur son sein – et observe ses changements. Ce n'est pas une fleur ordinaire non plus. Le peuple l'appelle racine de chien et il croit que celui qui boit sa décoction attrape la jaunisse. Dans la réalité, elle apporte le sommeil. Je te révèle que parfois, lorsque j'ai à faire dans l'empire de Hadès, avant d'y descendre, je jette des gâteaux imbibés de la décoction de cette fleur au chien des enfers, le féroce chien de garde Cerbère. Le gardien de l'enfer dévore le gâteau et devient somnolent. Si un jour tu veux offrir le cadeau du sommeil à quelqu'un, fais une décoction de racine de chien…

– Vieux malin ! dit ma mère avec affabilité. Ce n'est pas pour rien, que tu es aussi le dieu du sommeil et des songes.

– Tout comme toi, ma chère amie, qui es la déesse de la sœur aînée du sommeil, de la mort, dit Hermès avec une allusion et il regarda autour de lui.

Ils se faisaient ainsi des politesses. Mais le regard de l'hôte s'attarda sur la cage d'or et sur l'oiseau prisonnier. Le pivert tentait d'attirer l'attention d'Hermès par un bruit véhément. Il mordillait la grille d'or avec son long bec. Le dieu observa par-dessus son épaule le turbulent oiseau, le regardant en cillant de l'œil et s'écria d'un ton naturel, comme quelqu'un qui saluerait une vieille connaissance :

– Picus !...

– Tu l'as reconnu ?... demanda ma mère d'un ton étouffé, quelque peu effarée, et d'un mouvement inquiet elle serra sur son cœur la fleur magique.

– Picus ?... Comment ne le reconnaîtrais-je pas ? dit le dieu avec une dignité naturelle. Je ne suis pas un homme atteint de cécité, qui pourrait se laisser tromper par un déguisement structurel. Nous, dieux de première grandeur, nous reconnaissons l'homme partout, quel que soit son déguisement.

» Tu es donc ici, vieux fou ?... dit-il avec sérieux, sur un ton d'ironie et de réprimande au pivert, qui regardait l'hôte divin avec ses yeux d'oiseau affolés et qui, dans sa fascination en alerte, avait même oublié de battre des ailes et d'ouvrir d'un geste nerveux son long bec.

– Tu avais besoin de cela ?

» ... Il te fallait l'aventure, cette idée fixe des hommes. Comme si le changement et la modification n'étaient pas tout aussi ennuyeux que la permanence ! dit-il avec morosité.

– Le changement est un besoin malin pour les

humains, dit ma mère d'un ton troublé. Mais Hermès lui coupa la parole. Il parla à l'oiseau, mais chacune de ses paroles s'adressait à ma mère :

– Ananké !... – et il haussa les épaules. – Nécessité !...

– Quand allez-vous apprendre que l'éternité et le destin immuable sont une seule et même chose ?... – Le pivert martela avec désespoir.

– C'est maintenant que tu te lamentes, vieux jouisseur ? demanda-t-il avec sérieux, mais non sans compassion. Comme tant de tes prédécesseurs, tu cherchais l'aventure toi aussi, roi d'Italika, époux de la brave Pomone qui est pendant ton absence une veuve éplorée et qui prie les dieux inutilement pour ton retour !... Je te reconnais et je vois le résidu humain dans ton cœur d'oiseau contrefait : le lâche repentir et l'espoir vain !

Il se détourna de l'oiseau. La lueur de ses yeux divins éclairait ma mère d'un rayon vif et menaçant.

– Je fais servir !... dit ma mère inquiète, et sa main s'avança vers la sonnette avec un mouvement de fuite. Mais Hermès attrapa sa belle main fuyante d'un geste rapide et vif.

– Attends encore ! dit-il avec sérieux. J'ai à te parler.

Ses paroles résonnaient avec majesté.

L'oiseau dans sa cage d'or, ma mère dans sa robe de fée et moi-même dans le buisson, écoutions, bouche bée et le cœur alarmé, les paroles de l'hôte. Il me sembla apercevoir dans le crépuscule la vibration d'une ombre ; comme si le démon, le destin personnel, s'approchaient du fond du jardin de son pas insidieux, vers nous, lorsque le dieu se mit posément à parler.

VII

– Ma chère amie, dit Hermès, et sa parole résonnait d'une manière enrouée, certaines choses ne peuvent plus durer ainsi. Je suis un messager et ma mission n'est pas toujours agréable, particulièrement lorsque je dois communiquer un ordre supérieur sévère. Je dois te dire que l'Olympe s'est lassé de tes sombres pratiques. Nous ne pouvons pas tolérer que tu te mêles à tout propos de l'ordre du monde et que tu transformes les êtres créés selon la sainte loi de l'Entéléchie. On en a assez de te voir envoûter tes amants et les transformer en porcs, tes prétendants en loups des champs ou en lions rugissants, tes amants infidèles en oiseaux ou en monstres marins. Cela suffit ! dit Hermès sévèrement.

Ma mère restait assise, majestueusement ; mais j'ai vu qu'elle était devenue pâle.

– L'envoûtement est la prérogative de mon rang..., commença-t-elle à dire. Hermès s'empara des mots ailés de sa belle bouche avec une politesse sévère :

– Il y a une limite, dit-il d'un ton hautain. Tant

que je jouais et que tu changeais la conformation et l'apparence des vivants selon les caprices créateurs d'une déesse de talent, on a toléré en haut lieu cette distraction. Mais nous t'avons observée. Les comptes rendus reçus ne sont pas seulement décourageants, mais aussi inquiétants. Nous n'avons rien dit aussi longtemps que, sous tes impulsions de déesse et de femme, tu as changé quelques humains en porcs, en quelque sorte en guise d'expérience, à l'aide de tes mixtures chimiques. Le monde n'est pas encore un phénomène achevé... Le monde humain ne l'est pas plus que le monde animal ou le monde végétal. Oui, je trahis le secret que le monde divin n'est pas non plus entièrement achevé. La grande tentative de la Création continue va plus avant. Zeus rectifie parfois la présentation de la forme des humains par un haussement de ses sourcils majestueusement laineux. Nous avons toléré tes jeux, car nous avons espéré qu'une quelconque idée heureuse et gracieuse voie le jour en ton sein lumineux, qui te permettrait de parfaire les détails. Mais jusqu'à maintenant, tu n'as rien inventé de nouveau, dit-il d'un ton de réprimande, et il se pencha en avant, la coupe de nectar à la main. Nous, qui sommes responsables du progrès, nous ne pouvons tolérer le jeu irresponsable, et pas tout à fait innocent, que tu pratiques avec les mortels. Le but de l'évolution n'est pas – en fin de compte – que les bipèdes marchent à quatre pattes, ni que l'homme se mette à grogner au lieu de parler avec sagesse.

– Où et quand as-tu rencontré un homme qui parlait avec sagesse ?... demanda ma mère, le visage rosissant. Quelle que soit la manière dont ils enveloppent leurs désirs et les mots dont ils les parent, à la fin ils veulent tous la même chose !... Leurs souhaits secrets s'accomplissent lorsqu'ils commencent à grogner...

– Ma chère, dit promptement le messager, l'assassin d'Argos, nous pouvons avouer entre quatre yeux : l'homme est la créature des dieux et, même en grognant, il ne peut dire que ce qu'il a appris des dieux. Le monde est un grand bal masqué et lorsque Zeus colle un masque sur le visage des humains, nous devons veiller à ce que le caractère du masque corresponde au contenu intérieur. Le porc est une idée heureuse dans le monde des vivants, mais n'est pas l'unique possibilité dont l'être vivant est capable dans la grande ronde de la métamorphose, dit-il poliment, mais avec rigueur. Mais il n'est pas question de cela. Je suis arrivé avec un ordre. Jusqu'ici nous avons atténué, parfois par un geste prudent, les effets néfastes du redoutable privilège de ton rang divin : l'envoûtement. Nous nous sommes résignés à ce que tu joues en toute tranquillité, à titre d'expérience, avec les possibilités de l'élevage animal et humain. Nous ne t'avons pas importunée lorsque tu as changé Picus – qui après tout était roi – en pivert et que tu as gardé le malheureux oiseau captif dans une cage d'or, comme je le vois...

À ces mots le pivert s'est mis à crier douloureusement, d'un cri rauque, et son long bec martelait la grille avec une fureur désespérée.

– Ne croasse pas, imbécile ! dit le dieu avec hauteur, par-dessus son épaule. Le pivert se tut, effrayé. – Il est certain que nous les dieux, nous ne pouvons pas protéger de leurs démons les hommes qui dans le vertige de l'aventure, cherchent la fatalité du changement. Mais dans le rang de tes victimes il y a aussi des innocents. Si, en son temps, je ne m'étais pas dépêché au secours d'Ulysse, lui et ses compagnons seraient en train de grogner ici dans tes étables.

– Oserais-tu dire, demanda ma mère d'une voix tremblante, que ce serait un désastre extraordinaire si Ulysse et ses compagnons n'étaient pas revenus de mon île dans le monde des vivants ?...

Hermès, sous ses sourcils touffus roux-gris, jeta à ma mère en émoi un regard perçant et scrutateur.

– Question bizarre, dit-il à voix basse. Cela a été dit aussi sur l'Olympe, dans le conseil confidentiel, marmonna-t-il à mi-voix, comme s'il se parlait à lui-même. Le type d'homme qu'est Ulysse est en vérité un dangereux passant sur la terre. Comme Prométhée, le titan révolté, Ulysse recherche aussi le secret des dieux, dit-il avec sérieux. Tu dois le savoir – et il se pencha en avant en parlant mystérieusement – l'homme s'est rendu en quelque sorte indépendant sur la terre. Nous devons tenir compte des faits. Ma chère amie, dit-il calmement, et il poussa un soupir, nous les dieux, nous ne régnons plus d'une manière absolue dans le monde. L'homme...

– Cette demi-bête..., dit ma mère avec obstination et haine.

– Et ce demi-dieu, dit ironiquement Hermès. Il haussa ensuite les épaules et leva la main d'un geste de mise en garde. Ma chère, c'est un lieu commun que les dieux et les déesses répandent pour leur propre consolation depuis l'instant où ils ont engendré l'homme à la légère... Ni bête, ni dieu, mais homme, et il demande sa part de la domination du monde. Ulysse n'est qu'un des perfides usurpateurs du trône. Il a une destinée qui s'accomplira malgré lui. Mais jusqu'au bout de sa vie, il aura la force de transgresser les limites de sa personnalité. Nous n'avons plus la possibilité de jouer avec les hommes, dit le dieu avec sérieux.

Le crépuscule était tombé. Le soir était arrivé avec ses voiles mauves et pesants et le firmament resplendissait de la lueur des étoiles d'or au-dessus d'Aïaié. On aurait dit que l'air de la nuit s'était rempli de l'odeur suffocante de l'expiration de l'amoureux accouplement des cyprès. Je transpirais avec difficulté, car dans ma position accroupie, je n'osais pas broncher.

Ma mère était assise, auguste, les bras croisés. Sur son beau visage soigné passaient les nuages moutonneux d'une méditation soucieuse.

– Tu m'interdis de les façonner et de les transformer, dit-elle amèrement, en se plaignant. Tu oublies que ce sont les hommes qui m'incitent à la prudence. Il fut un temps où je donnais allégrement des ordres dans ma cuisine chimique, car j'avais le sentiment d'ajouter quelque chose à la grande œuvre de la création aux changement infinis… Les dieux mâles ne savaient qu'engendrer. Porter à terme les enfants et remplir le devoir ingrat de l'éducation est ce qui nous a été toujours proposé, à nous, êtres divins femelles. C'est nous qui sommes les mères malgré tout, dit-elle avec douceur et avec animosité. Mais un jour l'homme est apparu sur mon île et j'ai connu la déception.

Sa voix résonnait, impétueuse, dans la nuit. Hermès écoutait ma mère avec attention, le corps ployé en avant.

– Je le sais, dit-il doucement, avec compassion. Ulysse t'a trompée. Mais ce n'est pas une raison pour que tu enfermes dans une étable toute l'engeance humaine.

– Grâce à toi et à la vieille et jalouse Pallas Athéna, cria ma mère avec passion, cet homme fut sauvé de l'envoûtement. C'est lui qui m'a étourdie. Il m'a envoûtée avec ses mensonges, avec son être, avec son corps et son âme. Je respirais son être comme les prêtresses à Delphes respirent les émanations de la terre, les vapeurs magiques… Oui, je me suis étourdie. Mon cœur fort s'est attendri. J'ai accueilli dans mes bras l'homme vagabond. Plus tard, je l'ai accepté dans mon giron. J'ai écouté ses fables, et parfois j'ai cru les connaître. Il parlait des luttes des hommes, qui étaient à la fois voleurs et rois, bêtes de sacrifices et héros…. Il parlait des femmes au sang bouillonnant pour la possession desquelles les hommes entreprennent des luttes insensées. Il parlait d'Ithaque, où l'attendaient une épouse et un enfant, il parlait de la fumée de la cheminée de son foyer qu'il aimerait revoir encore une fois. Les saisons et les nuits passaient. L'hôte avait attendri mon cœur. J'ai gracié ses compagnons, j'ai rendu leur corps humain à ces misérables et j'ai toléré qu'ils s'empiffrent et qu'ils s'enivrent à longueur d'année sur mon île… Je peux te dire qu'ils ne se conduisaient pas, même sur deux jambes, d'une manière très humaine. Ils se jetaient sur la boisson comme le troupeau sur l'auge remplie de glands et, lorsque l'un d'eux, un jouvenceau nommé Elpénor, est tombé ivre du toit et s'est tué, j'ai eu le sentiment que la justice divine était parfois plus modérée que le sort que les humains se préparent à eux-mêmes. Nous l'avons enterré par là, dit ma mère en passant – et levant ses magnifiques bras, elle montra la colline qui s'élevait derrière les cyprès, au bord du rivage, et au sommet de laquelle une lance rouillée indiquait que sous les mottes reposaient des restes humains.

– Ils étaient des hommes, dit Hermès en haussant les épaules, ils buvaient donc, car ils ne pouvaient supporter la conscience de l'existence. Ils avaient besoin de s'étourdir pour se libérer de la responsabilité déchirante de la personnalité…

– Ils ont besoin de boissons, de jouissance, de distractions, dit ma mère butée, afin d'étourdir en eux-mêmes la conscience divine et de retrouver la bête dans leurs âmes. Malgré cela, j'éprouvais de l'affection pour cet homme, dit doucement ma mère, un peu haletante, et elle se pencha vers Hermès. Je me tordis le cou et me mis sur la pointe des pieds, car je ne voulais manquer aucune de ses paroles. – Je rêvais d'une alliance insensée : d'une alliance divine et humaine…

» Naturellement il m'avait promis qu'il resterait avec moi. Il disait qu'il allait juste faire une visite dans l'Hadès, parler avec les morts, retourner à Ithaque, mettre de l'ordre dans la propriété, revoir sa femme et son fils qui, entre-temps, avait grandi, et qu'ensuite il retournerait chez moi ici, sur l'île d'Aïaié. Je lui ai avoué que j'attendais un enfant. Il a laissé ici en dépôt sa longue lance forgée par Héphaïstos – et elle montra du doigt la lance qui se dressait sur la tombe. – Je les avais habillés, lui et ses inutiles compagnons, de vêtements de laine épaisse ; je leur ai donné à manger et à boire pour le voyage. Je lui ai appris comment se comporter à la porte d'Hadès, d'où aucun mortel n'était encore jamais revenu, ce qu'il devait répondre aux ombres lorsqu'elles lui demanderaient des comptes de la responsabilité des vivants ?… Je lui ai enseigné les dangers qui le guettaient en route, lui et ses compagnons, afin qu'ils rentrent chez eux sans dommage, et qu'ensuite, lorsqu'il aurait labouré la terre natale, qu'il puisse me revenir comme il me l'avait promis, et serrer dans ses bras l'enfant, dont le cœur palpitait déjà sous le mien… Je me suis attendrie, dit ma mère gravement, avec colère. Moi, la déesse de la mort, je suis devenue infidèle à ma vocation à cause d'un homme et je lui ai enseigné, à lui, un descendant terrestre, comment se soustraire au destin… Et quelle fut sa reconnaissance ?…

La voix de ma mère éclatait maintenant dans la nuit comme la mer lorsque la foudre de Zeus, le « barricadeur de nuages », la frappe.

– Il est retourné à Ithaque, dit Hermès, un peu gêné.

– Et plus jamais je n'ai eu de ses nouvelles, cria ma mère avec dureté. Mais ce n'est pas tout !… Car s'il ne faisait que rentrer chez lui et m'oublier dans les bras de sa vieille épouse, cela même eût été une trahison ! Ne m'interromps pas, vieux voleur !… Tu es venu m'accuser, mais la défense a droit aussi à la parole !… Les gens mal informés racontent sur les îles, dans les filatures, près des puits, que Pénélope, l'épouse fidèle, est le modèle de la vertu. Mais je sais, moi aussi, certaines choses de cette brave maîtresse de maison provinciale. Je sais qu'il fut un temps où, pendant l'absence d'Ulysse, certains dieux vagabonds ont dormi dans la maison de la vertueuse « veuve de circonstance ». T'en souviens-tu ? demanda-t-elle avec amertume.

Hermès sourit. Il leva ses cinq doigts à la hauteur de ses yeux et il examina ses ongles d'un air myope.

Il dit d'un ton mystérieux et secret, à travers lequel on voyait poindre l'ironie divine et le sourire de la connaissance de la nature humaine :

– Je voyage en beaucoup d'endroits – et il étendit ses jambes. Il s'étala avec un peu d'autosatisfaction, confortablement, dans le fauteuil. – Il se pourrait qu'au cours de ces dernières années j'aie passé aussi une nuit à Ithaque.

– Il se pourrait !... cria ironiquement et avec amertume ma mère.

– Eh bien ! la rustique et villageoise « vertu domestique » a aussi pris corps et endossé volontiers – pendant les nuits d'été – des voiles légers, qui font apparaître les contours de la chair surchauffée. Voleur divin !... dit ma mère, et elle couvrit ses yeux pendant un moment de la paume de sa main, comme si les souvenirs l'assaillaient et comme si elle regardait au loin. Il fut un temps, où tu as dormi aussi dans cette maison... – murmura-t-elle à voix basse. À ce moment, ils ne se regardaient pas. Ma mère avait baissé les yeux.

Hermès se pencha en avant.

– Ma chère amie, dit-il doucement, mais d'une voix profonde qui résonnait, je n'ai jamais oublié la nuit où il m'a été permis d'être ton hôte. Le cœur des dieux...

– ... est oublieux, comme celui des hommes, dit ma mère avec sévérité. – Tu es venu m'accuser. Crois-tu que j'ignore que toi, justement toi, tu as si peu le droit de me demander des comptes de quoi que ce soit ? Je te connais, mon ami, dit ma mère avec tristesse et majesté. Elle se redressa subitement sur son siège. – C'est bizarre que l'auguste Zeus t'ait choisi, justement toi, pour t'envoyer chez moi comme messager juste et accusateur ! Pourquoi ?... De quel droit m'accuses-tu ? Justement toi ?... Nous sommes des dieux et nous sommes entre nous. Nous pouvons parler librement et nous n'avons nul besoin de cadenasser notre bouche...

– Ma très chère, prends garde ! dit Hermès avec appréhension. Il se pencha en avant, il toucha d'une main le genou divin de ma mère, et il jeta un regard circulaire et soucieux dans l'obscurité. – Nous sommes seuls, mais dieu sait, ces temps-ci, s'il n'y a pas un homme curieux qui écoute dans le voisinage ?...

– Eh ! les hommes, dit ma brillante mère avec mépris, et elle fit de la main un geste de dédain – je ne les crains pas et je ne les plains pas – mais j'ai senti au son de sa voix qu'elle n'était pas sincère.

» Maintenant je m'adresse à toi, au dieu, au messager, à l'assassin d'Argos. Tu m'accuses d'être la déesse de la mort, tu me le reproches, car je traite, selon son mérite, l'œuvre maîtresse de la création : l'homme infidèle ! Comme si tu n'étais pas toi-même le messager de l'enfer, glorieux Hermès !... Tout le monde sait que tu as eu une liaison avec Perséphone. Ce n'est pas un secret que tu as épousé Daeira – qui était une puissante déesse infernale – à Éleusis... Dans la sombre magie, ton nom est Hermès-Katochos... – Pourquoi prends-tu cet air morose ? Oui, tu es celui qui asservit les âmes... C'est toi qui oses me reprocher la magie et l'enchantement, alors que tu es maître dans l'art de lier les pieds et les poings et aussi la langue humaine par l'envoûtement... Chaque galopin-satyre sait pourquoi on t'avait donné le nom d'Hermaios un mois en Thessalie ?... On m'a donné en ton honneur le nom de déesse de la mort...

Hermès toussota, gêné, et porta sa main blanche et soignée couverte de poils roux devant sa bouche :

– Circé, dit-il, la colère me saisit. Je comprends que l'évocation du nom d'Ulysse soulève dans ton noble sein des sentiments courroucés. Mais la consigne que je suis venu te porter est rigoureuse. Abandonne l'ensorcellement. Nous devons défendre l'homme, cet être d'exception, car les rapports de puissance ont changé dans le monde... Je ne te reproche pas d'avoir eu des amants, dit-il dans un murmure méchant, étouffé, et il se pencha un peu en avant.

Ma glorieuse mère éclata d'un rire sauvage et ironique :

– Il serait en effet étonnant, dit-elle avec irritation, et dans sa voix l'on discernait la passion de la femme blessée, si justement toi, tu osais me taxer d'être une gourgandine... Toi, qui n'es pas qu'un messager, mais aussi un séducteur professionnel !...

Hermès toussota et se redressa offensé :

– Je te prie de m'excuser tout de même... dit-il

d'un ton profond. Mais la voix de ma mère claquait comme le cri d'une nuit d'orage :

– Oses-tu nier que c'est toi qui as réuni Aphrodite et Anchise ?...

– Je t'en prie, dit-il nerveusement, mais d'un ton mondain. Laissons Aphrodite !

– Je comprends qu'il est pénible pour toi de t'en souvenir, dit triomphalement ma mère. Mais la vérité est que, pour l'amour de la divine Aphrodite, tu étais jaloux d'Héphaïstos. Lorsque l'aigle a laissé tomber la sandale de la déesse, tu es devenu enragé et tu t'es mis à courir comme un écervelé sur la trace de la propriétaire de la sandale. L'espace cosmique connaît votre secret et ce n'est pas un hasard que le symbole de la sublime Aphrodite et du grand séducteur Hermès soit aujourd'hui encore partout sur les îles le bouc lubrique. Ce n'est vraiment pas un symbole distingué, je peux te l'affirmer, dit ma mère avec colère. C'est toi qui portes une accusation contre moi, toi qui avais réuni Eurydice avec ce musicien vagabond, un nommé Orphée ?... N'est-ce pas toi qui avais fait rencontrer Alcmène et Rhadamanthe ?... Regarde-moi dans les yeux, vieux voleur lubrique ! Souviens-toi de notre amour, qui était éphémère, comme la nuit... Mais malgré tout il y a un lien entre nous, car nous étions jeunes et j'ai été une fois couchée entre tes bras. Oserais-tu nier que c'est toi qui as vendu – oui, ne te contorsionne pas, avoue-le – Héraklès à Omphale ?...

À ces paroles Hermès parut particulièrement

bouleversé. Là où je croupissais dans le buisson, je n'entendais pas clairement le sens des mots, l'importance des noms et des accusations prononcés, je ne voyais seulement que l'hôte divin jeter effrayé un regard autour de lui et dire sur un ton d'appréhension et presque en murmurant :

– Ma chère amie, tu perds la raison !... Il y a beaucoup de choses sur la terre et dans le ciel sur lesquelles il est plus sage de se taire...

– Dans ce cas, tais-toi, dit ma mère d'un ton supérieur, avec une morgue superbe, quasi machinalement. – Tais-toi et ne m'accuse pas. Tu me taxes de lubricité, de magie, toi, qui ne sais peut-être pas toi-même le nombre de tes maîtresses !... Le moment est venu – ce n'est pas moi qui l'ai provoqué – où il faut parler avec une entière sincérité. Tu es arrivé à point nommé, voleur divin, en tant que messager et accusateur chez moi, la déesse solitaire, que tu accuses de jeux cruels et lubriques ! Que diraient de ces accusations tes maîtresses abandonnées ? Artémis ?... Ou bien Brimo de Thessalie ? Acacalis et Daphné à qui tu avais promis une île ?... Te souviens-tu encore de ton excellente amante, Urania, qui avait mis au monde de toi les dieux bâtards Pan et Priape ?... Tout le monde sait que tu as en permanence des liaisons avec les nymphes...

– Ce sont des affaires d'hommes, dit Hermès avec sérieux. Il battait des paupières d'un air troublé, mais j'ai senti au ton de sa voix, que l'évocation de ses amours flattait son amour-propre. – N'oublie pas, ma très chère, que je suis un dieu plusieurs fois divorcé et veuf. Un dieu, après tout, n'est pas de bois ! Personne ne devient plus jeune, mais je ne suis pas non plus encore vieux…

– Tu t'es empâté, dit brièvement ma mère d'un ton qui choquait, tu deviens bedonnant. C'est peut-être pour cela que tu acceptes maintenant de jouer le rôle de gardien des vertus ! Non, Hermès, nous deux, nous ne pouvons pas nous duper l'un l'autre. S'il y a quelqu'un qui te connaît bien sur la terre comme au ciel, c'est bien moi. Et s'il y a quelqu'un qui n'a pas le droit de porter une accusation sous prétexte de luxure, c'est bien toi ! Tais-toi, dit ma mère d'un ton sifflant, alors qu'Hermès protestait. – Il est de notoriété publique que tu aimes bien avoir des rapports licencieux avec des vaches et qu'à cette fin tu en as volé cinquante à ton ami, le pareillement infâme Apollon Nonios aux tendances maladives !… Fi ! cria ma mère. Tu es libidineux et voleur…

– Tu passes les bornes…, dit Hermès vexé, et il fit un mouvement comme s'il voulait se lever de son fauteuil.

– Reste ! dit ma mère en poussant un cri perçant. À ce moment elle ressemblait vraiment à une furie. – Tu es venu ici, supporte donc la vérité ! Oui, tu es un voleur. D'abord tu as volé le lait du sein d'Héra. L'as-tu déjà oublié ?… Toi, aux jambes lestes, qui portes des ailes sur tes sandales et sur ton casque, tu es en réalité le guide des voleurs ! Tu as volé la vache d'Io, les tenailles d'Héphaïstos, tu as volé Hector mort ! De mon oncle Poséidon, tu as volé le harpon à trois branches ! Les robes de ta mère qui se baignait et celles de tes tantes… Et à la fin, c'est toi qui as subtilisé Hélène pour l'emmener en Égypte.

– Ce n'est pas vrai, dit Hermès sombre, mais d'un ton mal assuré. Sa voix était un peu haletante.

– Chaque parole est exacte ! dit triomphalement ma mère. C'est tout aussi vrai que le fait d'avoir volé la faux d'or de Zeus, qu'il avait reçue en cadeau de Déméter.

– C'était la guerre, dit sèchement Hermès et il déglutit avec agacement. – Qui plus est, c'était la guerre civile ! Nous étions en pleine bataille. En un mot, c'était une guerre civile mondiale, avec toutes ses conséquences, dans laquelle j'ai risqué ma peau avec les autres dieux. C'était le destin du monde qui était en jeu, lorsque j'ai guerroyé contre les titans, paysans révoltés… Nous avons lutté avec des bêches et des faux aussi. Nous étions dans une situation militaire critique et dans ce cas, le soldat prend son arme là où il la trouve…

– Tu étais assis dans l'état-major – caché par un nuage de brouillard ! Un nuage de buée artificiellement développé te cachait, toi et les autres dieux poltrons…, dit ma mère en raillant. Apollon s'était contenté de pincer son luth à cinq cordes et de chanter des chants de guerre pendant la guerre civile mondiale, afin d'encourager les combattants !...

– Je m'entendais aussi à faire résonner la lyre, dit Hermès avec jalousie, puisque c'est moi qui ai inventé la lyre faite de carapaces de tortues...

Mais ma mère lui coupa la parole :

– Tu t'entendais à battre les cordes du luth. Mais tu as laissé à d'autres le soin de battre l'ennemi.

– Circé, dit Hermès en hochant la tête, je vois que tu es incorrigiblement femme. Ta raison est commandée par tes passions. La stratégie est une grande science. Permets-moi un mot, dit-il sérieusement. Et lorsque ma mère eut respiré profondément, comme si elle se préparait à une réponse volubile, il cria sur un ton qui résonna sévèrement :

– Je t'ordonne au nom de Zeus souverain de m'écouter !...

VIII

À l'évocation du nom de Zeus, ma mère devint pâle. Ses lèvres divines se tordirent. De grandes émotions agitèrent sa gorge ondulante. Le nom du grand seigneur du monde était tout de même une ferme consigne :

– Tu as une voix puissante, murmura-t-elle, honteuse, et elle baissa sa tête aux beaux cheveux. Ta voix a vaincu même Stentor... Parle donc.

– Tout ce que tu as relaté, dit Hermès avec sérieux et dignité, mais en même temps d'un ton conciliant et bienveillant, n'est que l'explosion d'animosité d'un cœur divin blessé. J'étais ton ami et je veux le rester, dit-il avec élégance, et il posa pendant un instant sa main velue sur les genoux de ma mère, d'un geste conciliant. – Je ne m'offusque pas de tes paroles, car ce serait en dessous de mon rang et de ma dignité de réfuter les accusations tourmentées et jalouses d'une belle femme. Ce démenti me serait aisé, dit-il, la tête penchée de côté, d'un ton vexé, mais rêveur. – Les incriminations qui crépitaient dans ta bouche sont universelles. Nous, les dieux, sommes pleins de défauts divins, ordinaires et médiocres. Nous sommes luxurieux, cupides et vaniteux... Mais pouvons-nous être différents ? Le grand rôle qui oblige, la jalousie avec laquelle nos rôles sont soupesés dans le monde ; tout cela a gâté le caractère des dieux. Nous avons vécu dans la lumière, dans le faste, dans l'euphorie de la fumée parfumée de l'autel sacrificiel... Est-ce étonnant que les pures et austères mœurs des dieux du temps jadis se soient détériorées ? Ma chérie, dit-il doucement, autrefois tout était différent. La vie divine était plus austère, sans ornements, mais plus pure que de nos jours. Beaucoup de choses ont eu lieu dans le passé dont ne se souviennent plus les fils ingrats de Dieu – et il se pencha plus près et baissa le ton de sa voix grommelante. Qui se souvient qu'il y eut un moment où dieu n'avait pas de nom, ni de visage ? Il vivait au-dessus des montagnes fumantes, on ne pouvait l'approcher que solitaire. Et Dieu, à ce moment, se mettait à rire...

– Il riait ? demanda ma mère avec émotion.

– Il a ri cinq fois ! dit Hermès avec recueillement. – Et ensuite il devenait triste... Cet instant était redoutable. Il n'y a pas de moment plus inquiétant dans le destin du monde que lorsque Dieu commence à rire. Et lorsqu'il devient triste ensuite... Il n'y a rien de plus effroyable ! cria le messager, et il leva la main d'un geste inquiet. – Lorsqu'il a ri pour la troisième fois, j'étais déjà présent. Et ensuite la Parque s'est mise de la partie. Interroge les Parques. Elles habitent près d'ici, au voisinage des écuries de ton lumineux père, Hélios. Tu les connais certainement, car ces aimables filles de la nuit sombre s'envolent de temps à autre de la grotte voisine afin d'éparpiller les grains noirs et amers du destin dans la vie des hommes et des dieux... À ce moment-là, l'aînée des Parques est venue vers moi. Elle tenait une balance à la main. Elle entreprit une discussion avec moi sur la justice... Et toi, qui sais tant de choses, tu n'as pas entendu parler de cela ? Tu m'accuses d'avoir volé le lait du sein d'Héra, ce lait aigre de la mère du monde ! – et le dieu fit une grimace du nez. – Tu m'imputes d'avoir volé les tenailles rouillées d'Héphaïstos ! Tu me taxes de lubricité, comme si le rang génital des vaches était inférieur dans l'ordre mondial au rang d'autres femelles... Toi qui t'immisces si promptement dans tout, ne sais-tu pas qu'il y eut un moment où il y eut une controverse, peut-être le seul vrai débat fatal dans le monde, que je ne me suis caché derrière aucun nuage de brouillard, et que je fus présent à ce moment dangereux ?... Oui, cria Hermès, et ses paroles firent des échos dans la nuit – j'étais là, lorsque Dieu riait, quand la Parque Moire est apparue, tenant une balance à la main, et entreprit une discussion avec moi sur la justice...

– Que dis-tu, mon ami ? marmonna ma mère troublée. Dieu qui n'avait pas de visage, voulait savoir de toi la vérité ?...

– C'est la réalité, dit brièvement Hermès, je suis venu accuser et tu m'as réfuté. Maintenant je réponds. Tu m'as taxé de lâcheté, de crimes et de fautes divines de bas niveau... Mais je ne fais pas partie des fanfarons. Même maintenant je ne parle de cela que parce que tu m'y obliges. Lorsque la Parque Moire est apparue la balance à la main et s'ingéra dans le destin du monde, qui décida des rapports de l'homme, de Dieu et de la justice ?... Moi, Hermès, proclamé poltron, menteur, séducteur, lubrique et voleur, le seul désigné d'un nom inférieur parmi les dieux ; j'étais là à cet instant redoutable et je suis intervenu. C'est ce qui s'est passé lorsque Dieu a ri pour la troisième fois – et Hermès, à cet instant, s'est redressé. Il était assis le corps infléchi en arrière, haut perché, majestueux, comme s'il avait grandi d'une manière invraisemblable. J'admirais et je me taisais, je n'osais pas bouger dans le buisson.

– Excuse-moi, grommela ma mère, je ne l'avais jamais entendu dire…

– C'est l'un des secrets mondiaux, dit Hermès avec morosité, d'un ton méprisant, le Dieu sans nom a ri ensuite encore deux fois, et a finalement reconnu que nous avions raison tous les deux. La Parque a reçu le sceptre mondial… Et c'est peut-être pour cela qu'il n'y a plus de justice dans le monde. Je suis un grand adepte du sexe féminin – et Hermès, assis, s'est incliné avec politesse et ironie – mais si le Dieu sans visage avait été moi, je n'aurais pas confié le sceptre de la justice à des mains féminines ; moi, qui ai le pas leste, je n'ai reçu que la baguette du messager… Tu m'accuses de sorcellerie, dit-il avec calme et il secoua la tête. – Je ne nie pas qu'en me servant de la baguette du messager, je peux provoquer de la sorcellerie dans le monde des vivants… Comme toi, avec le fouet, qui pend encore maintenant à ta ceinture ! – Hermès désigna alors d'un geste précautionneux la taille pleine et provocante de ma mère. Ma divine mère a jalousement empoigné le manche tressé de peaux de serpents du redoutable fouet. – Mais pendant que tu envoûtes, car ton cœur jaloux hait les hommes, je m'efforce, à l'aide de la magie, de glisser un peu de rêve, de paix et de chance dans leur vie. Je suis l'ami des hommes, dit doucement, solennellement, le dieu âgé.

Ma mère baissa les yeux. Sa gorge superbe haletait. Sous ses paupières mi-closes, elle regardait d'un air tortueux son hôte auguste et elle dit d'un ton étouffé :

– Tu veux m'ôter le droit de l'envoûtement ?

Hermès attrapa et serra la belle et dangereuse main de ma mère.

– Sorcière divine ! dit-il poliment, avec enthousiasme, crois-moi, même maintenant c'est un ami qui te parle ! Ce que je te dis est peut-être désagréable, mais tu verras que plus tard tu seras reconnaissante de la décision des dieux ! J'ai écouté tes griefs. Je pardonne tes soupçons… Tu me hais, car tu crois que nous nous mêlons sans raison en haut lieu de tes méchantes pratiques. Circé, tu dois te réconcilier avec les hommes ! Tu as subi une offense. Ton cœur ne peut s'apaiser…. Mais les hommes ne sont pas aussi désespérants qu'un cœur de déesse blessé l'imagine. Et peut-être ne suis-je pas non plus seulement le dernier voleur, le séducteur licencieux et le menteur à la parole lisse comme tu m'as dépeint… Tout cela, je le suis, d'une manière inévitable, car je vis entre les dieux et les hommes… Que puis-je apprendre d'autre ?… Mais je suis aussi autre chose… Dois-je me vanter ? Dois-je dire à ma décharge que je sers de toutes mes forces la cause de l'embourgeoisement de la circulation internationale dans le monde ? C'est pourquoi je veille à la construction routière et à la circulation en général, et je chasse les spectres qui rôdent autour des bureaux des grandes constructions routières sous forme d'odieux démarcheurs et de politiciens ?... La croyance populaire prétend que moi, le dieu des chemins, je peux traverser même des trous de serrures. Je te vois sourire à travers tes larmes de colère... Ma mère, apaisée, souriait réellement. – Tu es un bavard, dit-elle avec plus d'aménité – flatteur et menteur ! Les Arabes à la peau noire, chez lesquels j'achète les épices pour les besoins de mon ménage, sont tellement menteurs peut-être parce que tu es leur dieu !...

– Peut-être, dit gaiement Hermès, et il rit. Il tapota, puis baisa la main de ma mère, et il se renversa satisfait, dans le fauteuil. Il continua à parler avec soulagement. – Mon amie, le monde évolue. Le temps du grand jeu, de la magie primaire, est révolu. Je suis un partisan enthousiaste – je ne le nie pas – sur la terre comme sur l'Olympe, de l'évolution sociale et de l'idée du nivellement économique. C'est pourquoi j'ai accepté, en dépit de mes nombreuses occupations, de veiller spécialement sur la construction routière et le commerce international ainsi que sur les marchés. Je ne veux pas me vanter, mais je mentionne avec plaisir que j'ai réussi à inventer et à faire accepter par les hommes les attributs essentiels pour mesurer les valeurs du marché, pour résumer : la balance, les mesures, le profit et la fraude...

» Plus exactement, dit-il avec magnanimité, comme s'il regrettait cette vantardise, ils s'y connaissaient déjà auparavant en profits et en duperie, lorsqu'il n'y avait pas encore de mesures ni de balance… Ulysse avait conclu d'excellentes transactions commerciales dans le monde sans balance. Il avait dupé les Phéaciens ; il s'entendait aussi à emporter en souvenir des objets de valeur provenant des déesses d'un certain âge, après ses randonnées sentimentales. Mais Ulysse vit encore dans l'aventure. L'humanité a eu une indigestion de l'aventure : maintenant suivra une époque plus terne, mais plus utile. Peut-être l'âge de fer… Hermès devint pensif.

– Il n'a rien emporté de chez toi ?… demanda-t-il soudain avec un coup d'œil aigu.

– Il a emporté mon cœur, dit avec un peu d'emphase ma brillante mère, et elle soupira.

– Tu t'en es sortie à bon compte, dit Hermès avec cynisme. Et lorsque ma mère le regarda d'un regard embué et plein de reproches : – Ma chère enfant, le monde est devenu matérialiste d'une manière ahurissante. Demande à tes compagnons d'infortune, à Calypso et à encore quelques autres dames sur les îles voisines, si le vagabond Ulysse s'est contenté d'enfiler leurs cœurs autour de son ceinturon ?…

– Calypso ? cria ma mère avec véhémence, elle est vieille comme une route de grande communication !… Et elle ose encore se plaindre ?…

– Je sais qu'il y a entre vous une différence d'âge de quelques années, dit Hermès avec une intonation d'apaisement. Mais, malgré cela, elle a tenu en esclavage amoureux pendant sept ans l'homme qui a fui tes bras au bout d'à peine un an. La vieille dame a aussi payé, naturellement, pour son avidité...

C'était plus que ma mère ne pouvait supporter. Les paroles d'Hermès lui brisaient le cœur. Elle a enfoui son lumineux visage, soigné avec des pommades nobles, dans ses mains aux beaux ongles et commença à pleurer silencieusement. On ne pouvait remarquer que par l'ondulation de ses épaules divines, que les paroles malveillantes du dieu ironique et froid avaient blessé à la fois ses sentiments les plus sacrés et son amour-propre. Hermès s'est étalé confortablement, la tête renversée, dans le fauteuil. Il était visible qu'il jouissait de l'effet produit par ses paroles et qu'il était désormais sûr de son affaire. Il continua à parler sur un ton glacial sans prêter attention aux sanglots pudiques de ma mère humiliée :

– Ne pleure pas, dit-il du bout de la langue. Prends exemple sur notre création, les Grecs. C'est un peuple à l'esprit inquiet, ils ont des poètes et des héros. Ces meilleurs esprits, par exemple un nommé Thésée, avec qui j'entretiens parfois une conversation, estime qu'il est inutile de pleurer sur ce qui est une fatalité...

Le dieu s'était tu. Ma mère pleurait en silence. Au-dessus d'Aïaié, la lune fit son apparition avec son air glabre, lumineux et malicieux. Pendant un temps, ils restèrent assis sans parler dans le clair de lune. Ce n'est que du côté de la cuisine et des offices que luisaient les lumières fauves des torches des nymphes observatrices et impatientes. Dans la pénombre, j'ai entendu des pas légers et des froufroutements d'ailes dans le voisinage des écuries de grand-père. C'était les Moires qui se mettaient en route pour la nuit. J'avais chaud dans le buisson et en même temps je grelottais. C'était la première fois que je voyais les dieux se disputer. Mon cœur s'est empli de doute et de crainte. Je commençais à douter du destin du monde comme du destin humain. Mais je n'osais bouger. Au bout d'un petit moment ma mère s'est calmée : elle essuya ses yeux, se moucha. Alors Hermès commença à parler, sur un ton mûri et un peu vieillot, d'une voix décidée et à la sonorité profonde.

IX

– Je regrette, dit-il avec sérieux, de t'avoir fait de la peine. Tu n'as à t'en prendre qu'à toi. Je ne parle pas maintenant des accusations enfantines et ridicules dont tu m'as accablé sous l'effet de ta première colère. Je les ai même déjà oubliées. J'ai beaucoup appris depuis la création du monde... Je suis aussi médecin, je crois que je m'entends quant à la nature humaine...

– Tu as purifié avec Athéna les filles de Danaos, dit humblement ma mère, presque dans un soupir.

Tu as libéré le peuple de Tanagra de la peste. Peut-être connaîtrais-tu aussi un baume pour mon cœur brisé…

Elle pleurnichait ainsi. Je n'avais jamais encore vu ma sévère mère aussi humble et désemparée. Autour des lèvres d'Hermès flottait un sourire apitoyé et ironique.

– Je suis venu facilement au bout de la peste, dit-il hautain, il a suffi de promener un bélier béni dans la ville contaminée. Ton cas est plus difficile, car ta contamination n'est pas d'origine humaine, mais chargée de conséquences divines. Il est évident que tu es malade, dit-il sévèrement. Le corps étoffé et noble de ma mère tressaillit. C'est ton idée fixe d'envoûter les gens car tu veux te venger de tes amants infidèles ! Circé, dit le dieu lumineux, et ses paroles résonnèrent sombrement, qu'as-tu fait de Glaukos ? Où est la petite Skylla ?…

– Ils ont reçu ce qu'ils méritaient, dit froidement ma mère.

– J'ai ordre, dit sèchement le dieu, d'élucider l'affaire de leur disparition mystérieuse. Glaukos était après tout roi ! Il était en même temps marchand d'avoine et marchand de filles aussi, dit-il avec indulgence, mais quelque misérable tricheur qu'il fût, il était sous protection divine. Réponds !…

– Leur destin s'est accompli. Je ne veux plus entendre leur nom. Ne t'appesantis pas sur le destin du marchand lubrique et de sa gourgandine parente, divin messager !… Il fut un temps, dit durement ma mère, où cet homme m'a fait le mensonge qu'il ne pouvait pas vivre sans moi. Comme Ulysse… Comme d'autres, dieux et hommes. Les paroles de ma mère claquaient maintenant, ses yeux brillaient. Il avait lui aussi blessé mon grand cœur crédule…

– Je te demande pardon, dit nerveusement Hermès, j'ai beaucoup de respect pour ton grand cœur. Mais si tu prenais pour une promesse de mariage chaque déclaration d'amour murmurée !…

– Je suis restée solitaire, dit ma mère, butée. J'ai même pardonné une fois à Glaukos. Je me suis efforcée de comprendre qu'il n'y avait pas, qu'il ne pouvait pas y avoir de fidélité dans son cœur, car il était homme. Mais je n'avais pas besoin de traîner une vie de veuvage misérable pendant l'éternité… Parmi mes prétendants il y avait des hommes d'importance, pas cette sorte de rois mercantiles des villes riveraines et véreuses, tel Glaukos ou Piens, mais de vrais princes. Toi qui, de tes pas feutrés, tournes beaucoup dans le monde, … on dit que ce n'est pas sans raison que tu as inventé la sandale qui permet de se déplacer en silence, car c'est ainsi que tu t'es insinué auprès des troupeaux et des haras, dans la compagnie du grand-père maternel de mon infidèle Ulysse, le voleur de chevaux et de vaches Autolycos, afin d'assouvir tes tendances divines et ignobles… N'as-tu jamais entendu dire que sur des terres lointaines, dans le nord de l'Apulie, au pied du mont Garganos, il existe un pays que l'on nomme Daunie ?

– Je ne te comprends pas, dit Hermès surpris. Daunie ?... Je suis allé naturellement aussi par là. Ce pays est habité par un peuple vaillant, combattant et religieux. Il me respecte aussi et personne ne radote au sujet de sandales silencieuses, de vols de vaches lorsqu'ils prononcent mon nom avec recueillement ! Leur roi est un homme de caractère, actif, dont le nom m'échappe en ce moment...

– Le nom de Kalhor t'échappe ? demanda ma mère avec indignation.

– Kalhor !... – Hermès après un oubli imputable au vieillissement s'était ressaisi et s'était frappé le front de sa main. – Je me souviens ! Tu le connais ?...

– Il a demandé ma main, dit ma mère avec dignité. Il m'a aussi promis le mariage, comme ce Glaukos. Comme Ulysse. Comme toi, en son temps... siffla ma glorieuse mère. – La tête d'Hermès s'inclina sur sa poitrine. De ma cachette j'ai compris avec une satisfaction effrayée que les dieux aussi se sentaient gênés lorsqu'on leur rappelait leurs promesses faites à la légère. – Il avait demandé ma main... Mais moi à cette époque j'avais un cœur insouciant, je me croyais fiancée à Ulysse. J'ai refusé mon noble prétendant... Et lorsqu'il devint encombrant et insista, je l'ai envoûté. Qu'aurais-je pu faire d'autre ? dit-elle avec mépris. C'est toujours la méthode la plus simple, la plus appropriée, si nous voulons nous débarrasser de prétendants gênants... Oui, pour l'amour d'Ulysse, j'ai repoussé le viril et passionné Kalhor, roi de Daunia. Mon cœur était aveuglé, je ne voyais pas clair. Je ne te raconte cela que pour que tu ne croies pas que je n'ai pas eu de prétendants fidèles parmi les humains. Il ne m'aurait pas fallu vivre en solitaire...

» Plus tard le peuple de Daunia est venu avec des bateaux de guerre chercher leur malheureux roi amoureux. Ils ont effectué un débarquement amphibie sur mon île. Mes silènes et mes satyres se sont bravement battus, mais les Dauniens sont un peuple batailleur, aguerri... Ils ont finalement mis le pied sur les rochers de notre baie. J'ai appris que ce peuple a un véritable engouement pour son roi, le glorieux Kalhor. Après de longs marchandages, j'ai finalement laissé sortir mon prétendant de l'étable où il croquait les glands d'un cœur chagrin, languissant toujours pour ma personne. Je lui ai rendu sa forme humaine. Les Dauniens se sont retirés avec leur roi, mon prétendant repoussé. – Mais d'abord il avait juré – selon mon vœu – de me laisser tranquille dans l'avenir. Il était homme, il a respecté sa promesse, dit ma brillante mère, déçue, et elle fit une grimace avec sa bouche. – Moi, je suis restée là, sans prétendant. Et Ulysse est parti un jour. – Maintenant tu sais tout...

Ma mère se tut, les bras croisés. Hermès fit entendre un ronflement comme s'il manquait d'air, à la manière des dieux vieillissants, avides et empâtés. Il observait ma mère et battait des cils d'un air rusé.

– Il est parti, dit-il avec prudence, car son foyer

l'appelait. Il est retourné chez lui, à Ithaque. Tu dois comprendre que, pour l'engeance humaine, le foyer est un lieu plus fort que la fascination de l'aventure…

– Ne prêche pas, dit ma mère avec nervosité. Il est rentré, il a massacré, il a joué au héros, comme si Zeus savait de quel droit il s'est permis cela ?… Car tu ne crois pas sérieusement qu'il est resté près des jupes de sa vieille épouse ?

– Ces derniers temps, je n'ai pas eu de nouvelles de notre ami, dit Hermès évasivement…

– Et moi, tout autant ! cria ma mère avec colère et passion. – Il est rentré à Ithaque, dis-tu… Cela sonne comme la fin naïve d'une histoire humaine ordinaire. Le héros retourne entre les bras de sa fidèle épouse et ils regardent la fumée sinueuse du foyer jusqu'à ce que vienne pour eux l'heure du retour dans le Hadès ?… C'est ce que tu veux dire ? Tu es ridicule, voleur divin ! Vous avez vraiment cru, toi et ta vieille parente, la majestueuse mais dangereusement myope Pallas Athéna, que vous avez rangé définitivement Ulysse, lorsqu'il est retourné à Ithaque sur la barque des Phéaciens, avec les trésors qu'il avait pillés, ses mensonges, les souvenirs de ses aventures suspectes ?… Je dois défendre l'amant infidèle ! Je le défends en comblant son souvenir de nouvelles accusations. Mais ces accusations conviennent mieux à son être que la fin bienveillante et douce que les dieux avaient projetée pour lui. Il est d'une autre engeance, lui !… dit ma mère avec une exaltation triste et enragée. – Il ne met pas ses pantoufles, il ne peut pas rester à la maison…

– Où est-il en ce moment ? demanda Hermès avec curiosité.

– À cet instant ? – Ma mère secoua la tête. – L'on ne peut jamais savoir où il séjourne. Maintenant qu'il vieillit, la tendance au vagabondage l'a saisi comme une force maladive. Je ne suis pas paresseuse, dit ma mère, et elle se pencha en avant et parla à voix basse – par moments, je me mets en route et je suis sa trace. Il erre ici et là sur les îles et sur la terre ferme. Il est difficile de le découvrir. Il s'occupe également d'affaires obscures car, avec les soucis de la vieillesse, ont fondu aussi sur lui les tourments de la subsistance. Il était roi et héros !… Mais maintenant il se conduit comme un marchand bâtard et un aventurier vieillissant. Lorsqu'il est rentré – ma mère soupira – il sembla dans les premiers temps qu'il s'était ressaisi. Il faisait des offrandes aux nymphes et cela nous avait réconfortés. Comme je le lui avais appris – suivant les conseils de Tirésias – il a fait des sacrifices aussi pour les morts. Il est passé ensuite à Elis et il y a dupé Polyxenos… À la maison, il a menti : il a dit qu'il allait s'occuper de son bétail. Mais en réalité il se cassait déjà sa tête rouée. Pour savoir de quelle manière il pourrait se mettre de nouveau en route d'une manière tortueuse. Il expédia son épouse – que le brave peuple mal informé honorait d'une manière regrettable – à l'étranger sous un prétexte spécieux. Lui-même est allé en Thesprotie. Connais-tu Kallidike ?... Je n'ai pas entendu beaucoup d'éloges à son sujet. C'est une reine provinciale qui est plus jeune ; elle est peu soignée, mais riche. Ces derniers temps, Ulysse recherche plutôt les faveurs des femmes âgées, dit ma mère hautaine.

– J'ignore, dit tendancieusement Hermès, à quoi tu fais allusion, lorsque tu parles des temps derniers ?... Ulysse a de tout temps affectionné les beautés mûres...

Ma mère fit un signe de la main irrité.

– Tu penses à Hélène, dit-elle courroucée, et dans ce cas, tu as peut-être raison !... Dans le cas contraire, ce que tu dis est une allusion saugrenue ! Tu as raison, lorsque tu parles de Kallidike ou de Pénélope... Je ne comprends vraiment pas ce qu'il a trouvé à ces beautés provinciales et mûres ! – Peut-être seulement parce qu'il n'a pas dû faire le fanfaron devant elles... Il est vrai qu'en Thesprotie, il a fait le brave encore une fois, mais seulement avec prudence. Au nom de son pays d'hébergement, il fit la guerre contre les Brygiens...

– Il cherchait les escarmouches, dit Hermès en haussant les épaules. Les Brygiens sont un peuple de bric et de broc – les neveux lointains des Brygiens... Ils ont un dieu, le médiocre Arès ! Avec cela tout est dit – et il mordilla sa lèvre inférieure, et fit une grimace de mépris.

– Ils ne connaissent pas le sel, dit ma mère avec sérieux, ils ne connaissent pas la mer.

» Il vieillit, dit brièvement ma mère. Il vagabonde, selon le conseil de Tirésias, avec dans le cœur l'idée fixe et obstinée des hommes vieillissants. Il cherche la patrie où, selon sa croyance et les oracles, il pourra échapper au brutal destin et où il pourra revenir entre les bras de la douce mort. – Tirésias lui prédit que la mort l'approcherait depuis la mer, dit ma mère sévèrement, mais en même temps avec une émotion singulière dans la voix.

» Il vagabonde avec un aviron sur les épaules, sa barbe blanchit, il traverse les contrées où les gens ne connaissent pas l'aviron…

– Ce sont des symptômes de vieillesse, dit Hermès avec compréhension. – Tu dis que plus tard, quittant la Thesprotie, il est parti plus loin.

– C'est ce que j'ai entendu dire, dit nerveusement ma mère, sur un ton de mépris. Il a attendu que Kalydike, qui fleurait le savon de suif, lui mette au monde un fils dégénéré, comme le font toutes les femmes des terres fermes – un certain bâtard du nom de Polypoitos. Il a laissé à celui-ci son royaume occasionnel. Et il est passé ensuite à Épire…

– C'en est vraiment un peu trop, dit le dieu d'un air de réprobation et il secoua la tête. – La reine de la rocheuse Épire – une de mes chères vieilles amies – j'espère qu'elle n'est pas devenue, elle aussi, l'esclave du « porteur de lumière » ?…

– Elle a mérité son sort, dit avec une satisfaction de mauvais augure mon excellente mère. – Elle n'a jamais accouché que d'un seul fils d'Ulysse, un nigaud, nommé Euryalos. J'ai entendu dire que ce fils avait hérité tout le mauvais côté de son vagabond de père. Il boit, il est violent et autoritaire, menteur ; il traîne autour des palais des divers royaumes des îles et, faisant référence à ses origines, il s'attend à être entretenu par les femmes qui ont connu son père autrefois. Ce galopin est la honte de la famille. C'est bien fait pour Euippé, dit ma mère en haussant le ton.

Hermès secoua la tête à plusieurs reprises.

– Le pauvre, dit-il avec politesse et indifférence. Il n'a pas eu de chance. Dans l'ensemble, elle n'était pas une mauvaise femme, mais elle est crédule et sa connaissance des humains a fait défaut lorsqu'elle a rencontré le vagabond. Elle n'a pas eu autant de chance, elle n'était pas aussi prévoyante que toi, mon excellente amie, qui a reçu en fin de compte en cadeau de ton chevalier infidèle un superbe rejeton, bien réussi.

Ma mère poussa alors un cri perçant de faucon :

– Je te prie de veiller à ce que tu dis !... Télégonos ne sait pas, même aujourd'hui, de qui il est le fils...

– Est-ce possible ? dit Hermès d'un ton traînant, avec un étonnement feint.

Ma mère, révulsée, haletait. Elle fit signe sans mot dire que c'était la vérité. Dans le buisson, c'était comme si chaque goutte de mon sang affluait à mon cerveau. J'aurais voulu hurler, briser et broyer. Mais je me suis retenu. Enfin, j'avais appris la vérité.

Hermès s'est plongé dans ses pensées.

– Circé, dit-il ensuite d'une manière lucide, avec intelligence, je crois que cette fois, je vois clair. Dans le rapport que je dois présenter en haut lieu, je dirai tout ce que j'ai entendu ce soir. Naturellement, je ne tairai pas non plus les circonstances atténuantes. Il est certain que ton comportement inquiétant relatif à l'ordre général divin, tout comme du point de vue du progrès de l'humanité, a une motivation qu'il faut prendre en compte ; personne ne peut nier qu'Ulysse t'a éconduite d'une façon hideuse. La justice divine sera obligée de reconnaître ton droit à une compensation. Cette offense sentimentale ne pourra naturellement pas servir de prétexte pour te mêler, avec tes impulsions divines et féminines et avec la force de ta science secrète, à l'ordre de l'évolution sociale. Les temps changent. Un nouveau contrat se prépare entre l'homme et les dieux. Selon l'esprit de ce contrat, les dieux continueront à régner sur les lois de la naissance et de la mort avec leur volonté souveraine. Mais entre les deux pôles de la naissance et de la mort, l'homme, cette créature rebelle, disposera librement de son sort. Son démon l'accompagnera, mais comment s'arrangera-t-il avec le destin, c'est son affaire. Pallas Athéna ou bien moi-même, nous aurons dans l'avenir tout aussi peu le droit de leur venir en aide que toi, divine Circé, tu n'auras le droit de leur nuire ! Je crois, dit-il d'un ton élevé, poliment mais énergiquement, que je parle d'une manière compréhensible ?

Ma mère était assise, les yeux baissés. Elle jouait avec les franges de son fouet de peaux de serpent.

Elle regarda son hôte d'une manière insidieuse et demanda d'un ton étouffé :

– Et le droit à la vengeance ?...

– Il n'y a pas de vengeance, dit Hermès d'un ton vif, il n'y a que la justice. L'ordre mondial, brassé par les impulsions, finirait dans l'anarchie, si nous incluions le droit à la vengeance dans le code divin et humain. Comme nous sommes venus au bout des titans en son temps, nous devons agir de même avec les impulsions héritées du temps du « grand tourbillon ». Un temps aride et ennuyeux surviendra : le temps de la loi. Il y aura une loi pour tout : une loi sociale et une loi pour la nature. La grande aventure, l'aventure de la création du monde, a pris fin. Souviens-toi quel grand jeu c'était ! Nous avons joué farouchement, merveilleusement et redoutablement, les Dieux et les hommes... Hélas ! maintenant c'est l'Ordre qui viendra.

– C'est terrible, dit ma mère ébranlée.

Hermès a tendu sa main doucement, mais avec détermination, et il a enlevé la cravache magique de la main de ma mère.

– J'ai ordre, dit-il à voix basse et avec sérieux, de

confisquer l'emblème et l'instrument de ton métier dangereux. C'est ce que je fais maintenant. Il a accroché le fouet à sa ceinture. Ma mère subit, les yeux grands ouverts, impuissante, sa dégradation. À partir d'aujourd'hui, dit solennellement Hermès, tu n'as plus le droit de poursuivre tes jeux nuisibles. L'homme deviendra dans l'avenir un porc ou un être sur deux jambes par sa propre volonté… dans la mesure où son intelligence vivra en paix avec ses instincts.

– Et que recevrai-je en échange ? demanda ma mère sur un ton moribond.

– Justice et réparation, dit Hermès avec sérieux. Les dieux remettent entre tes belles mains le sort de l'homme qui a blessé ton cœur, abusivement, avec rouerie.

– Le sort d'Ulysse ? et ma mère poussa un cri déchirant.

– Oui, dit le dieu, et il s'est levé. Ma mère a bondi, elle aussi, de son sofa. Ils se regardaient maintenant dans les yeux. – Tu as le droit de juger encore une fois un seul homme. Cet homme, c'est Ulysse. La mort que tu lui destines, il sera contraint de l'accepter. Pallas Athéna ne pourra le défendre. Et je n'aurai pas le droit d'arrêter ta main, lorsque tu lanceras une flèche vers son cœur…

Les yeux de ma mère luisaient d'un feu sombre :

– Je comprends, dit-elle d'une voix sifflante. Sa voix ressemblait au son de la cravache de serpent lorsqu'elle s'apprêtait à envoûter.

– Prends garde, dit solennellement Hermès.

– Prends garde à quoi ? demanda d'un ton rauque et surchauffé ma mère. Si son destin est entre mes mains…

Hermès sourit. Il s'appuya d'une main sur sa baguette de messager, avec l'autre il étreignit ma mère avec aisance. C'est ainsi qu'enlacés, se soutenant, ils s'acheminèrent vers la table dressée. Sur un signal, les nymphes s'apprêtèrent, tenant les plateaux élevés, à servir les mets. Mais avant même que l'hôtesse et son hôte eurent pris place, Hermès s'arrêta sur le chemin du jardin. Le clair de lune enveloppait leurs silhouettes d'une glaçure d'argent. Le vent s'était levé dans la baie et les deux cyprès se balançaient avec véhémence au contact du souffle d'Aiolos. Le dieu se pencha à l'oreille de ma mère et dit doucement :

– Tu as le droit de donner la mort au « porteur de lumière », et il sourit d'un regard vitreux. Mais à l'instant où Ulysse mourra, il aura le droit de juger celles qui l'ont aimé, l'ont trahi, l'ont embrassé et l'ont tué. C'est ainsi qu'en ont décidé les dieux.

Le sang afflua à mes oreilles, tant je m'efforçais de ne pas interpréter de travers une seule lettre des paroles prononcées par le dieu sur un ton assourdi. Ma mère accablée fronçait ses sourcils magnifiques. Elle dit sur un ton de méditation plein de doutes, comme si elle parlait dans le temps infini :

– Qui pourrait savoir ce que voudra Ulysse au dernier moment ?…

Ils se tenaient debout, sans bouger. Ils se regardaient dans les yeux avec curiosité, d'un regard soucieux. Et comme les nymphes serveuses s'approchaient, Hermès demanda encore dans un rapide murmure :

– Glaukos et la petite Skylla... reprendront naturellement leur forme humaine ?

Ma mère se dégagea de l'étreinte du dieu. Elle dit avec la dignité d'une hôtesse divine et avec intransigeance :

– Tu demandes l'impossible. Le souhait indécent et goujat de Glaukos était que je devienne, moi, sa maîtresse qu'il avait abandonnée, une entremetteuse afin de lui conquérir le cœur de la petite garce. Jamais aucun homme ne m'avait parlé sur un ton aussi arrogant... Il est naturel que son destin l'ait rattrapé, lorsqu'il a regardé un peu profondément au fond de la coupe remplie de boisson magique.

– Mais la petite Skylla, dit Hermès, en secouant la tête. Cette enfant est innocente. Tu l'as fait boire, elle aussi ?... demanda-t-il dans un chuchotement doux et complice.

– Elle n'était pas innocente, dit ma mère, glaciale. Je ne l'avais pas fait boire. Elle a passé la nuit avec le fils d'Ulysse, mon éclatante progéniture, qu'elle a initiée à la connaissance de l'amour. Je les ai surpris à l'aube, au lit...

Hermès rit avec une satisfaction bougonne :

– Tu n'as pas gâché leur réveil !...

– Après la nuit, dit ma mère avec sérieux et mystère, l'hôte qui a interprété le droit de l'hospitalité avec un tel arbitraire avait besoin de prendre un bain. J'ai préparé moi-même l'eau de son bain, dit-elle, et l'on percevait dans sa voix la réminiscence d'une haine passionnée et sournoise. Les sels magiques avec lesquels j'avais parfumé l'eau du bain ont produit un effet singulier sur l'épiderme de cette paysanne lubrique... Imagine-toi, voleur divin, qu'à peine elle était immergée dans la baignoire, sa peau se recouvrit d'écailles, comme le corps des êtres marins...

– Je comprends, dit Hermès avec sérieux. Tu as un grand savoir, Circé ! dit-il en hochant la tête, et il soupira. Il est temps que le dessein divin arrête ta belle mais dangereuse main...

Ma mère sourit avec cruauté.

– C'est la dernière fois que cela arrive ! dit Hermès sur un ton sérieux d'avertissement. Ensuite il haussa les épaules et fit cingler la cravache qu'il avait confisquée peu avant de la taille de ma mère. – Tu rendras leur forme humaine aux deux victimes...

– Trop tard !... dit triomphalement ma mère.

Ilythia et les filles de cuisine divines sont arrivées auprès de la table du dîner avec, entre leurs mains, d'immenses plats ronds en argent, qu'elles tenaient levés haut. Ma mère et Hermès prirent place sans dire mot – Hermès semblait méditer pendant que Doro versait de l'eau sur ses mains. Ma mère, avec le coup d'œil fureteur de la bonne maîtresse de maison, observait le contenu des plats. Je sortis prudemment ma tête du feuillage vivace et d'un vert persistant du buisson. J'aperçus ce que mon jeune cœur redoutait : sur un plat rond de la taille d'une meule, entourée d'une garniture à la mayonnaise, parmi les feuilles de persil et d'orties, gisait rôtie, d'un rouge homard, la dépouille gracieuse et inoubliable de Skylla. Sur l'autre plat, j'ai reconnu la tête de cochon rôti croustillante et d'un brun sombre, qui était celle de Glaukos. Il serrait un citron entre ses crocs... Hermès, avec le regard d'un dieu expérimenté, qui a voyagé en beaucoup d'endroits, et qui était richement doté de la connaissance des secrets terrestres et célestes, regarda d'un air soupçonneux les mets et ma mère. Il demanda doucement, en murmurant pour que les nymphes qui servaient à table ne puissent pas entendre, et il se pencha sur la table de marbre.

– Mon ordre est arrivé en retard ?...

De toute évidence il a compris et saisi la situation. Ma mère souriait avec une satisfaction féroce... Hermès fut averti par son bon sens divin et son expérience subtile que le destin de Glaukos et de ses compagnons ainsi que celui de Skylla étaient accomplis. Quelque horrible que fût cet instant, dans le saisissement qui me faisait frissonner et qui donnait à tout mon corps des spasmes et des crampes, j'ai vu avec stupéfaction de ma cachette que le dieu se penchait avec curiosité et avidité plutôt qu'avec horreur sur les plats garnis des mets horribles, mais assaisonnés d'une manière pleine d'attrait. Comme qui se résigne à l'irréversible, il haussa les épaules, il brisa des deux mains la pince de crabe rouge, qui, peu de temps avant, entourait mon cou sous la forme des mains parfumées d'une jeune fille, et avec une cuiller d'or, il ajouta abondamment de la mayonnaise. Il secoua la tête avec réprobation, mais il esquissa un sourire.

– Circé, Circé !... dit-il avec une réprimande d'un être vieillissant, avec une moue complice et gourmande.

» Tu es incorrigible, ma glorieuse amie ! Il y aura de la jalousie et des cris lorsque je raconterai ceci demain sur l'Olympe...

Il mordit dans la pince de crabe d'où jaillit la chair blanche et tendre de Skylla... Ma mère se coupa un morceau maigre de la bajoue de Glaukos. Ils souriaient tous deux et ils montraient avec gourmandise la blancheur de leurs dents... Les torches claquaient dans le vent parfumé. Ils mangeaient avec bruit, triomphalement et avec malveillance. Tout ceci était plus que mon jeune cœur pouvait supporter. Je suis sorti du buisson en rampant, fiévreux et tremblant de tous mes membres. Rampant sur le ventre, je me suis glissé furtivement jusqu'à la tonnelle avoisinante et c'est seulement lorsque je me fus caché dans l'obscurité de la nuit et des aulnes que je me suis jeté par terre. Mes dix ongles grattaient la terre devenue friable sous l'effet des vapeurs de la nuit, et j'enfournais dans ma bouche une motte de boue pour étouffer le sanglot de la peur atroce et de l'accablement nerveux.

X

Les deux jours suivants je ne vis pas ma mère. Elle se tenait dans ses appartements intimes et elle me faisait dire par Ilythia qu'elle avait mal à la tête et qu'elle ne souhaitait pas me recevoir. Je ne le cherchais pas moi-même. Hermès était parti dès l'aube. Je recensais le troupeau de porcs et je contemplais l'air blasé avec lequel les compagnons envoûtés de l'infortuné Glaukos supportaient l'absence de leur roi et seigneur ! – et je restais étendu au bord de la forêt pleine de glands, à longueur de journée. Je m'efforçais de me calmer et de mettre de l'ordre dans les pensées troubles qui tourbillonnaient, telles des chauves-souris, parmi les cauchemars de mon imagination agitée. Pendant ces jours je n'ai pas touché à mon fifre. Tout ce que j'ai entendu et vécu était par trop redoutable pour que ma jeune âme inexpérimentée puisse s'y résigner. J'étais consterné de voir avec quelle cruelle indifférence mes divins parents dirigeaient le sort des humains. En même temps, j'ai compris des paroles d'Hermès que non seulement les jeux cruels de ma mère arrivaient à leur terme, mais que les rapports de force dans les relations entre les dieux et les hommes avaient également changé. J'ai appris que j'étais le fils d'Ulysse. J'ai appris qu'Ulysse avait un destin que l'on avait mis entre les mains de ma divine mère, mais qu'il avait en même temps un pouvoir, qui est d'une autre sorte, mais qui n'est pas inférieur à la suprématie des dieux ! J'étais horrifié à l'idée que j'étais aussi le fils d'Ulysse. J'étais épouvanté d'avoir été le témoin oculaire de ce que les dieux dévoraient leurs victimes et leurs créatures : les hommes. J'ignorais encore qu'à la fin, les hommes dévoraient aussi les dieux… Et avec le temps, ils les digèrent dans les gouttières de la conscience et de l'oubli. Tout bien pesé, à partir de maintenant, je me sentais un homme, mais autrement qu'au matin où ma mère me chassa des bras de Skylla et m'envoya dans le monde. J'ai appris pendant cette nuit magique comment les humains engendrent des enfants par la volonté d'Éros. Une autre nuit, encore plus effrayante, j'ai appris comment je fus fabriqué par le caprice d'une déesse et d'un homme ! Ma tête bruissait. En possession de ce grand secret, je me sentais particulièrement orphelin !

À l'aube du troisième jour, ma divine mère me fit appeler. Elle avait visiblement passé le temps qui s'était écoulé dans l'intervalle à méditer avec un état d'esprit agité et combatif. Sous ses yeux que traversait un éclat brillant, de profonds cernes noirs témoignaient de ce que ses intenses réflexions avaient éprouvé son corps et son âme. Elle me reçut dans sa garde-robe sur sa couche d'étoffe, parmi ses coussins rembourrés d'une forte épaisseur d'ouate de nuages. Elle me dévisagea avec un regard affligé. Ses beaux cheveux tombaient en volutes désordonnées sur ses épaules mûres couleur d'écume.

– Assieds-toi, dit-elle en m'indiquant une place auprès de sa couche. Elle me serra fortement la main d'une des siennes et m'obligea à m'asseoir auprès de son lit. Elle ferma ses yeux divins d'étoile de mort et elle se tut longuement. Ensuite, elle me parla tout doucement et de manière disciplinée, comme celui qui parle de choses définitives. Elle me parla du moment où un homme fit son apparition sur notre île, quasiment nu, en haillons, le corps sali par le varech et l'écume de la mer, avec la moustache qui pendait, hirsute et barbu. Il avait pour toute arme une longue épée qui pendait le long de sa cuisse… l'étranger gesticulait avec cette épée.

– Mais ce n'est pas avec son épée qu'il m'a séduite, dit ma mère à voix basse. Après les nombreux humains misérables qui grouinaient comme des porcs quémandant la volupté, un homme se tenait enfin devant moi. C'est un phénomène rare, mon enfant. J'ai senti auprès de lui qu'il ne souhaitait pas recevoir la jouissance, mais la donner. Je lui ai laissé la vie sauve. Plus exactement, dit-elle attendrie, nous nous sommes graciés mutuellement.

Elle se redressa, elle fourra de sa main libre un

oreiller sous sa taille céleste. Elle continua sévèrement, avec irritation :

– Il a abusé de ma grâce. Un jour il a disparu d'entre mes bras et t'a laissé ici en souvenir.

Nous nous regardions avec des yeux brûlants. Ma mère avait serré, puis relâché ma main. Elle raconta tout ce que je devais savoir des entreprises et des origines de mon père. À la fin, elle se leva de sa couche.

– Viens avec moi, dit-elle brièvement.

Je la suivis, bouleversé. La femme divine marchait devant moi à pas sonores et lestes en direction de la baie. Elle s'arrêta devant la sépulture d'Elpenor. Elle arracha la lance rouillée des tertres funéraires, elle la prit entre ses deux mains et l'examina d'un regard un peu myope. La partie inférieure de la lance était en acier, sa pointe supérieure en or, et il en sortait un dard en os à rainure desséché d'un poisson-scie.

– C'est ce qu'a laissé ici ton père, dit ma mère d'un ton bizarre, et elle a levé en l'air la lance dont la pointe en or jeta un éclair dans la lumière vive. C'est ton héritage.

Nous avons regardé l'objet pointu, mais je n'ai pas éprouvé d'émotion particulière. Tout compte fait, une lance rouillée était – je le réalisais maintenant – tout ce que j'avais hérité de mon mystérieux père. Ma mère sourit, énigmatique.

– C'est Héphaïstos qui l'a forgée, dit ma mère. C'est avec cette lance que ton père a combattu sous les murs d'Ilion. Il ne s'en est jamais séparé. Lorsqu'il m'a quittée, il m'a confié son arme. Il m'a dit, si c'était un fils qui allait naître, de le lui donner... Qu'il reconnaîtrait d'après cette lance, si c'est un fils de son sang qui allait s'approcher de lui. Voici la lance, Télégonos, dit ma mère avec sérieux, et elle me mit la lance rouillée dans la main. Ne donne jamais cette arme à personne. Elle doit toujours être à la portée de ta main et lorsque tu dormiras, couche-la dans ton lit comme une lumineuse maîtresse. Quand tu te promèneras avec l'arme de ton père dans le monde des hommes, il ne pourra rien t'arriver. Car je veux que tu ailles maintenant dans le monde, dit-elle sur un ton élevé, effrayant. – Tu ne peux plus rester assis ici, dans le gîte domestique. Tu dois connaître l'autre patrie, le monde des hommes. Il est inutile que tu continues à garder les porcs... – La voix de ma mère a un peu trébuché. Elle surmonta son émotion et elle continua sévèrement : tu quitteras le monde des dieux. Dans l'avenir tu vivras parmi les hommes. Tu auras besoin d'armes. Fais bien attention, dit-elle avec solennité ; et elle leva vers le haut la lance ornée de la pointe de baleine. Cet os pointu, qui est plus coupant que les couteaux de Kyrénée, une aigrette l'a lancé du ciel entre les mains de ton père, par la volonté des dieux. Comme tout ce qui arrive sur terre de l'empire céleste de Zeus, cela aussi avait un sens secret. Tu as reçu une vraie arme pour ton voyage, dit-elle avec sérieux. Va dans le monde, mon garçon. Va trouver ton père.

Dans la vive lumière, nous nous regardions, muets. J'ai empoigné la lance à deux mains.

– Que dois-je lui dire si je le trouve ? demandai-je et dans ma voix palpitaient la crainte et l'animosité.

– Tu ne dois pas parler – et ma mère rit avec amertume. Pointe la lance vers lui. Il te reconnaîtra immédiatement... Mais prends garde à ce que ta main ne tremble pas.

Je regardais dans les yeux d'un vert d'eau de mer de ma mère. La couleur de ses yeux était trouble, comme l'écume de l'eau tourbillonnant dans les baies d'Aïaié. À cet instant, ma main a tout de même tremblé...

L'héritage paternel, la lance forgée pour un coup mortel, la baleine de poisson mystérieuse qu'un oiseau céleste avait fait tenir à mon père... Et le mandat d'aller ainsi équipé à la recherche de mon père dans le monde humain... Tout cela était redoutablement et passionnément nouveau. Le coup d'œil de ma mère s'est fiché dans mon globe oculaire comme les mages regardent leurs victimes, lorsqu'ils distribuent des ordres dans un sommeil hypnotique. Le monde tournoyait autour de moi. J'ai empoigné la lance à deux mains, comme si c'était l'unique objet dans le monde qui me regardait d'une manière fatale. C'est quasiment dans un demi-sommeil que j'ai entendu l'ordre répété de ma mère, sa parole courroucée et sévère :

– Jure, dit-elle en sifflant, que ta main ne tremblera pas lorsque tu rencontreras ton père !...

J'ai juré. Peu de temps après, je me suis mis en route dans le monde, la lance à la main afin de connaître les hommes et de retrouver mon père.

XI

Nous sommes convenus que j'irais d'abord à Sparte, où Hermès avait déjà annoncé mon arrivée. Ma mère tenait à ce que – avant de me mettre en route – je demande des conseils à Ménélas et que j'entende ses avis. Elle disait que cet homme célèbre était le seul parmi les contemporains qui pourrait donner une réponse approfondie et bien pesée à mes questions concernant la personnalité de mon père, conformément à ses faits et gestes.

– Il est nécessaire, dit ma mère pour nos adieux, que tu apprennes d'un être humain tout ce que tu dois savoir sur ton père. Maintenant que tu descends dans le monde des humains, tu dois endurcir la partie plus médiocre et plus secrète de ton être – ce qui est humain en toi – comme le gymnaste entraîne son corps avant de se lancer dans une compétition. Ménélas est déjà vieux et bavard, dit ma mère avec satisfaction. Mais s'il y a quelqu'un qui a vu de près et connaît bien ton père, c'est bien lui. Écoute d'une oreille attentive chacune de ses paroles.

Nous prîmes congé sans sensiblerie. Ma mère avait fait préparer pour moi un superbe bateau afin que j'aborde le monde dans le respect de mon rang. Quelques silènes, qui s'entendaient au métier de marins, m'accompagnèrent sur les rives opposées. Sur la terre ferme, je suis ensuite resté seul. Je pris la lance – mon héritage paternel – sur mes épaules et je me mis en route vers Sparte.

Le monde des humains qu'en route j'ai appris à connaître n'était à première vue pas très différent du monde des dieux que j'avais quitté et où j'avais passé mon étrange et mystérieuse enfance. Les hommes, qui ont croisé mon chemin, ressemblaient aux dieux. Leurs habitations, leurs agglomérations surpassaient même en beaucoup de points l'aménagement du domicile des dieux. Leurs objets utilitaires étaient parfois plus simples, mais souvent plus pratiques et plus faciles à utiliser que l'outillage des dieux. Au fur et à mesure que mes pas me portaient vers l'intérieur de la terre ferme, les paroles d'Hermès que j'avais entendu prononcer en cette nuit mémorable où je me tenais à l'affût dans le buisson me revenaient à la mémoire : l'homme – et tout ce que je voyais en route le prouvait – s'est rendu indépendant des dieux. Il avait visiblement appris d'eux bien des choses, dont il pouvait avoir besoin. Mais il était également visible qu'il avait perfectionné les outils divins, majestueux et désuets, ainsi que les accessoires et articles de mode totalement anachroniques. J'ai vu avec consternation et le cœur serré, que les dieux et les demi-dieux là-bas, sur « l'île de la mort » et dans le monde supérieur – vivaient dans des conditions passablement retardataires et primitives. J'ai vu des porcs dans les étables des hommes, des mâles de deux cents kilos qui se vautraient, alourdis de leur graisse, dans des étables propres et saines, et je pensais, honteux, à l'élevage de ma mère, dont l'aménagement était miteux et négligé à la manière arcadienne. J'ai traversé des montagnes calcaires et j'ai vu que l'homme avait découvert d'une main inventive les entrepôts secrets d'Héphaïstos dans les monts arides et qu'il avait mis au jour leur précieux contenu : le fer et le cuivre. J'ai grimpé sur un haut massif rocheux, qui sépare en deux la région de Lakonie et de Messenie, et j'ai observé avec étonnement que des fonctionnaires d'État, habillés d'uniformes gris, jetaient dans le vide des nourrissons qui piaillaient. J'ai regardé cette redoutable scène, appuyé sur ma lance. Un homme en uniforme s'est approché de moi et m'a demandé avec méfiance à quelle sorte de communauté j'appartenais, quel sujet m'amenait dans ce secteur et ce que je voulais. Lorsque je lui ai dit que je venais en visite chez le prince de Sparte, le général vainqueur de bataille, Ménélas, l'étranger s'est radouci :

– Sparte est à une demi-journée de marche d'ici, expliqua-t-il. Nous sommes des employés de Ménélas. Tu pourras te joindre à nous lorsque nous aurons terminé notre travail.

Je serrais de près ma lance et me renseignais, perplexe, sur le sens de l'horrible métier qu'il appelait – d'un ton indifférent – du travail. L'homme expliqua du bout des lèvres que le massif sur la cime duquel nous nous tenions portait le nom de Taygète et qu'eux, les fonctionnaires, des Ilotes citoyens de Sparte, jetaient dans le vide, tous les premiers du mois, tous les nourrissons qui naissaient avec une déficience corporelle. Mon cœur endurci par les secrets des cruautés divines fut saisi d'horreur lorsque je contemplais ce massacre d'enfants exécutés officiellement avec une machinale objectivité, dont le but et le sens ne pouvaient tenir qu'à une seule chose : généraliser et réglementer la qualité médiocre de la matière humaine. Je commençais à soupçonner que j'allais connaître un autre monde à Sparte – le monde des humains – qui ne reste pas, en matière de cruauté indifférente, en arrière de l'ordre mondial des dieux.

Lorsque les Ilotes eurent terminé leur travail officiel, je les ai rejoints et je me suis mis en route avec le groupe pour Sparte. Leur guide, un jeune lieutenant, répondait en cours de route, à mots succincts, à mes questions prudentes. J'ai appris que mes accompagnateurs étaient des Ilotes. Ce sont des fonctionnaires de l'État, et c'est par mandat d'une société secrète, l'Éphorat, qu'ils veillent sur la jeunesse, sur les mœurs des citoyens, sur les festivités, et parmi leurs tâches se trouve également le contrôle des étrangers. Nous avons traversé le fleuve Eurotas et je fus surpris de voir que dans la patrie des Lacédémoniens, on moissonnait aussi vers la fin d'octobre.

– Nous moissonnons deux fois, me dit avec fierté mon guide ilote, en mai et en octobre. Notre système de canalisation et d'irrigation est parfait et c'est ainsi que nous remplaçons l'humidité que les dieux nous refusent. Nulle part au monde n'existe une agriculture aussi parfaite que chez nous, dit-il avec une ostentation étudiée.

Comme cela ne résonnait pas d'une manière tout à fait convaincante, j'ai demandé où les Spartiates avaient appris la science de la gestion. Le jeune ilote me regarda avec arrogance :

– On voit que tu es un barbare, dit-il avec sévérité, et que tu ne connais pas l'organisation de notre État. Sache que les Spartiates ne travaillent jamais. Ils ont grande allure, eux, et ils considèrent en dessous de leur dignité de tenir dans leurs mains quoi que ce soit d'autre que des armes. Ce sont nous, les Ilotes, qui faisons fonctionner la bêche et la faux. Nous sommes aussi les employés techniquement formés de la police d'État. Mais les armes ne peuvent être portées que par un Spartiate né… dit-il solennellement. Une secrète jalousie transparaissait dans sa voix. – Il existe encore une autre classe sociale : les perioias. Bien qu'ils soient libres, leur tâche dans la société consiste dans un échange subalterne : le négoce. Dans ces conditions, je préfère encore être ilote, dit-il avec hauteur.

Ses paroles n'étaient pas encourageantes. Mes premières impressions dans le monde des humains m'avertissaient que les différences sociales étaient, ici aussi, importantes et que le cœur des hommes était dangereusement contaminé par l'orgueil de classe et par la jalousie. Les paroles d'Hermès que j'avais surprises tournoyaient dans ma mémoire et je commençais à soupçonner que le temps de l'âge d'or était terminé et que le processus d'embourgeoisement était une entreprise plutôt chargée de dangers dans le monde des humains. Dans l'intervalle, nous sommes passés près du temple d'Analipsis et, à la limite de la ville de Sparte, mes accompagnateurs m'ont remis entre les mains de la police frontalière et des fonctionnaires de la douane. Je fus surpris par l'extraordinaire ordonnancement selon lequel j'ai été reçu. Mon arrivée n'a pas fait d'effet inattendu sur les limiers disciplinés. Ils connaissaient ma personne et ils ont porté à ma connaissance d'un ton machinal et laconique que j'étais attendu au palais.

J'ai dû expérimenter dès la limite de la ville que Sparte avait parfaitement fermé ses frontières vis-à-vis du monde extérieur. J'ai franchi l'étroite porte qui mène à l'intérieur de la ville, entourée d'un mur de pierre, et je me suis senti plus mal à l'aise à chaque pas qui me menait vers l'intérieur de la ville modèle… Comme si les voies ne menaient que vers l'intérieur... Nous traversions des rues étroites parmi des maisons d'habitation bâties de moellons gris uniformes et oppressants. Après l'image morne des faubourgs, une image plus surprenante encore m'accueillit sur la place principale de Sparte. Ici des palais étaient alignés, précédés de jardins – c'étaient les demeures des privilégiés de l'État et des généraux victorieux – et parmi ces habitations luxueuses se détachait un bâtiment à toit d'or, une sorte de château, dont l'entrée entourée de grilles d'argent était gardée par des Ilotes armés jusqu'aux dents. Le chemin qui conduisait au palais était entouré de béliers, d'immenses machines lance-pierres, et d'autres trophées de guerre. L'agent de la sûreté m'avait remis au chef de la garde du palais. Tout fonctionnait ici tiré au cordeau. L'ordre, cette redoutable invention humaine – dont Hermès avait parlé et dont la réputation remplissait le cœur de ma mère aux beaux cheveux d'une angoisse superstitieuse – se manifestait à première vue dans les institutions de Sparte avec une perfection inquiétante. Après mes premières expériences, j'ai pensé avec nostalgie à l'horrible, mais merveilleux désordre, auquel je m'étais habitué dans le monde des dieux.

On m'a conduit dans une aile isolée du palais. L'aménagement raffiné de la demeure m'a stupéfié. Rien ne rappelait ici l'aridité réputée du mode de vie rude et auto-éducatif des Spartiates. La qualité précieuse et choisie de l'ameublement, des ustensiles d'usage courant ainsi que des objets de décoration, proclamait plutôt le goût d'extrême raffinement de personnes gâtées. En dehors de cela, le palais de Ménélas était visiblement orné par le butin de Troie ainsi que par des souvenirs qu'il avait accumulés à travers ses voyages à l'étranger, son séjour en Égypte, pendant les années d'après-guerre… Un laquais aux manières solennelles, vêtu d'un tissu coloré tissé à la main, s'empressa de me servir. Il avait préparé un bain dans la baignoire d'argent et il attendait mes ordres, courbé en deux :

– Conduis-moi au maître des lieux chez le glorieux Ménélas, lui dis-je en sortant du bain. Le serviteur exercé termina de frictionner mes membres et enduisit mes cheveux d'huile odorante.

J'appris qu'il n'y avait pas moyen d'arriver immédiatement devant Ménélas. Dans le palais s'appliquait un règlement intérieur rigoureux qui faisait régner le silence et amortissait le bruit.

– Le héros de Sparte, dit à voix basse le valet mis à mon service, le vainqueur d'Ilion, l'invincible Ménélas, te fait dire d'attendre avec patience. Il ne peut pas te recevoir en ce moment, car il dicte ses mémoires.

– Que signifie ceci ? demandai-je irrité, et j'ai porté la main à ma lance d'un geste instinctif et vindicatif.

Le serviteur spartiate haussa les épaules.

– Une nouvelle habitude, une variante de la mode, dit-il. La plupart de nos généraux, qui ont participé à la guerre de Troie, écrivent maintenant leurs mémoires. Le glorieux Ménélas écrit naturellement pour l'histoire. D'autres écrivent plutôt dans un but d'autojustification : ils veulent justifier pourquoi ils ont perdu quelque part une bataille qu'ils n'ont pas été capables de gagner par le sang et le sabre. Notre glorieux seigneur Ménélas ne souhaite plus de la postérité que des lauriers. Il a des moyens pour cela, car une partie considérable du butin de Troie est restée dans sa possession. Mais les autres généraux, ceux qui n'ont pas pris suffisamment de butin, veulent quelques talents au titre de droits d'auteur. Particulièrement maintenant, où nous vivons à Sparte en période d'inflation. À la place de la monnaie d'argent, ils sont contraints de porter sur une brouette des pièces de fer sur le marché pour obtenir de la nourriture des paysans âpres au gain… Récemment, comme on ne pouvait obtenir des marchandises utiles pour de l'argent, on écoula bien les manuscrits des généraux vaincus et vainqueurs. C'est la mode !… dit le serviteur sur un ton de dénigrement, et de nouveau il haussa les épaules. – Depuis que les Grecs vivent et luttent, il en est ainsi après chaque grande guerre.

J'étais surpris par la culture de cet homme aux manières distinguées et à l'emploi subalterne. Il me parla de choses que ma mère ne m'avait jamais enseignées et dont je n'ai jamais entendu parler sur l'île de la mort. Des mémoires, de l'encre, de la plume, de l'inflation, des honoraires…. Toutes ces notions firent un effet effrayant sur ma conscience juvénile. Je soupçonnais que je me trouvais de nouveau face à un des secrets des mortels... Dans mon trouble, j'imaginais que l'écriture est aussi une des découvertes de l'invention humaine – comme le baiser que m'avait enseigné la superbe Skylla.

– Qu'est-ce que l'écriture ? demandai-je.

– Une partie des idées fixes, répondit l'Ilote bien élevé, avec lesquelles les esclaves instruits distraient nouvellement leurs maîtres. Ce jeu remporte un grand succès... Des chanteurs voyageurs ont apporté les signes et les règles de l'écriture de Phénicie. Nous, Ilotes initiés aux travaux domestiques et au service de l'État, nous sommes obligés d'apprendre l'écriture dès notre enfance – et il soupira, impuissant.

Je le regardais les yeux grands ouverts, avec commisération.

– Il est vrai qu'ici à Sparte, nous n'écrivons qu'avec de gros caractères... Mais même ainsi, c'est un service assez difficile ! – et il fit avec résignation un geste dédaigneux de la main. Par mois, quelques kilos de monnaie de fer sans valeur sont notre paie... Et nous travaillons comme des fourmis !...

Je ne pouvais pas me calmer. Je subodorais un secret.

– Quel est le but de l'écriture ? demandai-je, désorienté. L'homme peut parler avec des sons. Quel besoin a-t-il de signes écrits ?...

– Les puissants et les riches, dit l'Ilote, espèrent de l'écriture une sorte d'éternité. Ils croient que le souvenir de leur personnalité et de leurs actes vivra plus longtemps s'ils les fixent avec des voyelles et des consonnes. Ensuite, il est plus facile d'établir l'impôt avec des signes écrits. C'est tout, dit-il, et il ouvrit ses bras en faisant une moue ironique.

Je me suis assombri. Je serrais ma lance et je décidais de faire front crânement aux phénomènes redoutables du monde des humains – ainsi à l'écriture. Mais je n'ai pas eu le temps de rêver. Le rideau de la porte s'agita et un secrétaire essoufflé m'appela avec une hâte bredouillante :

– Ménélas, le château glorieux !...

Mais lorsqu'il vit que je m'apprêtais à me mettre en route, ma lance à la main, il l'attrapa nerveusement et m'arracha l'arme de la main. Devant ma protestation, il se mit à hurler :

– À Sparte, cria-t-il haletant, personne ne peut entrer dans la chambre du chef de l'État avec une arme à la main. Il ne manquerait plus que cela !...

J'étais entouré de tous côtés d'une ambiance glaciale de contrôle, de suspicion et de règlement. Le secrétaire et le serviteur ilote furent finalement les plus forts. Je partis indigné, mais désarmé, faire ma visite à Ménélas. Nous avons traversé des salles où j'ai aperçu des signes d'une douce pompe orientale, quasiment féminine. Rien ne rappelait que nous nous trouvions dans la demeure de l'un des plus grands, des plus austères et des plus cruels génies militaires du siècle. Le secrétaire s'est arrêté avec recueillement devant une porte cachée par un tapis d'Orient coloré et il écouta à travers la porte. Il a ensuite écarté le tapis d'une main, et me fit signe de le suivre. Je franchis le seuil avec émotion. J'ai cru que j'allais entrer dans une chambre... Mais j'ai compris au bout de quelques instants que j'étais arrivé dans l'un des espaces les plus dangereux du monde humain. Je suis entré dans l'histoire.

XII

La grande salle où nous sommes entrés était teintée de flammes écarlates couleur de sang par la lumière crépusculaire, qui s'engouffrait à travers les ouvertures des fenêtres, bordées de colonnes Doriennes. Cet éclairage s'accordait d'une manière redoutable à la demeure du grand chef de guerre. J'ai aperçu un large sofa recouvert de peaux de bêtes. Un homme de petite taille y était à demi étendu, le dos tourné vers la porte, et il dictait sur un ton nasillard, par-dessus son épaule, l'histoire de la guerre de Troie à quatre serviteurs, qui étaient assis le long du mur à la manière orientale, les jambes repliées sous leurs genoux, et qui traçaient avec des instruments pointus des signes rapides sur des tablettes de cire. Le secrétaire me fit signe de ne pas déranger le glorieux mémorialiste jusqu'à ce qu'il me donne l'autorisation de le faire.

Dans mon premier trouble, je n'avais pas saisi exactement le sens des paroles de Ménélas. Pendant que les esclaves grattaient les tablettes de cire avec recueillement, j'eus le temps de jeter un coup d'œil circulaire sur la demeure du grand chef de guerre. Je remarquais toutes sortes de trophées de victoires et de bizarres souvenirs. Les murs étaient parés de queues de chevaux, de clairons, de boucliers et d'armes. Sur une table basse et longue, une ville miniature, construite de bois et de terre cuite – qui ressemblait à un jouet d'enfant –, reproduisait la maquette de la ville de Troie. Face à ce souvenir de pacotille de la grande guerre, je remarquais sur un gracieux socle de style dorien un buste de femme sculpté dans du marbre blanc. Les lumières écarlate et or du soleil couchant léchaient avec des langues de feu les seins de marbre nus de la belle dame. C'est avec un respect plein d'étonnement et de stupéfaction que j'admirais la statue, car malgré mes connaissances historiques défectueuses, je soupçonnais que je devais me trouver devant l'effigie de la grande dame de la sainte guerre, la divine Hélène…

La conscience que mon père avait lui aussi eu affaire avec tout cela mettait mon sang en ébullition. À cet instant j'ai compris quelques paroles de l'exposé que faisait Ménélas sur un ton nasillard. J'ai entendu prononcer le nom de mon père et j'ai prêté une oreille attentive. Il n'avait pas regardé en arrière et il dit la chose suivante :

– Il n'y a pas de doute pour la postérité que l'assassinat de Palamède est un des exemples classiques de l'assassinat juridique. Mon général infidèle, Ulysse, a couronné avec cet ignoble forfait ses fourberies. Il disait cela avec satisfaction et il se mit à rire d'un ton chevrotant. Il contempla un certain temps le soleil couchant. Ensuite – toujours par-dessus son épaule – il s'adressa brièvement aux esclaves :

– Cela suffit pour aujourd'hui. Mettez tout cela au propre.

Il se leva lentement et il se retourna. C'est seulement à ce moment-là que je me suis rendu compte à quel point il était gros. Sur son visage bouffi, des poches pendaient sous ses yeux. Son nez était pointu et rouge. Ses cheveux longs blanc-blond retombaient sur ses épaules en écheveaux tressés. Il portait un caftan de soie coloré, comme ces marchands orientaux qui apportaient parfois des épices et des décoctions ésotériques à ma glorieuse mère sur l'île d'Aïaié. Dans ma stupéfaction je restais bouche bée : cette tour de chair molle qui apparaissait, ressemblait davantage à une vieille femme adipeuse qu'à un général.

Le grand chef de guerre clignotait des yeux encollés et gommés avec des chassies de vieillard. Il tira deux doigts le long de son nez, et il demanda sur un ton efféminé et chantant :

– Qui est celui-là ?

Il pointa ses doigts dans ma direction. Le secrétaire se hâta vers lui et chuchota humblement quelque chose à ses oreilles.

– Plus fort ! cria Ménélas.

Je constatais avec consternation que le fameux général n'était pas seulement myope, mais aussi sourd. Je présumais que sa capacité auditive avait dû être affaiblie par le bruit des combats sous les murs d'Ilion. C'est pourquoi je le regardai respectueusement, sans mot dire. Je me suis rappelé de tout ce que ma mère m'avait raconté de la sainte guerre pendant les heures mélodieuses des leçons : comment Zeus tonna à l'instant de la bataille décisive, comment Poséidon porta des coups violents à la mer et à la montagne, lorsque les Troyens incendièrent les bateaux et que l'heure de l'ultime combat sonna. J'ai supposé que l'organe auditif du combattant âgé avait été endommagé à ce moment-là... Mais Ménélas avait maintenant compris mon nom et il se mit à toussoter :

– Eh ! dit-il, c'est lui ?

S'appuyant sur une canne d'ébène à pommeau d'ivoire, il marcha vers moi. Le grand corps mou s'arrêta devant moi ; les yeux encollés papillotèrent et scrutèrent mon visage de près. Il m'examina comme un marchand de bestiaux myope examine le bétail du sacrifice : attentivement, mais sans intérêt personnel. Il souffla de près sur moi l'haleine de sa bouche édentée. Cette bouche empestait, dès maintenant pendant les heures de l'après-midi, l'odeur renfermée du vin. J'observai avec consternation que Ménélas titubait un peu en marchant. Un serviteur le suivait en permanence, muni d'une cruche d'argent et d'un calice d'or. Le chef de guerre tendait de temps à autre sa main tachée et prenait le calice rempli à ras bord, qu'il buvait assoiffé.

– Je regrette, dit-il ensuite d'une voix orgueilleuse et gutturale, je regrette, mon garçon, que le premier mot que tu aies entendu prononcer dans ma maison ait été un jugement sur ton père. Mais c'est fait maintenant.

Il fit un signe de sa main tremblante. Le garçon chargé de verser le vin lui tendit instantanément la coupe. Ménélas se détourna de moi, et s'appuyant sur sa canne, trottina d'un pas accablé vers le sofa. Il s'abattit parmi les coussins et me fit signe de venir plus près. Les esclaves décampèrent de la salle, les tablettes de cire qui contenaient l'histoire et le jugement de mon père à la main. Seuls, le secrétaire et le garçon préposé au service du vin restèrent à proximité. Je m'avançai, troublé, vers le sofa ; je m'inclinai et je voulus saluer mon hôte par quelques mots courtois, comme ma mère me l'avait enseigné. Mais Ménélas ne me laissa pas dire un mot. Le vieux parlait avec l'obstination des hommes qui s'adonnent à la boisson et qui radotent. Il n'attendait pas de réponse à son bavardage, et son exposé prononcé d'une voix gutturale et zézéyante ne s'arrêtait que pendant les instants où il buvait son calice.

– Je le regrette, répéta-t-il. Tu es le fils d'Ulysse ? eh, eh… dit-il avec un rire chevrotant… – Tu n'es pas le premier. – Plusieurs jeunes gens sont déjà venus ici, qui se sont présentés sous ce nom.

Ils cherchaient tous ton père. Je me souviens de l'un d'entre eux. Il voulait à tout prix aguicher ton père afin qu'il rentre à la maison... Quel était déjà son nom ? Télé... Télé... Il bafouillait en état d'ébriété. Le secrétaire se pressa, étourdi et désorienté, au secours de son maître !

– Télégonos ! dit-il. Je me suis redressé.

– Télégonos, c'est moi, dis-je avec autant de dignité que ma personne était capable de le montrer à ce moment. J'ignore de qui tu parles... répondis-je au secrétaire. Mais Ménélas mit fin à la discussion :

– Télémaque !... et il battit des cils, comme s'il se souvenait. C'était un autre garçon. Il te ressemblait... dit-il et il m'observait de son regard myope – mais il était pourtant différent ! C'est Ulysse qui l'avait nommé Télémaque. Plus tard il s'est vanté comme toujours et en tout, qu'il avait déjà à ce moment-là prévu la longue guerre et que c'est la raison pour laquelle il avait nommé son nouveau-né Télémaque... C'était le garçon qui lutte au loin. Et c'est toi qui es né au loin... – Il avait mis son poing devant sa bouche, il toussotait et il riait. – Je comprends. Ta mère est la glorieuse Circé. Oui, nous avons reçu la nouvelle que tu viens à Sparte, que tu es en voyage d'études. Je te salue donc, mon fils, au nom de Zeus. Il me fit signe de m'asseoir. Le serviteur avait avancé rapidement un siège bas et j'y pris place poliment, le dos tourné à la lumière du coucher du soleil, face à mon excellent hôte.

Ménélas me regarda en battant des cils, il essuya

ensuite du revers de sa main ses lèvres qui salivaient. Il hocha la tête. Il parla rapidement :

– Parfois ils apparaissent ici, les fils errants de ton père. Mais Ulysse n'est pas venu par ici depuis des décennies... Dis à ta glorieuse mère que mon ancien camarade évite soigneusement Sparte et les environs de ma maison. Il a des raisons pour cela. Tu as entendu tout à l'heure que je me rappelle sévèrement de ton glorieux père. Je ne peux rien faire d'autre. J'écris pour la postérité, dit-il avec hauteur. Je dois soigneusement peser chacune de mes paroles. Je regrette si, à l'écoute de la vérité, la piété filiale commence à se révolter en ton jeune cœur. Mais ta mère ne t'a sans doute pas envoyé ici pour que tu entendes de beaux contes sur ton vagabond de père. Que fait la glorieuse Circé ? demanda-t-il dans un rictus, et il sortit avec avidité à travers ses lèvres ridées la pointe de sa langue. – Elle a toujours d'aussi beaux cheveux ?... demanda-t-il, et il claqua la langue.

J'ai en quelques mots informé le chef de guerre de notre situation domestique, de la condition physique de ma mère et du but de mon voyage. Ses yeux collés m'observaient avec le regard vitreux des gens âgés. Parfois il marmonnait, imbibé d'alcool. Par moments même, sans jeter un regard en arrière, il tendait la main vers la coupe de vin que le serviteur lui tendait prestement. Lorsque j'eus terminé, Ménélas devint sérieux d'une façon surprenante. Il lança la coupe vide au serviteur, il essuya sa bouche du revers de sa main, il se rejeta sur le sofa et il dit d'une voix chevrotante, mais solennelle.

– Son destin n'est pas ordinaire, encore qu'il n'est pas aussi exceptionnel que le croit ton agréable, mais redoutable mère et que tu le penses toi-même. Malgré cela, ta mère a eu raison lorsqu'elle t'a envoyé chez moi pour que tu apprennes la vérité sur ton lumineux, mais ignoble père. Il est certain que cette vérité est douloureuse. Mais comme tu ne connais pas ton père, il te sera plus facile de supporter la douleur. Car la vérité résonne de cette manière parce que je suis, parmi les contemporains, le seul homme qui connaît Ulysse, dit-il avec solennité.

Je l'écoutais attentivement sans mot dire.

– Et peut-être aussi le vieux Nestor, dit le chef de guerre, songeur. – Ce vieux héros sait sans doute beaucoup de choses. Malheureusement, c'est un ivrogne notoire, et c'est pourquoi l'on ne peut pas prendre ses paroles pour argent comptant. Lorsque j'ai dû subir cette regrettable catastrophe familiale qui... eh !... en un mot, a déclenché la guerre de Troie... Nestor, la tête éméchée, se consola avec du vin et raconta le sort commun des héros antiques enivrés..., marmonna Ménélas, un peu troublé. Sa consolation m'a fait du bien à ce moment-là, je ne le nie pas. Dans ma famille, la famille des glorieux Pelopidènes, il y eut déjà auparavant beaucoup de catastrophes. Mon grand ancêtre, Tantale, a eu une fin pénible. Son souvenir fut un triste exemple pour ses descendants. Pour cultiver la paix familiale, nous devons freiner nos impulsions immodérées. Appliquons-nous à vivre en paix avec les dieux et avec les hommes. C'est pourquoi je me suis toujours conduit avec des sentiments tendres envers mon frère cadet, Agamemnon, de noble mémoire ; et j'ai toujours respecté mon épouse, la divine et lumineuse Hélène. J'aimais la vie de famille, dit Ménélas attendri, et il battit des cils. Lorsque Thyeste a occupé de force le trône familial à Mycène et que nous nous sommes réfugiés avec mon frère cadet à Sparte devant le sauvage Atrée, j'avais décidé dans mon cœur de ne plus m'occuper d'affaires publiques, de fonder une famille et de vivre la vie modeste, mais heureuse, d'un homme privé et travailleur. Mon bienheureux beau-père Tyndare avait oublié de m'informer du caractère foncier de ses filles. C'est ainsi que j'ai obtenu la main de mon excellente épouse, Hélène, et que mon frère cadet Agamemnon s'est enflammé d'un amour violent mais non sans espoir, pour ma belle-sœur Clytemnestre ?... Tu sais le reste, mon garçon ! – et il soupira. J'ai vu, consterné, qu'une larme brillait dans les yeux du chef de guerre. – Ma belle-sœur a fait assassiner mon frère cadet. Ils l'ont poignardé comme une bête. Et moi-même j'ai été obligé de passer les meilleures décennies de mon âge d'homme sur le champ de bataille afin de venger l'honneur blessé de mon excellente épouse !... Il est très difficile de fonder un bonheur familial si l'homme ne le demande pas aux dieux de manière juste ! dit-il. Et il hoquetait.

L'attitude communicative du grand homme m'avait enhardi. Je me penchais en avant sur le petit siège et je lui demandais avec une curiosité respectueuse :

– Excuse mon ignorance, dis-je calmement. Je suis un jeune villageois. Comment doit-on demander aux dieux de manière juste ?...

Ménélas secoua la main, découragé :

– C'est un des grands secrets – et il renifla. – Nous les hommes, nous n'apprenons pas à temps la manière de communiquer avec les dieux et leurs secrets. Nous les importunons avec nos curiosités, mais nous n'avons pas d'expérience pour exprimer correctement nos désirs. L'expression est le tout dit-il en ouvrant ses bras d'un geste large.

» Tu as vu, mon enfant, avec quelle prudence et quelle circonspection je dicte mes mémoires... Les hommes demandent d'une façon incorrecte et écervelée et ils s'étonnent ensuite si les dieux exaucent leurs désirs irréfléchis ! Prête attention, mon fils, dit le prince et il se pencha en avant. Il parlait à voix basse pour que les domestiques ne puissent pas l'entendre. – Tu peux raconter à ta mère que mon bonheur familial n'était déjà plus parfait avant le rapt de mon épouse. Mon excellente épouse, Hélène, est une créature magnifique. Ce beau garnement de Pâris, que j'ai été par la suite contraint d'écorcher vif et de mettre en morceaux, je le connaissais auparavant... Je veux dire avant qu'il ne donne une raison de déclencher la sainte guerre. Dis à ton excellente mère que mon cœur est plein de remords, car je n'avais pas reconnu à temps la volonté des dieux.

» Une fois, fuyant la peste, je faisais le pèlerinage à Delphes, en compagnie de ce gamin, dont je n'aime même pas prononcer le nom. – Il fit délicatement, mais d'une manière surprenante un petit bruit de raclement de gorge, et il cracha sur le tapis avec mépris. – Oui, je suis allé avec Pâris à Delphes chez les prophètes ; nous avons fait des sacrifices tous les deux, et nous avons ensuite importuné les dieux avec nos curiosités. Je souhaitais un héritier mâle, lui une femme…

» Aphrodite a exaucé nos vœux. Mais nous avons appris ultérieurement que nous avons tous deux mal exprimé nos prières. Il eût été plus sage que Pâris demande un héritier mâle, et moi, une autre femme…

» Tout s'est accompli d'une manière funeste, car les dieux satisfont aussi les souhaits inexactement formulés. – Il gémit. – Promets-moi que tu raconteras tout cela à ta mère aux beaux cheveux !

Je l'assurais d'un mouvement de tête approbateur, vif et respectueux que je garderais chacun de ses mots en mémoire et que je raconterais tout fidèlement. Le vieux héros de réputation mondiale était un homme visiblement délaissé et solitaire, et il était heureux de pouvoir parler à quelqu'un. Il n'était pas nécessaire de l'encourager. Il parlait entre deux gorgées avec la langue qui fourchait, néanmoins avec un débit rapide :

– Mais toi, tu veux entendre parler de ton père, et il poussa un soupir. – Cela est naturel, bien que l'expérience, l'éducation du peuple et la connaissance des secrets de la conduite de l'État nous enseignent qu'il existe des personnalités jouant un rôle public dont il est plus sage de taire les affaires passées, dans l'intérêt même du peuple. Ton père, dit Ménélas, et il respira avec difficulté, était un homme excessivement vaniteux. Cela me peine, mais je dois dire la vérité. Il ne pouvait pas supporter des rivaux... Ni au lit, ni à table, ni sur le champ de bataille. C'est sa vanité qui l'a chassé de chez lui, c'est son ambition effrénée qui l'a conduit sur le champ de bataille, où c'est encore une fois sa vanité qui l'a fait courir après des aventures insensées et sans gloire. Cette fois, je l'ai dit, dit-il sombre, et il continua à boire. – Lorsque nous sommes allés à Ithaque, avec mon frère Agamemnon et avec l'excellent Palamède, voir ton père afin de lui proposer une coalition, c'était comme s'il avait deviné son destin... Que veux-tu ?

Sur un ton élevé, afin que le vieux monsieur sourd puisse entendre mes paroles, j'ai demandé avec curiosité :

– Noble Ménélas à la magnifique cuirasse, j'ai entendu ce nom avant même de franchir cette porte. Qui était Palamède ?...

Le chef de guerre mit ses mains velues autour de

ses oreilles comme un écran ; c'est ainsi qu'il s'efforçait de mieux entendre. Il s'écria ensuite :

– Est-ce possible ?... Que maintenant, vingt ans seulement après la chute d'Ilion, il existe des jeunes gens dans le monde qui ne connaissent pas le nom de Palamède ?...

Je me justifiais en baissant la tête, mais d'une voix forte : mes connaissances historiques étaient déficientes ; c'est pourquoi j'ignorais qui était cet homme en souvenir de qui Ménélas accusait mon père d'assassinat de droit commun.

– Mon garçon, dit Ménélas en fronçant d'une manière soupçonneuse ses sourcils broussailleux couleur gris-blanc. – Ce que j'entends m'attriste. Je vois maintenant qu'il est urgent d'achever mon travail et qu'il est grand temps d'écrire l'histoire authentique de la guerre de Troie. L'ignorance est grande dans le monde et il y a beaucoup de malentendus. Sais-tu toutefois, demanda-t-il avec suspicion, quel était le but de la guerre de Troie ?...

Je devins écarlate. J'avais entendu parler de quelque chose, mais j'ignorais s'il était convenable de mentionner mon maigre savoir juste dans cette maison qui m'accueillait.

– J'ai été un élève privé, balbutiai-je troublé. C'est ma mère qui m'a enseigné. J'ai appris ainsi que ta glorieuse épouse, la lumineuse Hélène...

Ménélas s'est redressé avec peine. Il me fit signe de me taire. Le vieil homme tordu était à cet instant singulièrement digne. Ses serviteurs s'empressèrent de l'aider, mais il leur signifia d'un geste de la main qu'il était capable de se tenir debout tout seul. La tour de chair, s'appuyant sur sa canne, traversa la pièce lentement deux fois. Il se cabra devant la statue de marbre et, pendant un bon moment, il regarda attentivement, penché en avant, les nobles traits figés dans le marbre de son épouse. Ensuite il leva sa canne et me fit signe d'approcher. Il tira mes oreilles avec deux doigts et il m'obligea ainsi à me pencher en avant et à contempler avec lui, à bout portant, le visage féminin d'une redoutable beauté, lubrique et exubérante.

– Elle était comme cela, dit-il morose, lorsque je l'ai envoyée à Troie pour fuir la peste à Sparte. Elle a évité la peste là-bas, mais elle y a connu cet aigrefin concupiscent... Regarde-le bien, brave enfant. Ce visage appartient désormais à l'histoire.

J'ai vu avec consternation que mon célèbre hôte versait des larmes. Les mains de l'artiste grec inconnu avaient gravé dans le marbre un beau visage de femme charnu avec des fossettes et des seins lourds... Ménélas dit en soupirant sur le ton du souvenir :

– En ce temps-là, elle ne se maquillait pas encore. Elle vivait avec les produits nobles et simples des amazones de Sparte. Mais à Troie, elle utilisa volontiers des produits de beauté orientaux secrets. Je ne raconte pas cela volontiers, mais après tout cela, aussi appartient à l'histoire... Oui, elle était comme cela.

Il leva les mains et il dit solennellement :

– Mais la cause de la guerre de Troie, ce n'est pas elle !

Dans ma surprise je n'osais pas broncher. Tout ce que j'ai observé à cet instant, et même plus tôt dans le monde des hommes, me paraissait plus énigmatique que les secrets du monde divin. La perspective que moi, fils d'Ulysse de la main gauche, prince provincial à l'éducation incomplète, je puisse apprendre de l'unique contemporain habilité pour cela la vraie cause de la guerre de Troie, souda ma gorge. Ménélas revint à pas comptés vers le sofa et s'abattit parmi les coussins moelleux. Il but avidement comme quelqu'un qui voudrait se défendre contre ses souvenirs et qui se fortifierait. Les écheveaux gras et souillés de ses cheveux gris blondâtre tombaient ébouriffés sur ses épaules. Je lui emboîtai le pas en silence et je m'assis face au chef de guerre sur le siège bas. Je l'observai avec appréhension ; je me mordis les lèvres, car j'étais en proie à une agitation intérieure.

XIII

– La guerre de Troie, dit Ménélas sur le ton râpeux et profond des buveurs de vin, eut des raisons économiques. Lorsque j'en aurai fini avec mes mémoires, le monde apprendra l'absolue vérité. Il est indéniable, c'est un fait historique, que – comme dans toutes les saintes guerres – beaucoup de vols furent commis dans la guerre de Troie. D'après ce que je sais, Nestor chante aussi quelque chose, dit-il nerveusement, et aussi quelques-uns de mes généraux. Saurais-tu, mon garçon, si Ulysse travaille aussi à ses mémoires ?…

Cette éventualité l'inquiétait visiblement. Il se pencha en avant et guetta mes paroles dans cette position. J'ai bien pesé mes propos et je lui ai répondu que je n'avais jamais entendu parler d'une telle chose. Ni ma mère, ni Hermès n'avaient mentionné que mon lumineux père aurait dicté ses mémoires quelque part… Mes paroles ont quelque peu rassuré le chef de guerre jaloux. Il avait une respiration haletante. Il continua sur un ton enroué :

– Ulysse peut rédiger d'une manière colorée et il a quelque talent de narrateur, dit-il d'un ton orgueilleux et nasillard. – Mais il ne s'entend en rien à écrire l'histoire. Le peuple a naturellement besoin de légendes. C'est ainsi que je dois officiellement démentir la fausse nouvelle répandue selon laquelle le but de la guerre de Troie était de venger le droit de l'hospitalité bafoué… Le droit de l'hospitalité est un des piliers des mœurs publiques de notre peuple et l'ignoble garnement l'a honteusement bafoué lorsque j'étais justement éloigné de Sparte et que je jouissais de l'hospitalité de mon vieil ami Idoménée, roi de Crète, au verbe ailé. La réputation de mon épouse est naturellement irréprochable ! dit-il d'un ton fort et solennel.

» Ni à Argos, ni au Proche-Orient, ne vit un seul calomniateur abject et radoteur, qui oserait salir par sa bouche infâme la bonne réputation de la fille aînée de Tyndare à propos de la guerre de Troie. Dans tout ce qui s'est passé, mon épouse a été parfaitement innocente et j'ai pris soin que ce fait historique soit enseigné à Sparte. – Il se racla de nouveau la gorge. – Mais il est indubitable que ce voleur autoritaire a bafoué le droit de l'hospitalité. Mais est-il crédible que les princes grecs, mon noble frère Agamemnon, puis Nestor, qui était déjà vieux à cette époque, puis Achille, ce prudent qui aimait se promener dans des vêtements de jeune fille, et à la fin moi-même, donc la fine fleur de la Grèce, nous entrions en guerre et nous venions sous les murs d'Ilion avec plus de cent bateaux uniquement pour venger une indécence sociale ? Peut-on considérer avec un esprit sain l'une des plus grandes entreprises militaires de l'histoire mondiale, l'utilisation de l'industrie de guerre et de leurs produits les plus modernes comme une conséquence de l'assouvissement d'une animosité humaine ?... Est-il imaginable que des militaires de carrière, tels Diomède et les deux Ajax aient accepté de jouer un rôle dans une action militaire, qui n'aurait pas eu un fondement historique sérieux ?... C'est ridicule ! cria Ménélas et il cracha de nouveau. – Seuls les conteurs superficiels, qui végètent avec une solde journalière, peuvent répandre de telles nouvelles dans un cercle populaire. Je me serais même battu seul contre

Pâris ! Bien que ni mon âge, ni mon rang ne m'obligeaient à le faire, j'ai proposé de me battre en duel pour obtenir réparation pour l'honneur de ma femme et pour le droit de l'hospitalité bafoué... Hélas ! les événements ont dépassé la mesure du préjudice individuel... Notre peuple est pauvre. Sur les îles aussi, le mécontentement social est grand, car le fourrage est maigre. Par moments, dit-il, sombre, il n'y a pas d'autre moyen de faire face aux conséquences économiques intérieures et extérieures que par une guerre. Mais je ne veux pas parler de cela dans mes mémoires, dit-il morose, et il avala ses mots.

Nous nous taisions respectueusement et nous guettions avec dévotion la respiration vineuse du chef de guerre. Il resta quelques instants étendu et immobile sur les coussins de soie, comme si son discours rapide et ses souvenirs l'avaient fatigué.

– Palamède ! dit-il subitement, et il se redressa. Il braqua sur moi ses yeux collés. – Tu me demandes qui il était, et pourquoi le vaniteux Ulysse à l'esprit leste l'enviait, le haïssait et pourquoi finalement il a assassiné cet homme au génie fulgurant ?... C'est une question grave, mon garçon. Il est diablement difficile de parler de Palamède en des termes d'une authentique et complète réalité. Il était d'Argos comme moi. Dans le langage des gens d'Argos son nom a plusieurs significations. C'était lui, l'inventeur du destin, mais il était aussi celui qui était agile de ses mains... Par son esprit, par la force de son cerveau, il dépassait ses contemporains. La vérité historique résonne de telle sorte que, parmi tous mes généraux, le fils de Nauplios était le plus doué et que c'est lui qui, grâce à ses inventions, a sauvé au temps de la guerre de Troie l'armée grecque !... Tu prêtes attention, mon fils ? Que demandes-tu ?... Plus fort ! De quelle sorte étaient les inventions de Palamède ?... Ce serait difficile de les énumérer d'un trait ! Tels Dédale et Prométhée, il était lui aussi un des grands bienfaiteurs de l'humanité. Il n'a pas inventé la navigation aérienne, ni le feu, mais il a découvert la lettre... Tu es étonné ! Oui, il a inventé l'écriture par lettres, ce métier diabolique et mystérieux à l'aide duquel l'on a pu organiser dans notre armée la distribution des vivres, lorsque la famine s'est déclenchée !... Plus tard, l'on a colporté le ragot selon lequel il aurait volé le secret de l'écriture phénicienne. Mais ce n'est que présomption enfantine. Dans la réalité il observait avec son regard aigu le vol des grues dans le ciel d'automne, particulièrement à la tombée du jour, au début de l'automne, lorsque dans le ciel pendent des nuages gris et que le firmament ressemble au ventre poulinier d'une ânesse... Palamède observait le passage des grues dans le ciel d'automne et ce sont ces formes d'oiseaux qui l'ont poussé à inventer les premières lettres. Tu restes bouche bée, je vois !... Il a découvert les cubes de jeu à six faces et cette invention s'est avérée un moyen excellent pendant la période de la famine pour détourner l'attention des

Achéens affamés et des gens d'Argos de leurs ventres qui gargouillaient. Il a découvert les chiffres, et aussi que l'on pouvait sans table de logarithmes exécuter sur nos doigts des opérations complexes de multiplication et de division. Son talent d'organisateur militaire a quasiment révolutionné la stratégie grecque. C'est encore le vol des grues pendant l'attaque qui lui a inspiré d'aligner les troupes dans le sens de la moindre résistance. Il a percé le secret des chefs de guerre barbares d'Orient : comment l'on doit, au moment de la nouvelle lune, aligner en direction d'horizons différents les guerriers qui partent à l'assaut sur des chevaux blancs et noirs... L'attraction de la lune et les diverses directions des cieux donnaient aux chevaux de couleur différente une autre impulsion pendant l'attaque ! Il était génial ! dit Ménélas avec enthousiasme et il haletait.
– Donne-moi le cube, dit-il au serviteur qui, d'un mouvement rapide et apeuré, tendit à son maître un gobelet de cuir et deux cubes d'ivoire à six faces marquées de divers points noirs. Ménélas fit tourner les cubes dans le gobelet de cuir et les attira ensuite vers lui. Il compta lentement, d'une manière malhabile, inexpérimentée et avec appréhension.

– Sept, dit-il en secouant la tête. Chiffre sacré ! Palamède savait cela aussi. Les chiffres ont une signification secrète.

Il se renversa de nouveau en arrière et il rêva les yeux clos.

– Palamède, dis-tu ! continua-t-il et il parla plus

doucement et plus tristement. – Il s'entendait aux choses de la terre, mais il connaissait aussi les secrets du ciel étoilé. Il déduisait des changements des étoiles des relations de la carte céleste, la répartition de la journée et il établissait d'après cette expérience l'ordre de la relève des gardes. Hélas, les grasses retombées des fournitures de l'armée l'ont débauché lui aussi, comme ton père…

– Comment ? demandai-je avec une indignation spontanée. – Mon père s'est occupé de fournitures pour l'armée pendant la guerre de Troie ?…

Ménélas ouvrit ses yeux gommés et me regarda avec étonnement :

– Qu'il s'en soit occupé ? Il ne s'occupait essentiellement que de cela. Il était, hélas ! exagérément cupide et il s'est fait beaucoup d'ennemis. La lutte jalouse, qui a sévi de façon latente dès le premier instant de la sainte guerre entre ton père et Palamède, n'était pas uniquement une question de vanité. Chaque Grec s'entend aux fournitures de l'armée, y compris mes généraux… Ceci n'a rien d'extraordinaire. Mais Palamède s'y entendait encore mieux ! La colère qu'Ulysse avait longtemps dissimulée – son ressentiment car Palamède avait réussi à le démasquer lorsqu'il simulait la folie pour ne pas être obligé d'aller à la guerre – est devenue avec le temps véreuse dans le cœur de ton père. Après tout il n'était pas l'unique général à se cacher pendant les heures du danger, afin de n'être pas obligé d'aller au combat. Je pourrais aussi raconter dans mes mémoires certaines choses d'Achille. Mais n'offensons pas le souvenir des héros morts. Mais Ulysse vit... Oui, il voulait livrer de l'avoine et des vivres à mon armée, mais Palamède fut plus habile et il arracha de ses mains cette possibilité de grasses prébendes. Cela, et bien d'autres débrouillardises – comme par exemple la découverte dans l'armée grecque de la fille de Trachion de Karytos, habillée en homme... – nous avons lapidé la fille plus tard... Ton père ne pouvait pas pardonner tout cela à Palamède. La vérité historique est qu'au cours de la longue guerre, la popularité de Palamède alla croissant. L'étoile de ton père en revanche déclina... C'est pourquoi, un jour, il l'a tué sous un prétexte ignoble. Le meilleur fils d'Hellas disparut dans la tombe le jour où nous avons enterré la dépouille du grand Palamède sur les rives éoliennes, face à l'île de Lesbos ! dit Ménélas avec émotion.

Tout ceci était foncièrement nouveau pour moi. La perspective d'apprendre des secrets sur mon père et l'histoire vraie de la guerre de Troie de la bouche de ce chef de guerre âgé, bavard, alcoolique et postillonnant, me contraignait à une attention silencieuse. Je ravalai mes questions et je guettai avidement ce qui allait encore suivre. Il n'était pas nécessaire d'encourager Ménélas. Palamède et tout ce qui avait un rapport avec la guerre de Troie étaient visiblement importants pour lui, à la manière d'une idée fixe. Il parla du ton de la réminiscence :

– Sa mort a été vengée à un certain point par son

noble père, Nauplios, lorsqu'il a attiré vers les récifs d'Eubée par des signaux lumineux les Grecs flâneurs, qui rentraient chez eux. Mais Ulysse a évité la vengeance et le danger. Par ailleurs l'avertissement par le feu était aussi une trouvaille de Palamède… Lui qui était adroit de ses mains savait que la main humaine avait un rôle important à jouer à l'intérieur de la création. Il s'entendait aussi aux secrets de la thérapeutique et de la guérison. Je me souviens qu'un jour des loups errants ont menacé la légion grecque qui bivouaquait. Ton père a voulu chasser les loups mais Palamède était plus sage, il voyait dans l'approche des loups le signe d'une épidémie et il ordonna des bains, de la gymnastique, et une nourriture thérapeutique pour l'armée. À ce moment-là, ma légion a évité l'épidémie et la jalousie d'Ulysse fut sans bornes. La manière dont ton père a tué son adversaire génial fut une fois de plus ignoble. Un jour le monde apprendra qu'il a fait écrire par un prisonnier phrygien une prétendue lettre de Priam et c'est cet esclave qui a enterré dans la tente de Palamède l'or qui fut la « preuve » bassement forgée de l'accusation de trahison… Hélas ! mon frère au cœur noble, Agamemnon, jalousait aussi Palamède ! dit Ménélas avec tristesse.

Assoiffé, il buvait à grandes gorgées comme s'il ne savait prendre suffisamment de remèdes contre d'amers souvenirs.

– Le fait historique, dit-il, austère et solennel, que je ne saurais taire dans mes mémoires pour la postérité, se présente ainsi – Palamède, en compagnie d'Achille – qui a finalement vaincu la lâcheté de sa constitution – partit au combat... – et ils occupèrent vingt-trois villes de l'Asie Mineure. Réfléchis à ceci, mon garçon ! Pendant que le génie et son compagnon, le héros au visage de fille, se battaient au loin, ton père a réussi à éveiller la jalousie de chef de guerre de mon noble frère cadet. Ils sont devenus complices et Agamemnon a pris part lui aussi à cet attentat, dont mon meilleur compagnon de lutte fut la victime... Ils ont condamné et ils ont lapidé le grand inventeur et le chef de guerre couronné de nombreux succès !... Ils ont attenté à sa vie par de fausses accusations. C'est le forfait de ton père, mon garçon, et il pointa sur moi un geste accusateur. J'ai blêmi, mais je me suis efforcé de rester discipliné et immobile. – Ils ont tué le héros, le conquérant de vingt-trois villes ! Le sage, qui savait que le meilleur moyen de lutter contre la peste, était de manger à des heures régulières ! L'excellent fournisseur de l'armée, qui était capable de trouver du blé, même dans les silos des paysans cupides ! L'homme mesuré, qui a découvert que la manière la plus juste de mélanger le vin et l'eau était une proportion de deux à cinq... C'était peut-être son unique invention avec laquelle je n'étais pas d'accord ! dit Ménélas en réfléchissant, avec un peu de colère. Et il tendit sa main tremblante vers un gobelet rempli à ras bord de vin pur.

– Mon fils, dit-il ensuite, tu as voulu entendre la

vérité. Tu l'as entendue !... La mort de Palamède n'était pas malgré tout inutile. C'est un avertissement pour la démocratie que l'illégalité retombe sur le corps social qui l'a tolérée ! Ton père n'évite pas sans raison le sol de Sparte. Le peuple se souvient et juge... J'ai vécu beaucoup d'horreurs dans ma glorieuse et redoutable vie, dit-il avec solennité.

» J'ai vu Achille lorsqu'il s'est blessé le genou, et j'ai vu Hector lorsqu'il se tenait seul, sous les murs de Troie, attendant le destin !... J'ai vécu le moment où Zeus a mis sur la balance le sort des deux héros et j'ai vu que le plateau d'Hector commençait à s'abaisser.

» ... Je me trouvais là lorsqu'Ajax est tombé dans la démence et a jeté sa vie au rebut, car ton père, avec un cerveau alerte et d'une main avide, avait subtilisé les armes d'Achille. J'étais accroupi dans le ventre du cheval de bois et j'ai accepté que ton père me ferme la bouche de sa main calleuse, lorsque ma glorieuse femme, dont la vertu et la bonne réputation étaient invariablement intactes, a contourné le cheval en compagnie d'un nouveau garnement lubrique et insolent : Deiphobos, et m'a appelé d'un ton roucoulant... J'ai vécu tout ce qu'un homme peut vivre parmi les horribles tempêtes de l'histoire. C'est moi qui ai embaumé la dépouille de Patrocle avec de l'ambroisie qui empestait jusqu'au ciel, et j'ai vu comment Achille a écorché douze garçons troyens près du catafalque de son ami ! J'ai vu l'horrible scène où Achille a fait cadeau à Patrocle décédé de ses cheveux coupés, car il savait que, selon la volonté des dieux, il n'aurait plus besoin vivant de sa chevelure, car il ne reviendrait plus jamais chez lui.

»... J'ai vu comment Achille a outragé la dépouille du noble Hector. J'ai vu la peste, qui faisait crever par milliers mes héros ! J'ai vu ton père qui, au moment de la bataille, avait peur de la foule déchaînée...

– Il avait peur ?... demandai-je de mauvaise humeur. Je ne sais pas moi-même pourquoi, mais cette accusation me remplissait de répulsion !

– C'est moi qui lui ai sauvé la vie, dit le chef de guerre en haussant les épaules. À ce moment-là, il lampa la coupe à vive allure ; à ses paroles se mêlaient parfois des hoquets vineux. – Je le traînais hors de la foule. Crois-tu qu'il me fut reconnaissant ?

» Je lui ai fait donner une boisson curative rafraîchissante par mon meilleur médecin, Machaon, qui avait également soigné ma propre blessure, afin qu'il revienne de sa torpeur mortelle. Mais déjà à ce moment, son cerveau méchant et tortueux ne pensait qu'au butin, aux armes d'Achille et au destin de Palamède ! J'ai, mon garçon, vu et vécu tout ce qu'un homme peut vivre et voir ! – dit-il en hoquetant. Il parlait avec outrecuidance, mais ses paroles se bloquaient de plus en plus souvent.

– J'ai vu le nerveux Achille tuer son brave serviteur, Mnémon, qui lui avait été donné par son père afin de lui rappeler son devoir !... Que l'homme est misérable, même lorsqu'il est un héros !... cria le chef de guerre quand il évoque ses souvenirs, et il leva sa main pour la coller ensuite sur ses yeux – J'ai vu Iphigénie... Assez ! dit-il dans un râle.

Nous nous taisions, accablés.

– Il y eut naturellement de regrettables malentendus pendant la longue guerre, dit Ménélas d'une manière inattendue sur un ton sensé et objectif. L'orage des sentiments donnait l'impression de se calmer dans son sein. Il parla d'un ton professionnel, quoiqu'entre temps il bût sans cesse du vin, ce qui, pendant les heures précoces de début de la soirée, avant le dîner, devait être une distraction dangereuse, même pour un guerrier endurci ! – mais il ne paraissait pas plus ivre que lorsque je suis entré dans sa chambre.

– Pendant le grand défilé, mon armée a confondu la ville de Theutrania avec Troie, et nous avons anéanti cette ville innocente, dit-il et il haussa les épaules. – Hélas ! la cartographie militaire n'était pas encore au point et Palamède avait oublié de s'occuper de manière approfondie de cette science... De tels malentendus peuvent arriver parfois dans une grande guerre, dit-il magnanime. Nous avons tué tout le monde à Theutrania : les vieux et même les nourrissons... Ultérieurement, lorsque l'erreur fut élucidée j'ai ordonné des sacrifices pour le repos de l'âme des défunts, et ainsi tout est rentré dans l'ordre, dit-il avec satisfaction. J'ai vu aussi beaucoup de bizarreries, dit-il d'un ton nasillard, et il esquissa un sourire. – Je réfléchis encore sur le point de savoir si je dois donner une place dans mes mémoires à tout ce que j'ai constaté dans le caractère de mes glorieux compagnons ? Dois-je parler de ce qu'Achille, qui aimait porter des robes de femme, a peut-être fait tuer le fils de Priam, le noble Troilos, seulement parce qu'il se comportait avec des gestes pas tout à fait naturels, tendres et peu masculins… Ou peut-être trop masculins qui le sait ? – envers lui. En un mot, il se comportait avec des sentiments bizarres envers un ennemi au physique charmant ! Hm !… marmonna-t-il en se grattant la barbe. – Je verrai… et il sourit goguenard. Ensuite il devint de nouveau sérieux. – Mais tout ceci, mon garçon, n'est rien en comparaison du destin de Palamède ! cria-t-il en se couvrant de nouveau les yeux de la paume de sa main. Il s'est mis à sangloter comme un vieillard d'une manière qui ressemblait un peu à celle d'une vieille femme.

Les serviteurs se tenaient tranquillement debout et attendaient que l'émotion sentimentale de leur maître prenne fin. Ils s'étaient visiblement habitués aux beuveries de début d'après-midi de Ménélas et à leurs conséquences inhérentes passionnelles et corporelles.

– Au temps du siège de Lyrnesos…, dit Ménélas en reniflant et il essuya ses yeux et se moucha – ton père a persuadé mon frère cadet Agamemnon, de faire rappeler et de faire tuer Palamède. Il lui a fait croire que Palamède avait trahi l'armée grecque au bénéfice des Troyens et qu'il s'alliait à Achille pour obtenir le commandement suprême. Mon frère cadet était un homme courageux, mais d'un caractère brusque. Outre cela, ce n'était pas spécialement un connaisseur d'hommes. Il n'avait confiance en personne en dehors de son épouse Clytemnestre, dit Ménélas avec amertume et satisfaction, c'est pourquoi ils l'ont abattu comme du bétail. Mais ceci n'était d'aucun secours pour Palamède. Il secoua la tête. Celle-ci, ornée de boucles tressées, retomba sur sa poitrine. Comme s'il avait sommeil, il bredouilla avec incohérence :

– Ce fut le crime de ton père. Je ne le lui pardonnerai jamais. J'aimais Palamède. Il était plus qu'un héros…

Il rouvrit ses yeux et, avec la dernière lueur de raison de son cerveau imprégné de vin, il dit :

– C'était un sage. Il voyait d'avance l'instant où les héros deviennent des lâches. Et l'autre moment, où les lâches deviennent des héros !

Il se ressaisit. Il tendit sa main encore une fois. Mais il n'avait plus la force de porter la boisson à ses lèvres. La coupe se renversa dans sa main tremblante et le liquide capiteux coula sur le caftan coloré du chef de guerre. Comme quelqu'un qui aurait oublié de dire le plus important, il leva son index tremblant et cria d'un ton enroué et hoquetant :

– La guerre de Troie n'était toutefois pas complètement inutile. Il dit cela avec une voix de crécelle. La chasteté de ma femme est aujourd'hui encore lumineuse. Comme si elle avait été transformée depuis la triomphale signature de la paix ! dit-il avec attendrissement.

Il s'étala sur le sofa. Le secrétaire et les serviteurs se hâtèrent de lui venir en aide. Ils s'affairèrent autour de lui sans agitation particulière, comme des gens qui se sont habitués à ce genre de scène. La voix de Ménélas, plongeant dans le sommeil, arriva vers nous tel un râle depuis les oreillers. Il dit quelque chose d'Ulysse, qui résonna comme une prière et une malédiction. Mais je ne compris que des balbutiements. Il dit :

– Ce fut le plus grand crime de ton père…

Il n'a pu arriver à la fin de la phrase. Dans son ébriété, il s'endormit. Une voix féminine profonde et rauque se mêla au ronflement de Ménélas et termina son jugement, arrêté à mi-chemin :

– Qu'il se soit mis en guerre à cause de moi !

XIV

Je me retournai, paniqué. S'appuyant sur une canne d'ébène à pommeau d'argent, une vieille dame respectable se tenait dans l'embrasure de la porte. La lumière aux poussières d'or du soleil couchant éclairait avec netteté l'étrange apparition. Les mille rides de la vieille dame s'accommodaient mal dans la lumière cruelle de la perruque rousse et des voiles criards qu'elle portait. Sur son cou flétri retombaient en chute trois rangs de chaînes d'or épaisses ornées de pierres précieuses. Elle peignait en rouge sa bouche, les ongles de ses mains et même ceux des pieds qui apparaissaient hors de ses sandales. Elle marcha lentement vers nous. La polyarthrite la torturait visiblement et, même en s'appuyant sur sa canne, elle marchait avec difficulté.

Elle s'arrêta devant le sofa où ronflait le héros de Sparte et elle jeta un regard désapprobateur sur le chef de guerre défraîchi. Je me suis écarté respectueusement et j'ai vu que le serviteur et le secrétaire guettaient avec humilité les ordres de la vielle dame ainsi attifée. Je ne pouvais imaginer autre chose que la grande dame de la maison, qui se tenait devant moi, ne pouvait être autre que la veuve de Pleisthenes, la mère du glorieux Ménélas. Je voulus lui faire un baisemain, mais dans mon trouble je n'arrivai pas à exprimer mes hommages. Je n'avais pas compris pourquoi cette auguste vieille dame, mais déjà un peu desséchée, me criait d'un ton perçant que mon père avait fait la guerre pour elle !... Je n'ai pas eu le temps de repenser mes doutes.

– Emportez-le dans sa chambre, dit la vieille dame au serviteur en montrant avec la pointe d'ébène de sa canne le héros qui ronflait. – Que Machaon, le médecin, s'en occupe. Prévenez-moi lorsqu'il aura fini de dormir.

Le secrétaire et le serviteur prirent par les épaules et par la taille, avec des gestes entraînés, Ménélas inconscient et s'éloignèrent rapidement par une porte latérale avec leur fardeau ronflant. Lorsqu'ils eurent disparu, la vieille femme se tourna vers moi avec un regard aigu. Elle s'assit avec difficulté en haletant - j'ai vu qu'elle était fortement lacée, mais de toute manière ses membres délabrés devaient être torturés par des douleurs du sacrum, car ce n'est pas seulement la marche qui lui était pénible, mais chaque mouvement ! De sa canne elle me fit signe de m'approcher et elle dit d'un ton profond, masculin et rauque :

– Maintenant tu l'as vu !...

Elle fit un mouvement de tête vers la couche d'où ils avaient emporté peu de temps auparavant le chef de guerre en état d'ébriété. Dans mon trouble, je sautai d'un pied sur l'autre. La situation était par-dessus tout pénible. Je m'efforçai de répondre avec courtoisie :

– Glorieuse matrone, dis-je, je regrette infiniment d'avoir été involontairement le témoin oculaire de la faiblesse corporelle de ton glorieux et imbattable fils, Ménélas...

La vieille dame corsetée se redressa sur son siège en dépit de la douleur physique due à l'âge. Elle siffla comme si un serpent l'avait piquée. Dans ses yeux brillait une lueur d'éclair coléreuse qui démentait pour un instant son âge avancé :

– Que racontes-tu, malappris et écervelé garnement ? Tu crois sérieusement que ce vieil homme ivrogne est mon fils ?...

J'ai blêmi en entendant la question indignée. J'ai deviné que mon inexpérience provinciale s'était vengée et que je venais de commettre une faute sociale irrattrapable. Je m'attendais à être grondé et puni. Mon effroi augmenta lorsque je vis que la respectable dame d'âge couvrait ses yeux fardés de la paume de sa main et que des larmes perlaient sur son visage ridé, fardé et couvert de poudre de riz.

– Après tant de choses, je devais vivre aussi cela : le fils d'Ulysse ne me reconnaît pas !...

Je clignotai des yeux vers la grand-mère qui sanglotait avec la plus grande émotion et dans un trouble extrême. Sa douleur devait être sincère, car elle ne se préoccupait pas que ses larmes barbouillent le fard de son visage dignement ridé. Je regardai le visage, souillé de fards, qui ressemblait à une larve ; mon regard fut ensuite accroché par les beaux traits lascifs et bon vivant du visage de la statue de marbre. Le pénible pressentiment devint à cet instant réalité dans mon esprit... Mais ce que j'ai vu était malgré tout incroyable.

Hélène pleurait devant moi. Je ne doutais pas plus longtemps... La femme dont les affaires passées étaient chantées loin des écoles de Sparte par les troubadours et les poètes ! La femme de grande réputation que l'on avait souvent enlevée, puis rendue, puis enlevée à nouveau ! La femme aux « seins de neige » pour qui les hommes entreprirent des luttes sanglantes, pour qui ils s'écorchèrent et se mirent en morceaux ! La grande dame de la sainte guerre sanglotait devant moi... Cet idéal défiguré à en devenir méconnaissable, dont le mari disait il y a un instant – il est vrai, dans un état éthylique – que la guerre de Troie n'était pas inutile, car Hélène était devenue maintenant comme si on l'avait changée ! Je cherchai d'un coup d'œil prudent la ressemblance entre le jeune visage de femme coquette à en devenir provocante de la statue de marbre et le visage de vieille femme devenu méconnaissable, comme tanné par les larmes, le fard et les événements de sa vie... J'étais saisi d'horreur, car je compris pour la première fois que parmi tous les dangers qui attendent l'être humain au cours de sa vie terrestre, le plus indifférent est cet ennemi invisible, perfide, imparable : le temps !...

Hélène pleurait avec noblesse des pleurs de vieillard. Ses épaules tombaient, sa lèvre inférieure tremblait et révélait sa denture défectueuse. Elle essuya prudemment avec un mouchoir de dentelle ses yeux embués et fardés et d'un mouvement alangui de sa main, elle me fit signe d'approcher. Je me dépêchai auprès d'elle et je m'agenouillai. C'est ainsi que je regardai, ahuri – un peu épouvanté, mais accablé et d'un air contrit – dans les yeux magiques de cette femme divine si renommée. Car cette paire d'yeux était encore maintenant, lorsqu'elle regardait le monde depuis la prison décrépite de la vieillesse, remplie de la lumière de l'intelligence. — Elle eut un sourire triste. Elle sentit la sincérité de ma désolation et elle caressa mon visage de sa main flétrie et parfumée :

– Excuse-moi, bredouillai-je.

– Il n'y a rien à pardonner, dit-elle tristement et d'une humeur égale. Tu es jeune et tu as dit la vérité. Lève-toi, disposa-t-elle. – Assieds-toi. – Je me suis assis sur le tabouret sur lequel j'écoutais auparavant les confessions de Ménélas en me ramassant sur moi-même. Montre-toi, dit-elle avec sérieux et elle toucha de deux doigts mon menton en tournant mon jeune visage dans la direction de la lumière déclinante. Elle m'examina. Elle me relâcha ensuite. Elle soupira profondément.

– Le temps, dit-elle noblement – et la vieille femme peinturlurée, enpommadée, est devenue presque belle en prononçant ces paroles –, n'accorde pas de grâce aux vivants. Mais il n'a pas de pitié non plus pour les légendes. Nous, qui avons reçu en cadeau par la volonté divine un destin extraordinaire, nous devons subir la grande punition : l'oubli par lequel le monde infidèle se détourne de notre souvenir.

À ce moment-là, elle ne renifla pas comme si son grand passé, son rang singulier, lui avaient pour un instant, par un coup de baguette magique, rendu le vrai contenu de sa personnalité. Elle croisa ses jambes et son mollet apparut hors des plis. Je vis d'un œil que cette jambe célèbre était toujours bien proportionnée. Bien que des varices la rendissent disgracieuse, elle était blanche comme l'albâtre.

– Où se trouve ton père en ce moment ?...

demanda-t-elle confidentiellement, et elle cilla des paupières.

– Je l'ignore, répondis-je sur le même ton complice. Le but de mon voyage est de le retrouver. C'est pour cela que ma mère m'a envoyé dans le monde. Si tu sais quelque chose, divine Hélène…

J'ai vu que cette appellation plaisait à la noble vieille chipie. Elle cilla les yeux vers moi, plus apaisée. Elle soupira et elle dit d'un ton plaintif :

– Je ne l'ai pas vu depuis des années ; depuis des décennies je ne l'ai pas rencontré… Par moments sa réputation arrive jusqu'à cet aride nid de poussière de Sparte. Mais personne ne sait rien de sûr… Est-il toujours en voyage ? Lui non plus n'est plus jeune maintenant, dit-elle avec une satisfaction bizarre, goguenarde. Elle compta doucement de sa bouche édentée. Le temps est monstrueux ! dit-elle ensuite et elle eut un soubresaut, comme si elle avait la chair de poule, pénétrée d'horreur. – Il est muet et sans pitié et il n'y a pas d'arme contre lui… Ton père, le roué, deviendra tout aussi bien sa victime que son compagnon d'armes que tu as vu tout à l'heure somnoler, dans un ronflement éthylique… Oui, tel est mon insurpassable mari Ménélas.

– Quand l'as-tu vu pour la dernière fois ? demandai-je avidement.

– Ton père ?… Hélène a froncé les sourcils peints en écarlate. Au moment où, la guerre terminée, mon noble mari voulait me lapider.

– Que dis-tu, « seins de neige » ?… demandai-je

horrifié. Mes cheveux se dressèrent sur ma tête. – Ton mari qui est entré en guerre pour défendre ta réputation voulait finalement te lapider ? Le grand homme qui parlait précédemment avec tant de respect et d'exaltation de ta vertu a attenté à ta vie ?... Excuse-moi, je suis trop jeune encore, dis-je, brisé. Je dois m'habituer à l'histoire du monde.

Hélène secoua la tête avec indulgence :

– Il m'avait traînée par les cheveux, dit-elle avec simplicité, d'un ton naturel. Elle ajusta sa perruque des deux mains, comme si le souvenir avait hérissé ses boucles artificielles. J'étais couchée à terre et mon noble mari me traînait par les cheveux, lorsqu'il m'a libérée des murs de Troie. Il m'a promis de me tuer, lorsque nous reviendrions dans ce trou poussiéreux, répugnant et vertueux, à Sparte. L'exécrable tante de ta glorieuse mère, Hekate, du monde des enfers, l'avait également encouragé. – Mon mari et quelques autres Grecs grossiers et rustres m'ont attaquée avec des pierres. J'aurais péri si je n'avais pas été sauvée par ma beauté et si ton père ne s'était pas hâté à mon secours...

– Mon père t'a sauvée ? demandai-je avec une joie filiale. Mon cœur palpitait, car j'avais enfin entendu dire du bien de mon mystérieux père.

– Oui, dit solennellement Hélène. À ce moment-là il prit mon parti avec son excellent aplomb, sa magnifique prestance, ses paroles ailées, les idées spiraloïdes de son cerveau inventif. Il a écarté de ma tête le danger momentané... Hélas ! ensuite lui aussi a disparu de ma vie. Le monde l'appelait. Je lui ai pardonné cela. J'aime que les hommes à qui quelque chose me lie, ou me liait, acquièrent de l'expérience. Ce que je ne lui ai pas pardonné, c'est que son foyer l'appelait aussi... Il est retourné à sa femme à travers le monde et les aventures. Je n'aime pas cette femme, dit-elle confidentiellement, comme à elle-même. – Pénélope est ma parente éloignée, elle est d'ici, et du temps où nous étions jeunes filles, nous étions souvent ensemble. Nous nous baignions dans l'Eurotas et je sais que son corps n'est pas parfait, que son dos a des taches de rousseur, que sa denture est jaunâtre. Elle aime battre généreusement des cils, mais dans la réalité ses manières sont arrogantes, dépourvues d'esprit et provinciales. Je n'aime pas en général que les héros, avec qui les dieux m'ont réunie pendant mon parcours terrestre, se marient – et elle poussa un soupir. Ton père est tout de même retourné chez cette femme. J'ai entendu dire plus tard, avec une certaine satisfaction, qu'il n'est pas resté entre les bras de cette ménagère provinciale... Mais ceci n'a rien changé à la réalité que le seul homme avec lequel je pouvais rester dans une intimité de bonne humeur et de connivence a disparu de ma vie. Je suis restée seule avec mon excellent et redoutable mari que tu as vu et entendu tantôt, dit-elle avec hauteur. Nous, êtres exceptionnels, qui vivons dans l'histoire, nous ne pouvons pas juger avec suffisamment d'indulgence les mêmes faiblesses de notre vie privée. Le rôle que nous devons jouer est surhumain. De toute manière, j'avais épousé un homme qui était plus âgé que moi. J'ai été ensuite enlevée par un homme qui était plus jeune que moi. Entre le vieil homme et le blanc-bec, à l'horizon de mes souvenirs, se tient ton père bien vivant : l'homme épousait mon âge, était en harmonie avec moi. Mais il était toujours en voyage, dit Hélène en haussant les épaules. Que pouvais-je faire ?...

– La postérité, dis-je poliment, et je m'efforçai de parler respectueusement, selon mon âge et mon éducation, reconnaîtra certainement la légitimité de ton comportement...

– Tu le crois ? dit Hélène soupçonneuse. – Je ne sais pas. Ton père était un homme et il me voyait d'une manière juste. Il voyait en moi une femme... Pour cela je lui suis reconnaissante, dit-elle d'une voix chaude, et ses yeux jetèrent un éclair. – Je le vois encore maintenant, comme il est passé chez moi à Troie pendant l'assaut. Il portait un déguisement et la barbe, mais je l'avais immédiatement reconnu. Comme le rêveur devine l'éclair même à travers les paupières fermées, tel je voyais à travers le déguisement que c'était ton père qui se tenait devant moi. Il s'était déguisé en mendiant, il était venu espionner, il avait assumé le danger, pour me voir encore une fois. Il avait compris à temps avec son excellent cerveau, que le grand départ du globe terrestre est le vrai sens de l'entreprise de guerre pour des hommes présomptueux et cruels, des héros et des imposteurs ainsi que pour ceux dont la disposition mentale est identique aux saigneurs de porcs ?... Il ne l'a pas dit, mais il laissait ses compagnons grandiloquents et mon noble et vieil époux, dont l'esprit n'est pas particulièrement alerte – se fourvoyer au sujet des Grecs qu'ils incitaient à la guerre... Mais ton père savait la vérité. Il n'écrivait pas ses mémoires, comme cette multitude de vieillards vaniteux et tristes, qui veulent prouver par des mots ce qu'ils n'ont pas eu la force de réaliser par des actes, dit-elle avec un froid mépris. Il est venu, bravant des dangers mortels, pour passer une nuit avec moi dans la forteresse assiégée. C'est son grand péché. C'est ce que mon mari, amateur de vin, ne peut lui pardonner. Ulysse ne se battait pas pour une idée fixe, mais pour moi. Car il est retourné ensuite parmi les guerriers, mais lui seul savait ce qu'il devait penser de la guerre de Troie ?... Il savait qu'il existe une autre histoire... Sa vie et la mienne. Il était un homme, oui.... Il était un homme, il était donc infidèle, dit Hélène d'un ton naturel en haussant les épaules.

– Que dois-je lui dire de ta part ? demandai-je avec recueillement, que dois-je dire à mon père, si je le rencontre un jour ?...

Hélène me regarda d'un œil voilé.

– Dis-lui – elle parla à voix basse, en s'appuyant sur sa canne dans la position assise, et elle se pencha près de mon visage –, dis-lui ce que tu as vu à Sparte. Dis-lui que cet homme est mon mari. Le monde le croit un héros, le croit majestueux ! Mais ton père sait que le « majestueux », qui n'est pas traversé par le sourire de la raillerie de soi-même, est toujours gauche… Dis-lui que cet homme m'avait traînée avec lui en Égypte où il me tenait dans une sorte de captivité conjugale, comme une prisonnière. Il voulait de la vengeance ! Il croyait qu'avec cet asservissement autoritaire, il allait pouvoir reconquérir mon cœur attiédi, qui aujourd'hui encore est rempli de souvenirs dangereux, de réminiscences qui font bouillir le sang ! – Hélène parlait maintenant d'une voix plus élevée. Sa voix enrouée était rendue plus vive par une étrange passion. – Raconte tout à ton père, tout ce que tu as vu et expérimenté à Sparte. Dis-lui que la Sparte qu'il avait connue du temps où il était jeune soupirant dans la maison lumineuse et pleine d'entrain de mon glorieux père Tyndare, n'existe plus. C'est devenu le monde aride des esclaves et des tyrans. Lui comme moi, nous nous souvenons d'un monde dans lequel les hommes régnaient… Les vrais hommes, à Sparte et à Troie ! Comme l'était aussi ton père. Un homme qui ne peut pas être esclave et ne veut pas être despote…. Comme c'est rare ! Il m'a traînée de nouveau ici, dans la patrie des esclaves terrorisés, des soldats entraînés pour l'abattoir, des fonctionnaires d'État qui traînassent sans âme, parmi des lettrés et des chanteurs qui travaillent sur ordre, lui, le chef de guerre triomphant ! Oh, combien de fois j'ai prié les dieux qu'ils me laissent périr à Troie !… cria

Hélène en portant son mouchoir à ses yeux, une fois encore, d'un geste léger – Mourir entre les bras d'Ulysse, ou même aux côtés de Deiphobos !... Tout eût été mieux que cette lamentable captivité solennelle et officielle. La vanité de mon mari, murmura Hélène, est surhumaine. Il veut faire croire au monde que je l'aime. C'est pourquoi il a ordonné de proclamer mon innocence dans les écoles et sur les places publiques... Comme si une femme de ma race était née pour servir de modèle à la statue de la vertu à l'usage d'une société d'esclaves ! Ton père et moi, nous savions encore qu'il y a une vertu supérieure dont la loi est absolue et ne trouve pas sa place dans le livre des lois de Sparte. Oui, regarde cette effigie !... dit-elle et elle me montra avec sa canne la statue de marbre. – J'étais ainsi lorsque le monde est entré en guerre à cause de moi. Les os se brisaient, et le sang coulait à flots... Étonne-toi, fils d'Ulysse !...

Elle se tut. Elle toussota. Sa parole a marqué un temps d'arrêt et je voyais accablé, qu'elle s'apprêtait à pleurer de nouveau. Mais elle a vaincu son émotion de personne âgée.

– Dis-lui que tu m'as vue, dit-elle honteuse, d'un ton bizarre. Que tu m'as vue – rien que cela...

Elle leva la main d'un geste d'interdiction :

– Pas un mot de plus.

Et elle baissa les yeux. Je l'écoutai avec inquiétude. Mais j'ai eu ensuite le sentiment que je devais apaiser son chagrin par un compliment. Mal assuré, je dis :

– Je te vois et je t'admire, femme divine. L'effet magique de ton être…

Je ne pouvais dire davantage. Mais même cela fit plaisir à Hélène. Elle sourit – il y avait quelque chose d'hallucinant dans ce sourire provocant avec une denture défectueuse. Elle pencha sa tête de côté et elle battit des cils promptement. Même le son de sa voix changea. Entendant le compliment, elle parla vivement avec un débit rapide et bonne humeur. Ce pépiement seyait mal à cette apparition âgée. Je ne comprenais pas moi-même pourquoi, mais à partir de cet instant une inquiétude particulière commença à me tourmenter.

– Tu le trouves ?… demanda avec un sourire la dame à la grande renommée et, entre ses lèvres peintes, l'on put voir apparaître en un éclair la pointe de sa langue. Elle ricanait plus qu'elle ne riait et elle mettait la main devant sa bouche d'un geste gracieux.

– Assieds-toi plus près ! dit-elle cordialement. J'obéissais en rechignant. – Tu n'es pas le seul parmi les fils d'Ulysse, qui m'ait rendu visite dans ma solitude de Sparte. Le fils de Pénélope est venu ici : un grand dadais efflanqué dont j'ai oublié le nom. Et d'autres aussi, des rejetons égarés de ton père prodigue. J'ai été aimable avec chacun d'eux, dit-elle d'un ton mystérieux. – Toi aussi je te trouve sympathique. J'ignore quels ragots t'a rapportés mon pauvre mari déclinant ?... La vérité est qu'il y a eu un seul homme dans ma vie, auquel je pense avec amitié : ton père. Et la réalité est encore que non seulement mon mari, mais aussi ton père, n'ont jamais pu pardonner le destin et le rôle que les dieux m'avaient attribués... Mon rôle dans le monde consistait à inciter les hommes à de grandes entreprises. J'ai rempli ma mission, dit-elle solennellement. Dis à ton père que je garde son souvenir...

Elle prit ma main. Le toucher de ses doigts osseux était froid. Je grelottai et je me levai : Hélène sourit et cilla des yeux.

– Mon mari dort profondément, dit-elle familièrement. – Ces derniers temps, il ne consomme son dîner que vers minuit, lorsqu'il a cuvé son vin. Va dans ta chambre, fils d'Ulysse, et attends avec confiance. Tu as certainement faim. Je donne des ordres pour que tu sois servi dans ton appartement. Lorsque tu auras fini ton repas, attends-moi. Avant de t'endormir... Elle étira en largeur sa bouche édentée, peinte en écarlate. Elle sourit, mystérieuse et redoutable. J'avais la chair de poule. Je me retirai à pas lents, à reculons, vers la porte. La parole d'Hélène me suivit avec un engourdissement voluptueux, paresseux et rauque :

– Je viendrai te voir. Qui sait si tu n'as pas besoin de quelque chose ?...

Je me trouvai d'un bond à l'extérieur de la porte. Son rire, tel le cri de la chouette, retentit encore à mes oreilles. J'ai couru à fond de train à travers galeries et escaliers. Arrivé à ma chambre, j'ai saisi ma lance et j'ai sauté de la fenêtre dans le jardin. La nuit était déjà tombée; dans l'ombre protectrice de ses voiles, j'ai accédé à l'air libre sans me faire remarquer à travers les rues étroites et mal éclairées de Sparte. Lorsque j'eus traversé le fleuve Eurotas, je me suis senti en quelque sorte en sécurité. Je me suis assis au pied d'un rocher, j'ai attrapé ma lance à deux mains, et je demeurai ainsi aux écoutes dans le silence de la nuit étoilée. Mon cœur s'agitait. J'avais rencontré les deux personnes qui avaient connu mon père au temps de sa force virile et de son talent : l'homme qui était jaloux de mon père et la femme dont mon père était jaloux. J'avais l'impression d'avoir échappé à un grand danger lorsque je n'avais pas attendu la visite nocturne de la célèbre maîtresse de mon père. Je n'ai fait que ressentir ce danger. Je ne peux pas définir avec des paroles son vrai sens. Mais je sais avec certitude que cela aussi était un des secrets humains.

J'avais faim, j'étais fatigué et triste. J'avais vu l'histoire et j'avais connu les hommes parmi lesquels je devais vivre désormais. C'était comme si les dieux m'avaient abandonné à cet instant. Et les hommes ne m'avaient pas encore admis parmi eux. La nuit était froide. J'avais peur et j'avais froid.

XV

Je me mis en route à l'aube. Je suis allé parmi les hommes, à la recherche de mon père. Ce fut un voyage violent et redoutable. Maintenant que je repense aux temps passionnés de l'errance, de la recherche et aux années passionnantes de vagabondage, j'ai le sentiment d'avoir été réellement guidé par la main des dieux. À chacun de mes pas je cheminais au-dessus des précipices et des horreurs. Dans « l'île de la mort » je n'avais même pas rêvé que le monde était à ce point dangereux... Je vivais parmi les hommes, à la manière des hommes, dont j'avais le destin. Ceci est le plus grand des dangers.

Il n'est pas dans mon intention de faire de l'ostentation. Je ne me vante pas comme si j'avais réussi à tenir ma place dans le monde grâce à ma propre volonté et à mon intelligence... Mon épouse excellente – mais parfois difficilement compréhensible –, Pénélope, dit que c'est la nature de mon père qui est vivante en moi et que c'est son esprit qui m'a guidé parmi les dangers. Puisque je n'avais pas connu mon père, je m'efforçais de me connaître moi-même, afin d'apprendre quelque chose de l'aïeul qui vit en moi. Mais les esclaves grecs qui savent écrire disent que rien n'est aussi difficile que de se connaître soi-même.

Pendant les premières années de mes pérégrinations, je n'ai de toute manière pas eu de temps pour la méditation, ni pour l'observation de moi-même. Dès l'instant où j'ai traversé le fleuve Eurotas et où j'ai quitté les âpres pierres de démarcation de Sparte, je suis resté singulièrement seul. Les tâches auxquelles je devais faire face étaient foncièrement nouvelles. Je devais apprendre ce qu'était l'amitié, ce qu'était l'inimitié... J'ai souvent confondu les deux. Aujourd'hui que ma tête grisonne, je soupçonne que les deux sont une et même chose jusqu'à ce qu'il apparaisse clairement où se trouve la limite des intérêts à partir de laquelle l'ami deviendra ennemi ou que l'ennemi sera obligé de simuler l'amitié... Mais j'ai payé le prix fort pour en faire l'expérience. Dans le monde des humains, en général, il faut tout le temps payer pour tout. À cela aussi je devais m'habituer. J'ai appris que sur terre, il ne fallait pas seulement vivre, mais encore subsister. J'ai appris que les mots ont plusieurs significations : celle qu'ils énoncent et aussi celle qu'ils taisent. J'ai également appris ce qu'était l'argent et que les biens terrestres n'avaient pas seulement un usage, mais aussi un prix. À Argos, les commerçants m'ont souvent dupé. J'étais fils de dieu, je m'habituais difficilement à l'argent. Avec le temps j'ai appris – et ce fut peut-être le plus difficile – qu'avec la bouche humaine, l'on ne pouvait pas seulement manger, parler et embrasser, mais aussi se taire. Ceci est une grande science. J'ai payé pour cette leçon un prix amer. Mais, grâce aux expériences des années de pérégrination à Argos où les gens parlent beaucoup et volontiers, j'ai acquis le secret de savoir comment taire quelque chose d'une manière complète et nuancée. En possession de ce secret, j'ai continué mon chemin sur mon orbite terrestre avec plus d'efficacité.

Car pendant des années, j'ai été sans cesse en voyage. Sparte est restée derrière moi avec ses souvenirs pitoyables et effrayants. J'ai appris que les habitants de Sparte ne vivaient point d'une manière trop spartiate et qu'il était à déconseiller de regarder de trop près les grands héros de l'humanité et leurs idéaux. J'ai difficilement surmonté la première déception que j'ai vécue dans le monde humain. Mais ensuite, avec le temps qui passa et en possession de mes expériences, j'ai jugé avec plus d'indulgence les faiblesses humaines. Ménélas était un vieil homme pitoyable, ivrogne et bavard... – et malgré tout, maintenant où déferle sur moi aussi le temps infini, je présume que l'on ne peut juger les dieux, ni les hommes, selon leurs défauts. Il faut être très généreux pour voir de la grandeur dans l'homme, et encore davantage pour croire dans les dieux. Il paraît que l'homme est véritablement un être mystérieux. Ce ne sont pas ses faiblesses qui déterminent son être véritable, mais ce peu de chose, qui est différent et plus que ne sont ses faiblesses. Les dieux ne sont que parfaits. Ceci n'est pas très difficile. L'homme est imparfait, mais il est capable de se surpasser. J'étais à bonne école. Je vivais parmi les Grecs. C'est un peuple de bavards, mais ils savent tuer et ils savent mourir. Et ils possèdent outre cela une faculté particulière et une science que je n'avais jamais rencontrées dans le monde des dieux : ils ont le sens des proportions. Ils savent ce qui est trop, ce qui n'est pas assez et ce qui est moyen. Ce n'est que l'homme qui sait cela. Les dieux – dans leurs désirs comme dans leurs intentions – sont disproportionnés.

Je ne possédais aucune formation professionnelle et pour cela j'ai été dans le monde des humains accueilli avec suspicion dans la plupart des endroits. Ils m'ont refusé l'autorisation de travail et de séjour, j'ai dû me résoudre à reprendre le métier ancestral afin de vivoter péniblement. Je pêchais et je chassais, puis je brigandais et je tuais. Je découvris en moi avec surprise des capacités cachées que j'avais probablement héritées de mon talentueux père. J'ai vite compris qu'il était inutile de se disputer avec les hommes : dans les grands combats de la vie, il vaut mieux se taire ou frapper avec un couteau. La lance aiguisée avec un dard de baleine – cet héritage paternel que ma mère m'avait donné pour le voyage – se révéla être une arme excellente. Le dard de baleine – une manière de scie – pénétrait avec la rapidité d'un éclair dans le corps de l'ennemi et faisait toujours une blessure mortelle. Je me suis vite aperçu que ma mère avait fait macérer cet os dans du poison, et que ce poison mortel causait une particulière douleur à ses victimes. J'ai appris que la manière la plus correcte de tuer le sanglier était de le poignarder au bas-ventre, la biche à la poitrine, et l'homme du côté gauche de la poitrine, au niveau de la troisième et quatrième côte à partir du haut. J'ai acquis ultérieurement une réputation redoutable sur la terre ferme et sur les îles. Les hommes colportaient la nouvelle qu'un gars sauvage faisait des ravages autour de leurs villages, dans les forêts et les charmilles, qu'il enlevait les femmes, les cochons et les outres à vin, et que ce soudard ambulant était le fils d'Ulysse… Au fur et à mesure que je me fortifiais en expériences, en vagabondages et en années, une certaine considération morne entoura ma personne.

La vie avait tanné mon corps et mon âme, comme la tempête tanne les bêtes sauvages des forêts grecques. Dans ma mémoire s'effaçait peu à peu le souvenir de ma chère mère, de mes origines et de « l'île de la mort ». Le jour est arrivé où je vécus parmi les hommes avec tout ce que cela comportait comme conséquences. Parfois des nouvelles obscures arrivaient jusqu'à moi de ce monde embourgeoisé, dont Hermès avait en une nuit mémorable parlé avec une si grande satisfaction. Je me suis senti peu enclin à participer à la grande entreprise humaine de l'embourgeoisement. C'est le sang de mon père qui bouillonnait dans mes veines et, au lieu de l'aventure redoutable de l'ordre, je préférais me réfugier dans l'espace du désordre avec lequel je me sentais particulièrement familiarisé… J'avais parfois – pendant mes vagabondages sauvages – reçu des nouvelles du monde des héros. J'ai entendu dire que Ménélas était décédé et que les fils nés des concubines du chef de guerre de Sparte – particulièrement un certain Milostratos et un certain Mégapouthos, des galopins goguenards – avaient chassé de Sparte la vieille Hélène. Les colporteurs de nouvelles ont raconté que la pauvre vieille femme se réfugia à Rhodes, où, sans pension, elle mena une vie misérable pendant quelques années encore, vivotant de quelques menus travaux de couture, jusqu'à ce qu'elle meure dans des circonstances bizarres... Cette nouvelle m'avait révolté. Cet exemple repoussant de l'ingratitude m'incitait à une prudence accrue à l'égard du monde humain. Hélène avait sans cesse aiguillonné ses contemporains à accomplir des actes grandioses... J'avais une raison de méditer sur le sort qui attendait son amant préféré, mon mystérieux et redoutable père...

Car des nouvelles d'Ulysse arrivaient parfois jusqu'à moi. Les hommes l'évoquaient encore par-ci, par-là. J'avais entendu des accusations passionnées ; mais parfois arrivaient à mes oreilles des nouvelles de commérages d'une indifférence sarcastique. On racontait qu'il faisait encore le brave. Mais on racontait également qu'il était vieux, qu'il tuait moins souvent et que sa main tremblait lorsqu'il fallait frapper, qu'il était plein de lubies et que la goutte le torturait. J'ai entendu dire que, par moments, il trouvait encore sur les îles quelques reines candides, qui lui donnaient asile pendant quelque temps, qui écoutaient ses affabulations perfides, qui lui donnaient le gîte et la nourriture... Mais toutes ces informations ne faisaient que confirmer que l'étoile de mon lumineux père était sur son déclin. J'avais rencontré parfois des hommes au regard sombre, qui prétendaient être des fils d'Ulysse et qui en tiraient vanité. Dans leur apparence extérieure, il me semblait réellement reconnaître quelques ressemblances familiales. Mais la douteuse provenance de leur origine m'a poussé à ne pas afficher à la légère mes sentiments parentaux. J'ai appris que c'était une gloire incertaine dans le monde des humains que d'être le fils d'Ulysse... Je vivais solitaire.

Et malgré tout, c'était comme si une force magnétique m'avait attiré vers les contrées où – selon les bruits qui circulaient – il vivait où il dormait, où il s'asseyait à la table des hommes et où il se mettait dans le lit des femmes. J'ai rencontré sans cesse à Argos des femmes qui, dans les moments d'intimité, soutenaient avec un ton singulier de souvenir et de rêverie, que mon baiser leur était familier, que le parfum de ma peau et la saveur de ma bouche leur rappelaient Ulysse... C'est ainsi que progressant de femme en femme, de trace en trace, à la fois en l'évitant mais pourtant en le cherchant éternellement, je cheminais sur les pas de mon père. Je craignais la rencontre et en même temps un sombre emportement refluait dans mon sang – la curiosité, la colère, l'hostilité ; mais à tout prendre, c'était l'animosité qui m'attirait vers lui. Je n'avais plus entendu parler de ma mère, du monde des demi-dieux que j'avais abandonné pour aller sur la terre sur les traces de mon père. Au seuil de l'âge d'homme, dans la dixième année de mes pérégrinations, j'étais devenu un pillard costaud et indépendant, à l'apparence hirsute et barbue. La renommée de mes activités s'était répandue loin dans les îles. L'esprit de mon père me guidait.

Je me souviendrai éternellement de la nuit où j'ai foulé le sol d'Ithaque. C'était une nuit d'orage. Ma barque était cahotée par les vagues écumantes de la mer ionienne, lorsque je touchai terre dans la baie d'Ithaque. Je me mis en route, solitaire, ma lance à la main, comme j'avais l'habitude de le faire, pour ma randonnée de repérage. En ce temps-là, j'avais déjà une grande pratique stratégique : comment il faut prendre d'assaut nuitamment les cours des îles mineures, voler de la nourriture et des boissons, des vêtements et des femmes et, au premier contact de l'aube « aux doigts de rose », se remettre en route avec la première lueur et le vent du petit jour, bourrant ma barque d'un riche butin. Et j'aimais les aurores, lorsque le vent salé au goût de sang faisait voler ma barque chargée de butin victorieux sur la mer agitée. La lumière, le vent, la mer qui gronde, les rives étincelantes, les souvenirs sauvages et déchirants, les cris de mon cœur palpitant dans ma poitrine robuste, les chants et les voix des sirènes étourdissantes de danger... Tout cela avait la même signification : c'était la vie humaine.

J'ai senti cette griserie à l'instant où j'ai mis le pied sur le sol d'Ithaque. J'ignorais où j'étais... Je dirigeais le nez de ma barque, comme tant de fois auparavant vers la baie d'une île rocheuse insignifiante... La nuit était éclairée par la lune et voilée de nuages ; mais l'aube commençait à poindre vers l'est la lumière des enclumes d'or du char de mon divin grand-père... Je m'avançais silencieusement, furetant, flairant parmi les cyprès, les oliviers, les ceps de raisin. J'avais remarqué de loin une maison à courette, dont l'esplanade à marches ouvrait sur la mer. Entre deux colonnes flottait la flamme fauve d'un flambeau. J'éprouvais une émotion particulière. Je ne voyais nulle part un homme et les dieux ne me firent aucun signe particulier pour m'avertir que je me trouvais près de mon père. Dans cet instant matinal j'avançais toutefois en rechignant sur le sol d'Ithaque. Comme si j'avais pressenti que j'arrivais à un tournant dangereux de ma vie de grand vagabondage.

J'avais saisi ma lance à deux mains, et c'est ainsi que je me dirigeais en direction des étables, car je voulais me procurer, pour commencer, une grosse vache. Mais la meute courut vers moi à fond de train avec un jappement sauvage. J'en poignardais deux, qui expirèrent en hurlant, dans la poussière. Le troisième, une chienne écumante, mordit mon épaule. J'ai poussé un cri rauque. Au son de ma voix, un homme s'avança parmi les colonnes de la maison. Il tenait un flambeau dans une de ses mains, dans l'autre un long sabre. Il était grisonnant, redoutable, avec de puissantes épaules. Ses sourcils broussailleux et laineux, sa barbe exubérante, sa moustache, toute cette pilosité blanche flottait de mauvais augure dans la lumière de l'aube. Dans ses yeux brillait une lumière juvénile et mauvaise. Il se mit en route vers moi, et il leva son sabre sur moi, sans mot dire, avec un claquement puissant. J'ai bondi sur lui d'un bond sûr et routinier avec la chienne accrochée à mon épaule et je plongeais dans sa poitrine la pointe d'os empoisonnée de ma lance. J'avais frappé au bon endroit, entre la troisième et la quatrième côte en partant du haut, selon mon habitude. Le vieillard a chancelé, est tombé sur le sol ; le sang coulait à flots de sa poitrine. J'ai attrapé d'un bras le corps musclé du colossal vieillard et je le soutins : ma seconde main arracha la pointe de la lance de la blessure. Son sang coula sur ma main. À l'instant où le sang de mon père coula sur ma main, un sentiment nouveau de confiance se répandit dans mon corps. Pour la première fois de ma vie, j'éprouvais une sorte de chaleur familière.

XVI

Mon excellente femme, Pénélope, s'efforce de soutenir que mon père m'avait immédiatement reconnu. Je suis humble et j'en doute. Je crois qu'il avait reconnu d'abord la lance, car ses yeux ternis examinaient avec horreur et une flamme de familiarité l'indice du souvenir.

En tout cas, il a reconnu que j'étais son fils. Ceci m'a fait du bien. De ses lèvres qui se refroidissaient, il prononça encore quelques mots, dit qu'il préférait mourir de ma main que de celle de Télémaque, son fils légitime. Cette remarque m'a fait de la peine. Mais dans ce moment redoutable, je n'ai pas eu la possibilité d'exiger des explications.

Lorsque Pénélope et le personnel de la maison se dépêchèrent vers lui, le mourant donna des instructions d'une voix forte et calme. Il parla comme quelqu'un qui était au courant de l'ordre divin, mais qui connaît aussi sa force personnelle. Il parla comme celui qui sait que sa parole a une force d'outre-tombe. Et c'est ainsi que nous avons écouté, nous avons suivi et exécuté ses ordres.

Ces ordres étaient difficilement compréhensibles. Que voulait mon père lorsque – contrairement aux coutumes et aux habitudes humaines – il nous a couchés, ses fils et ses femmes, dans les bras les uns des autres ?...

À mon domicile ancestral, sur l'île d'Aïaié, où je vis de nouveau avec mon épouse glorieuse – bien qu'un peu âgée – et mon beau-frère Télémaque, puis avec ma mère, nous polémiquons souvent sur le vrai sens de ses ordres. Je lui avais donné la mort – comme l'avait ordonné ma mère. Mais pourquoi nous a-t-il, lui, donné cette vie ?...

Il nous a couchés à tort et à travers dans les bras les uns des autres : son fils couche avec ma mère, moi je serre dans mes bras sa veuve. Que voulait Ulysse ? Ma mère estime que ses ordres légalisés par la force sacrée de la mort ne voulaient rien d'autre que de faire vivre dans les liens du sang, d'une façon continue, ceux et celles qui étaient d'une manière ou d'une autre liés à son sang. Ulysse, disait ma mère, ne croyait en rien d'autre qu'à l'esprit humain et au sang humain. Pénélope dit qu'il était impossible de connaître et de comprendre le « porteur de lumière ». Peut-être ne voulait-il rien d'autre que la vengeance... Il est exact qu'il est malaisé de percer ses intentions. Et les dieux se taisent. Hermès ne nous regarde plus depuis qu'Ulysse est mort, Pallas Athéna évite aussi sa vieille amie, ma noble femme, la veuve du « saccageur de forteresses ». Ils se taisent et ils nous évitent, comme si Ulysse avait été le dernier homme dans la compagnie duquel les dieux pouvaient se mêler directement du sort des êtres vivants.

Une seule chose est certaine : tous les quatre, nous vivons selon ses ordres et dans l'esprit de son sang. Ma redoutable et excellente mère a élevé Pénélope, ma glorieuse femme, et son mari Télémaque, de bonne réputation, au rang des immortels : avec ses relations exceptionnelles, elle a réussi à faire approuver encore cette élévation par l'Olympe. J'ai entendu dire que c'était l'un des derniers cas où l'on avait approuvé en haut lieu une telle distinction de rang pour un mortel. Dans l'esprit du nouveau contrat, l'homme est maître de son destin, mais seulement dans l'espace de la vie mortelle. En revanche nous, femmes et fils d'Ulysse – nous sommes immortels. Cet état a des avantages mais a aussi des inconvénients. Nous n'appartenons pas parfaitement au monde des humains, mais nous ne sommes pas non plus admis de plein droit dans le monde divin. Nous flottons entre ciel et terre, nous traînons nos jours. Il se pourrait que ce soit le vrai sens de la vengeance d'Ulysse ?...

Étant donné que l'affaire de l'embourgeoisement se développe avec un grand élan dans le monde, la piraterie libre et illimitée ainsi que le temps de la tuerie de l'époque héroïque ont aussi passé pour nous. Mon père tuait encore comme il le fallait : librement, avec plaisir et irresponsabilité. J'ai entendu dire que ce métier ancestral était maintenant lié dans le monde des humains à certaines conditions et autorisations. Cette hypocrisie et cette tartuferie m'ont ôté l'envie de continuer à pratiquer le mode de vie préféré de ma jeunesse. Nous vivons tous les quatre sur l'île d'Aïaié, nous cultivons le souvenir de mon père, nous nous efforçons de déchiffrer le sens de ses ordres mystérieux et nous nous occupons d'élevage et d'agriculture. Mon excellente femme fabrique des toiles tissées à la main, car elle sait quelque peu le faire. Ma mère a abandonné la pratique de l'envoûtement et elle mijote dans son laboratoire de produits chimiques des produits de beauté, que les silènes démarcheurs vendent ensuite sur les îles. Je m'efforce de vivre en paix avec Télémaque. Ceci n'est pas facile, car son tempérament est cafardeux, fourbe ; il est plein des tendances lancinantes de la vanité blessée. Il se conduit comme s'il avait subi un préjudice, une dégradation, lui le fils légal et officiel d'Ulysse : il n'est plus fils de roi et il n'est pas roi non plus… Il est certain que le destin dans lequel la volonté sans appel de notre père mourant nous a enfermés tous les quatre est en quelque sorte un esclavage distingué. Nous vivons dans la captivité de son sang agité. C'est son sang qui reflue dans le corps de ma femme, de ma mère, de mon frère, et c'est son sang que j'écoute, moi aussi, bouillonner dans mon cœur agité… Le sang que j'ai répandu ! De cette façon tout et tout le monde est à sa place. C'est mon père qui vit dans notre sang. Et c'est nous qui vivons par la volonté de son sang rusé et véhément.

Pendant les soirées d'hiver, ou à l'automne, après les vendanges, nous nous réunissons sur le péristyle et nous échangeons nos souvenirs autour d'un hanap de vin. À ces occasions, j'apprends toujours de nouveaux détails de mon père inconnu, mais malgré cela, familier d'une manière si attirante et inquiétante, et si dangereuse. Pénélope larmoie par moments et, lorsqu'elle enfouit sa tête sur ma poitrine, je sais qu'elle flaire le parfum d'Ulysse sur ma peau. J'endure cela sans dire un mot, par tact et par politesse. Ma mère parle volontiers du temps que mon père a passé dans notre maison et entre ses bras. Télémaque parle de ses pérégrinations ; il raconte avec un peu d'ostentation ses voyages sur l'île de Schérie et ses souvenirs dans la maison de notre glorieuse parente, Calypso, et dans les maisons d'autres nymphes. Mais quel que soit notre sujet de conversation, à travers les mots surgit toujours le souvenir de mon père. Car désormais, il est en permanence à la maison, chez nous, en nous, dans nos globules sanguins. Lui, le grand apatride, a trouvé ainsi une patrie éternelle. Je regrette de ne pas l'avoir connu. En tout cas, je l'ai tué. Je garde son souvenir avec piété. J'ai maintenant tout dit de mon défunt père… Ou tout au moins, tout ce que je sais. Je crois qu'il était ainsi ou quelque chose comme cela. Mais dans la réalité, je ne peux pas savoir comment il était. Car je n'ai été que son assassin.

ÉPILOGUE

La conscience de l'humanité n'a jamais accepté la fin idyllique de l'*Odyssée*. Le XXIVe chant, le grand hymne du traité de paix, ne pouvait pas terminer ce conte exalté. À toute époque le lecteur a senti qu'Ulysse ne pouvait pas trouver un domicile définitif après son retour idyllique. L'intention du poète – ou des poètes – est perceptible : l'épopée prédit encore de nouvelles routes pour Ulysse.

La renommée de ces routes a excité l'imagination des hommes de tous les temps. Mais en réalité, cette « continuité » n'a reçu une forme épique qu'une seule fois. Ulysse, lorsqu'il quitte de nouveau Ithaque, s'enfonce dans le brouillard. Mais sa stature émerge parfois dans l'espace littéraire. Dramaturges, poètes, philosophes, demandent l'aide du « grand malin » pour résoudre une situation humaine embrouillée. Lui-même, en tant que sujet de légende, disparaît entièrement dans la tourmente trouble de son destin épique. Les diverses couches de l'*Odyssée* se sont décantées de manière tectonique pendant les temps de l'indifférence : la Télémachie, la Nékyia ensuite le cercle rigoureusement tracé des événements concernant Ulysse, ont reçu à tout jamais, par la volonté d'Homère et de ses collaborateurs, une forme homogène dans la création peut-être la plus parfaitement close et achevée de l'esprit humain. Malgré cela, la littérature philologique relative à Ulysse, d'un caractère litigieux considérable, fait apparaître par moments les fortunes ultérieures du héros.

Cette « suite » – la *Télégonie* – n'est plus une épopée démontrable par échantillons d'écriture et par empreintes digitales. Il est seulement certain qu'il y eut une tentative en ce sens et il est également certain qu'elle échoua. C'est le poète Eugammon de Cyrène, qui a écrit un livre en deux volumes portant ce titre, au temps des 53e Jeux Olympiques (568/4 avant J.-C.). L'épopée, qui fut résumée par Proklos, ne pouvait en aucun cas emboîter le pas de son grand prédécesseur. Les critiques postérieures estiment qu'Eugammon était un poète, dont le travail a été bâclé et qui, en deux chants mal ficelés, dans un style ironique et amusant, a donné des nouvelles de l'évolution de l'épopée homérique : les pérégrinations d'Ulysse à Élis, en Thesprotie, à Épire, puis le départ de Télégonos, fils d'Ulysse et de Circé, et enfin la fin horrible et magique qui, dans le cercle des légendes de tous les peuples, se répète d'une seule voix : la prédiction de l'oracle s'accomplit et le père périt de la main du fils. Même si l'œuvre du poète de Cyrène n'est pas – du point de vue littéraire une œuvre significative – Aristobule a de plus accusé Eugammon d'avoir volé à Musaios l'étape qui, dans la *Télégonie*, concerne les péripéties de Thesprotie – son grand mérite est d'avoir donné une impulsion à l'imagination des hommes et le mythe homérique s'est progressivement développé dans le temps. De toutes parts, a surgi la légende accentuée plus avant dans la littérature de la basse Antiquité, naturellement avec des variantes protéennes. La plus significative est le drame de Sophocle, qui a élaboré la variante relatée par le poète de Cyrène. Apollodore raconte également dans les détails les extraits de la *Télégonie* postérieurs à Ulysse. On peut désormais apprendre davantage des relations d'Ulysse et de Circé. Parthenion ne donne pas seulement des nouvelles des rapports du grand vagabond et de la grande envoûteuse, mais aussi de l'amour de Kalhor ; il semble même savoir que Kalhor était devenu fou à cause des mets dont Circé l'avait nourri. Aristophane a également parodié les envoûtements de Circé ; tout comme Éphippe et Anaxilos, qui ont raillé dans leurs comédies les pratiques de la déesse de la mort. Mais la fable de la *Télégonie* apparaît également à cette époque encore lointaine dans les notes de Cicéron : l'on avait emmené Ulysse mortellement blessé dans sa maison à Ithaque – c'est ce que raconte Cicéron ; il gémissait à cause du poison que son fils, par son coup de poignard avait introduit, dans son corps, mais finalement « il est mort courageusement ». Tout cela est à la fois trop et trop peu. Il est certain que la *Télégonie* n'a jamais été une matière mythologique aussi tangible que la fable avec laquelle la chape enchantée de l'Odyssée a été tissée.

Mais il est également certain que l'imagination humaine a exigé de tout temps la continuation de la grande fable. Dans la mythologie, le temps n'existe pas. Tout comme l'astronome ou le biologiste, le mythologue est contraint de travailler avec des années-lumière, dès lors qu'il examine l'origine des dimensions et les origines des phénomènes : les chiffres de la géométrie euclidienne ne sont pas valables dans l'espace mythologique. Ulysse est un personnage historique – même s'il n'a pas vécu. Le sort de la guerre de Troie et des hommes qui ont eu une quelconque relation avec elle – est un destin historique. La brièveté ahurissante du laps de temps, que nous appelons avec notre connaissance d'aujourd'hui le temps historique – environ 7 000 ans –, contient également la durée de vie des héros de l'épopée homérique. Mais il existait aussi, avant la période historique, un temps, des hommes, des dieux, et une sorte d'histoire ; et les héros du mythe homérique s'agrippent d'une main à cette autre histoire. La mythologie est l'histoire de l'homme préhistorique.

Il est certain qu'il y a une sorte de manque de respect dans l'entreprise par laquelle – ici et là – dans les temps postérieurs, quelqu'un a osé continuer l'histoire d'Ulysse. Mais lui-même, « le héros », ne faisait pas grand cas du respect et de l'irrespect ; et c'est pourquoi il pardonnera peut-être les tentatives maladroites des « porchers tardifs ». Par exemple ce livre. Il est de coutume que l'auteur en un pareil moment remercie tous ceux qui l'ont aidé par leur savoir et par leur travail dans son entreprise laïque. Ce serait une tentative longue, d'une pédanterie inutile, que d'énumérer les noms de tous ceux qui m'ont donné la documentation où j'ai appris l'essentiel et les détails. Chaque livre a d'innombrables aïeux. Il me semble qu'il est plus correct de remercier « l'Aïeul des poètes » qu'il est d'usage de remercier ici : je remercie Homère.

Table

Composition réalisée par INTERLIGNE

Imprimé en France sur Presse Offset par

BRODARD & TAUPIN

GROUPE CPI

La Flèche (Sarthe).
N° d'imprimeur : 30336 – Dépôt légal Éditeur : 59259-06/2005
Édition 01
LIBRAIRIE GÉNÉRALE FRANÇAISE – 31, rue de Fleurus – 75278 Paris cedex 06.

ISBN : 2 - 253 - 13081 - 8 30/1826/4